KB067881

菊堂 趙盛周 風月 600首 漢詩集

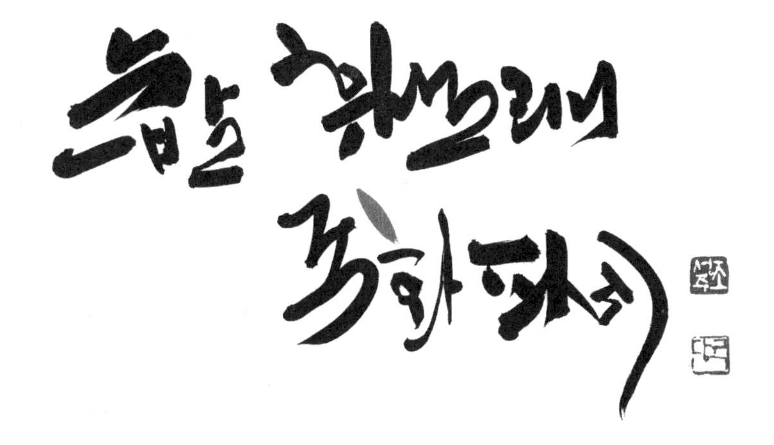

㈜이화문화출판사

600首 漢詩集을 내며…

"눈발 휘날리니 菊花 피네"

이번에 출간한 한시 집의 제목이다.

이에 내 인생의 줄기가 들어 있다.

내가 漢詩를 쓰기 시작한 것이 1997~8년도 쯤이니까 그리 오래된 것은 아니다.

누구에게 한 번도 作詩法을 배운 바도 없이 독학으로 한시를 짓던 초기 그저 기회가 되면 한두 수씩 공부 삼아 글자를 꿰맞추는 정도에서 짓다가 오늘에 이르렀으니 그 수준이 낮기 짝이 없다 여긴다.

다만 나는 내 삶의 歷程, 그리고 사물에 대한 자가 사상을 기록한다는 마음으로 이 한시를 지어오고 있다.

지금 읽어 보니 제대로 된 詩文에 다가서려면 아직 어림도 없지만 지나간 날 그때그때의 상황에 대한 내 감정을 압축해서 적어 놓았기에 이 시를 읽을 적마다 읊조렸던 당시의 모습이 기억 속에 펼쳐진다.

그것만 해도 지나간 흔적을 찾을 수 있어 다행이라 여길 뿐이다.

한시는 제법 길거나 짧은 어떤 이야기를 지은이의 사상에 의해 지극히 규정된 법칙의 틀 안에 아주 간결하게 줄여 표현한 문장이다.

古體詩에 비해서 近體詩는 특히 그 규율이 엄격하다.

이와 같기에 한시를 읊조린다는 것은 그게 어려운 것이다.

긴 세월 서예인으로 살면서 작품을 하노라면 나는 늘 내가 아닌 다른 사람의 시를 베껴 써 왔다.

여러 해전 타계하신 농산 선생께서 늘 하시던 말씀이 생각난다.

"남의 시만 쓰지 말고 자신이 지은 시를 써보라"고…….

그러나 한시를 짓는다는 것이 그리 쉬운 일은 아니다.

많은 고전을 섭렵하여 머릿속에 지식이 꽉 차 있어도 詩感이 안 떠오르면 吟風弄月이 어렵거늘 淺學菲才한 나의 실력으로 文을 만들고 章을 엮는다는 게 쉬울 리 없다.

다만 그래도 이 또한 공부하는 것이라는 마음으로 時時에 맞춰 기록하다 보니 어언 600여 수쯤 되었다.

아울러 이번에 펼치는 내 여덟 번째 개인전의 서예작품 9割은 自吟春詩를 골라 작업했다.

내 작품에 내 이야기를 전하고 싶었다.

나는 가끔이긴 하지만 唐詩를 즐겨 읽는 편이다.

詩聖이라 일컫는 杜甫, 그리고 詩仙 李太白, 王摩詰의 시를 특히 좋아한다.

물론 陶淵明의 시도 즐겨 읽는다.

이들 시를 읽으면서 시에 대한 구성을 조금씩이나마 익혀 왔지만 여전히 感度가 떨어짐은 어쩔 수 없는 일인가 보다.

내가 사는 동네는 三角山麓 정릉 골이다.

집에서 5분만 오르면 밀림이다.

도심에서 至近 거리인 우리 동네는 춘하추동 계절의 색깔이 참으로 다르고 아름답다.

봄이 되면 萬化方暢 꽃동산에 모여드는 벌 나비는 나와 벗한 지 이미 오래되었고, 여름이 오면 밀림 숲 온갖 새들의 지저귐 속에 뿜어나오는 녹빛 진한 향기는 더위를 식혀 줄 수 있을 만큼 싱그럽다.

가을낙엽 우수수하며 떨어지는 고즈넉한 분위기는 시인의 마음을 자극하기에 충분하고 겨울 되어 하얀 눈이 소복이 쌓이면 獨也青青 푸름을 자랑하며 傲慢하게 서 있는 松柏林 그 사이로 잽싸게 먹이 찾아 오르내리는 청설모와 다람쥐, 그야말로 그림 같은 아름다운 곳이 내가 사는 정릉 골이다.

그래서 이곳에 살며 사실 여러 수의 禮讚 시 또는 삼각산 북악산 등을 테마로 계절에 따른 풍치 시를 쓰게 되고 자연생물들에 대해서 묘사하다 보니 어쭙지 아니한 시 수백여 수가 기록되었다.

붓을 쥐고 먹칠하며 이리저리 서예에 입문하여 精進한 지 거의 반세기, 어느새 古稀가 되었으니 歲月無常이라던가.

지금이야 백세시대라 하지만 옛날에는 70이면 많은 나이였던 가보다.

가끔 읽는 두보의 〈曲江〉 시 한 수 인용하고 내가 쓴 〈卽事〉 한 수 덧붙여 스스로를 다독인다.

<曲江>

朝回日日典春衣 조정에서 나오면 봄옷을 저당 잡혀놓고

每日江頭盡醉歸 매일 강어귀에서 잔뜩 취하여 돌아오네

酒債尋常行處有 가는 곳마다 외상 술빚이야 흔히 있지만

人生七十古來稀 인생 칠십은 예로부터 드물 다 하였지

穿花蛺蝶深深見 꿀 따는 호랑나비 꽃 사이 깊숙이 보이고

點水蜻蜓款款飛 물을 차는 잠자리가 사뿐히 나네

傳語風光共流轉 아름다운 경치도 모두 함께 흘러가는데

暫時相賞莫相違 잠시 서로 즐기며 원망하지 마세나

<卽事>

人生七秩古來稀 인생 칠십 예로부터 드물다 했고

藝術千年不變輝 예술은 천년이가도 그 광채가 불변이라 했던가.

雨勢春江尤別景 빗줄기 속 봄 강은 더욱 특별한 경치인데

生涯筆墨返無違 나는 생애의 필묵이 無違 인지를 돌아보네

여러모로 부족하지만 읽어주심에 감사드리며 七耋 展을 기념하는 뜻에서 조심스럽게 용기를 내어 이 시집을 동시 출간하니 혹 押韻, 平仄, 訛字 나 誤謬 등 결함이 있더라도 讀者 諸賢의 이해를 바랄 뿐이다.

西紀 2020年 庚子 新春
三角山麓 馬車無喧山房에서
菊堂 趙盛周 識

祝 菊堂 趙盛周 先生 個人展

(西紀二千二十年庚子四月十五日)

菊堂勤勉有誰程　多面磋磨寶玉成
筆勢鷹揚如鹿致　款形鉅麗使人驚
韻詩能述衆儒畏　雅樂自歌塵世清
展示良文同落雁　翼然觀客感歎聲

국당 조성주 선생의 개인전을 축하함

국당 선생 근면함을 누가 있어 본받을까.
다방면으로 노력하여 보옥을 이루었네
붓글씨는 굳세고 활달해 사슴이 달리는 것 같고
篆刻의 모양은 웅대하고 화려해 사람들이 놀랐어라.
漢詩도 잘 지어서 뭇 선비들 두려워하고
좋은 노래 스스로 불러 속된 세상 맑게 했네
전시하는 좋은 문장은 잘도 썼는데
관객들 감탄 소리 드높이도다.

文學博士 如泉 **曺校煥** 撰書

目 次

雪中菊 눈속 국화

(1)

雪裏孤芳彩色佳 설리고방채색가

强風瘦葉蔑寒諧 강풍수엽멸한해

難離隱逸君淸馥 난리은일군청복

不改顔貞百代偕 불개안정백대해

눈 속 외로운 꽃 채색도 곱게 했네

강풍에 여윈 잎 한파 이겨 和諧롭다

떠나기가 어려워라, 隱逸하는 그대의 맑은 향기

변치 않는 지조 百代토록 굳세도다

*蔑(능멸할 멸)

(2)

寒華潔白自維佳 한화결백자유가

枯葉蕭疎又裁諧 고엽소소우재해

每對君顔無俗氣 매대군안무속기

恒淸楚淑態吾偕 항청초숙태오개

찬 꽃 하얗게 스스로 아름다움을 지키고

마른 잎 성글어도 또 調和를 가꾸니

매번 봐도 그대 모습 속됨이 없어라

항시 청초한 자태로 나랑 함께하네

〈斷想〉 정릉에 사는 나는 한 겨울에도 자주 뒷산에 오른다.
도심 아랫동네 보다도 대체로 2~3도 가량 기온이 낮기 때문에 춥다.
어느 눈 내린 겨울날 산에서 내려오다가 야생 들국화가 눈 속에 함초롬이 노오랗게 피어 있는 걸 보고 한 수 읊었다.

神明戲墨 신명 희묵

少時恒樂樂 소시항락악
天賦質無防 천부질무방
鬱勃心强脈 울발심강맥
中虛意駛揚 중허의사양
舞臺清弄響 무대청농향
吾臆湧泉央 오억용천앙
使曲同遊墨 사곡동유묵
蓬瀛不遠方 봉영불원방

소싯적부터 늘 음악을 즐겼다
천부적인 바탕은 막을 수 없지
감정이 솟으면 마음에 강한 맥이 뛰고
마음을 비워 내달려 나간다
무대에 청아한 곡조가 울리면
내 가슴은 용솟음치는 샘
음악과 함께 노니는 필묵
신선의 거처가 멀지 않도다

〈斷想〉 음악적인 나는 아마 태어날 적부터 神明이 많았는가보다.
그래서 항상 내 팔자가 그렇다고 말하곤 한다
내 서예 작업 또한 그 신명에 의해서 이루어진다.

戱墨生涯 희묵생애

筆裏吾書劃卽當 필리오서획즉당
余中魄點線眞剛 여중백점선진강
添音淨理毛頭震 첨음정리모두진
磊落行時醉妙香 뇌락행시취묘향

붓 속에 내가 있어 書劃은 곧 마땅하고
내 안에 기백이 있어 點 線이 참으로 굳세다
음악을 더한 무상진리의 필봉 끝 강한 흔들림
큰 뜻으로 이루어져 이 시각 妙香에 취한다

〈斷想〉 나는 내 생애의 대부분을 필묵과 함께 살아온 셈이다.
음악은 항상 나의 곁에서 서와 함께한다.
어느 날 그런 생각에 이 시를 읊었다.

十一月 孤木 십일월의 한 그루 나무

艶染華枝下氣繁 염염화지하기번
輕飄枯葉上傷痕 경표고엽상상흔
那邊聚散同頻徙 나변취산동빈사
又此秋情別獨魂 우차추정별독혼

곱게 물들였던 화려한 가지 기운의 번성을 내리고
사뿐히 날리는 마른 잎들이 상처의 흔적을 덮는다
어디에서 모여 흩어짐에 함께 분주할까
또 이렇게 가을의 사랑은 고독한 영혼과 이별한다

*頻徙(빈사) : 바삐 움직임.

〈斷想〉 어느 해던가 11월 거의 겨울이 닥쳐올 무렵,
나는 몇 잎 남지 않은 가지에 외롭게 서 있는 나무 한 그루를 마주했다.
그것은 날리는 잎새와 매달린 몇 닢이 마치 우리 인간의 이별과 비슷하다는 생각이 들었다.

晩秋 三角山 늦가을의 삼각산

北岳秋光老 북악추광노
凋楓下睡鳩 조풍하수구
冷風吹壑谷 냉풍취학곡
霜霧繞陵丘 상무요릉구
鳥鳥奔生路 조조분생로
人人促漫愁 인인촉만수
惜時情止往 석시정지왕
觀月沒何憂 관월몰하우

북악의 가을빛이 짙은데
시든 단풍 아래 비둘기가 졸고 있네
찬 바람 골짜기에 불고
서리 안개 구릉을 에워싸
새들은 살길 찾기에 바쁘고
사람들은 부질없는 근심을 재촉한다
애석하게도 세월의 정은 머물다 가버리는 것
月沒을 보고 무엇을 걱정할까

〈斷想〉 늦가을 구릉에 부는 찬바람은 삼각산을 에워싼다.
그래서 그런지 저마다 생존을 위해 몹시도 바쁘다.
그렇지만 세월은 더 바삐 내달린다. 따라 잡을 수도 없을 만큼 말이다.

冬林 겨울 숲

燥葉飄巖壁 조엽표암벽
堪寒木吐呻 감한목토신
敵冬風瘦骨 적동풍수골
歸蠢谷和神 귀준곡화신
數蝶蜂甘蕊 수접봉감예
炎天日蔚身 염천일위신
人程無此返 인정무차반
妙法不探眞 묘법불탐진

마른 잎 암벽에 흩날리니
추위를 견디는 나무들 신음을 토한다
겨울 바람과 싸우다 야윈 뼈대
봄이 오면 꿈틀대는 골짜기 화신이 되어
벌 나비들 꽃술에 감미로워라
한여름 뜨거운 해에 몸이 무성해지겠지
인간의 여정엔 이런 되돌아옴이 없으니
오묘한 법칙이 뭔지 탐진 하지 못 하겠구나

〈斷想〉 자연은 순환하며 4계절을 만들어내기에 춘하추동은 다시 또 오는데 우리 인간사엔 그런 순환은 없다. 그저 가버린다. 그리고 평생토록 그 이치를 알지 못하고 우리는 떠나버린다. 그러니 "너 자신을 알라"고 한 소크라테스를 알 리가 없다. 이러한 내가 참으로 부족한 사람이다.

桂林妙境 계림의 묘경

圓圓線似母前胸 원원선사모전흉
藹藹形如佛左容 애애형여불좌용
地殼和諧神秘貌 지각화해신비모
天然藝術展山峰 천연예술전산봉

둥글둥글한 선은 마치 어머니 젖가슴 같고
많고 많은 형상은 흡사 부처님 곁 형용인 듯해라
지각 화해의 신비스러운 모양이
천연예술의 산봉우리를 펼치고 있다

*藹藹(애애) : 많고 성한 모양.

〈斷想〉 방대한 국토를 가진 중국의 산수는 참으로 오묘하게 생긴 지형이 많다. 내가 계림에 여행하면서 크게 느낀 바로는 수천 봉우리의 산 모양이 어릴 적 나를 키워주셨던 어머니 젖가슴 같다는 걸 느껴 이 시를 썼다.
포근하면서도 둥근 곡선은 바로 천연 예술품이라는 생각이 들었다.

過 清溪山 청계산을 지나며

日沒車窓夕色濃 일몰차창석색농
嶄岑紫谷冷霞衝 참암자곡냉하충
鄉翁樹下觀情趣 향옹수하관정취
積葉林邊獨老松 적엽임변독노송

날 저무는 차창에 저녁 빛이 짙고
가파른 봉우리 자색 골에 찬 노을이 부딪친다
마을 노인들 나무 아래 정취를 감상하는데
낙엽 쌓인 숲 가엔 늙은 소나무 홀로 서 있다

〈斷想〉 어느 해이던가 자동차를 몰고 어떤 마을을 지나다가 본 풍경이다. 길가엔 노송 한그루 서 있는데 그 아래 정자에 촌로 몇 분들이 죽 둘러앉아 지는 해를 바라보는 모습이 아주 인상적이었다.

夏季黃山 하계 황산

(1)
雲中似蜃氣仙靈 운중사신기선령
海上如龍角妙形 해상여룡각묘형
壹刹那奇峰露面 일찰나기봉로면
流觀界外下風經 유관계외하풍경

구름 속 신기루 같은 선경
바다 위 용 뿔처럼 오묘한 형상으로
한 순간 기이한 봉우리 나타났다가
한 눈파는 틈에 바람 타고 사라진다

(2)
廣大胸胸隱秘仙 광대흉흉은비선
崎巒疊疊繞雲煙 기만첩첩요운연
巖間落落青松異 암간락락청송이
棧道危危繫階前 잔도위위계계전

넓다란 품속마다 秘仙이 은거하고
험한 산봉우리는 첩첩이 구름에 싸여있구나
바위 사이 늘어진 푸른 소나무들 기이한데
아슬아슬 棧道가 계단 앞에 걸려있다

(3)

蓮華旅客古松迎 연화여객고송영
節理光明峭壁莖 절리광명초벽경
百丈九龍飛瀑活 백장구룡비폭활
遊天下第一風情 유천하제일풍정

蓮華峰에 오른 遊客 古松이 맞아주고
節理는 光明頂 아득한 절벽 뻗쳤다
백장폭포 구룡폭포 활기차니
천하 제일 풍치에 노닐고 있구나

〈斷想〉 천하의 절경 황산은 중국의 삼대 절경으로 손꼽힌다는 명산이다.
암봉에 운무라도 끼는 날이면 신선의 놀이터라 할 만큼 말로 형용할 수 없는 오묘한 풍치를 만들어 낸다.
시 한 수 속에 그걸 다 표현하기에는 역부족이다.

吟見 正月野菊 정월에 들국화를 보고 읊다

嫩蘂諧岩試雪香 눈예해암시설향
寒枝惻目厚痕傷 한지측목후흔상
元朝傲朔風君貌 원조오삭풍군모
獨秀孤芳毅向陽 독수고방의향양

가녀린 꽃술은 바위와 어울려 눈 속 향기를 뿜고
차가운 가지 슬픈 눈 마디 상흔이 많아라
새해 아침 삭풍을 업신여기는 그대의 모습
홀로 빼어난 외로운 꽃 의연히 볕을 향한다

〈斷想〉 野菊 더미가 추위에도 아랑곳하지 않고 피어 있다.
어느 줄기는 견디지 못해 동사한 포기도 보이지만
그래도 꿋꿋한 몇 송이는 삭풍에 상처를 감추며 버티고 있다.
가련해 보인다.

霜降節 山中 野菊 상강 절 산속의 들국화

夜夢望黃蘂艶形 야몽망황예염형

朝林播白菊眞馨 조림파백국진형

秋霜覆葉全身冷 추상복엽전신냉

毅色貞姿可愛靈 의색정자가애령

밤 꿈에 노란 꽃술 요염한 모습을 보았는데

아침 숲 하얀 국화 진한 향기를 뿜는다

가을 서리 잎을 덮어 온몸이 시려라

굳세고 단호한 곧은 자태 영혼을 사랑하노라

〈斷想〉 상강은 서리가 내린다는 절기.
사군자 중 하나인 국화는 이래서 군자라 하는가 보다.
산에 오르다가 보니 서릿 속에 핀 하얀 들국화가 내 눈을 사로잡는다.

早春 夜間列車 이른 봄 야간열차

驛舍人人混 역사인인혼
頻奔集散行 빈분집산행
笛聲衝夜氣 적성충야기
長體向春京 장체향춘경
突雪紛窓壁 돌설분창벽
連風切竪横 연풍절수횡
此茫然暫悟 차망연잠오
生濁不知晴 생탁부지청

기차역이 사람들로 붐비고
바삐들 모였다가 흩어져간다
기적 소리는 밤기운을 뚫고
길다란 몸뚱이 봄의 서울을 향하는데
갑자기 눈발이 창 벽에 어지럽더니
이어서 바람이 종횡을 가른다
이렇게 하염없이 있다가 잠시 깨달은바
삶의 淸濁을 몰랐구나

〈斷想〉 큰 기차역은 늘 붐빈다. 오는 이 가는 이, 여기는 곧 낯선 사람들이 잠시 마주쳤다가 그냥 급히 서로 교차하는 곳.
이 시는 어느 날 부산역을 떠나오면서 차창 너머 그 풍경을 기록한 것이다.

於濟州行機內 제주행 기내에서

縱橫劃抗勢登空 종횡획항세등공
察四維天氣滿充 찰사유천기만충
億尺高虛雲塊繪 억척고허운괴회
長河廣野霧虹瓏 장하광야무홍롱
黃龍涌出如飛上 황룡용출여비상
白馬連珂似躍攻 백마연가사약공
不測乾坤然攝理 불측건곤연섭리
今吾法妙視鴻濛 금오묘법시홍몽

종횡으로 抗勢를 가르며 창공에 올라
四維를 살피니 천기가 충만하도다
억척 높은 허공엔 구름 덩이 그림 그리고
긴 하천 넓은 들엔 안개 무지개 영롱해라
황룡이 물을 솟구쳐 날아오르는 듯
백마가 나란히 달려 치는 듯
헤아릴 수 없는 건곤의 자연 섭리
지금 나는 조물주의 오묘한 홍몽 세계를 보고 있구나

*四維 : 天柱地維 즉 하늘을 받치는 기둥 땅을 매고 있는 밧줄.
連珂 : 말이 나란히 연결되어 있는 것.

〈斷想〉 나는 제주도를 2006년도부터 한 달에 한 번씩 빠짐없이 수업하러 간다. 늘 비행기를 타면 창 아래 까마득한 구름 덩어리들을 만나게 되는데 그때마다 우주의 섭리를 보고 또 스스로 놀란다. 조물주는 어떻게 이런 태허를 만들었을까? 그 무한대의 세계 속에 빚어내는 천연예술을 보며 말이다.

自觀 스스로 살피다

古來稀七秩 고래희칠질
今歲壽長年 금세수장년
旅路如春夢 여로여춘몽
吾生若散煙 오생약산연
去留無束縛 거류무속박
明昧悟眞禪 명매오진선
濁世同塵垢 탁세동진구
何名學聖賢 하명학성현

옛날에는 칠십이 드물다 했는데
지금은 오래토록 산다네
인생길이 마치 봄 꿈처럼
나의 삶이 흡사 흩어지는 연기와같다
가고 머무름의 속박이 없으면
현명함과 어리석음의 진선을 깨닫는다지
혼탁한 세상에 진구를 함께하고 있으니
어떤 명분으로 성현을 공부할까

〈斷想〉 인생칠십고래희라는 말은 본디 당나라의 詩聖 杜甫의 曲江詩 중에 나온다.
"朝回日日典春衣. 每日江頭盡醉歸. 酒債尋常行處有. 人生七十古來稀"
"조정에서 돌아와 하루하루 춘의를 잡혀 매일 강두에서 취해 돌아오네
술 빚이야 가는 곳마다 있지만 인생 칠십 살기란 예로부터 드물다네"

그는 자신의 말처럼 59세에 죽었으니 칠십을 살지 못했다.
그러나 지금은 백세시대라 한다. 朝聞道夕死可矣 라 했다. 그러나 오래 살면 뭣하나 깨달음이 있어야지.

自警 스스로 경계하다

世風恒競戰 세풍항경전
萬象企千年 만상기천년
勢廣貪權續 세광탐권속
財增慾物連 재증욕물연
閱書觀四七 열서관사칠
遮帙覺愚賢 차질각우현
獨臥雲詩境 독와운시경
陶翁悟足然 도옹오족연

세상 풍토는 늘 경쟁으로 다투고
모두들 천년을 기획하지
세력이 넓을수록 權貪이 계속되고
재산이 늘수록 物慾은 더하는구나
책을 열고 四端七情을 살피다가
책을 가리고 愚者와 賢人을 생각한다
홀로 은거하였던 詩의 경지
도연명이 깨달은 족함이 그런 거였으리라

〈斷想〉 인간의 욕심은 한계가 없어서 자칫 자신도 모르는 사이에 나락으로 떨어질 수 있다는 걸 여러 번 보아 왔다. 그래서 언제나 내게 경계의 신호를 보내야 한다. 깨달음의 경지까지는 못가더라도 깨달으려 노력은 해야 되기 때문이다.

聖誕祈願 크리스마스에 기원하다

此河中厥厦 차하중궐하
汚瀆奪相盲 오독탈상맹
爵輩權爭事 작배권쟁사
憐民困臆轟 연민곤억굉
苦辛邦稅洩 고신방세설
無恥兩牌訇 무치량패굉
雜世來臨主 잡세래임주
迎新禱太平 영신도태평

여의도 그 큰 집에서는
汚瀆의 쟁탈에 서로 눈이 멀어버렸다
고관 배들 권력 싸움으로 일삼으니
가련한 국민들 시끄러움에 마음 피곤해
힘든 땀방울의 나라 세금은 줄줄 새고
부끄러움을 모르는 兩 패거리들은 큰소리만 치는구나
잡다한 세상에 주께서 임하셨으니
신년을 맞아 태평을 기도하노라

*河中(島) : 여의도의 옛이름.
訇(큰 소리 칠 굉)
轟(시끄러울 굉)
汚瀆(오독) : 더러움, 더럽힘.

〈斷想〉 그들은 하루 이틀을 싸우는 게 아니다.

국민들이 뽑아 줄 때는 국민을 위해 일하라고 애써 뽑아 주었는데 당리당략 당파싸움만 한다.

그들은 자신들을 뽑아 준 국민의 위에서 군림한다.

그들의 오독이 국가를 오염시키고 있다.

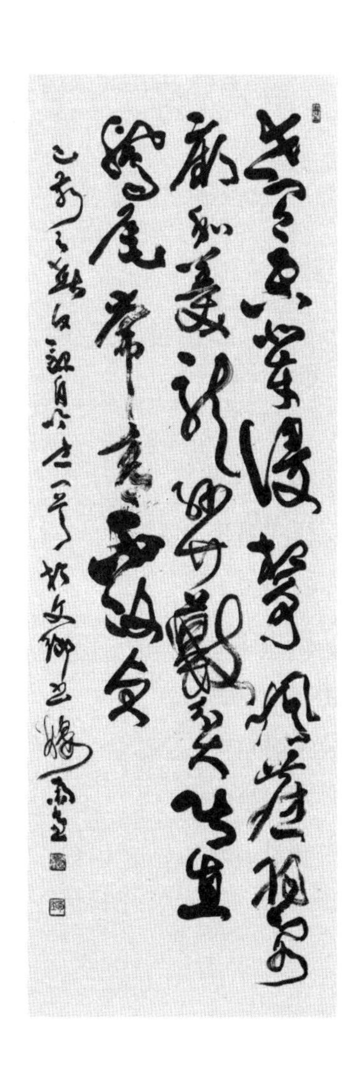

貨幣 돈

妙藏持俗幣 묘장지속폐
觀衆仰恒求 관중앙항구
昧費生汚辱 매비생오욕
賢支耀世流 현지요세류
過多無傲慢 과다무오만
微寡未慙羞 미과미참수
此悟錢凶吉 차오전흉길
常平免患憂 상평면환우

오묘함 속에 속성을 지닌 돈
사람들이 우러러 항상 구하는 것
어리석게 쓰면 오욕을 낳고
현명하게 쓰면 세상을 빛내지
많아도 오만함이 없어야 하고
적다고 부끄러운 일도 아니다
이러한 돈의 길흉을 깨닫는다면
늘 평안으로 근심을 면하리라

〈斷想〉 돈이라는 요물 때문에 세상이 뒤집어지기도 하고 파괴되기도 하고 새로운 세상이 태동되기도 한다.
그러나 그 요물이 없이는 한 발자국도 더 내디딜 수 없다. 그래서 요물이다.
이것을 잘 쓰면 좋은 이름을 남기지만 자칫 잘못 쓰면 오명을 남기고 평지풍파를 일으킨다.
나는 오늘 이 돈을 생각하며 한 줄의 기록을 남긴다.

吟歲暮 세모에 읊다

座禪離舊載 좌선리구재
何也識眞爲 하야식진위
貴賤天誰定 귀천천수정
高低地或規 고저지혹규
養正昇福盛 양정승복성
耕假墜生衰 경가타생쇠
未覺無常我 미각무상아
放心彩物維 방심채물유

좌선하여 묵은 해와 이별한다
무엇으로 참되다 인식되는 것인가
귀하고 천함은 하늘의 누가 결정했고
높고 낮음은 땅의 어떤 자가 규정지었나
올바름을 기르면 올라 복이 성하는 것이고
거짓을 가꾸면 떨어져 삶이 쇠하는 것
무상을 아직 깨닫지 못하는 우리
방심으로 명예와 재물에만 매여 있구나

〈斷想〉 세상은 많은 부분 오염으로 얼룩져 있다. 그러기에 우리는 그게 보통인양 그렇게 인식되고 이젠 가볍게 여긴다. 세상은 온통 재물에 눈이 어두워져 갈수록 탐욕으로 가득 점철되고 있다.
인간은 모두 존엄하다. 지닌 게 있고 없고의 문제는 결코 아니기 때문이다.

萌芽 싹이 트다

尖尖着紫嫩清顔 첨첨착자눈청안

漸漸穿層勁石頑 점점천층경석완

不遡行幽玄到崿 불삭행유현도악

今春又蠢動陰間 금춘우준동음간

뾰족 뾰족 자주빛 가녀린 맑은 얼굴

점점 단단한 地層을 뚫는 돌 같이 고집이 굳세구나

거슬림이 없는 운행의 깊은 이치 언덕에 이르러

올 봄도 또 그늘진 곳에서 꿈틀거린다

*幽玄 : 이치나 雅趣가 알기 어려울 정도로 깊고 그윽하며 미묘함.

〈斷想〉 3월이 될 무렵 우리 동네 뒷산을 오르다가 언덕 한쪽 귀퉁이에 파릇하고 뾰족한 것들이 해빙된 지표를 뚫고 올라오는 것을 보았다. 신기하다.
이 여린 것들이 그 두껍고 딱딱한 땅을 뚫고 올라오다니…….

新年 巨筆揮毫 새해 큰 붓 휘호

氣韻興胸臆 기운흥흉억
方圓畫短長 방원화단장
墨圍柔樂舞 묵위유락무
鋒向動飛揚 봉향동비양
力勢如崩岳 역세여붕악
幽香似覆場 유향사복장
從弦和筆律 종현화필률
妙法此深藏 묘법차심장
蓬瀛不遠方 봉영불원방

기운이 가슴에 일어
방과 원으로 長短의 획을 그으니
墨은 柔를 감싸 樂舞하고
鋒은 動을 향해 飛揚한다
역세는 마치 큰 산을 무너뜨릴 듯하고
유향이 흡사 휘호 장을 덮는 것 같아라
弦 따라 붓과 율동이 조화를 이루니
묘법이 여기에 깊이 감추어져 있도다
신선의 거처가 멀지 않은 곳에 있구나

*樂樂(락악) : 음악을 즐기다.
陰晴 : 흐리거나 개이거나.
鬱勃 : 氣가 우쩍 일어남.

中虛 : 마음을 비워 사심이 없음
淸弄 : 청아한 곡조
蓬瀛(봉영) : 신선이 사는 곳

〈斷想〉 이른바 서예 퍼포먼스라하는 거필 휘호는 일찍이 내가 유행시켰던 필묵 예술이다.
그간 수많은 공연을 했지만 항상 무대에 오르기 전에는 막 뒤에서 떨고 있다가 일단 무대에 오르면 어디에서 나오는지 강한 필력이 용출된다. 마치 신들린 사람처럼 휘저어대며 공연을 마무리한다.
다만 모든 氣를 붓 끝으로 내보내기에 내 몸은 기진맥진, 온몸은 땀으로 목욕한 듯하다.

獨酌 홀로 마시다

桷秋風颯颯 각추풍삽삽
庭麴蘖充香 정국얼충향
始夜無金鏡 시야무금경
黃珠沒盞觴 황주몰잔상
擧全盅又滿 거전충우만
淹自面同塘 엄자면동당
夜醉餘醺爾 야취여훈이
本筒詠樂場 본통영락장

서까래에 가을바람 살랑살랑 거리는데
뜰엔 국화주 향기 가득해
초저녁 달이 어디로 갔나 했더니
황금 구슬 술잔 속에 빠져있네
잔을 다 비우고 또 잔을 채우니
내 얼굴도 같이 빠졌구나
밤의 취기가 여전한 그대
이 잔 속에서 읊조리며 한마당 즐기세

*盅 : 작은 잔충.
麴蘖(국얼) : 술의 별칭.

〈斷想〉 이 시는 초가을 어느 날 보름달 처럼 둥글고 노란 큰 전등 아래에서 홀로 술을 마시다 술잔 속에 비친 전구가 흡사 만월이 잔 속에 빠진 듯 보여 그 잔을 바라보다가 나의 얼굴도 함께 빠져있음을 보고 느껴 즉석 읊은 시이다.

나는 가끔은 홀로 술을 마신다.

그러면서 좀 취기가 오르면 온갖 생각에 빠지기도 하고 자책하기도 하며 반성하기도 한다.

그리고 그 옛날 내가 만났던 아련한 추억의 사람들을 생각하기도 한다.

이 시는 그렇게 지어졌다.

某夏日午前 어느 여름날 오전

昨夜黃醅醉未醒 작야황배취미성
今朝執筆末無靈 금조집필말무령
生硏榻墨芬敷室 생연탑묵분부실
遠淺雲圍木覓亭 원천운위목멱정

어젯밤 마신 막걸리 취기가 아직 덜 깨어
오늘 아침 잡은 붓끝에 靈氣가 없다
새로 간 먹 향기가 재실에 퍼지는데
멀리 얕은 구름이 木覓亭을 감싼다

*醇醪(순료) : 막걸리.

〈斷想〉 술을 많이 마신 다음 날은 사실 아무것도 할 수가 없다. 그러니 더더욱 붓을 잡아도 필욕이 안 생겨 글씨를 쓸 수가 없는 것이다.
오늘이 꼭 그렇다.

螢火 반딧불

驟雨晴騷草叫蟲 취우청소초규충
微宵燭漆黑飛空 미소촉칠흑비공
貧儒使爾爲燈學 빈유사이위등학
點滅蟾光樂醉朧 점멸섬광락취롱

소낙비 개이니 풀섶 벌레들 시끄럽고
조그마한 宵燭이 칠흑의 허공을 날아다닌다
가난한 선비 너로하여금 등불 되어 공부하였지
반짝반짝 오묘한 빛 醉眼으로 즐기는 도다

*驟雨 : 소나기(急雨).
宵燭 : 반딧불.
醉朧 : 취하여 몽롱함.

〈斷想〉 螢窓雪案 은 가난한 환경에서 어렵게 공부한 사람의 경우를 두고 하는 말이다.
옛날에는 여름날 저녁이면 온 들녘에 반딧불이 많이 날아다녔는데 요즘은 환경 탓인지 여간해서 보기 힘들다.
어느 날 반디를 보고 옛 생각에 반가워서 이 시를 지었다.

歲暮見野菊 세모에 들국화를 보다

巖傍斷崖菊堪寒 암방단애국감한
小蘂葱蘢葉對灘 소예총롱엽대탄
鬪狗泥如嘲亂政 투구니여조란정
誇蒼節勁朶看乾 과창절경타간건

바위 곁 낭떠러지에 국화가 추위를 견딘다
작은 꽃술 총롱한 잎 여울을 마주하고
鬪狗의 진흙탕 亂政을 비웃듯
굳센 절조 자랑하는 꽃송이 하늘을 보고 있다

*葱蘢 : 푸른 빛이 밝고 무성한 모양.

〈斷想〉 한 해가 가는 문턱, 政治는 여전히 자기들끼리 시끄럽기만 하고 이전투구 중이다.
이 추운 겨울에 시린 얼굴로 함초롬이 피어 있는 그대는 어찌 이리 고고한고…….

獨酌 蕭瑟秋日 쓸쓸한 가을날에 술을 마시다

數飮秋興草率吟 수음추흥초솔음
孤芳白菊盞中浸 고방백국잔중침
陶無限景濃馨魅 도무한경농형매
獨愛君今不動心 독애군금부동심

몇 잔 술에 가을 홍취 초솔하게 읊조리는데
외로운 꽃 하얀 국화가 술잔 속에 잠겨 있네
무한경에 도취한 건지 진한 향기에 빠져 버린 건지
홀로 사랑하는 그대여 오늘도 不動心이구려

*草率 : 거칠고 다듬어 지지않음.

〈斷想〉 낙엽지는 가을은 누구에게나 얼마간의 낭만적 감정을 자아내게 한다.
지는 잎을 보며 지나간 그 사람을 생각하며 한 두잔 술에 취홍이 일어 이 시를 읊조린다.
국화 향이 물씬 풍기는 잔 속에 빠져있는 그대를 바라보며 독백한다.
그대는 오늘도 부동심이라고…….

過知天命 오십 세를 지나며

獨酌金樽下月輪 독작금준하월륜
庭松鐵幹上蠕春 정송철간상연춘
循環理迫中年跡 순환이박중년적
抒惱靈臺覓粉塵 서뇌영대멱분진

술잔 속 달빛까지 홀로 마시는데
마당 가 소나무 굵은 줄기 위에 봄이 꿈틀거린다
순환의 이치 따라 임박한 중년의 자취
번민을 덜고 마음의 티끌을 찾아야겠지

*靈臺 : 신령스러운 곳 이란 뜻으로 곧 마음을 이름.
蠕(꿈틀거릴 연)

〈斷想〉 사십이 얼마 전 같더니 오십을 가고 있다.
나는 불혹이라는 나이엔 별로 느낌이 없었는데 지천명을 넘기며 심리적으로 많이 힘들었다.
그건 왠지 나도 모르지만 하여간 그랬다.
중년이라는 무게감 때문에 그런 것이리라.
이제부터 무엇을 어떻게 해야 할지 고민을 해야 될 것이로다.

自說 스스로 달래다

不動時流體勢宜 부동시류체세의
無心慾虛魄神怡 무심욕허백신이
名韁曲敝汚雙履 명강곡폐오쌍리
夢裏須臾未覺癡 몽리수유미각치

시류에 휩쓸리지 않으면 體勢가 편하고
욕심과 허영에 마음 두지 않으면 神態가 온화하다
헛된 명예는 한 켤레 헤져버린 헌신짝과도 같은 것
잠깐의 꿈속에서 아직도 우매하니 깨닫지를 못하네

*名韁(명강) : 명예.
〈東方朔與友人書〉에 "不可使塵網名韁拘鎖 怡然長笑"라 하였다.

〈斷想〉 時流를 보면서 나는 가끔 스스로에게 말한다.
돈의 노예가 되지 말자고.
나는 또 가끔 자신에게 부탁한다.
결코 명예에 욕심내지 말라고.
그리고 다짐하라고 이른다.
죽은 뒤에 오명을 남기지 말라고…….

道峰山 早春 도봉산의 이른 봄

萬丈丹崖殘雪融 만장단애잔설융
丘陵一角霧雲濛 구릉일각무운몽
和風抱日光窓颯 화풍포일광창삽
湛露懸楊柳翠瓏 담로현양류취롱
刮目眞靈觀世態 괄목진영관세태
春山氣韻帶巒空 춘산기운대만공
疎松浸淫淸圓滴 소송침음청원적
輒想詩思艶似虹 첩상시사염사홍

아득히 붉은 절벽에 남은 눈이 녹고
구릉 한 모퉁이엔 안개구름이 흐릿하다
온화한 바람 햇빛을 안고 창에 산들거리고
이슬이 버들에 매달려 비취처럼 영롱하다
눈을 비벼 참 마음으로 세태를 살피는데
봄 산 기운이 뫼 뿌리 허공에 어린다
성근 소나무에 젖는 물방울 맑기도 하지
문득 떠오르는 詩想이 무지개처럼 곱구나

〈斷想〉 우리 집 뒷산 줄기가 도봉산과 이어져 있다.
서울 도심을 파수하는 삼각 산맥은 그 품이 매우 넓고 험악스럽다.
지금 천정부지 고가의 아파트를 자랑하는 강남은 사실 몇 십년 전만 해도 논밭이었던 곳이다.

帝王의 기운이 서려 있는 궁궐은 모두 삼각산 아래 자리 잡고 있다.
도봉산의 봄기운이 매우 온화하다.
이렇게라도 이 모습을 적어내고 싶었다.

仲秋 深夜獨酌

가을날 늦은 저녁에 홀로 마시며

松枝掛半月風追 송지괘반월풍추
擧盞加醺氣夢馳 거잔가훈기몽치
此夜蕭懷何對酌 차야소회하대작
時前月落友君姿 시전월락우군자

소나무 가지에 반달이 걸리자 바람이 뒤쫓아 왔네
든 잔에 술기운이 더하니 꿈속인 듯 치닫는다
이 밤 쓸쓸한 회포 풀려면 뉘하고 대작할까
달 지기 전에 그대 자태랑 짝하자꾸나

〈斷想〉 사실 술은 대작이라야 즐거움이 배가된다.
하지만 그것도 마음먹기 달려 있다.
가끔 즐기는 獨酌은 내게 철학적 심사를 줄 때도 있다.
아니 반성의 시간을 갖게도 한다.
그런데 오늘의 독작은 유난하 짝이 없어 쓸쓸한 기분이다.

自策 스스로 책망하다

蒙初雪北岳清晨 몽초설북악청신
寤小巢林鳥喚隣 오소소림조환린
走輒回看今載自 주첩회간금재자
書生踏迹墨糟新 서생답적묵조신

첫 눈을 덮어쓴 북악의 맑은 새벽
작은 둥지 잠 깬 숲새들 이웃을 부른다
걷다가 문득 올해의 나를 돌이켜 보니
서생 발자국에 먹지개미만 새롭게 칠했구나

〈斷想〉 논어에서는 日日 三省吾身이라 했다.
하물며 한해를 돌이켜 본다.
별것 한 게 없이 먹칠만 많이 해놨다.
내년을 기약하며 반성한다.

傷念 상념

不爲今又動 불위금우동
無意昨頻思 무의작빈사
理俗何相異 이속하상이
禪心惱懊維 선심뇌오유

함이 없으려 해도 오늘 또 거동하고
뜻을 두지 않으려 해도 어제도 자주 사유했다
이치와 통속은 어떻게 다를까
선심이 번뇌에 매여 있어라

〈斷想〉 인간이란 어떤 일에 집착하게 되면 도무지 자신조차도 통제를 못 하는 가보다.
내 머릿속이 매우 복잡하다.
무얼 안 하려 해도 그게 안된다.
내 마음과 행동이 따로따로 움직이는 것이다.
그러니 번뇌 투성이로다.

吟迎新前夜 섣달 그믐날 밤 읊다

迓接猢猻臘月昏 아접호손랍월혼
離開乙未夜情翻 이개을미야정번
風前亂髮蓬頭錯 풍전난발봉두착
或世滔滔競戰痕 혹세도도경쟁흔

잔나비를 마중하는 십이월이 저물어
양띠 해와 이별하는 밤의 정이 뒤바뀐다
바람 속 蓬頭亂髮로 뒤섞임은
아마도 온 세상이 물결치듯 싸우는 상처 때문이리라

〈斷想〉 을미년이 또 지나간다.
세상은 여전히 삶의 전쟁 중이다.
그 싸움 속엔 나도 끼어있다.
어떻게 지난 일 년을 달려왔는지 모르겠다.
이 기록 하나로 금년을 정리한다.

午睡中 見野菊 졸다가 본 들국화

似夢間時午睡芳 사몽간시오수방
如窺雪裏擧頭强 여규설리거두강
嶇丘白菊難移志 구구백국난이지
爾不見浮世此剛 이불견부세차강

꿈인 듯 잠깐 낮 졸음 속의 꽃다움
세태를 엿보는 듯 눈 속에 고개 든 강함
가파른 언덕에 하얀 국화의 변치 않는 의지가
그대들은 안 보이나 뜬 세상에 이 굳셈이

〈斷想〉 나는 국화에 대해서 관심이 많다.
내 아호가 국당이라서 그런 점도 있지만 가을 국화의 그 짙은 향기가 매우 자극적이라서 더욱 그렇다.
다른 꽃에 비해 菊香은 술맛을 돋운다.
사군자를 다 높이 여기지만 그 향기만큼은 국화 향이 좋다.
오늘 잠시의 낮 졸음 속에서도 국화가 향을 뿜고 있었다.

對酌 摩河公 마하 公과 대작하다

(1)

蒼然古彩友情連 창연고채우정연

意合醺杯大醉仙 의합훈배대취선

藉藉詩書公出色 자자시서공출색

藩籬似蛹臥陶然 번리사용와도연

오랜 세월의 묵은 빛깔 우정 이어져

뜻이 맞으면 막걸리잔에 대취한 신선이 되지

公의 詩書 탁월함이 자자해라

근데 요즈음은 숨은 선비처럼 울안에서만 보내시나

(2)

初春日沒夜來寒 초춘일몰야래한

隔絶宣公見到歡 격절선공견도환

拍手呵呵談一氣 박수가가담일기

香樽酒醉不知端 향준배취부지단

초봄이라 하나 해지고 밤 되니 아직은 추워도

오랜만에 선공을 만나 즐거워라

손바닥 치며 껄껄껄 담소로 한바탕

美酒에 홍취가 끝날 줄을 모르누나

〈斷想〉 나는 일찍부터 마하 공과 가끔 대작하곤 했다.
비슷한 나이의 친구지만 나는 공을 서예계의 선배로 깍듯하게 대해왔다.
그는 내가 서예계에 진출하기 오래전부터 글씨를 써온 작가이기 때문이다.
오늘도 오랜만에 만나 대취했다. 이 기록은 훗날 우리 둘의 이야기를 전해 주리라.

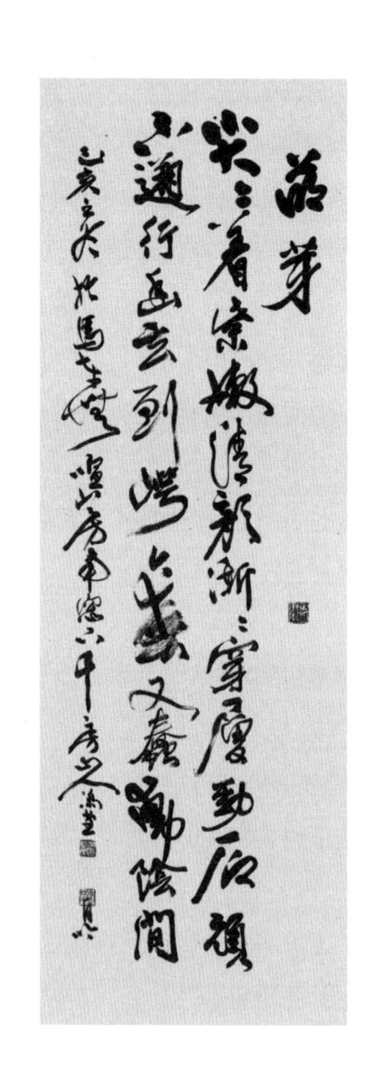

高官大爵 고관대작들

(1)

亮暗恒存界 양암항존계

乾坤又世間 건곤우세간

繫功名執爾 계공명집이

何異小輩顔 하이소배안

밝고 어두움이 항상 존재하는 세계

하늘과 땅 또한 그 세간이지

공명에만 매달려 집착하는 그대들

소인배의 모습과 무엇이 다를까

(2)

衆蚤牙之爵 중조아지작

蝸牛角上爭 와우각상쟁

事傍觀袖手 사방관수수

嗤笑各圖生 치소각도생

나라의 중임을 맡은 나리들

소소한 일들로 다투어 대기만 한다

제 할 일들은 수수방관 하면서

비웃음 사는 짓으로 각자 살 궁리만 하는구나

(3)

蚌鷸維形勢 방휼유형세

山河賈怨聲 산하고원성

豈黎民不覺 기려민불각

街巷事權爭 가항사권쟁

敵對하여 버티면서 양보하지 않는 형세에

세상의 원성을 산다

어찌 국민을 생각지 아니하고

시정의 권력 싸움만 일삼는가

*蚌(방합 방), 鷸(도요새 휼)

蚌鷸之勢(방휼지세) : 도요새가 방합을 먹으려고 껍질 속에 주둥이를 넣었다가, 방합이 껍질을 닫는 바람에 도리어 물려서 서로 다툰다는 뜻으로, 적대(敵對)하여 버티고 양보하지 않음을 나타내는 말. 곧, 어금버금한 형세. 휼방지세(鷸蚌之勢).

〈斷想〉 일년 내내 매일 언론을 뜨겁게 달구는 이야기들은 늘 싸움질만 일삼는 정치인들과 일부 고관 대작들의 이야기이다.

국민들은 참으로 피곤하다. 이유 없이 밤낮으로 그걸 보고 살아야 되니 말이다.

이들도 이 나라 국민이다. 그리고 국가를 위해 헌신해야 하는 공복들이다.

그런데도 그들은 비리를 저지르면서 국민의 위에 군림하려 하고 있다.

그래서 국민은 어제도 오늘도 피곤하다.

이들의 싸움과 비리는 언제쯤 끝이 나려나 모르겠다.

春寒 꽃샘추위

杏月飄氷雪 행월표빙설
新芽對朔風 신아대삭풍
嫩尖傷害辣 눈첨상해랄
然蠢野花蟲 연준야화충

춘삼월에 폭설 몰아쳐
새싹이 찬바람과 싸운다
여린 봉오리 상처가 쓰라려라
그래도 꿈틀대며 봄은 온다

*杏月(행월) : 음력 2월.

〈斷想〉 봄이 오는가 싶더니 하얀 눈이 사정없이 내려서 온 천지를 깨끗하게 덮었다.
에구! 그런데 이제 막 地表를 뚫고 나오려는 저 가녀린 싹은 어찌할꼬!
내 마음이 시려 온다.

晩春 清平 湖 늦봄의 청평 호수

地維天柱理 지유천주리
雲起節風新 운기절풍신
水霧江邊播 수무강변파
前圖幅惜春 전도폭석춘

땅이 얽어 매여 있고 하늘을 받드는 이치 속에
구름 이는 계절 바람이 신선하다
물안개 강변에 피어 흩어지는데
눈앞 한 폭의 그림에 가는 봄이 아쉬워라

〈斷想〉 봄날 청평호수는 그림 같았다.
아니 그림이었다.
다만 이 짤막한 한 수의 시 속에 그걸 다 담을 수 없으니 아쉽다.

千房樓 천방루

石階鳴鳩聚 석계명구취
松巖拗路經 송암요로경
近荒墳古刹 근황분고찰
如畵碧崖亭 여화벽애정

돌계단 구구대는 비둘기 무리
솔 바위 꺾어진 길 지나니
가까이 무너진 무덤과 고찰이 있는데
푸른 벼랑에 서 있는 정자가 마치 그림 같아라

〈斷想〉 천방산은 충남 서천을 대표하며 당나라 소정방의 설화와 연관되기도 하는 내 고향의 명산이다.
본디 서천군 또한 들녘이고 이 산이 그리 높은 산은 아니지만 그 품이 비교적 넓고 따뜻하다.
그곳 중턱에 여러 해 전 내가 쓴 바 있는"千房樓"라는 현판을 달고 누각이 머언 들을 바라보며 우뚝 서 있다.
먼 데서 보면 마치 한 폭의 동양화같이 아름답다.

從筆 붓 가는 대로

氣起濤何未可窮 기기도하미가궁
心然不律落遊濛 심연불률락유몽
毛尖所至無爲意 모첨소지무위의
快豁從容劃別工 쾌활종용획별공

기운이 파도처럼 일어나면 어찌 다 할 수 없어
내 마음 그렇게 붓을 가지고 홍몽 속에 노닌다
터럭 끝 이르는바 뜻대로 되진 않지만
거침없이 침착한 획 기교가 다르구나

*不律 : 붓의 별칭.

〈斷想〉 하늘이 내게 주신 것은 예능적 신명인 것을 부인할 수 없다.
때론 그 신명 때문에 내가 괴로울 때도 있었다.
조용히 살 수가 없기 때문이다.
붓글씨도 나는 신명으로 쓴다.
신명 나게 써야만 내 본질을 표현할 수 있다.

法華經 石印材 법화경 석인재

積印材如岳 적인재여악
艱難費用層 간난비용층
齋書生次減 재서생차감
錢費處常增 전비처상증
日久多丹石 일구다단석
刀磨異技能 도마이기능
此何堪喚寤 차하감환오
眞似嶽征登 진사악정등

쌓아놓은 인재가 산더미 같은데
고통의 비용은 겹겹이로다
서실의 서생은 차츰 줄고
돈 쓸 곳은 매일 늘어만 가네
날이 가면서 쌓이는 붉은 전각 돌
칼이 닳을수록 刻技는 달라지지만
이를 어찌 견뎌낼지 잠을 깨우니
참으로 마치 險山의 등정 같음이로다

〈斷想〉 이 당시 나는 전각석을 사 모으는 데 힘을 쏟고 있었다.
법화경 완각 작업에 들어갔기 때문이다.
그때 쓰나미를 만난 내 형편은 말이 아니었지만 어떤 형태로든 그 암울함에서 벗어나야 했기 때문에 그 많은 돌을 사 모아야 했다. 나는 법화경 7만자를 장엄하게 완각하는 것이 목표였다…….

篆刻法華經 <佛光 2012>

전각법화경 〈불광 2012〉

(1)

過二千餘日六春 과이천여일육춘

爭山積石塊刀身 쟁산적석괴도신

居然暗窟無前苦 거연암굴무전고

背世呑流淚說憂 배세탄류루세우

이천 여 일 여섯 번의 봄을 지나면서

산적한 돌덩이와 전각 칼자루를 들고 싸웠다

그렇게 깜깜한 터널 속에 갇혀 앞이 안 보이는 고통

세상을 뒤로 하고 흐르는 눈물을 삼키며 근심을 달랬지

(2)

佛法華經七萬言 불법화경칠만언

完章石刻四千痕 완장석각사천흔

材料重五頓程度 재료중오돈정도

晝夜無休着火魂 주야무휴착화혼

불교 법화경전 칠만 자 말씀

完章과 石刻 사천 편의 흔적

전각 돌 무게만 오 톤쯤으로

밤낮 쉼 없이 영혼을 불태웠다

(3)

老母慈心絶不忘 노모자심절불망

難窮處境頗知傷 난궁처경파지상

全存貳百零花幣 전존이백영화폐

淚執章刀得力强 루집장도득력강

연로하신 모친의 사랑 결코 잊을 수 없어

곤란한 처지 자못 내 상처를 아셨나 봐

이백만 원 통장째 건네주신 당신의 용돈

눈물로 刻刀 잡고 힘을 얻어 강해졌지

(4)

惟刀刻邁二三秋 유도각매이삼추

此進行半左右留 차진행반좌우류

寤寐心憂經用幣 오매심우경용폐

何全筆舌傳時流 하전필설전시류

오로지 전각에 매진하면서 이삼 년

이제 진도는 거의 반쯤에 머물렀지만

자나 깨나 마음 걱정은 들어가는 비용문제

어찌 다 筆舌로 당시의 상황을 전하리오

(5)

艱難過六載長程 간난과육재장정

智慧田嫦助力成 지혜전항조력성

聚散憂來心懇禱 취산우래심간도

慈平等佛世尊平 자평등불세존평

어려웠던 지난 육 년의 긴 여정

지혜로운 전항의 도움으로 이루었지

근심 걱정이 교차할 때마다 간절히 기도함은

자비롭고 평등하신 부처님 제발 평화롭게 해 주소서

(6)

蓬頭亂髮獨焚魂 봉두난발독분혼

暗影行雲六載昏 암영행운육재혼

苦實今初開展日 고실금초개전일

心殘影似擣胸飜 심잔영사도흉번

형편없는 꼬락서니로 외로이 불태운 영혼

어두운 그늘에 구름 벗으니 여섯 해가 저물었어라

피땀의 결실 오늘 비로소 전시회 날

마음속 잔영이 가슴을 찧듯 울렁거린다

〈斷想〉 이 법화경이 완각 되기까지의 내 이야기는 필설로 이루 다 전하기엔 쉽지 않다. 99 고개 그 힘든 고비를 어찌 넘어왔는지 무슨 힘으로 버텨 왔는지 나 스스로도 놀랄 뿐이다. 이 과정을 아무도 모른다. 글자 그대로 사력을 다해 하루 15시간씩 365일 6여 년 2,000날을 작업했다. 그리고 마침내 완성했다. 뚝뚝 떨어지는 내 땀방울과 힘겨워 흐르는 눈물 속엔 핏기가 섞여 있었다.

法華經 拓印 법화경 도장을 찍다

(1)

苦刻千餘顆佛言 고각천여과불언

焦思數體類刀痕 초사수체류도흔

今朝拓印胸洋溢 금조탁인흉양일

困勞長程似夢渾 곤로장정사몽혼

땀으로 새긴 천여 과 부처님 말씀

고심 속 여러 서체 종류의 刀痕으로

오늘부터 날인하니 가슴이 벅차올라

힘들었던 여정이 마치 꿈속같이 어린다

(2)

顆顆仔觀爪面章 과과자관조면장

痕痕浸透苦哀傷 흔흔침투고애상

和紅白妙情興發 화홍백묘정흥발

此重新東藝喫香 차중신동예끽향

한방씩 살펴보니 손톱 만한 것부터 얼굴 크기의 인장들

칼자국마다 고통과 슬픔의 상처가 배어있다

홍과 백이 조화 되어 묘한 정취 일으키네

여기에서 새삼 동양 예술의 향기를 만끽하는구나

(3)

身形異篆越千方 신형이전월천방

體色然圖散妙香 체색연도산묘향

捺印傍書充兩月 날인방서충양월

章屛四八幅新裝 장병사팔폭신장

인면의 형태마다 異體篆으로 천방이 넘는데

인신의 색깔 천연의 그림에 오묘한 향기 깔린다

날인하고 방서하는데 꼭 두 달

인장 병풍 사십팔 폭 새롭게 장식했다

〈斷想〉 그 많은 전각작품을 새기기도 했는데 찍는거야 쉽다 생각했는데
워낙 巨印이 많아 어려움이 많다.
찍는 데에만 두 달을 넘게 작업하여 작품을 만들었다.
인재도 가지가지 모양도 가지가지.
16폭 대형족자 3세트로 찍어 완성하였다.
내가 봐도 굉장하긴 하다.
이걸 내가 다 새겼다는 말인가.
마치 산더미 같구나.

自轉車 事故 자전거 사고 나다

(1)

昨思惟豫算 작사유예산

今悶賣吾車 금민매오거

果敢低生費 과감저생비

無難出佛居 무난출불거

어제도 생각했던 〈불광〉 제작비 예산

오늘은 고민 끝에 타던 차를 팔았다

과감히 생활비를 줄여야

무난히 佛前에 나갈 듯해서

(2)

賣出吾車後 매출오거후

經營費少餘 경영비소여

但移材不易 단이재불이

今脚踏行廬 금각답행려

차가 팔려나간 뒤

경영의 비용이 줄어 여유가 좀 있긴 한데

다만 석재를 옮기는 게 쉽지 않구나

오늘도 자전거로 작업실 가네

(3)

大都繁雜殆 대도번잡태

便用踏車初 편용답거초

路上行中顚 노상행중전

心其佛令除 심기불령제

대도시는 번잡하여 대단히 위태로워라

편리상 자전거를 타기 시작했는데

차로에서 엎어지는 사고가 났으니

마음속에 그것은 佛令이라 여겨 없애버렸네

〈斷想〉 오늘 나는 내 애마를 처분해야 했다.
차량 유지비라도 절약해야만 지금의 상황을 조금이라도 감당할 수 있기 때문이다.
그런데 차를 팔고 대신 자전거를 19만원에 사서 집에서 인사동 서실까지 작업 된 돌을 싣고 다니다가 그만 아리랑 고개에서 전복사고를 당한 것이다.
다행히 크게 다치지는 않했지만 바로 자전거마저 없애야 했다.
이후 나는 배낭에 인재를 담아 메고 긴 날을 버스로 출퇴근하는 신세가 되어 버렸다.
한 여름이면 무거운 배낭으로 인해 땀방울이 눈 속으로 들어가
가뜩이나 힘겨운 나를 괴롭혔다.

千房樓 晩秋 천방루의 늦가을

(1)

千房嵯脈繞三方 천방차맥요삼방
錦水黃波曲五鄕 금수황파곡오향
虛閣紅霞秋色渥 허각홍하추색악
山陰潤草噴淸香 산음윤초분청향

천방산 높은 갈래 삼면에 둘러 있고
금강의 황금 물결 오향에 굽이친다
빈 누각에 붉은 노을 가을색이 짙어라
산 그늘에 젖은 풀이 청향을 뿜는구나

(2)

千房屹立見南陽 천방흘립견남양
萬頃平原展穀糧 만경평원전곡량
獨坐紅霞空石閣 독좌홍하공석각
巖間樹鳥叫飛翔 암간수조규비상

천방산 쭈뼛 솟아 남양을 바라보고
만경 평원엔 곡식이 펼쳐있다
노을 지는 빈 누각에 홀로 앉아 있으려니
바위 사이 숲새들만 우짖으며 나네

*南陽 : 서천의 옛 지명.

〈斷想〉 고향의 산은 누구나 다 정겹고 포근함을 느끼리라.
우리 고향 서천군의 명산 천방산 천방루에도 가을이 왔다.
너른 들엔 곡식들이 무르익어 풍년을 말해준다.
누대에서 보는 노을이 아름답다.

夢中思鄉 꿈 속 고향 생각

(1)

繞落千房麓 요락천방록

忠清僻境棲 충청벽경서

岳春華滿發 악춘화만발

林夏蟪騷啼 임하혜소제

壑谷秋楓艶 학곡추풍염

冬江月影低 동강월영저

何時歸是處 하시귀시처

倦客夢思迷 권객몽사미

마을을 둘러친 천방산 기슭

충청도 두메에 깃들었어라

산에는 봄꽃이 만발하고

숲에는 여름 매미 시끄러웠지

골짜기 가을 단풍이 곱고

겨울 금강엔 달그림자 내려앉았다네

언제 이곳에 갈까

지친 나그네 꿈속에서 헤맨다

(2)

僻千房麓下 벽천방록하
檐桷颯風棲 첨각삽풍서
壑下春花發 학하춘화발
塘邊夏蝌啼 당변하과제
月光秋野照 월광추야조
冬木雪中低 동목설중저
是處何年蟄 시처하년칩
朦朧夢裏迷 몽롱몽리미

벽지 천방산 기슭 아래
처마 서까래에 살랑거리며 바람이 깃든다
골짜기 아래엔 봄꽃이 피고
방죽가에는 여름 개구리 울어 대었지
달빛은 가을 들녘을 비추고
겨울나무들 눈 속에 늘어졌다네
이곳에 어느 해 칩거하려나
흐릿한 꿈속에서 헤맨다

〈斷想〉 고향이란 누구나 그리운 곳이다.
내가 태어나서 자란 그곳 서천의 벽촌.
그곳을 떠난 것은 벌써 반세기를 훌쩍 넘겨버렸다.
나이가 들면서 이젠 꿈속에서까지 가끔 나타나는 고향.
어젯밤도 나는 어딘지 분간이 안 가지만 꿈속 고향에 다녀왔다.
춘하추동 내 고향은 그렇게 여전히 포근함을 안고 있다.

早春漢拏山 이른 봄 한라산

巍長白脈接靈峯 외장백맥접령봉
漾海山精動偉容 양해산정동위용
五百奇巖藏億劫 오백기암장억겁
千丈峭壁翠群松 천장초벽취군송
陰林壑谷溶殘雪 음림학곡용잔설
鹿水潛龍未寤冬 녹수잠용미오동
忽火輪光波出出 홀화륜광파출출
乾坤兩氣聚心胸 건곤양기취심흉

우뚝한 백두의 맥이 영봉에 이어져
일어나는 山海의 정기가 偉容에 진동한다
오백 기암 억겁을 감추었어라
천길 절벽에 소나무가 푸르구나
그늘진 숲 골에 잔설이 녹는데
백록담 잠긴 용은 아직도 자는가 보다
불끈 해가 떠서 비추고 파도는 출렁출렁
건곤의 음양 기운이 가슴에 엉긴다

〈斷想〉 한라산에 올랐다.
백록담까지는 다 오르지 못했어도 윗새 오름까지는 올라갔다.
우리나라 남단의 섬 제주에 이런 고봉이 있다는 게 참으로 신기하고 놀랍다.
아직은 이른 봄이라 그런지 바람이 차다.

백두에서 내려온 정기가 여기 한라에 이어져 있는 느낌이 든다.
가슴에 스미는 靈氣가 나를 건강하게 해주는 듯하다.

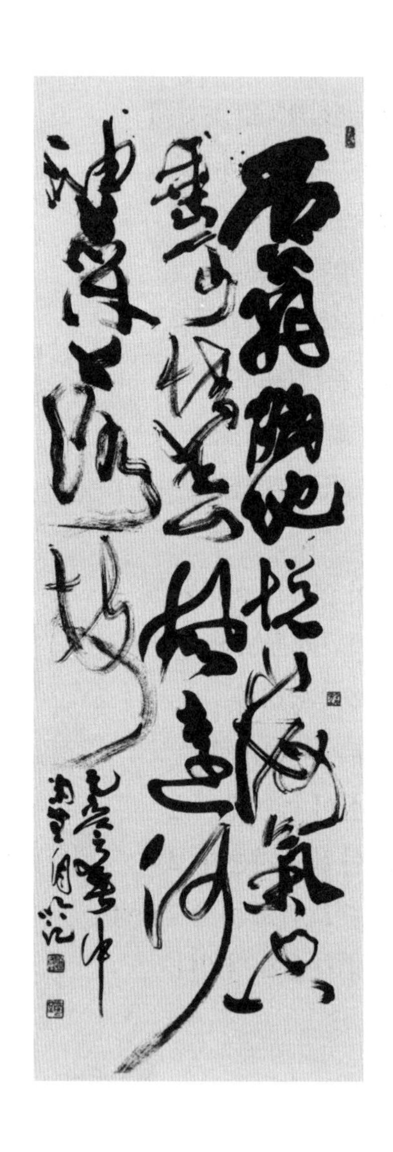

自說 1999年

1999년도 스스로를 달래다

(1)

客旅何停處 객여하정처

平生志未舒 평생지미서

世空道亂國 세공도난국

人氣息融虛 인기식융허

片月胸中照 편월흉중조

殘星夢境除 잔성몽경제

此身煩撩俗 차신번료속

離慮欲閑居 이려욕한거

나그네 어디가 머무는 곳인가

평생의 뜻 아직 다 펼치지 못하였어라

세상의 空道가 나라를 어지럽히니

사람들의 기식도 헛것에 융화되네

조각달 가슴에 비추는데

남은 별은 꿈결에 사라져 버려

이 몸이 번거롭게 세속에 잡히니

잡념을 떠나 한가히 살고 싶어라

(2)

客路留何處 객로유하처

青雲夢未舒 청운몽미서

察安恒棄慾 찰안항기욕

知足豫防虛 지족예방허

讀籍窮賢聖 독적궁현성

尖鋒寫法書 첨봉사법서

但煩常阻意 단번상조의

離俗欲閑居 이속욕한거

나그네길 머무는 곳 어딘가

청운의 꿈 아직도 펼치지 못했노라

편안함을 살펴 욕기를 버리고

족함을 알아 미리 헛됨을 막으며

책을 읽어 현성을 궁구 하고

필봉을 세워 법첩을 쓴다

한 갓 번거로움이 뜻을 방해하니

속세를 떠나 閑居하고 싶어라

〈斷想〉 뭔가 부족하여 답답한 내 가슴을 나는 오늘도 달랜다.
글씨를 쓰다가 전각을 하다가 책을 읽다가 나는 오늘 방황한다.
왠지 모를 불안스러움이 엄습한다.
그래서 달랜다. 이것은 뭔가 마음의 번거로움이 작용하고 있기 때문이리라.
한참 뒤에야 알았다.
내가 해야 될 일 이루어야 할 일들이 너무 많기 때문이라는 것을.
나는 너무 바삐 살고 있다.
그래서 그 욕심을 좀 줄이기로 했다.
그리고 한 가지씩 천천히 하기로 했다.

回顧 秋情

어릴 적 가을의 정취를 그리워하다

草屋秋風寂寞横 초옥추풍적막횡

千房岳脈曉紅英 천방악맥효홍영

農人壹貳東南出 농인일이동남출

斂穫斤升自足衡 염확근승자족형

遠遠祈堂鐘振落 원원기당종진락

纍纍學幼冊明誠 누누학유책명성

黃華滿地庭邊艶 황화만지정변염

少節思鄉動想情 소절사향동상정

초옥에 가을바람 쓸쓸히 비끼고

천방산 줄기 새벽부터 울긋불긋했었지

농사꾼들 하나 둘 일터로 나가서

수확의 결실 자족으로 저울질하고

멀리 교회의 종소리 마을에 울리면

옹기종기 학동들 책 들고 예배 보러 갔다네

노란 국화 가득히 마당가에 고우니

어린 시절 고향 생각에 일어나는 그리운 정

〈斷想〉 내가 초등학교에 다니던 시절은 까마득한 옛날이다.

그 시절엔 그래도 인심도 좋고 훈훈한 정이 넘치던 때 였는데 이미 흘러가 버린

이야기들이다.
그땐 농사 아니면 먹을 것이 없어 끼니조차 거를 수 밖에 없던 배고픈 세월의 연속이었지만 그래도 그 시절이 이토록 그리운 것은 어째서일까. 생각하기도 싫을 것 같지만 아니다. 그립다 그 시절이…….
그래서 그리운 시 한편 남겨야 겠다.

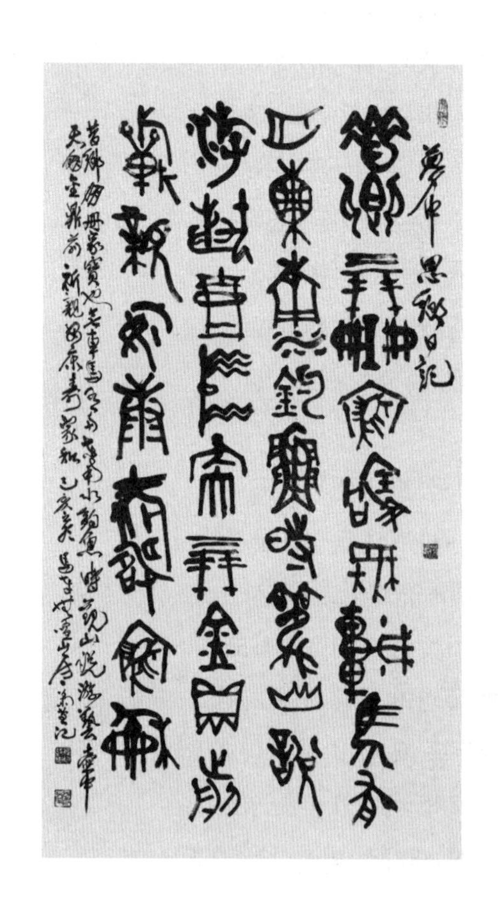

政治人

정치하는 사람들

昨言忘未信 작언망백배

今辯妙無眞 금변묘무진

說變恒同色 설변항동색

何時食語嚬 하시식어빈

어제 한 말 잊어버리니 신뢰감이 안 들고

오늘 달변 그럴 듯해도 진실성이 없지

뱉은 말 변질되었는데도 낯색이 달라지지 않으니

언제 또 거짓말할지 절로 짜증 나네

〈斷想〉 정치인들은 입만 열면 신뢰할 수 없는 거짓말들을 잘한다.
이 같음을 그들은 모르는 것일까.
아니다. 누구보다도 잘 알 것이다. 거짓말을 해야 자신들은 산다고 여긴다.
그런 중중의 거짓말을 내뱉는 상태가 그들에겐 습관화되어 있는 듯하다.

末世之境界 말세의 경계

(1)

昔日窮恒敬老思 석일궁항경노사
今時富漸忽長儀 금시부점홀장의
稱東禮國慙言我 칭동예국참언아
豈弑親何害息悲 기시친하해식비

옛날에는 가난해도 늘 경로사상이 있었는데
지금은 부유해도 점차 어른을 홀대하는 거동이라
동방예의지국 칭함이 부끄러운 말 되어버린 우리
어찌 부모를 해하고 어찌 자식을 해치는 비극이 있나

(2)

滅道今時世境思 멸도금시세경사
崇親昔日美姿儀 숭친석일미자의
千年大計全成就 천년대계전성취
幼育人間性結悲 유육인간성결비

도의가 멸해버린 지금 세상의 사고
어버이를 섬기던 옛날 아름다운 모습으로 가야 하네
천년의 대계를 온전히 이루려면
어릴 때 인간성을 길러줘야 자비로워지지

(3)

有裕强兵大國思 유유강병대국사

無長幼老少虛儀 무장유노소허의

人間世又生泉必 인간세우생천필

豈此爲因果作悲 기차위인과작비

부국강병의 대국이라도 그 사상에

어른과 아이 노소가 없다면 헛된 일

인간이 살아감에 또한 돈은 필요한 것이지만

어찌 이것이 인과가 되어 슬프게 하나

*泉(돈, 화폐 천)

〈斷想〉 古來로 우리나라를 동방의 禮儀之國이라 일컬어 왔다.
그런데 지금은 결코 아니다.
동방, 아니 세계 최고의 無禮之國으로 바뀌어 버렸다.
왜 이리 되었을까 그 원인은 잘 모르겠으나 아무튼 요즘은 세상이 너무 무섭다.
어른 아이가 구분이 안되고 손주격의 젊은이가 80대 노인을 두들겨 패고 험한 욕지거리를 해대는 일 또한 심심치 않게 목도 된다. 이젠 경로사상조차 점점 없어져 간다.
슬픈 일이다.
나라가 어찌 이리 되었을까.
짐작컨대 우리의 교육 현실, 무분별한 방송, 그리고 나쁜 정치행태가 이리 만들어 놓은 것 아닐까 생각된다.

吟三月 삼월

蠢動生存氣秘神 준동생존기비신
東天突出火輪眞 동천돌출화륜진
朝醒我息思惟座 조성아식사유좌
自悟時歡又詠春 자오시환우영춘

꿈틀 꿈틀 살아 있는 氣의 비밀이 신기로워라
동녘에서 솟아오르는 붉은 해 변함이 없네
아침에 깨어나 자리에서 내가 숨쉬고 사유한다는 것
스스로 깨달아 때로 기쁘니 또 봄을 읊조린다네

〈斷想〉 삼월은 모든 생물들이 꿈틀대며 생동하기 시작하는 봄의 첫머리이다.
그래서 인간에게도 삼월은 기운생동의 힘을 준다.
내가 숨을 쉬고 산다는 것에 감사한다.

外國語 看板 외국어 간판

(1)

實正音頒六百年 실정음반육백년

今吾國建五千連 금오국건오천연

全公寓禮堂英佛 전공우예당영불

不解稱名壁壁懸 불해칭명벽벽현

실로 훈민정음 반포 육백 년이고

이제 나라 건국 오천 년이었는데

아파트 예식장 모두들 영어나 불어

뜻도 모르는 명칭이 벽마다 덕지덕지

(2)

國字創和太治年 국자창화태치년

愚民啓到理文前 우민계도리문전

然如外語狂忘自 연여외어광망자

忽待邦言不識懸 홀대방언불식현

나라 글 창제하여 太平 治에 화합하고

어리석은 백성 깨우쳐 讀文에 이르렀지

그러나 마치 외래어에 미친 듯 스스로를 잊으니

제 나라 말은 홀대하고 뭔지 모를 간판들 주렁주렁

〈斷想〉 거리를 다니다 보면 도무지 무슨 뜻으로 지어 붙인 이름인지 영어인지 프랑스어인지 이태리어인지 뭔지 모를 아파트, 예식장, 그리고 각종 카페 등 업소의 간판을 본다. 우리말로 지으면 가치가 떨어진다 하니 참 기가 찰 노릇이다.
세계의 알 수 없는 값싼 단어가 우리가 입는 티셔츠에까지 우리나라 전역에 걸쳐 범람하고 있다.
심지어 시골 소도시까지 그렇다.
문제는 그 뜻을 대다수 국민들은 모른다는 것이 더 심각한 일이다.
세종대왕께 배신이고 국어에 대한 부끄러운 오염이 아닐까.

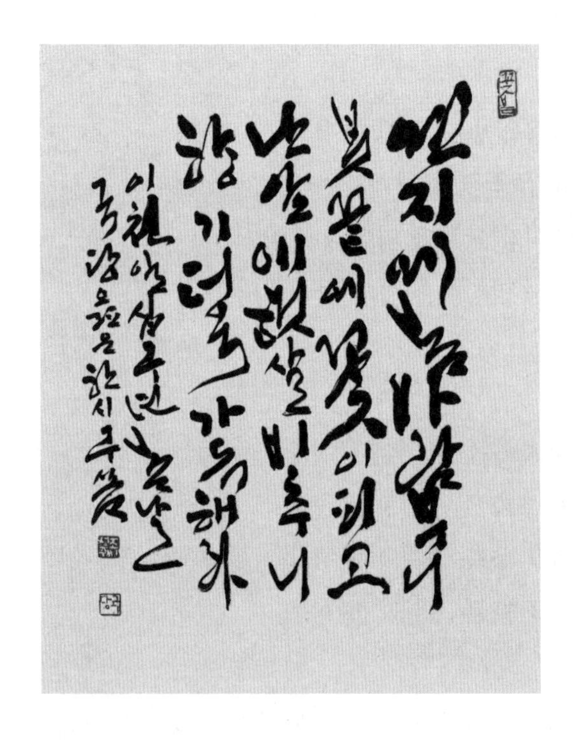

迎春歌 봄맞이 노래

萬化生方暢柳春 만화생방창류춘
川邊蠢競接花神 천변준경접화신
飛蜂蝶蘂紛紛樂 비봉접예분분락
哎嗨金樽美酒幸 애해금준미주행

우주만물 화생하여 바야흐로 화창하니 버들 봄이요
개천가 꿈틀대며 다투어 맞으니 花神이로다
나르는 벌 나비 꽃술에서 분분히 즐거워라
얼씨구나 金樽 美酒에 행복하도다

〈斷想〉 봄이 되면 괜스레 마음이 설레인다.
그것은 아마 온 천지에 새싹이 돋고 고운 빛의 꽃들이 피어 있어 그런 것 같다.
봄은 사계의 시작점이요 만물이 생동하기 시작하는 계절.
내 인생의 봄은 언제 또다시 오려나.
봄맞이 술 한잔에 나는 벌써 취기가 오른다.

破瓜 육십 중반에

活青時樹夢 활청시수몽
全晩節清靈 전만절청령
慾傲空名棄 욕오공명기
唯安樂道馨 유안락도형

젊음이 활기차려면 꿈을 심어야 하고
노년이 온전하려면 영혼이 깨끗해야 해
물욕과 오기 헛된 이름은 버리고
오직 樂道의 향기에 편안하련다

*破瓜(파과) : 남자 64세의 이칭.

〈斷想〉 공자께서는 일찍이 인생 60을 耳順이라 하여 곧 귀가 순해지는 나이로 모든 말을 객관적으로 들어준다 했으니 나도 지금 그 나이 아닌가.
그런데도 나는 그러질 못한다. 다만 한 가지 헛된 욕망은 버리고 탐욕에서 멀어지고 허명에 사로잡히지 않으려 노력한다.
그래야 내가 스스로 편안해지기 때문이다.

某士 어느 선비

柔能卽制剛 유능즉제강
暖可則溶霜 난가즉용상
拗路生頻徙 요로생빈사
何臭獨蟄藏 하취독칩장

부드러움으로 곧 강함을 이길 수 있고
따뜻함으로 곧 찬 서리를 녹일 수 있었는데
구부러진 길 가느라 삶이 분주하시나
무슨 악취 때문에 외로이 칩장 하실까

〈斷想〉 옛날에는 조용히 칩거하면서 진리를 탐구하고 올바른 길을 찾는 어진 선비들이 많았던 것 같다.
그러나 지금은 그런 선비는 좀처럼 찾기 힘든 세상이다.
그것은 오늘의 이 세상이 경제시대이기 때문이다.
돈이 없으면 한 발자국도 움직일 수 없다.
그런데도 이 선비는 요즘 꼼짝 안 하시고 道만 닦는가 보다.

求眞 진의를 찾다

三人必我師 삼인필아사
世事或童詩 세사혹동시
自破邪行本 자파사행본
開胸得理之 개흉득리지

셋이 가는 길에는 반드시 내 스승이 있고
세상사에도 혹간 천진난만한 시가 있지
스스로 삿됨을 파하고 근본을 행하는 것은
마음을 열고 그 이치를 터득하는 것

〈斷想〉 三人行必有我師라.
이는 곧 논어에 나오는 구절이다.
우리가 읽는 한 편의 시 속에서도 어떤 이치를 깨달을 때도 있다.
다만 중요한 것은 자신의 마음을 열고 그런 것들을 어떤 방식으로 얼마나 이해하며 살피느냐에 따라 그 가운데 진의를 찾거나 말거나가 결정된다.

春三月白雪 춘삼월에 내린 눈

過驚蟄雪風 과경칩설풍
縮凍氣童蟲 축동기동충
已野春芽息 이야춘아식
何多冷嫩叢 하다냉눈총

경칩이 지났는데 눈보라치니
찬 기운에 움츠리는 童蟲들
이미 들판의 봄 싹은 기지개를 켜는데
여린 떨기들 얼마나 추울까

〈斷想〉 근래에는 기상의 영향인지 춘 3월에 눈이 자주 내린다.
파릇한 새싹들이 더욱 추워 보이고 가련하다.

殘雪中 福壽草 잔설 속의 복수초

季冬餘冷氣 계동여냉기
山角瘦皮荒 산각수피황
閉葉晨時待 폐엽신시대
開顔日出香 개안일출향
秘神花福壽 비신화복수
黃嫩蘂堅强 황눈예견강
雪裏春先告 설리춘선고
柔剛外內藏 유강외내장

겨울의 끝자락 아직은 추위가 남아
산모퉁이 마른나무 껍질이 거칠다
이른 아침 꽃잎 닫고 기다리다가
해가 뜨면 얼굴 여니 향기롭네
비밀의 신기한 꽃 복수초
노랗고 여린 꽃술이 굳세구나
눈 속의 봄 먼저 알려주고
강유가 내외에 감추어져 있도다

〈斷想〉 하얀 눈밭에 노란 꽃이 의연히 피어올랐다.
국화도 아니고 난초도 아닌데.
이 꽃은 해가 떠야 핀다는 복수초란다.
눈 속 한파도 무섭지 않은 너의 忍冬 강한 모습에 그저 신기하고 감탄할 뿐이다.

三月 삼월

乾坤理致不違今 건곤이치불위금
四節變神又察陰 사절변신우찰음
岳脊輕輕揮梢葉 악척경경휘초엽
灰鳩閃閃集松林 회구섬섬집송림
花春傳令乘風至 화춘전령승풍지
暖日烘窓載氣臨 난일홍창재기림
福壽黃顔堪耐苦 복수황안감내고
山蛙産卵急驚心 산와산란급경심

건곤의 이치가 어긋나지 않은 오늘
사계절 변화의 신은 또 음지를 살핀다
산등성이에 살랑살랑 나무 끝 잎 새를 흔들고
잿빛 비둘기는 힐끗힐끗 소나무 숲에 모여드네
花春의 전령 바람 타고 와
따뜻한 날 볕 창에 기운 싣고 임했다
복수초 노란 얼굴 기다리기가 힘겨워라
산개구리 알 낳으려다 놀란 마음이 바쁘구나

〈斷想〉 3월은 또 이렇게 찾아 왔다.
오늘 우리 집 뒷산을 오르다가 또다시 3월임을 알았다.
비둘기 떼 건너편 개울로 가 봤다. 웅덩이에 개구리가 알을 낳는가보다.
인기척에 저 녀석들도 놀라 달아난다. 이렇게 3월이 또 가고 있다.

三文齋 秋日
삼문재의 가을날

竹樹淸風颯 죽수청풍삽
無訪客僻居 무방객벽거
但揮鋒灑掃 단휘봉쇄소
唯播墨圍廬 유파묵위려

대숲에는 맑은 바람 소리 소슬한데
시골처소 찾는 사람 없어
다만 붓을 휘둘러 灑掃하니
오직 먹 향기 퍼져 곳집을 감싼다

〈斷想〉 삼문재는 고향에 있는 내 집의 이름이다. 즉 堂號인 셈이다.
뒷산은 대숲이고 소나무 참나무 등의 잡목으로 우거져 있다.
늘 조용한 이곳에 가을이 찾아오면 시원한 마루에 먹을 갈아 놓고 붓글씨를 써 보는 것도 한 편의 서정시다움이다.

吟 北岳青松
북악의 푸른 솔을 읊다

不改千年貌 불개천년모
蒼松氣魄眞 창송기백진
唯能青獨傲 유능청독오
拒雜輩君珍 거잡배군진

오랜 세월 변함없는 모습
蒼松 기백의 참됨
오직 독야청청 傲慢할 수 있음은
잡배를 싫어하는 그대의 보배로움이리라

〈斷想〉 三角山麓의 숲은 침엽수인 赤松도 있고 잣나무도 많고 참나무같은 활엽수 등 수종이 여러 가지 섞여 밀림을 이루고 있다.
오늘 산을 오르다가 노송 한 그루를 발견했다.
늘 지나다녔지만 왠지 오늘은 더 특별히 보인다.
족히 몇십 년은 되어 보이는데 그 자태가 범상치 않게 멋지게 생겼다.
그냥 지나칠 수 없어 이 시를 남긴다.

處暑 처서

鄕房獨坐讀禪詩 향방독좌독선시
夕照寒蟬叫細枝 석조한선규세지
已去景炎紅白果 이거경염홍백과
灘聲露馥入同時 탄성로복입동시

고향 집에 홀로 앉아 선시를 읽는데
저녁노을 찬 매미 가는 가지에서 울어 댄다
이미 삼복이 지나가 백과는 붉어가고
여울 소리에 이슬 향기 함께 들어오는구나

〈斷想〉 해마다 느끼는 것은 말복 더위가 아무리 기승을 부려도 며칠 후 처서가 되면 그 맹위를 떨치던 게 기가 꺾인다는 것이다.
처서는 곧 가을을 예고하는 절기이기도 하다.
그리고 지긋지긋한 더위에서 벗어나는 시기이기도 하고…….
그래서 여름 삼복이 되면 초복부터 벌써 처서를 기다린다.

秋月 가을달

(1)

中秋月鏡桂花初 중추월경계화초

靜坐山堂法帖書 정좌산당법첩서

冷露淸風來細馥 냉로청풍래세복

蟾光滿地獨詩居 섬광만지독시거

중추의 달에 桂花가 필 즈음

산 집에 조용히 앉아 법첩을 임서한다

찬 이슬 맑은 바람에 가는 향기 실어오니

달빛이 집에 가득하여 홀로 詩를 짓는다

(2)

中秋菊傲夜霜初 중추국오야상초

落墨窓前細筆書 낙묵창전세필서

露下川邊鳴蟋蟀 로하천변명실솔

寒輪皎皎似仙居 한륜교교사선거

가을 국화 오만하고 밤 서리 내릴 즈음

창 앞에 落墨하여 세필 글씨 쓰는데

이슬 내린 개천가에 귀뚜라미 우네

차가운 달빛 교교하니 마치 신선 사는 곳 같다

〈斷想〉 높은 하늘에 떠 있는 가을달은 늘 향수를 일으키며 낭만을 머금고 있다.
더욱이 귀뚜라미 울어대는 고향 초옥에서 바라보는 새털구름 사이의 보름달은 참으로 시객에게 많은 시상을 전달해 준다.
오늘은 내가 도인이 된 듯하다.

偶吟 우연히 읊다

僻屋空庭夕日橫 벽옥공정석일횡
泉邊咽蟋梢秋聲 천변인실초추성
誰知一片孤帆意 수지일편고범의
只迫中年惜月行 지박중년석월행

시골집 빈 마당에 저녁 해 비껴가니
샘가 목 메이는 귀뚜라미 늦가을 소리
누가 알랴 한 조각 외로운 돛단배의 뜻을
다만 중년에 임박했는데 아쉬운 세월만 가누나

〈斷想〉 나는 가만히 있는데 세월은 나를 넘어 달려간다.
오늘 초옥에서 나는 많은 걸 생각했다.
내 나이 벌써 중년에 접어들어 가고 있구나.
세월은 빠르고 할 일은 많다.

於 壬辰元朝
임진년 새해 아침에

黑龍昇振奮 흑룡승진분
雄勢禱新希 웅세도신희
日月輝朝夕 일월휘조석
江山繞黙巍 강산요묵외
急攻全敗易 급공전패이
初志一成稀 초지일성희
向意今乘翼 향의금승익
望空猛力飛 망공맹력비

흑룡이 회오리쳐 오르니
웅장한 기세로 새 희망을 기도한다
일월은 아침저녁에 빛나고
강산은 묵묵 우뚝 둘러싸고 있구나
계획 없는 공격은 전패하기 쉬워라
처음의 뜻 단번에 이룸은 드문 일이지
의지를 향해 오늘 날개를 타고
하늘을 바라보며 힘차게 날아라

〈斷想〉 올해는 용띠해이다.
용이라는 상상의 동물은 아직 우리나라에서는 그리 神聖時하지는 않으나 중국에서는 엄청나게 신격화되어 있다.
새해가 될 때마다 늘 새로운 각오로 출발하지만 곧 용두사미가 되고 만다.
올해는 강한 의지로 뭔가 조그마한 거라도 이루어내야겠다고 다짐하며 이 시를 쓴다.

IMF送年有感(1998)

IMF송년유감(1998)

寅年歲暮惜思同 인년세모석사동
日落西窓動朔風 일락서창동삭풍
寤寐寒心愁國險 오매한심수국험
深胸合掌祝無窮 심흉합장축무궁

무인년 세모 아쉬운 생각은 한 가지
해지는 서쪽 창에 부디 치는 칼바람
날마다 마음 졸여 나라 걱정하며
가슴 깊이 두 손 모아 별 탈 없기를 빈다

〈斷想〉 1998년은 우리나라 역사에 매우 힘들고 슬픈 해였다.
IMF 사태를 당하여 국제적으로 부끄러움을 당하고 많은 고통을 당했다.
내년에는 어서 회복되어 온 국민이 보다 행복해지길 기원해본다.

吟 己卯新年(1999)
기묘새해에 읊다(1999)

相飜虎兎古今通 상번호토고금통
互握胸情老少同 호악흉정노소동
暖入新光巖岸樹 난입신광암안수
窓凭鬱勃氣充空 창빙울발기충공

서로 뒤바뀌는 虎, 兎 고금이 통하고
상호 맞잡는 가슴속 정은 老少가 같아라
새해 밝은 빛이 바위 언덕 숲에 따사로이 드는데
창에 기대니 鬱勃한 기운이 허공에 가득하다

*凭(기댈 빙)

〈斷想〉 고통의 시간이 새해로 넘어왔다. 국난이다.
위정자들은 어떻게 나라를 이끌어 왔길래 여기까지 오게 되었나.
예나 지금이나 온 국민들은 참 열심히 일하면서 산다.
그대들! 정치하는 그대들! 정신 좀 똑바로 차리고 나라를 이끌어가라.
국민이 당신들보다 위에 있다.

晩秋 늦가을

鋪途杏葉散霜風 포도행엽산상풍
水落時深染壑楓 수락시심염학풍
去夏澇侵愁稼穡 거하로침수가색
秋陽熟穗可年豊 추양숙수가년풍

도로엔 은행잎 서릿바람에 흩날리고
수락산 철이 깊어 골 단풍이 물든다
지난 여름 물 난리쳐 농사 걱정했는데
가을볕에 이삭 익어 풍년이라 할 만하다네

*澇(물넘칠 로), 穗(이삭 수)

〈斷想〉 가을은 우리에게 뭔가 우수를 가져다준다.
산마다 붉게 물든 단풍 하며 스산한 바람에 흩날리는 마른 잎은 가슴 한켠 아련한 옛 추억을 떠올리게도 한다.
지난 여름엔 비가 많이도 왔다. 그런데도 들녘은 풍년이다.

山寺秋景
산사의 가을 정경

梢蠮螉群亂暴飛 초열옹군난폭비
黃花蛺蝶隊輕翬 황화협접대경휘
蜻蜓擺擺芙頭坐 청정파파부두좌
溪水涓涓石塊磯 계수연연석괴기

나뭇 가지 끝에 나나니 벌떼 사납게 날고
국화엔 나비들 경쾌하게 훨훨
잠자리는 흔들흔들 蓮대 끝에 앉아있고
시냇물 졸졸졸 돌덩이에 부딪친다

*蠮螉(열옹) : 나나니 벌.
擺擺(파파) : 흔들거리다.
磯(기) : 부딪치다.

〈斷想〉 어느 가을날 도봉산 아래 제법 큰 절에 들렀다.
이곳 역시 만추의 정경은 멋지고 아름다우며 그윽한 곳이다.
서울 도심에서 멀지 않음에도 강원도 어느 깊은 산사에 와있는 느낌이다.

秋色懷想1968
1968년 시절의 가을빛 회상

簌簌霜風落葉聲 속속상풍낙엽성
叢叢艶色小岑英 총총염색소잠영
黃華朶朶庭邊滿 황화타타정변만
白瓠圓圓月下情 백호원원월하정

우수수 서릿바람에 지는 낙엽 소리
떨기마다 고운 빛깔 동산 봉우리 고왔지
노란 국화 송이송이 마당가에 가득하고
박 덩어리 둥글둥글 달빛 아래 정겨웠어라

*簌簌(속속) : 무성한 모양.

〈斷想〉 내 어릴 적엔 삼복이 지나고 처서도 지나고 나면 산과 들에서 요란스럽게 울어대는 귀뚜라미와 온갖 풀벌레 울음 소리를 듣고 자라왔다.
초가집 지붕 위엔 언제나 하얀 박 덩어리가 매달려 있고 저녁 달빛에 반사되곤 하였다.
아—그리워라 그 시절이……. 다시는 돌아오지 않는 그 시절이 그립다.

文鄕墨緣 送年會(1998)
문향 묵연 송년회(1998)

卯載元朝卽咫前 묘재원조즉지전
寅年惜去又新天 인년석거우신천
今時筆友全筵席 금시필우전연석
擧盞文鄕祝合聯 거잔문향축합련

기묘년 새해 아침이 곧 지척
무인년 아쉽게 가고 또 새 하늘 열리니
오늘 필우들 모두 연회에 자리하여
잔 들어 문향묵연 연합을 축하하네

〈斷想〉 기묘년이 밝아온다.
오늘 서실 회원들이 전국에서 연합으로 모였다.
우리 서실의 연례행사인 송년회이다.
내년에도 보다 단합된 친목으로 즐겁게 공부하길 기원하며 시 한 수 남긴다.

吟 新千年感懷 새천년 감회(2000)

瑞氣元朝起臥龍 서기원조기와룡
千年赤日上東峯 천년적일상동봉
傷痕過去藏時世 상흔과거장시세
事事亨通盛歲農 사사형통성세농

瑞氣이는 새해 아침 누운 용이 일어나니
새천년의 붉은 해 동봉에서 치솟는다
상처 입은 지난날 세월 속에 묻어버리고
일마다 형통 한해 농사 풍성하기를

〈斷想〉 드디어 새천년이 밝았다.
인간이 세상을 살면서 다 잘하고 살 수는 없다.
지난날의 아픔은 잊고 이제 새날을 위해
더욱 매진할 것을 스스로 다짐해본다.

登周王山 주왕산에 올라

千尋峭壁翠群松 천심초벽취군송
擾亂飛泉震數峰 요란비천진수봉
晩夏螗蜩凄切叫 만하당조처절규
乾坤合氣裏山容 건곤합기리산용

천길 절벽에 소나무 숲 푸르고
요란한 폭포 소리 봉우리에 메아리친다
늦여름 쓰르라미 처절하게 우는데
천지간 합한 기운 산 얼굴을 감싼다

〈斷想〉 태백산맥의 남단에 위치한 주왕산(721미터)은
암벽으로 둘러싸인 산들이 병풍처럼 이어져 있다.
이 이름은 중국의 진나라에서 주왕이 이곳에 피신하여왔다해서 붙여진 것으로
산봉우리나 암굴 등에 주왕의 전설이 얽혀있다.
처음 올라본 주왕산에서 한 수 읊는다.

初冬 三角山 초겨울 삼각산

濃雲漸漸散低空 농운점점산저공
燥葉翻翻搖朔風 조엽번번요삭풍
初冬北岳林間寂 초동북악임간적
忽雪紛飛覆枯楓 홀설분비복고풍

짙은 구름 차차로 낮은 하늘에 흩어지고
마른 잎 펄럭대며 삭풍에 떤다
초겨울의 북악 숲 고요하기만 하여라
갑자기 백설이 어지러이 시든 단풍을 덮는구나

〈斷想〉 삼각산은 수도 서울을 파수하는 위엄이 있는 산이다.
나는 이 삼각산 아래 정릉 골에 산다.
사계절 모두 다른 색이지만 초겨울의 삼각산은 도심의 빌딩 숲에서 느끼는 칼바람과 다른 차가움을 가져온다. 낙엽 밟는 소리가 사각사각 겨울 새 울음소리와 묘한 하모니를 이룬다.

別弟 제자와 헤어진 뒤

濛君影消霧煙中 몽군영소무연중
顧步行停客臺終 고보행정객대종
作別歸齋心不便 작별귀재심불편
唯顏瘦瘠把難窮 유안수척파난궁

흐릿한 君의 그림자 안개 속으로 사라지는데
돌아보는 발걸음이 객대 끝에 멈춰 있다
작별 후 서재에 와서도 마음이 불편함은
오직 얼굴이 수척하니 어려움이 있나 마음에 걸려서라네

〈斷想〉 그 날의 너는 파리한 얼굴로 내 안전에서 멀어져 갔다.
왜 이렇게 마음이 불안한지 모르겠다.
안쓰러움에 그리고 괜한 미안한 마음까지 든다.
내일이 되면 진정되려나…….

自說人生 스스로 삶을 달래다

寒前不覺碧松存 한전불각벽송존
苦後知寧痛感痕 고후지녕통감흔
雜世殘胸深寤句 잡세잔흉심오구
朝聞道夕死當言 조문도석사당언

寒波 전에는 푸른 솔의 존재를 잘 알지 못하고
고통 후 에야 통증으로 편안을 알게 되지
복잡한 세상 가슴에 남아 깊이 일깨워 주는 글귀
아침에 도를 들으면 저녁에 죽어도 좋다는 당연한 말씀

〈斷想〉 늘 스스로 되뇌이는 말은
"후회할 일은 하지 말자"
이토록 다짐하는데도 지나고 보면 어느새 또 후회스럽네.
논에서는 "朝聞道면 夕死可矣"라 했는데
이 같은 도를 깨우치고 가는 이 얼마나 될까.
노력은 해봐야겠지만 쉽지 않은 일이로다.

秋海 가을 바다

落照光觀線 낙조광관선
平潺海撫吾 평잔해무어
遠漁船一隻 원어선일척
如畫線尤孤 여화선우고

낙조의 빛이 수평선을 살피고
평잔한 바다가 나를 보듬는다
멀리 고기잡이배 한 척
마치 그림 같은 수평선에 외로움이 더한다

〈斷想〉 바다는 계절을 가릴 것 없이 좋지만
왠지 가을 바다는 더 낭만이 서려 있다.
어느 날 제주의 가을 바다 먼 곳에는 잔잔한 파도가 일고
둥근 해가 붉은빛을 토하며 지는데,
나는 한참이나 그 광경을 즐기고 있었다.
가을 바다는 하얀 거품을 물고 파도 소리만 낼뿐 그저 조용하다.

蓮花 연꽃

泥淵出水麗紅芳 니연출수려홍방
露葉當風動客傍 노엽당풍동객방
獨愛花濂翁意趣 독애화렴옹의취
唯淸直姿魅君香 유청직자매군향

진흙 못 물위에 뜬 붉은 꽃 아리따워라
이슬 잎 바람맞아 길손 곁에 흔들흔들
이 꽃을 홀로 사랑한 濂溪옹의 의취는
오로지 맑고 곧은 자태와 군자의 향기에 매혹 되었으리라

〈斷想〉 저 못 속에 피어 있는 연꽃을 보라.
비록 흙탕물 속에서 피어나지만 꽃 중왕 이로다.
그 아름다운 자태는 곱지만 품격이 있어 다른 꽃들과의 차별을 말한다.
염계 옹 뿐만 아니라 나도 연꽃의 군자다운 의취에 반했노라.
불교의 출현에 따라 연꽃은 부처님의 탄생을 알리려 꽃이 피었다고 전해진다.

三角山 삼각산

崢巖石岳崛晴都 쟁암석악굴청도
峭壁三蓮奇姿紆 초벽삼연기자우
壑起春煙霞彩色 학기춘연하채색
梵宮合屋頂如圖 범궁합옥정여도

뾰족한 바위산이 비 개인 수도에 우뚝 솟아
가파른 벽 三蓮花가 기이한 자태로 얽혀있다
골짜기에 이는 봄 煙霞의 아름다움이
절간의 지붕과 어우러져 마치 그림 같구나

〈斷想〉 삼각산의 삼봉인 인수봉 백운대 만경대를 일컬어
옛 시인들이 세 송이 蓮花라 읊었다.
서울을 둘러싸고 있는 삼각산은 애우 험산 준령이다.
봄날 이 산을 오르다 보면 골짜기마다 꽃이 피고 새가 울며
그야말로 아름다움의 절정을 지니고 있음을 느낀다.
이 산 아래가 내가 사는 정릉이다.
서울에 이만한 풍치 지역은 결코 찾아보기 어려우리라.
도심 속의 설악산이랄까.

鶴亭先生 古稀展 感懷
학정선생 고희전 감회

(1)
落紙雲煙墨妙神 낙지운연묵묘신
揚清激濁理窮珍 양청격탁리궁진
唯心手棄自雙暢 유심수기자쌍창
筆似毫無碍駿輪 필사호무애준륜

落紙雲煙의 墨妙가 神彩로워라
激濁揚清의 이치를 궁구함이 보배롭네
오직 心手가 스스로를 잊고 雙暢하니
필치가 마치 거침없이 달리는 駿馬가 뛰는 것 같도다

(2)
劃勢龍翔氣動神 획세용상기동신
王翁體骨肉顔珍 왕옹체골육안진
今無等墨亭棲鶴 금무등묵정서학
萬皐蘭香載馬輪 만고난향재마륜

劃勢의 용틀임 기운생동 傳神하니
王翁의 골격에 顔公의 육질이 진귀해라
오늘 無等의 墨亭에 鶴이 깃들고
萬皐의 蘭香이 말 바퀴에 실려 오누나

*落紙雲煙 : 종이 위에 붓을 휘두르면 마치 구름과 안개가 이는 듯함.
墨妙 : 먹의 현묘함.
激濁揚淸 : 탁류를 물리치고 淸波가 일음.
心手雙暢 : 마음과 손이 서로 통함.
蘭皐 : 난초 핀 언덕.

*위 詩중 글귀는 학정선생의 고희전 작품 중에 있는 내용을 발췌·인용함.

〈斷想〉 광주에서 펼친 학정 선생의 고희 전을 다녀와서 한 수 읊는다.
나는 늘 이분의 작품을 보며 자극을 받곤 했는데
특히 이번의 행 초서 작품은 내게 공부할 과제를 더 많이 던져준다.
그간 나도 행 초서에 줄곧 매달려 왔지만
참으로 어렵기만 하다.
여러 서체 중에서도 가장 멋스러운 행 초서는
글씨 중 꽃이 아닌가 싶다.

三角山 萬境臺 삼각산 만경대

(1)

萬古興亡可憶岑 만고흥망가억잠
千年盛落不知林 천년성락부지림
崧嵒幾劫皴風雨 송암기겁준풍우
八百高望國址心 팔백고망국지심

만고의 흥망 봉우리는 알고 있지만
천년의 성쇠 구릉 숲은 모르고 있지
우뚝 솟은 바위 비바람에 몇 겁이나 시달렸나
팔백고지 에서 서울의 한복판을 바라본다

(2)

風煙壑起覆巖岑 풍연학기복암잠
雨霧江騰播樹林 우무강등파수림
伴白雲臺仁壽億 반백운대인수억
三蓮繞衛首都心 삼연위위수도심

아지랑이는 골짜기에서 일어 바위 봉을 덮고
안개는 강에서 피어올라 서울 숲으로 퍼진다
백운대 인수봉 짝하기를 억년 세월
三蓮이 서울 중심을 둘러싸고 호위하네

〈斷想〉 삼각산 가운데 한 봉우리인 만경대는 약 800여 미터의 고봉이다.
인수봉 백운대와 나란히 세 봉우리는 연꽃처럼 피어나 수도 서울을 지키고 있다.
만경대 위에서 관망하면 서울의 인근이 다 보인다.
기암절벽 계곡 아래 아스라이 이름 모를 꽃이 잔뜩 피어 있다.

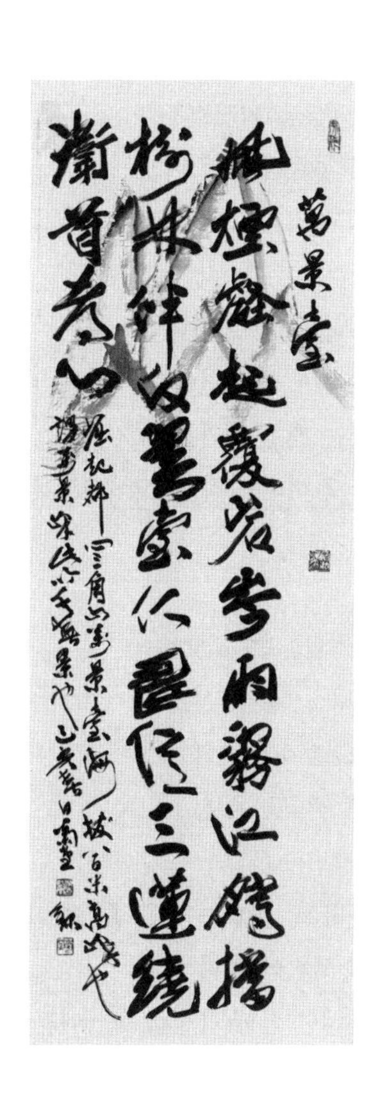

仁壽峯 朝夕 인수봉의 아침저녁

(1)
靆靉峰頭貌稍開 체애봉두모초개
崢嶸峭壁態仙臺 쟁영초벽태선대
如雲上夢中圖畵 여운상몽중도화
又霎晴空嶠岳回 우삽청공교악회

구름 낀 봉우리 모습 살짝 드러내니
높은 절벽 자태가 神仙臺로 변한다
마치 구름위에 있는 게 꿈속의 그림 같아라
또 삽시간에 구름 걷혀 우뚝한 제 모습으로 돌아왔다

(2)
仁人樂水智人山 인인요수지인산
月色橫江萬象班 월색횡강만상반
切說春風心蕩夜 절세춘풍심탕야
朦朧遠岳展天間 몽롱원악전천간

仁者는 물을 좋아하고 智者는 산을 좋아한다지
달빛은 강을 건너 萬象에 벌려 있다
봄바람이 마음 설레는 밤에 간절히 속삭이는데
멀리 멧부리 있는 듯 없는 듯 天間에 펼쳐있어라

*蕩(움직일 탕)

〈斷想〉 인수봉의 험한 바위 봉은 세계적으로도 보기 드문 巖峰이리라.
멀리 중에 매달려 기어오르는 클라이머가 개미 크기의 점으로 보인다.
여기에 운무라도 조금 덮는 날이면 신선의 거처라 할 만큼 신비롭다.
우리 수도의 바로 곁에 이 같은 고봉이 있다는 것은 세계 지리 사에도 드문 일 아닐까.
봄을 맞는 인수봉 아래 바람 타고 운무가 올라오고 있다.
장관 그 자체이도다.

白雲臺 백운대

百尺巖盤息自然 백척암반식자연
千尋壑下起雲煙 천심학하기운연
風霜億世衝天崛 풍상억세충천굴
此似仙靈修道氈 차사선령수도전

널따란 암반에서 자연을 숨 마시는데
아득한 골짜기 아래 雲煙이 인다
風霜의 억년 세월 하늘을 찌를 듯 우뚝 솟아나
여기가 마치 신선이 도를 닦는 毛氈 같도다

*氈(담요 전)

〈斷想〉 백운대 맨 꼭대기에 오르는 것은 자칫 매우 위험하지만 그 정상에는 마당 바위라 불리는 널따란 바위 평지가 반긴다. 만경대나 마찬가지로 수도 서울은 물론 인천까지도 내려 다 보인다.
가슴속까지 시원하다. 옛날 신선들은 이런 곳에서 살았을지도 모른다.
수천 년 아니 수억 년의 세월 속에 온갖 풍상을 다 겪지 않았을까.
자연 속에 펼친 이곳에서 나는 오늘 또 한 수의 시를 적고 있다.

竹蓀 망태버섯

竹樹奇形貌 죽수기형모
黃裙網服花 황군망복화
似佳人特殊 사가인특수
惑視覺華奢 혹시각화치

대숲에 기이한 형상의 모습
노랑 치마 網衣가 꽃다워라
마치 가인처럼 특별함이
화사하여 시선을 사로잡는다

〈斷想〉 오늘 어느 대숲에서 노오란 치마를 입은 버섯을 만났다.
망태버섯이다.
많은 버섯 중에서도 실로 멋지게 생긴 놈이다.

高校 同窓會
고교 동창회

光頭哈哈友同聲 광두합합우동성
白髮星星老笑驚 백발성성노소경
不束行雲流水歲 불속행운류수세
今和氣靄靄樽情 금화기애애준정

빡빡머리로 깔깔대던 친구들 함께 떠드는데
백발이 드문드문한 老티에 웃으며 놀라라
잡아 맬 수 없는 세월은 빨리 가버렸지만
오늘 화기 애애 술잔 들어 정을 나눈다

〈斷想〉 내가 고등학교를 졸업한 것이 벌써 몇 해 전이던가.
오늘 동창회에 모인 친구들을 보니 지나간 세월이 까마득해 보인다.
아직 옛날 윤곽은 있지만 애띤 얼굴들은 다 어디갔나.
머리카락은 엉성하게 많이 빠져있고
얼굴엔 너나없이 주름져 가는 모습들…….
그러나 여전히 그 옛날의 좋은 품성들을 지니고 있다.
세월 앞에 장사 있나.
그저 건강히 늙어가기만을 바란다.

哭 金泳三 大統領 逝去
김영삼 대통령 서거에 곡하다

夜夢星光落暗虛 야몽성광낙암허
朝崩峻岳說隣閭 조붕준악설린려
無門大道曾標丈 무문대도증표장
嶽巨山哀淚別廬 악거산애루별려

밤에 어두운 하늘 별빛이 떨어지는 꿈을 꾸었는데
아침에 옆 마을 산이 무너졌다 말 하네
大道無門을 일찍이 標榜한 어른
산중의 큰 산 별세를 눈물지며 슬퍼하노라

〈斷想〉 거산은 거산이었다.
그래도 우리 정치 사에 있어서 여러 정치인 중에 거산만한 위정자도 드물다.
그가 떠났다. 누구도 떠나지 않는 사람은 없지만 그도 역시 떠나 버렸다.
진심으로 명복을 빈다.

渡漢江 한강을 건너며

江風漾派上斜陽 강풍양파상사양
水鴨群休下揷鴦 수압군휴하삽앙
薄暮遊船驚小子 박모유선경소자
雄流不斷槪洋洋 웅류부단개양양

강바람에 출렁대는 물결 위로 해가 기울면
물오리 떼 지어 쉬는 아래로 원앙도 끼어든다
땅거미 질 무렵 유람선에 녀석들 놀라라
웅장한 흐름 끊임없이 기개가 넘치는구나

〈斷想〉 한강은 수도권의 젖줄이다.
저녁 무렵 한강은 더욱 아름답다.
지칠 줄 모르고 유유히 흐르는 한강은 우리 오천 년 역사의 중심에서 백성들의 삶을 보살펴왔다.
오늘 보는 한강은 그래서 더욱 고마운 지도 모른다.
멀리 물새들이 저녁 준비를 하고 있다.

母親 어머니

(1)

年華出嫁破瓜行 연화출가파조행

卒壽成仁不變貞 졸수성인불변정

短命家尊無想念 단명가존무상념

唯爲族踏步誠程 유위족답보성정

꽃다운 나이에 시집오셨던 열여섯 살의 행로

아흔이 되시도록 仁을 이루신 불변의 곧음이셨어라

짧으신 삶의 아버님 그리워하실 틈도 없이

오직 가족을 위해서 정성의 길을 걸어오셨네

(2)

而立年前別世親 이립년전별세친

乾崩地壞掩哀倫 건붕지괴엄애륜

天涯苦又有誰說 천애고우유유세

雨露心思月落晨 우로심사월락신

서른이 되시기도 전에 세상을 뜨신 선친

하늘이 무너지고 땅이 꺼지는 슬픔을 감추며 살아오셨지

천애에 고통을 또 누구 있어 달래드릴까

그 은혜 생각하다가 달 떨어진 새벽 되었네

(3)

寤寐唯爲息自牲 오매유위식자생
有無只向子魂誠 유무지향자혼성
耕荒手節津生驗 경황수절진생험
酷毒波深皺旅程 혹독파심추여정

자나 깨나 오직 자식 위해 스스로 희생하셨고
있으나 없으나 아들 향한 영혼의 진실이셨네
농사일에 거칠어진 손마디는 삶의 시련이 배어나는데
혹독한 풍파 깊은 주름이 살아오신 과정이라네

(4)

坐立恒望子極誠 좌립항망자극성
朝宵獨愛族長行 조소독애족장행
强波瘦貌沾無定 강파수모점무정
又蠢愚余淚母程 우준우여루모정

앉으나 서나 항상 자식을 바라보며 지극한 정성으로
아침부터 저녁까지 홀로 가족을 사랑하신 긴 행로이셨지
거센 파도에 야윈 모습 세월 무상 젖어 있는데
또 바보같이 나는 어머니의 여정에 눈물짓는다

〈斷想〉 나의 어머니는 철인이셨다.
이제 늙으셔서 여린 힘으로 겨우 거동하시지만 어머니의 옛날은 어느 남자보다도 힘이 센 철인이셨다.
부친께서 일찍 타계하시는 바람에 철인이 되셨다.

세상에서 그 누구보다도 고초를 많이 겪으신 우리 어머니가 더 오래오래 장수하시기만을 나는 오늘도 기도한다.
우리 아버지 몫까지 살아 계시라고 말이다…….

近來 政治人 요즘의 정치인

選每人人政擧名 선매인인정거명
街邊厚厚幕都城 가변후후막도성
相英俊自誇長極 상영준자오장극
獨愛隣身條大聲 독애린신조대성
出點頭彎腰燥渴 출점두만요조갈
遊玟色定束升衡 유민색정속승형
謙眞信政仁原質 겸진신정인원질
力富權貪義滅程 역부권탐의멸정
若拔爲民言炎躍 약발위민언염약
然當向己迫橫行 연당향기박횡행
高官輩黨爭連續 고관배당쟁연속
苦草群忠告爛荊 고초군충고란형
服着金牌變亮面 복착금패변량면
眼紅索利却公盟 안홍색리각공맹
杯時盛毒醺茶器 배시성독훈다기
傑碗唯忠九德明 걸완유충구덕명

선거철이면 매양 너도나도 정치적 이름 내려 하니
거리에 덕지덕지 현수막 도시 되네
서로 잘났다고 자기 자랑 펼치기 지극하고
홀로 이웃 사랑이 신조인 듯 큰소리치며
꾸벅 꾸벅 허리 굽혀 애타는 마음을 나타내면서

감언이설 公約으로 저울질해 달라 유세한다

謙, 眞, 信의 정치는 仁이 근원적 바탕이 되고

力, 富, 權의 탐함은 義가 멸하는 길이 되지

만약 뽑아 준다면 국민위해 화염속이라도 뛰어들 듯 말하지만

그리 당선되면 자신을 향해 횡행하기에 바쁘더라

고관 배들의 당쟁이 끊어지지 않음은

힘든 민초들의 충고 무서운 줄을 모름이라

금배지라도 달고 나면 얼굴이 달라져

이익 찾음에는 눈에 불을 켜면서 公盟을 저버린다

盞이란 때에 따라 술이나 차나 毒도 담을 수 있는 용기

걸출한 그릇은 오직 충심으로 九德을 밝히는 자일지라

*九德 : 행동의 아홉가지 덕.
寬而栗 : 너그러우면서 씩씩함.
柔而立 : 부드러우면서도 꿋꿋함.
愿而恭 : 성실하면서도 공경함.
亂而敬 : 다스리면서도 존경함.
擾而毅 : 온순하면서도 굳셈.
直而溫 : 곧으면서 온화함.
簡而廉 : 간략하면서 섬세함.
剛而塞 : 억세면서 착실함.
彊而義 : 날래면서 의로움.
〈書經虞書 皐陶謨篇〉

〈斷想〉 정치 하는 사람들을 옛날에는 政客이라고 불렀다.
여기 客자가 가지고 있는 내면적 의미에는 여러 가지가 복합적으로 들어 있다고 봐야 한다. 詩客 墨客 酒客처럼 그 속엔 낭만을 내포하고 있다.
그런데 요즘 정치인들에겐 그 客 자가 사라진지 오래되었고 輩를 붙인다. 즉 무리라는 뜻이다. 이는 그들 스스로가 그리 만들었다.
그 옛날에도 정치인들은 여야가 서로 싸웠지만 지금처럼 저질 싸움은 아니었다.

입만 열면 거짓말하고 위선을 하는 정치배!
국민을 바보로 취급하는 요즈음 정치하는 사람들에게서 낭만이고 뭐고 그 품위를 찾을 수가 없다.
그들은 자신들의 앞날을 위해서는 국민은 눈에 안 보이는가 보다.

暗鬱世 암울한 세상

振武家亡刃劍然 진무가망인검연
謀欺輩被騙圖連 모기배피편도연
湯加冷下平時慾 탕가냉하평시욕
向爾宵人貌怒天 향이소인모노천

武力을 휘두르는 사람이 그 칼날에 죽어도 劍은 잘못이 없고
속임수를 圖謀하는 무리가 속임을 당해도 그 꾀함은 이어지네
끓는 물에 냉수를 붓듯 平時의 욕심을 내려야지
너만을 향한 소인배 짓에 하늘이 怒한다

〈斷想〉 리비아의 무아마르 알 카다피는 어떻게 사라졌는가.
그는 1969년 쿠데타로 집권하여 무려 42년간 독재로 장기 집권하다가 반정부 시위로 권좌에서 물러나 있었으나 결국 처참하게 사살되었다.
하늘이 노한 것이다.
무력을 함부로 휘두르는 자는 언젠가는 그 종말이 비극적일 수 밖에 없다.

桐華寺 동화사

八公山下靜 팔공산하정
千載道場宏 천재도장굉
濟衆生祈福 제중생기복
窮眞語點燈 궁진어점등
刹檐端磬動 찰첨단경동
僧木鐸聲承 승목탁성승
大佛莊三拜 대불장삼배
尊慈激喜膺 존자격희응

팔공산 아래 고즈넉이
천년 도량이 굉장하여라
중생들을 제도하며 복을 빌고
참 말씀을 궁구하려 등을 밝힌다
절 처마 끝의 풍경이 흔들거리는데
스님의 목탁 소리가 이어지는구나
대불의 장엄함에 삼배 올리니
세존의 자비로움이 환희심을 북돋는다

〈斷想〉 바위가 병풍처럼 둘러쳐진 팔공산 아래 천년고찰 동화사가 넓은 품을 내보이며 자리 잡고 있다. 사찰 앞 숲엔 커다란 적송들이 위용을 자랑하듯 심어져있고 계곡을 타고 흐르는 물소리와 함께 스님들의 독경 소리가 화음을 이룬다.
나는 오늘 이렇게 고즈넉한 이곳에서 행복한 시 한 수를 쓰고 있다.

見 書齋 南山早春

서실에서 본 남산의 이른 봄

過冬嘉月近春怡 과동가월근춘이
蠢動乘風撫柳枝 준동승풍무류지
雪案邊陽光更暖 설안변양광갱난
螢窓外木覓曾垂 형창외목멱증수
閑中滿目新峰塔 한중만목신봉탑
壁下昇山殆纜龜 벽하승산태람구
筆學都心春景賞 필학도심춘경상
方滋味此侶吟詩 방자미차려음시

겨울 가고 嘉月 되니 봄의 和氣 다가서서
느릿 느릿 바람 타고와 버들가지 어루만진다
책상 가 햇볕 다시 따사로움은
창문 밖 남산에 일찍이 드리웠다
한가함 속 눈에 찬 남산 타워가 새로운데
절벽 아래 산을 오르는 케이블카 위태로워라
書生이 도심에서 봄 경치 감상하다가
바야흐로 재미가 이에 벗 되어 시를 읊조린다

〈斷想〉 아른아른 아지랑이가 남산의 타워를 덮고 있다.
나는 봄이 되면 항상 습관처럼 남산을 바라본다.
내 서재에서 곧 손이 닿을 듯한 곳에 남산이 있다.
낙원동 건물들이 솟아 있는 그 위로 남산의 봄은 붉어간다.

張家界 장가계

(1)

嵯峨似刻岌巖衝 차아사각급암충

峻峭如崩直壁重 준초여붕직벽중

做造天神奇傑謂 주조천신기걸위

乾坤最上景形容 건곤최상경형용

울쑥불쑥 조각한 듯 위태로운 바위가 하늘에 솟았는데

아스라이 가파르게 무너질 듯 수직 절벽이 거듭된다

천신이 빚어 놓은 기이한 걸작이라 이를만해라

천지간 최상 景致의 형용이로다

(2)

似出坤中石筍靈 사출곤중석순령

如居別界外人形 여거별계외인형

千奇萬象風魂沒 천기만상풍혼몰

不覺仙人斧爛經 불각선인부란경

마치 땅속에서 石筍이 돌출한 듯이 신령스럽고

흡사 별세계 외계인이라도 사는 것 같은 형상

千奇 萬象의 풍경에 넋이 빠져

신선놀음에 도끼자루 썩는 줄을 모르겠구나

〈斷想〉 이번 장가계 여행이 세 번째이다.
올 때마다 색다른 경치를 자랑하는 이곳은 마치 만화 속인 것 같은 착각을 일으킨다.
어떻게 이런 천하의 절경을 만들어 놨을까
그야말로 조물주가 빚어 놓은 조각품이라 말할 수밖에 없다.
죽기 전에 못 가보면 죽어서도 후회한다는 절경에 넋을 놓고 바라본다.

晩秋 北岳街燈
늦가을 北岳의 가로등

(1)

山亭左側困低頭 산정좌측곤저두

黙立平明獨照憂 묵립평명독조우

却月松林枝葉掛 각월송림지엽괘

雙孤冷氣錯秋幽 쌍고냉기착추유

산 정자 좌측에서 곤한 고개를 숙이고

묵묵히 선 채로 새벽녘까지 고독한 우수를 내뿜는다

초승달 아직 솔숲 가지에 걸려있어라

이 둘의 외로움 찬 기운에 섞여 가을이 깊어간다

(2)

秋風曲路搖蕭情 추풍곡로요소정

點霧熹光照步行 점무희광조보행

里巷黎明清氣滿 이항여명청기만

燈邊冷露繫如晶 등변냉로계여정

추풍은 굽어진 길에 쓸쓸한 마음 흔들고

띄엄띄엄 안개 속 희미한 불빛이 발걸음을 밝혀준다

동 트는 마을에 맑은 기운이 가득해라

전등 가에 찬 이슬이 수정처럼 달려 있다

(3)

通宵素面到遲明 통소소면도지명

睡眼陬林吐想情 수안추림토상정

梢鴃離巢孤寂寥 초격리소고적요

慇懃小雀輩行成 은근소작배행성

민낯으로 밤을 새우고 새벽에 이르러

졸린 눈으로 모퉁이 숲에 그리운 정 토해낸다

나무 끄트머리 때까치 둥지 떠나버려 적막함에 외로워라

뱁새 한 마리 가만히 다가와 벗 되어 준다

*陬(모퉁이 추)

〈斷想〉 새벽녘 산을 내려 오다가 아직 불을 켠 채 졸고 있는 산 입구 가로등을 만났다.
그 모양새가 사뭇 시적이다.
먼동 트는 동녘이 붉게 물들어 있다.

人與電腦 棋局戰
인간과 컴퓨터의 바둑 대결전

尖端電腦競棋床 첨단전뇌경기상
世上關心集覇王 세상관심집패왕
可惜人間連敗械 가석인간연패계
嗚如此不遠攻防 오여차불원공방

첨단 컴퓨터랑 다투는 바둑판
세상의 관심이 패왕에 집중되어 있는데
애석하게도 인간이 기계에 연패했으니
아! 이 같음은 공방의 날도 멀지 않은 듯

〈斷想〉 살다 보니 별일을 다 본다.
인간과 기계가 실제로 바둑을 두고 있다.
내 상식으로는 이해할 수 없는 광경이다.
다만 이 같은 기계도 사람이 만들어냈다는 데에
인간 두뇌의 한계는 어디까지인가 하는 생각이 든다.
아주 오래전 어느 잡지에
"미래에는 인간이 만든 로봇의 공격을 받을 수 도 있다"
라는 것을 읽어본 적이 있는데 사실 허언이 아닌 듯하다.

錦江 仲春 금강의 중춘

直路江邊緊縛舟 직로강변견박주
春陽雲間稍伸頭 춘양운간초신두
絲楊夢復蘇青葉 사양몽복소청엽
物化難窮妙致流 물화난궁묘치류

쭉 뻗은 길 강가에 꽁꽁 배를 묶어 놓았는데
봄볕이 구름 사이에서 살짝 얼굴을 내민다
실버들 꿈에서 깨어 잎사귀 물오르네
만물의 변화라는 것, 妙致의 흐름을 알기 어렵도다

〈斷想〉 금강의 봄은 따뜻하다.
자동차를 몰고 지나가다가 문득 생각이 났다.
잠시 내려 강줄기를 조금 걸었다.
조각배 한 척이 묶여 흔들거린다.
꼭 그림 같다.

先 人性教育
인성교육이 먼저다

性教爲品情道立 성교위품정도립
當今我等誤幷治 당금아등오병치
曾先祖棄邪崇禮 증선조기사숭례
現後孫高富却規 현후손고부각규
漸次消佳性不遜 점차소가성불손
然連助惡習深痴 연연조악습심치
分間老少猶稀世 분간노소유희세
秩序長兒已古辭 질서장아이고사
徒躪師恒仍繼策 도린사항잉계책
氓言革獨漫空之 맹언혁독만공지
高官亂說無慙吐 고관난설무참토
播放凶言日日滋 파방흉언일일자
校室有英邦史外 교실유영방사외
名門視向熱風馳 명문시향열풍치
家形可惜常如此 가형가석상여차
以此何而國負持 이차하이국부지

품성교육으로 인품이 만들어지고 道가 서는데
지금 우리는 뭔가 잘못으로 아울러 다스리고 있다
일찍이 선조들은 삿됨을 버리고 예를 숭상했지만
요즈음 후손들은 富만 높이고 法度를 망각했나 보다

점차로 고운 성품이 사라져 불손해지고
연연히 惡習 키워 병이 깊어져
노소를 분간함이 오히려 드문 세상 되었으니
어른, 아이 질서는 이미 옛말이로다
학생이 스승을 유린해도 항상 그대로 정책이 이어지고
국민이 개혁을 말해 봤자 홀로 부질없는 헛일이다
국회의원들은 막말을 부끄럼 없이 내뱉고
방송에서는 흉한 언사가 날마다 넘치네
교실에는 영어만 있고 내 나라 역사는 외면하면서
명문대를 향한 시각 열풍으로 내달린다
안타깝게도 집안 모습이 늘 이 같으니
이래서야 어떻게 국가에 대한 자부심 생기나

〈斷想〉 우리나라는 좋은 대학을 보내기 위해 자식을 키우는지도 모른다.
그저 공부 잘해서 명문대에 가면 성공한 듯 생각한다.
그러나 어디에서도 인성교육은 이루어지지 않는 것 같다.
그 인성교육은 사실 가정에서부터 이루어져야 하지만 요즈음 시대의 흐름이 그렇지가 않다.
인성이 잘 길러져야만 나라도 바로 선다. 어른과 아이가 구별이 안되는 험악한 우리나라가 되었다.
이는 아이들의 잘못이 아니라 인성을 누구도 말하지 않는 이 나라의 위정자를 포함한 교육자들 그리고 모든 우리 기성세대의 잘못이다.

前 篆刻<佛光>展
전각〈불광〉전을 앞두고

(1)

昨佛光舒百日殘 작불광서백일잔

今恭敬合萬顏觀 금공경합만안관

千生裕益蓮經刻 천생유익연경각

一切爲成佛苦完 일체위성불고완

어제로 〈불광〉 펼치기 백일이 남았는데

오늘도 공경 합장에 萬顏이 보이네

여러 중생 豊益한 묘법연화경의 刻印

일체 성불 위한 고행의 완결이기를

(2)

三千石片佛靈殘 삼천석편불령잔

七萬金言印面觀 칠만금언인면관

算重多材逾五頓 산중다재유오돈

唯刀越載汗珠完 유도월재한주완

삼천 개 석편에 부처님의 영혼이 잔류하니

칠만 자 귀한 말씀 인면에 다 보인다

쌓인 印材 무게만 해도 오 톤(5 ton)이 넘어

오직 해를 넘겨 새긴 땀의 결과로다

(3)

六載忘余說切胸 육재망여세절흉
三千治石刻狂容 삼천치석각광용
無休晝夜觀尊拜 무휴주야관존배
獨佛光神力信從 독불광신력신종

육년간 나를 잊으며 처절한 가슴을 달래고
삼천 개 돌을 다뤄 미친 듯이 새겼지
쉼 없는 晝夜에 부처님을 바라보며 절하고
독존 〈佛光〉의 威神力을 믿고 따랐어라

〈斷想〉 내가 환란에 빠지고 나서 우연히 시작한 것이 법화경 전각이었다.
오늘까지 거의 2,000일 6여 년간 작업해 왔다.
피와 땀 눈물의 결실 100일 후면 눈앞에 모두 펼쳐진다.
오늘부터 전시회 날까지 100일간 9배씩 절을 올린다.

人工知能人 인조인간

所謂尖端代 소위첨단대
珍奇特世間 진기특세간
械烹茶補老 계팽차보노
人坐席觀顔 인좌석관안
對語無聊寡 대어무료과
看身得疾鰥 간신득질환
此知能造物 차지능조물
稱功可不慳 칭공가불간

이른바 첨단시대
진기하고 특별한 세상에 산다
기계가 차 끓이며 노인을 돕고
사람은 자리에 앉아 모양새만 살핀다
무료한 홀어미 말대꾸도 해주고
병든 홀아비 간호도 하네
이 지능의 造物
功을 칭송함에 인색할 수가 없구나

*慳(인색할 간)

〈斷想〉 로봇이 점점 인간의 일자리를 앗아간다.
로봇은 불평 한마디 없이 일한다.
그렇다고 월급을 줄 일도 없다.
그저 묵묵히 프로그램대로 수행한다.
식당에서도 로봇이 음식을 나르는 세상.
그러나 이 또한 인간이 만들어 낸 기계이다.
그런데 그 기계가 인간의 일자리를 뺏어가고 있다.

傳統教育 疏忽
전통교육의 소홀

自古崇文恒學本　자고숭문항학본
來今棄傳國家痴　내금기전국가치
攻書藝術科門閉　공서예술과문폐
究哲思潮係脈危　궁철사조계맥위
漢字盲何知目日　한자맹하지목일
方言習似示英伊　방언습사시영이
親銜且置自名錯　친함차치자명착
李杜詩韓柳文詞　이두시한류문사
枯渴神情皮肉滑　고갈신정피육활
金錢萬決彼吾維　금전만결피오유
人人欲物財貪急　인인욕물재탐급
處處爲身覇道垂　처처위신패도수
往世邦長存志柱　왕세방장존지주
當年少輩暴凶姿　당년소배폭흉자
嶔崎察底巖盤固　금기찰저암반고
百代無窮禮教施　백대무궁예교시

예로부터 인문을 숭상함이 늘 학업의 근본이었는데
지금에 와 전통을 버림은 나라의 어리석음이라
전공하던 서예학과 문이 닫히고
궁구하던 철학 思潮 체계 맥이 위태롭다 하네

한자에 문맹이라 낫놓고 기역자도 모르는데
외래어는 잘도 익혀 마치 영국 이태리 사람 같이 한다
부모 이름은 且置하고 제 이름도 틀리니
李 杜의 詩나 韓 柳의 文章도 볼 줄 알아야지
메말라 있는 정신에 皮肉만 번지르르하고
돈이면 다 해결 되는 듯 이 사회가 매여 있네
사람들 물욕과 財貪만 급하니
곳곳에 자기만 위한 覇道가 드리웠다
전에는 나라의 어른이 있어 정신적 기둥이 되었는데
요즘에는 젊은 무리 배 노인에게 폭력 쓰는 흉한 꼴이라
산이 높고 우뚝함의 바닥을 살피면 巖盤이 튼튼함이니
백대에 무궁하려면 예절 교육도 시행해야 하네

*李杜韓柳 : 李白(701~762) 杜甫(712~770)의 詩.
韓愈(768~824) 柳宗元(773~819)의 문장.

〈斷想〉 우리나라는 전통교육에 투자를 하지도 않을 뿐더러 관심을 갖지않는다.
특히 어문 정책은 더욱 더 심하다.
한자 교육을 시키지 않아 국민을 문맹으로 만들고 있다.
명문대에 출강한 바 있는데 한자로 제 이름도 제대로 쓰지 못하는 학생들이 있었다.
그럴진대 부모나 아이 이름을 쓸 줄 알까.
한심한 노릇이다.
우리글은 소리글이라서 뜻글인 한자와 혼용 할 때 매우 과학적인 이 세상에서 가장 우수한 문자를 생성해 낼 수 있고 다방면의 표현을 할 수 있게 되는데 말이다.

搖椅 흔들의자

激動心開幕 격동심개막
春光宅撫窓 춘광택무창
陽風言此坐 풍양언차좌
世我振同雙 세아진동쌍

설레는 마음으로 커튼을 여니
봄볕이 집 창문을 어루만진다
햇살 바람하고 여기 앉아 대화하네
세상과 내가 함께 흔들흔들

〈斷想〉 우리 집 베란다엔 흔들의자가 하나 있다.
예전에 연로하신 어머니를 위해서 사다 놓은 것.
여름날이면 어머니는 그 의자에 앉으셔서 창밖을 내려다보신다.
내가 앉아 흔들어 보니 스르르 잠이 온다.
따스한 봄볕에 이런 한가함도 괜찮다.

勿抑世事 세상일 억지 부리지 마라

火雖强水熄 화수강수식
氷實冷陽溶 빙실냉양용
萬物然然化 만물연연화
深藏妙理從 심장묘리종

불이 비록 강하다지만 물에 꺼지고
얼음이 실로 차갑다 하나 햇볕에 녹는다
만물은 자연적으로 변화하는 것
깊이 감춰진 妙理에 따라야 한다

〈斷想〉 세상은 순리에 따라 가는 것이 옳은 이치이다.
독불장군은 없다.
그러나 가끔 보면 제멋대로 고집 피우며 사는 이들을 본다.
민폐를 끼치며 그들은 그렇게 아무렇지도 않게 산다.
강심장들인지 깨닫지를 못하는 것인지 알 수 없는 무리들이 많다.

黨爭 당파싸움

(1)
昨國泥田鬪狗場 작국니전투구장
今官性醜怪談堂 금관성추괴담당
阿修羅國會無恥 아수라국회무치
日日行狼藉世傷 일일행낭자세상

어제는 나라가 泥田鬪狗 난장이더니
오늘은 고관들의 성추행 괴담 집 되었구나
아수라판 국회는 부끄러움도 없네
허구한 날 개판치니 세상이 아프다

(2)
理想如和史暴評 이상여화사폭평
民心似靜政痕衡 민심사정정흔형
堂混忽視空雄告 당혼홀시공웅고
務必家人恐察行 무필가인공찰행

이상이 평화로운듯하나 역사에 폭력으로 評해지기도 하고
민심이 조용한 것 같지만 정치 흔적으로 저울질도 한다
집안의 혼란을 홀시하는 空雄들에게 고하니
제발 국민이 두렵다는 것도 좀 살피며 가라

〈斷想〉 우리나라 역사를 보면 어느 왕조든
당파싸움을 하지 아니한 시대가 거의 없었다.
남인이니 서인이니 노론이니 소론이니…….
지금이라 해서 달라진 게 없다. 친박 비박 또 무슨 무슨 박 하며
물고 뜯고 이전투구를 벌인다.
이 당파싸움은 아마 세계 일등인지도 모를 일이다.
제발 부끄러운 줄을 알기 바란다.

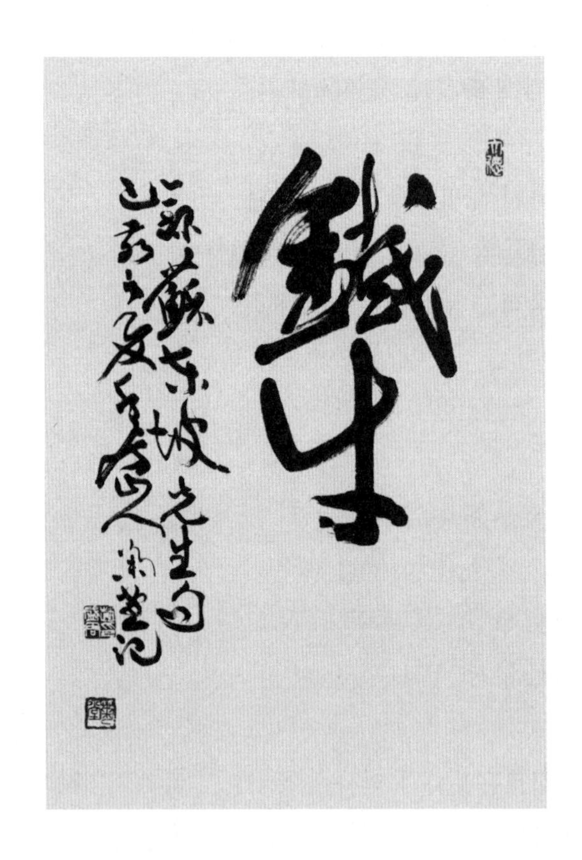

自告 나에게 고하다

爲他自獻享眞歡 위타자헌향진환
徹夜吾功味苦完 철야오공미고완
世事名無虛傳也 세사명무허전야
東窓月色是心端 동창월색시심단

남을 위해 스스로 헌신함에 진정한 기쁨을 누리고
밤을 새워 내가 공들임에 힘든 완성을 맛본다
세상사 명성이 헛되이 전함은 없는 것
동창에 달빛 드니 이로 마음 단장하네

〈斷想〉 나는 부끄럽게도 남을 위해 진정한 봉사를 해본 적이 없다.
핑계일지 모르나 여건이 그리 주어지지 않는다.
다만 어느 해이던가 아프리카의 어려운 사람들을 위해 성금을 보내는 일에 몇 년 아주 미미한 금액을 정기적으로 보낸 바는 있다. 그때 나름 느낀 감정은 뿌듯함이었다.
나는 그 나름의 내 서예와 전각 작업에 혼신을 다하고 지낸다.
그러면서 스스로 말한다.
절대 자만하지 말라고
넌 아직 멀었다 고 말이다.

晩春濟州 늦봄의 제주

石翁胸地悅 석옹흉지열
山海氣空垂 산해기공수
可惜春風遠 가석춘풍원
何油菜落枝 하유채낙지

돌하루방의 마음이 땅에서 반기고
산 바다의 기운은 허공에 드리운다
아쉬워라 봄바람이 멀어지네
어찌하여 유채꽃도 지려는가

〈斷想〉 제주 성산에 가면서 노란 유채밭을 봤다.
늦봄이라 그런지 조금은 시들해진 듯 하다.
봄이 가려고 한다.
잡아 보지만 내 손을 뿌리치고 떠나려 한다.

忠告 충고

晝夜騷音我國治 주야소음아국치
東西亂雜黨名旗 동서난잡당명기
何思政客恒胸銘 하사정객항흉명
正辯民爲本必知 정변민위본필지

주야로 시끄러운 우리나라의 정치
여기 저기 난잡한 黨名의 깃발
정치인이 늘 마음에 새겨야 할 것이 뭐라 생각하는가
바로 백성이 근본이 됨을 필히 알아야 함이지

〈斷想〉 우리나라 정치인들은 국민을 너무 많이 무시한다.
국민 두려워하지를 않기에 그들은 자기들끼리 늘 싸움만 한다.
나는 그들을 좋아하지 않는다.
가증스럽기 때문이다.

北誘導彈 發射
북한의 미사일 발사를 보며

相殘痛恨七零年 상잔통한칠영년
血戰仍然核脅連 혈전잉연핵협연
以一檀君王儉族 이일단군왕검족
何爲此境到讐緣 하위차경도수연

同族相殘의 아픔 칠십 년
血戰은 아직 그대로이고 核 위협으로 이어지고 있다
같은 단군의 민족으로서
어찌하여 이 지경 怨讐인연 되었나

〈斷想〉 우리는 북한사람들을 한민족이라 여겨 어찌 되었든 과거를 좀 접어두고 친해 보려 한다.
그러나 북한의 정치인들은 조금도 아랑곳하지 않는다.
따지고 보면 그들은 6.25 라는 전쟁을 일으킨 우리의 적임엔 분명하다.
아마 이들의 만행은 계속될 것이다.
그들이 핵을 쥐고 있는 한…….

出聖誕滿月
성탄절에 뜬 보름달

迎新誕夜出圓輪 영신탄야출원륜
向救恩光撫率身 향구은광무솔신
內外崢嶸今歲暮 내외쟁영금세모
天河玉鏡寞安神 천하옥경막안신

새해 맞는 성탄 밤 럭키 문이 떠서
救援을 향한 은혜로운 빛 거친 몸을 어루만진다
안과 밖 多事多難했던 올해도 저무는데
銀河水 달빛 고요하여 마음이 편하다

〈斷想〉 성탄절이다.
아기 예수가 태어나신 날.
우리는 종교에 관계 없이 이날이 오면 설레는 마음으로 이브를 맞곤 한다.
예수님이시여, 우리에게 평화를 주소서.

寢席 忽吟 잠자리에서 문득 읊다

世事隆衰普 세사융쇠보
空蟾滿缺規 공첨만결규
夕朝如此攝 석조여차섭
今古若其支 금고약기지
皎皎輪天繫 교교륜천계
巍巍嶽地維 외외악지유
臥何生理究 와하생리궁
玄妙耳無知 현묘이무지

세상일 잘 되었다 못 되었다 함은 보편적인 일
달이 차고 이지러짐은 정해진 법칙이라
아침 저녁도 이 같은 섭리이고
옛날과 오늘도 그러함에 지탱하니
밝은 달이 하늘에 매달리고
높은 산이 땅에 매여 있는 것이다
잠자리 누워 삶의 이치가 무엇인지 따져 보는데
玄妙할 뿐 알지 못하겠구나

〈斷想〉 오늘 나는 반성한다. 내가 세상을 얼마만큼 잘 살고 있는가
어찌 보면 산다는 게 즐겁기도 하지만 한편으로는 고통이기도 하다.
많은 번뇌가 나를 힘들게 하기 때문이다. 산다는 게 무언가, 어떻게 사는 것이 바른 삶인가. 나는 오늘 누워서 많은 생각을 해보았다.

顧 書道之路 四十年
서예의 길 40여년을 돌아보며

(1)

僻村童志學 벽촌동지학
浮夢上都京 부몽상도경
速弱冠而立 속약관이립
精書法苦程 정서법고정
到螢窓不惑 도형창불혹
馳雪案無橫 치설안무횡
未覺知天命 미각지천명
連時七秩評 연시칠질평

시골 촌뜨기가 십 대에
부푼 꿈 안고 서울에 왔네
이십 대 얼른 지나 서른이 되어
서법에 정진하니 힘든 여정이라
어려운 학업으로 사십 대에 이르고
공부에 열성 다해 내달리다 보니
어느새 오십 대 가고
연속되었던 시간 칠십이 되어서야 自評해 본다

(2)

少年空手恐 소년공수공

來迷首都京 내미수도경

世似雲行速 세사운행속

齡如水淈程 영여수굴정

藝人經卌載 예인경십재

初老未縱橫 초로미종횡

或是從心後 혹시종심후

何吾作怕評 하오작파평

소년은 빈손에 두려움으로

어리둥절 首都 서울에 왔지

세월은 마치 구름이 가듯 빠르고

나이라는 것도 흡사 콸콸 흐르는 물길 같아

藝人으로 사십 여 년이 지났는데

이 나이에도 아직 마음먹은 대로 하질 못하니

혹시 칠십 후에는

내 작품이 어떨지 評이 두려워지네

(3)

少青雲志大 소청운지대
唯墨刃馳京 유묵인치경
刻氣刀尖妙 각기도첨묘
書神筆骨程 서신필골정
此纔攄得爪 차재터득조
嗚憾鬢無横 오감빈무횡
藝道難窮旅 예도난궁려
於今待後評 어금대후평

젊음의 포부 크게 지니고
오로지 먹과 刻刀로 내달린 서울살이
전각의 기운은 刀尖의 오묘함이고
서예의 神彩는 筆骨의 법이라네
이제 겨우 뭔가 조금 알 듯 한데
아 야속한 귀밑머리도 비껴가지 못하는구나
예술의 길이라는 것은 결국 어려운 여정
지금보다 후일의 평가를 기다려 보네

〈斷想〉 나는 중학교를 고향에서 졸업하고 뜻한 바가 있어 1967년도에 서울행 기차를 탔다. 그 당시의 서울은 지금처럼 번화하지는 않았지만 그래도 수도 서울답게 화려했다. 당시에 내가 서예가가 되리라고는 짐작도 못했고 어린 마음에 "어서 돈을 벌어 외로운 우리 어머니를 잘 모셔야 한다" 라는 생각은 가지고 있었다.
그런데 어느 날 나는 붓을 잡고 서예인의 길을 가고 있었다.
내 무명시절 젊을 때는 그야말로 힘들게 살아왔다.
나는 그저 앞만 보고 무소처럼 내달려 오늘 여기에 이르렀다.
이러한 내 삶에 후회는 없다. 다만 내가 남긴 졸작들이 후세에 뭐라 평할지 그게 궁금할 뿐이다.

臨迫總選 총선에 임박하여

世流程似浪 세류정사랑
潺海不航行 잔해불항행
見得心思義 견득심사의
忘恩背德情 망은배덕정
政街恒搖動 정가항요동
氓巷此呼聲 맹항차호성
泣訴君兮刻 읍소군혜각
何單耳憶名 하단이억명

세상 흐르는 길 마치 파랑 같아
잔잔한 바다에 조용한 날이 없네
뭔가를 얻었으면 義를 마음에 두어야 하는데
忘恩 背德의 情況이 되니
정치는 늘 요동치고
민생은 이래서 아우성이다
泣訴하는 그대여 새겨 두시오
이름을 기억함이 어찌 한번 뿐이겠는가

〈斷想〉 요즈음 정가가 시끄럽다.
서로 잘 보이려고 국민에게 아부한다…….
넙죽넙죽 맨땅에 머리 박고 큰 절도 서슴치 아니한다.
아무리 그래도 국민들은 이제 알아차렸다.

저들이 감언이설로 한 표라도 더 얻으려 몸부림치는 것이라고.
우리나라 정치는 완전히 저질의 하류 정치이다.
저들이 왜 그 자리에 있는가?
국민을 위해 큰 봉사를 하라고 국민이 뽑아 올린 자리가 아니던가.
이 사람들은 이 며칠간만 조아리고 또 조아리다가 금배지 달면 목에 힘이 들어가고 국민 위에서 군림하려 하는 나쁜 습성을 가진 사람들 같다.
국민을 위하는 마음이 있다면 이 상황을 보며 그 누구 하나라도 의기 있게 분신이라도 해야 하지 않을까?
분신을 시도하는 것은 애꿎은 국민들이 절규하다가 스러져간다.

書學徒 서예 배우는 학도

爲山末簣土成頭 위산말궤토성두
踏世初雄志汎舟 답세초웅지범주
此意無知連不繼 차의무지연불계
今搔癢隔自靴尤 금소양격자화우

산을 쌓는데 마지막 삼태기의 흙은 봉우리를 완성함이고
세상살이에 처음 지닌 큰 뜻은 강에 배를 띄우는 거지
이런 의미를 모르고 계속 중단하니
지금 마음에 차지 않아 안타까움만 더 하네

*隔靴搔癢(격화소양) : 신을 신고 가려운 데를 긁다, 즉 마음에 차지 아니함의 뜻.

〈斷想〉 서예를 꾸준히 오래 공부하기란 쉽지 않은 일 같다.
좀 필 재간이 있어 보여 기대를 해 보지만 일 년도 못 채우고 도중하차 하는 경우를 종종 본다.
서예는 다른 장르와 달라서 단기에 이루기가 어려운 과목이다.
은근과 끈기만이 서예가가 되는 지름길이다.

於杖鄉 예순에

精神直欲此琴絃 정신직욕차금현
藝道思願彼古傳 예도사원피고전
雜撓陶然吾不屈 잡요도연오불굴
餘生足可樂書緣 여생족가락서연

정신의 곧음은 거문고 줄같이 하려 하고
藝道의 사상은 옛 전통을 원하네
잡스러움이 흔들어도 근심으로 나는 꺾이지 않고
餘生은 書의 인연을 즐길 수 있음에 만족하리라

*杖鄕(장향) : 60세의 이칭.

〈斷想〉 내 나이 환갑에 다시 한번 다짐한다.
시류에 물들지 않고 최소한의 선비정신으로 이 길을 가겠노라고…….

問 國會議員 국회의원에게 물음

人工代感愕能驚 인공대감악능경
國會思先史舊行 국회사선사구행
被拔紅青群鷄鶴 피발홍청군계학
何尖不覺覇權營 하첨불각패권영

人工의 시대 감탄하며 경악스런 지능에 놀라는데
國會의 사고는 先史 시대 옛날로 가네
여러 색을 지닌 무리 중 뽑힌 대표들
어찌 尖端은 모르고 覇權으로만 經營하려 하시는지

〈斷想〉 늘 다투고 있는 국회의원들에게 묻는 말이다.
구태를 벗어 던질 생각은 없는거냐고 말이다.

於 三一節 삼일절에

母木亡苗亦不生 모목망묘역불생
眼光遠我又防橫 안광원아우방횡
成仁殉國先神偉 성인순국선신위
漸入加爭政霧行 점입가쟁정무행

어미 나무가 죽으면 싹 역시 살 수 없는 법
멀리 내다봐야 우리 또한 禍를 막는다
殺身成仁으로 殉國하신 선열의 정신이 거룩하여라
점점 갈수록 더 싸움질만 하는 정치는 안개 속이로다

〈斷想〉 오늘은 삼일절이다.
아는지 모르는지 국회에서는 싸움질만 계속한다.
나라를 위해 목숨을 초개같이 던진 선열들을 생각하라.
이 얼간이 의원들아.

登 早春道峰山
이른 봄의 도봉산을 오르며

日氣和朝樹 일기화조수
登山客列多 등산객열다
谷陰殘雪點 곡음잔설점
泉阯水甁羅 천지수병라
渴喘徐行步 갈천서행보
風淘快額阿 풍도쾌액아
尙峰頭遠遠 상봉두원원
今累乏憑坡 금루핍빙파

일기가 온화한 아침의 숲
등산객 대열이 많다
골짜기 그늘엔 殘雪이 조금 있고
약수터엔 물병들이 늘어섰구나
느린 발걸음으로 갈증에 헐떡거리지만
바람에 씻겨 이마는 상쾌해라
아직도 산꼭대기는 멀고 먼데
지금 지쳐버려 언덕배기에 기대어 있다

〈斷想〉 오늘 도봉산 한 자락에서 두어 시간 산을 오른다. 봄기운이 완연하다.

계곡에서는 물소리가 들리고 그 언덕 위에 진달래도 피어 있어 봄의 정취를 물씬 풍긴다.
산은 언제나 상쾌하고 시원해서 좋다.
묵은 낙엽 냄새가 코를 자극한다.
결코 싫지 아니한 낙엽 냄새다.

新城里 葦田 신성리 갈대밭

夕陽霞漸染 석양하점염
蘆藪靄升飛 노수애승비
別墅餘光弱 별서여광약
江邊水鳥翬 강변수조휘
葉南風際語 엽남풍제어
芒白髮輕揮 망백발경휘
獨坐江亭客 독좌강정객
葦田戀歌圍 위전연가위

석양이 노을에 점차 물들이고
갈대 숲 저녁 안개 피어오르네
농막에 남은 햇살 꺼져 가는데
강변엔 물새들이 훨훨
갈잎이 바람결에 속삭이어라
억새꽃 덩달아 하늘하늘
江亭에 홀로 앉은 나그네
'신성리 갈대밭 연가'가 둘러싸네

〈斷想〉"갈꽃도 하늘하늘 그리움도 하늘하늘
말없이 떠나버린 사랑했던 그 사람
예전처럼 지금 이 자리 신성리 갈대밭
바람결에 갈잎은 깊은 사연 속삭이네

말이나 해 볼걸 붙잡아나 볼 것을
가버린 그 사람이 그리워
지워진 흔적 따라 다시 찾아 왔구나
신성리 갈대밭 신성리 갈대밭"

이는 내가 부른 노랫말이다.
내 고향에 있는 신성리 갈대밭은 국내 4대 갈대 군락지 중 하나란다.
약 6~7만 평의 갈대밭 옆으로 금강이 유유히 흐르는데 참으로 낭만 넘치는 멋진 곳이다.
내 노래비도 우뚝 서 있다.

鬪犬大會場 투견대회장

野角泥坑血鬪場 야각니갱혈투장
多形狗隊吠其狂 다형구대폐기광
何觀客此悽爭樂 하관객차처쟁락
自定昏朝至酷行 자정혼조지혹행

들판 한 구석의 진흙탕은 피 터지는 싸움터
갖가지 형용의 투견들이 떼 지어 짖어대는 그들의 狂氣
어찌 관객들은 이 처참한 싸움을 즐기는가
밤을 지새우며 혹독히 행하는 짓거리를

〈斷想〉 이 시는 諷刺 시이다.
그들이 하도 저질의 방법으로 싸워대어서 어느 날 읊었다.
目不忍見이라는 말을 무색하게 그들은 싸운다.

鐘路一街 避馬谷
종로1가 피맛골

今鐘路背巷華光 금종로배항화광
昔此街貧客說鄕 석차가빈객설향
雨雪恒溫情溢出 우설항온정일출
悲歡只酒盞和忘 비환지주잔화망
心煎豆餠看香吃 심전두병간향흘
美味醺樽拂小囊 미미훈준불소낭
不管輝繁憧厥節 불관휘번동궐절
窮愁察古步新堂 궁수찰고보신당

지금의 종로 뒷골목은 으리 번쩍하지만
옛날의 이 길은 賓客이 향수를 달래던 곳
비가 오나 눈이 오나 늘 온정이 넘치고
기쁘나 슬프나 다만 술 한 잔에 웃고 잊어
인심 좋은 빈대떡은 먹음직스럽고
맛있는 막걸리는 가난한 주머니를 털었지
아무리 번화하고 휘황해도 그 시절이 그리워라
궁색한 근심에 옛날 찾아 걷지만 새집뿐이네

〈斷想〉 내가 고등학교를 졸업하고 난 후에만 하더라도 종로 1, 2가의 피맛골은 살아 있었다.

비 내리는 날 들러 빈대떡 한 접시에 찌그러져 누런 주전자에 내오는 막걸리 한두 잔은 그야말로 낭만적이었다.
그러나 지금은 거의 그 모습이 사라져 버렸다.
우리는 옛것을 지키지 않는다.
새것이 좋긴 하지만 묵어 터져 곰팡이 냄새나는 옛집이 그리울 때도 있다.

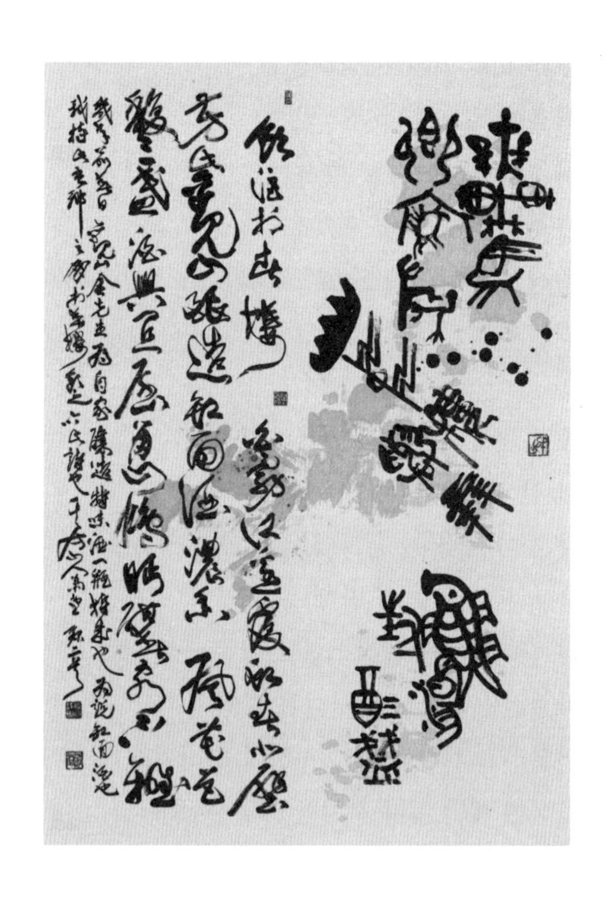

父 아버지

(1)

少節靑雲志 소절청운지

中年助養長 중년조양장

汗生眞你柱 한생진니주

全晩節淸香 전만절청향

젊은 시절엔 靑雲의 뜻으로

중년 까지는 扶養하는 家長으로

땀 흘린 삶 진정 그대가 기둥이었으니

노년은 온전하고 향기로울 것이오

(2)

雨雪爲家意 우설위가의

歡悲向族長 환비향족장

業場常黙勞 업장상묵로

君苦汗淋香 군고한림향

비가 오나 눈이 오나 집안을 위한 생각으로

기쁘나 슬프나 가족을 향한 책임자로

일터에서 늘 묵묵히 수고하였어라

그대의 고된 땀에 향기가 배어 있구려

〈斷想〉 세상의 아버지들은 어찌 보면 불쌍한 존재들이다.
가족을 먹여 살리기 위해 별의별 일을 다한다.
그러면서도 그게 숙명이라 여긴다.
그래도 불평 한마디 없이 어려운 일을 소화해 낸다.
왜냐하면 그들은 가장으로 남편이고 아들딸의 아버지이기 때문이다.

讀 晉漢詩選
晉漢의 시를 뽑아 읽다

(1)

少陵憐族聖 소릉련족성

青蓮愛月仙 청연애월선

菊酒氷輪下 국주빙륜하

吟詩浣溪連 음시완계연

少陵은 민족을 가련히 여긴 詩聖이고

青蓮居士는 달을 사랑한 詩仙이라

국화 술잔에 차가운 달 빠져있는데

吟詩가 浣花溪에 이어지네

(2)

畵中詩卽幅 화중시즉폭

園裏樂眞仙 원리락진선

却雜和然撫 각잡화연무

王陶詠誦連 왕도영송연

그림 속의 시가 곧 화폭이요

전원 속 즐거움이 참으로 신선이로다

번잡을 물리친 평온한 자연의 어루만짐에

왕마힐 도연명의 읊음이 이어지누나

*少陵 : 杜甫의 아호.
青蓮居士 : 李白의 아호.
浣花溪 : 두보가 안록산의 난을 피하여 초당을 지은 곳.

〈斷想〉 나는 도연명과 두보와 이태백을 존경한다.
그들의 시를 읽을 적마다 나는 그들과 대화한다.
물론 나 혼자만의 독백으로 끝나지만 이 세 사람 시객들로부터 나는 많은 것을 배운다.
그래서 나는 늘 이들의 시를 읽는다.

皐月 오월

隔岸雲煙蜃氣消 격안운연신기소
朝陽野逸太淸昭 조양야일태청소
何處此節來和顯 하처차절래화현
又惜春兮握住挑 우석춘혜악주도

언덕 너머 아지랑이 신기루처럼 피었다 사라지고
아침 햇살 야일하게 하늘에 밝아라
이 계절은 어디에서 오는지 온화하게 나타났다가
또 가는 봄 아쉬워라 붙잡아도 달아나네

〈斷想〉 3, 4월이 가고 푸른 5월이다.
장미의 계절.
그런데 봄이 다 지나 가버린다.
오월은 또 다른 낭만을 준다.
컬러로 말한다면 왠지 연분홍, 그러니까 짙은 핑크 같은 느낌이 든다.
이유는 모르겠으나 그저 그런 느낌이 든다.

漢拏山 한라산

衝天嶽氣集靈岑 충천악기집영잠
接海神精錯水音 접해신정착수음
外點南坤平秘島 외점남곤평비도
今呑牛氣勢嶔臨 금탄우기세금임

하늘 뚫은 山의기운 靈峰에 모여
바다로 이어지는 神의 精氣가 파도 소리에 섞이는데
남쪽 땅 한 점 평화로운 秘島
오늘도 우람한 기세로 우뚝 임하고 있구나

*呑牛氣 : 呑牛之氣 즉 소도 잡아먹을 듯한 큰 기세.

〈斷想〉 한라산은 오늘도 묵묵히 나를 내려다본다.
세계지도를 보면 타원의 점 하나로 표기된 제주에 남한에서 제일 고봉이 바로 그 점 하나 속에 떡 버티고 있다.
경이로운 일이다.
바로 건너 바다에 출렁대는 물결은 하얀 거품을 몰고 오고 허공을 도는 신령스러운 氣가 산을 에워싸고 있다.

元曉 새해 새벽

今森羅萬象新然 금삼라만상신연
又赤輪岑隔出穿 우적륜잠격출천
守拙常凡願海念 수졸상범원해념
朝窓下寂坐觀禪 조창하적좌관선

오늘 삼라만상이 新然해라
또 붉은 해 산봉우리 틈에 솟구치면
소박한 보통의 발원 念頭하고
아침 창 아래 고요히 앉아 觀禪하리라

〈斷想〉 오늘 새벽 산보는 좀 특별하다.
새해 첫날이기 때문이다.
해마다 신년이 되면 다짐하고 또 새롭게 어떤 일의 계획을 세운다.
그리고 염원을 빈다.
설령 그게 다 지켜지지 않더라도 말이다.

某日 醉中之夢 어느 날 취중의 꿈

落日天邊暗 낙일천변암
飂風雪似狂 요풍설사광
醉縱橫播盞 취종횡파잔
心上下摩荒 심상하마황
燒酎流霞馥 소주류하복
君相幻化光 군상환화광
桶寧知不滅 통녕지불멸
香酒未辭陽 향주미사양

해가 지자 하늘가 어둡고
바람에 흩날리는 눈발이 미친 듯하다
醉氣는 縱橫으로 술잔에 퍼지고
마음은 上下로 거친 기분을 쓰다듬으니
소주인데도 神仙酒 같이 향기롭고
그대 얼굴 환상처럼 반짝인다
술통이 어찌 알랴 불멸을
향기로운 술 사양 않으니 아침 해 뜨네

*流霞 : 流霞酒 즉 신선이 마신다는 술.

〈斷想〉 꿈속에서 그대를 만났다. 잠깐 졸고 있었는데 그 틈새에 꿈을 꾸었다. 아주 멋진 꿈이었다. 아까 마신 술이 아직도 얼얼하다.

吾家犬公 虎頭 우리 집 강아지 호두

(1)

赤子余緣爾 적자여연이

今經十五年 금경십오년

不言顔尾語 불언안미어

餐步步隨懸 찬보보수현

갓난아기로 나랑 인연 된 너

올해로 열다섯 살이 되는구나

말은 못하지만 얼굴과 꼬리로 말하지

먹겠다고 졸졸 따라다니며 매달리는 거잖아

(2)

犬已過齡爾 견이과령이

人如八秩年 인여팔질년

耳聾盲目老 이롱맹목노

恒吃不休懸 항흘불휴현

강아지이지만 이미 나이를 먹은 너는

사람 나이로 치자면 80대란다

귀먹고 눈도 멀어 늙어가도

늘 먹을 것에는 끈질기게 매달리는구나

〈斷想〉 우리 집에서 키우던 강아지의 이름이 호두였다.
녀석은 개 나이로 16세에 늙어 病死했으니 나름 수명을 다한 것이다.
녀석은 순하면서도 사람을 잘 따랐고 먹을 것을 많이 좋아했다.
그 녀석을 기르느라 내 아내가 참 수고롭기도 했지만 호두는 그만큼의 밥값은 하는 녀석이었다.
가족들에게 많은 즐거움을 주었기 때문이다.
녀석이 가던 날 우리 집은 침통 할 수 밖에 없었다.
지금도 지나가는 강아지를 보면 호두 생각이 많이 난다.

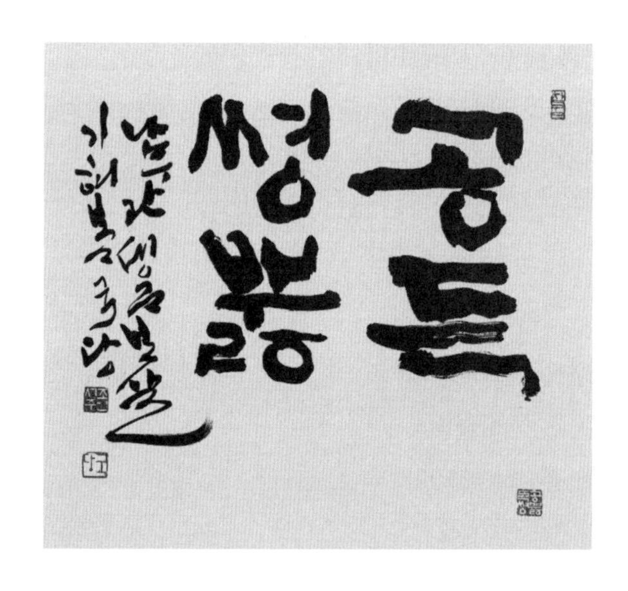

士 선비

世間空輩謾相爭 세간공배만상쟁
風塵羽客厥和羹 풍진우객궐화갱
龍孫竹藪貧居直 용손죽수빈거직
鳳尾常青不改貞 봉미상청불개정

세상의 헛된 무리들 부질없이 싸우지만
풍진에도 仙人다운 그 和羹은 있었지
죽순이 대밭에 貧居해도 곧게 자라
댓잎 항상 푸르러 지조를 바꾸지 않네

*和羹 : "갖가지 양념에 간을 맞춘 국"으로,
나라의 정치를 맡아 보는 재상을 뜻함.

〈斷想〉 요즘 세상에는 충신다운 고지식한 선비가 없는 것 같다.
옛날 선비는 목숨을 내놓고 왕에게 諫言을 했지만 요즈음엔 누구 하나 최고 위정자에게 그런 간언을 하자 못 하는가 보다.
이 나라에 조선 시대의 충신과 같은 선비가 셋만 있어도 나라가 이렇게 돌아가지는 않을 듯싶다.

月下 飮 濁酒
달 아래 막걸리를 마시다가

醉月爲昌復一杯 취월위창부일배
過春越夏又秋來 과춘월하우추래
無常歲閃光逾檻 무상세섬광유람
豈您千年計寶臺 기니천년계보대

달빛에 취해 昌盛을 위해 부 일배
봄이 가더니 여름을 거쳐 또 가을이 왔구려
무상한 세월은 빨리도 문턱을 넘는데
어찌 그대는 천년의 寶臺를 계획하고 있소이까

〈斷想〉 사람들은 천만년을 살 것처럼 명예와 재물에 집착한다.
봄이 가면 여름 오고 또 가을 겨울이 가면 또 한해가 지나 가버려 세월은 그렇게 빠르게 간다.
오늘 느닷없이 그런 생각이 들었다.
가버린 시간은 어쩔 수 없다 치더라도 남은 시간은 잘 써야겠다고…….

吟感賞春蘭 춘란을 감상하며 짓다

晴齋墨趣載盆蘭 청재묵취재분란
瘦葉芳香襲鼻端 수엽방향습비단
玉貌瓊肌如蔑濁 옥모경기여멸탁
孤仙格姿似單幡 고선격자사단반

비 그친 서재의 묵취가 盆蘭에 실리니
가는 잎 꽃다운 향기 코끝에 스며들어라
玉 같은 모습 濁世를 능멸하는 듯
孤仙의 격조 있는 자태가 홀로 서려 있는 것 같도다

〈斷想〉 아침에 물끄러미 난초잎을 보노라면 군자다운 면모를 살필 수 있다.
늘씬한 이파리에 초록빛 색깔은 추위에도 결코 아랑곳 하지 않고 빼어난 자태를 과시한다.
그래서 격조 높은 군자라 하는가 보다.

告 無道 近 政治
道가 없는 요즈음 정치에 고함

曰君君國太 왈군군국태
云父父家安 운부부가안
又說臣臣秩 우설신신질
恒言子子端 항언자자단
只今吾等逆 지금오등역
專兀傲身壇 전올오신단
拙復讐連結 졸복수연결
氓前醜出冠 맹전추출관
政貪權不老 정탐권불로
爭奪座無看 쟁탈좌무간
屋戶爲和樂 옥호위화락
邦中失禮殘 방중실례잔
但輝宮滅正 단휘궁멸정
唯血戰牌團 유혈전패단
孔子行仁義 공자행인의
高官俯視觀 고관부시관

국가는 임금이 임금다워야 태평하다 했고
가정은 아비가 아비다워야 편안하다 했으며
또 말하기를 신하는 신하다워야 질서가 서고
자식은 자식다워야 근본이 된다 했거늘

다만 오늘날 우리는 역행하면서
오로지 오만으로 자신들만의 壇에서
치졸한 復讐로 이어지며
우매하다 여긴 국민 앞에 추악한 冠을 쓰고 나타난다
政街의 권력을 탐함에는 노소가 따로 없고
자리 빼앗는 싸움에는 莫無可奈로다
집안은 和睦이 되어야 즐겁고
나라가 禮를 잃으면 잔인해지는데
다만 휘황한 宮에 정도는 멸하고
오직 피 터지게 싸우기만 하는 패거리라
공자께서 행하신 仁義의 정치를
나리들이여 굽어 살펴보시오

〈斷想〉 옛날 3공화국 때만 해도 정치인들이 나름 논어나 맹자 등 고전을 읽은 사람들이 제법 있었다.
그렇지만 오늘날의 그들은 논맹이 무엇인지도 모르는 무리들로 보인다.
맹자는 특히 정치에 대해서 강하게 피력하였다.
어차피 정치 싸움은 아니할 수 없는 것이지만, 하더라도 국민의 눈높이에 맞추어 당쟁도 벌려야 한다.
정치인들이여 부디 맹자 한 구절이라도 읽으면서 정치를 하라.

無題 무제

不知吾自覺 부지오자각
襟整理醒胸 금정리성흉
急慾空心發 급욕공심발
時中除毒龍 시중제독룡

가끔 나는 스스로 느낌이 있어
옷깃 여미고 마음을 깨운다
갑자기 허욕의 마음이 일어나면
때 맞추어 욕심을 쫓아내곤 하지

〈斷想〉 인간의 욕망은 끝이 없어 보인다.
결국 그것 때문에 많은 사람들이 나락으로 떨어지기도 한다.
욕을 억제하는 것은 오로지 자신 뿐이다.

傷菊 상처 입은 국화

至昨巖傍菊好端 지작암방국호단
來今折橤葉枝殘 내금절예엽지잔
寒風雨雪餘香奪 한풍우설여향탈
豈屈叢如可切團 기굴총여하절단

어제까지만 해도 바위 옆 국화 멀쩡했었는데
오늘 보니 꽃술 잎 가지가 꺾여 망가져 버렸네
찬바람 진눈개비가 남은 향기마저 뺏어가려 하지만
어찌 굴복 하리오 떨기들 처절하게 뭉치는 듯하구나

〈斷想〉 어느 차가운 겨울날 하산길에 몇 떨기 野菊을 보았다
그 중에는 이미 잎이 시들어 말라버린 것도 있고 그 옆에는 아직도 노오란 꽃을 피워 추위를 견디는 떨기도 있었다.
이토록 시린 겨울날에 꽃을 피워놓고 떨고 있다니 안쓰러운 감정이 들었다.
끝까지 버티거라.

吟母親 望百 生辰
어머니 구십일세 생신에 읊다

颯爽英姿母 삽상영자모
常貞淑變無 상정숙변무
少年緣趙嫁 소년연조가
青節逝親孤 청절서친고
萬苦心身襲 만고심신습
千憂晝夜紆 천우주야우
片舟狂濤海 편주광도해
唯食率愁糊 유식솔수호

시원스런 성품 고우신 자태의 어머니
늘 정숙하시고 변함이 없으시네
소년에 趙門과 인연 시집오셔서
젊은 시절 부친 돌아가시고 외로우셨지
온갖 고생이 심신에 몰아치고
천 가지 근심 밤낮으로 복잡해도
片舟의 모친 거친 세파의 바다에서
오직 가족들의 생계만을 근심하셨네

〈斷想〉 부친께서 너무나 일찍 타계하심으로 인해 서른에 혼자되신 우리 어머니. 언젠가 내가 여쭈어봤다.

그때 아버지가 갑자기 돌아가셨을 때 마음이 어떠셨냐고.
어머니의 대답은 “어린 삼 남매를 앞으로 어떻게 키워야 할지 눈앞이 캄캄하였다”라고 하셨다.
그때부터 어머니는 남자로 변해가고 계셨던 것 같다.
손톱 발톱 성한 곳이 하나도 없을 만큼 어머니는 땅을 파는 농부가 되셨다.
세상의 모든 고초를 다 겪어오신 우리 어머니의 장수를 빈다.

登秋三角山 가을 삼각산을 오르다

北岳雲蓬勃畵陵 북악운봉발화릉
秋楓壁點彩紅綾 추풍벽점채홍릉
人間事一場春夢 인간사일장춘몽
斷浩然之氣欲仍 단호연지기욕잉

북악의 구름 뭉게뭉게 그림 같은 구릉
가을 단풍 절벽에 띄엄띄엄 색칠한 고운 비단
인간 만사 一場春夢이라 했던가
젖혀두고 浩然之氣 이대로 있고 싶구나

〈斷想〉 삼각산 줄기에 오르면 언제나 마음이 시원해진다.
가을날의 삼각산은 어느 산 못지 않은 고운 단풍으로 옷을 갈아입고 산 객을 맞는다.
우리 집 뒷산이 곧 삼각산이라는 걸 나는 늘 자랑하고 다닌다.
오늘 이 풍경은 말 할 것도 없이 그림이로다.

貪慾 탐욕

(1)

衆鳥陽林幸 중조양림행

人間勢富狂 인간세부광

這黃泉路遠 저황천로원

何負背行航 하부배행항

새들 햇볕 든 숲으로도 행복해하는데

사람들은 權勢의 富에 狂奔한다

이 황천길이 멀다 하던데

어찌 다 짊어지고 건너가시려나

(2)

着權邪露外 착권사로외

貪物慾充神 탐물욕충신

火釜求尋此 화부구심차

終名瀆頹身 종명독퇴신

권력에 집착하는 자는 삿됨이 겉으로 드러나고

재물을 탐하는 자는 욕심이 정신에 가득 차니

이것들이 불가마 속에 있다 해도 탐내어 차지하려 하다가

마침내 명예가 더러워지고 몸도 무너져 내린다

〈斷想〉 탐욕이 많은 사람은 더 많은 욕심을 부리다가 결국 추락한다.
인간이 사는 행로에는 금전이 필요한 것은 맞는 말이지만 필요한 만큼 있으면 되는 거지 지나친 욕심을 부리다가는 자칫 모든 것을 잃게 되기도 한다.
권력 또한 마찬가지이다.
때가 되면 물러날 줄도 알아야 한다.

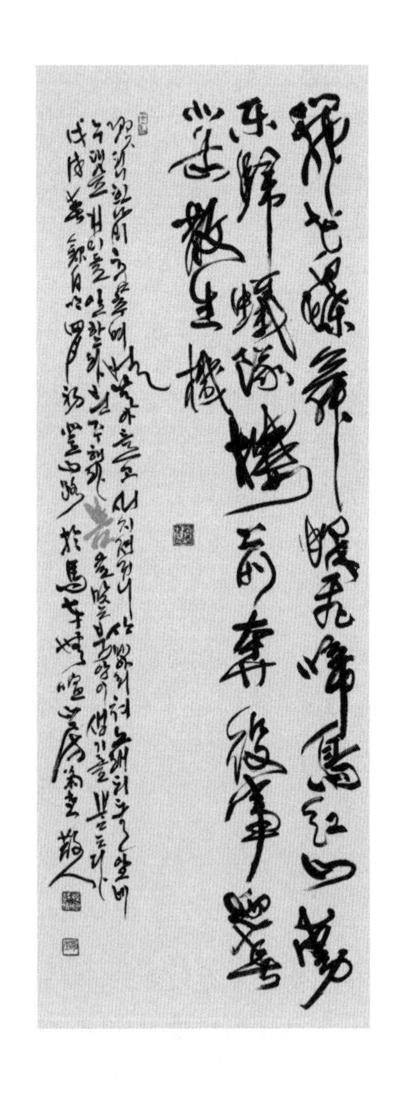

金錢 萬能時代 금전 만능시대

德者貧尊道 덕자빈존도
愚癡富慾財 우치부욕재
聖賢言此意 성현언차의
今決不通孩 금결불통해

덕과 학식이 있는 사람은 가난해도 道를 높이고
어리석은 바보는 부자이면서도 재물에 욕심낸다
성현께서 이렇게 말씀하신 의미가
지금 세상에서는 결코 아이에게도 통하지 않는다

〈斷想〉 오늘날의 세상은 돈만 있으면 그만이다.
제 아무리 잘난 사람도 돈이 없으면 취급되지 않는 멍청한 세상이 되어버렸다.
이러하니 지금을 사는 우리는 늘 돈타령에 젖어 있다.
세상이 인심을 그렇게 만들어 놓은 것.
오늘도 나는 '어떻게 살아갈 것인가?' 라는 화두를 던진다.

晩秋貞陵洞 늦가을 정릉동

細雨秋街杏實黃 세우추가행실황
晴山北岳樹全芳 청산북악수전방
間時咬咬灰鳩耳 간시교교회구이
不覺亭簷沒夕陽 불각정첨몰석양

가는 비 가을 거리에 내리니 은행나무 노랗고
비개인 산 북악의 숲은 온통 울긋불긋
가끔 잿빛 비둘기 구구 댈 뿐
정자 처마에 저녁 해 지는 것도 몰랐네

*咬咬(교교) : 새가 지저귀다.

〈斷想〉 내가 사는 정릉은 삼각산 기슭에 자리하고 있다.
지금처럼 가을이 되면 낙엽 지는 소리가 스산하게 들리고 숲새의 울음소리가 제법 크게 들린다.
특히 까치와 까마귀의 수작 부리는 소리가 요란하다.
산 입구 정자에서 관망하는 낙조도 볼 만하다.

刀巖登路 칼바위길

(1)

密鬱松林蠢動春 밀울송림준동춘

青葱嫩葉悄朝新 청총눈엽초조신

連翹哎怕羞苞縮 연교애파차포축

北岳清明此迓晨 북악청명차아신

빽빽한 소나무 숲에 꿈틀대는 봄

파릇파릇 가녀린 잎 조심스레 아침이 신선해

개나리 에구 수줍어라 망울 오므리고

북악의 청명 이렇게 새벽을 마중한다

(2)

冬天縮回樹枝春 동천축회수지춘

雀舌尖端曉氣新 작설첨단효기신

近鵲山鳩酬酌吵 근작산구수작초

盤陀老石到明晨 반타노석도명신

겨우내 움츠린 나뭇가지의 봄

가녀린 싹 끄트머리에 새벽 공기가 새롭다

가까이 까치와 산비둘기 수작이 시끄러워라

마당 바위에 다다르니 새벽이 밝네

〈斷想〉 칼바위는 삼각산을 오르는 중간에 있다.
이 바위의 한쪽은 낭떠러지인데 오르는 길이 날카로운 암벽으로 되어 있어서 칼바위라 부른다.
이 칼바위까지 가려면 산속에서 여러 친구들을 만난다.
숲새, 비둘기, 갖가지 꽃들.
오늘도 널따란 마당 바위에서 땀을 식히면서 메모를 하였다.
이 시를 짓기 위해…….

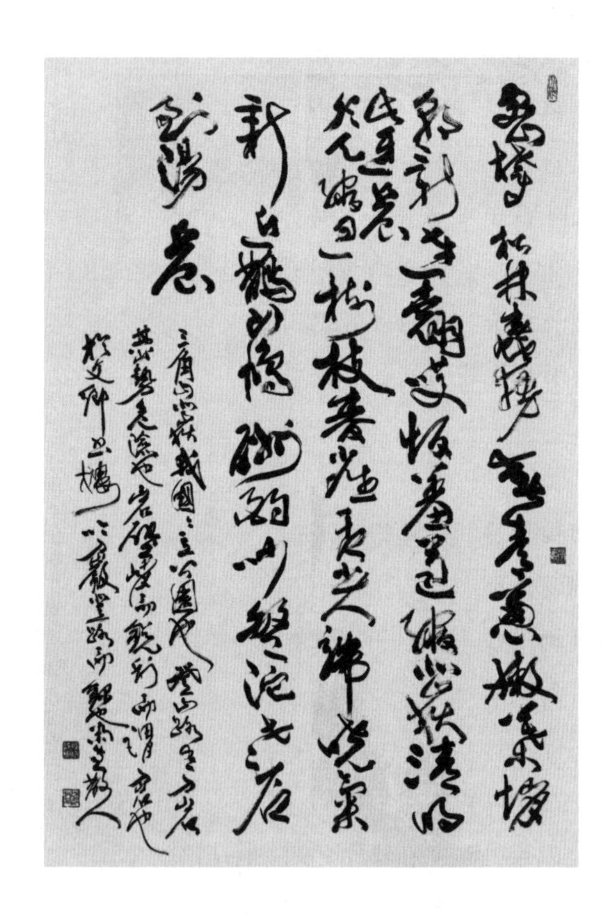

和樂 즐거움

又春來路上 우춘래노상
全族聚同筵 전족취동연
母子孫新婦 모자손신부
今歡四代連 금환사대연

또 봄이 오는 길목
온 가족이 모여 함께한 식사자리
늙으신 어머니와 아들 손자 새 며느리까지
오늘 즐거움이 四代에 이어졌구나

〈斷想〉 우리 어머니는 참으로 행복한 분이시다.
손주 일곱에 모두 증손을 보셨으니 말이다.
행복은 멀리 있는 것이 아니라 이 같음이 행복이리라.

十一月林 십일월 숲

晩秋山樹梢 만추산수초
風葉落呻聲 풍엽낙신성
察昨榮華條 찰작영화조
思今盛枯生 사금성고생

늦가을 산의 나무들
바람에 잎이 지는 신음 소리
어제 무성했던 가지를 보며
오늘 盛衰의 삶을 생각하네

〈斷想〉 늦가을의 숲을 가보았는가.
나무들의 신음 소리를 들어보았는가.
무성했던 잎은 말라 우수수 떨어지고 나무들은 겨울맞이 준비를 하고 있었다.
다가올 혹한을 어찌 견딜까 걱정하고 있었다.

滅道治 道의 정치는 滅했다

老少南西續 노소남서속
親眞主非區 친진주비구
背黎民政覇 배려민정패
言叱責長無 언질책장무
亂髮蓬頭輩 난발봉두배
忘紆轡體徒 망우비체도
古今爭下手 고금쟁하수
氓苦爵官圖 맹고작관도

老論 少論 南人 西人이 이어와
親이니 眞이니 主流니 非主流니 구분 짓네
국민을 배신하는 정치가 판을 쳐도
질책하는 나라의 어른은 없어라
정신없는 패거리들
자신을 망각하고 삐뚤게 나가는 무리
예나 지금이나 싸움질만 하는 下手라
그대들의 도모에 민초들 힘들어 함이 안 보이는가

〈斷想〉 국민들이 힘겨워 하는 것이 어제 오늘의 일이 아니다.
국민은 많은 세금을 내서 그들을 먹여 살린다.
그런데 그들은 자신들을 먹여주는 국민을 너무 우습게 본다.
그것뿐이랴 그 국민 위에 군림하려 든다.
이것이 요즈음 정치꾼들의 행태이다.
이미 우리 정치는 도를 넘어버렸다.

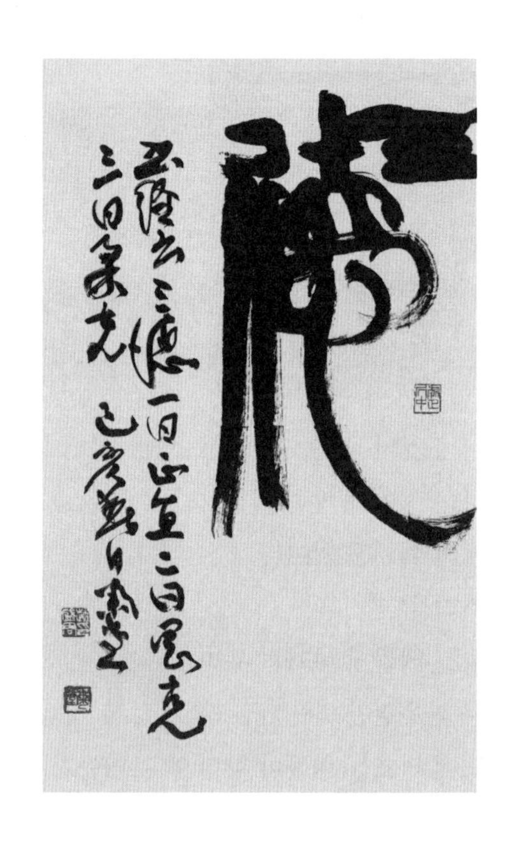

新城里 葦田 신성리 갈대밭 (노래비)

四季輕輕浪漫垂 사계경경낭만수
蘆田遠遠密言怡 노전원원밀언이
金波錦水含千恨 금파금수함천한
廣野銀花舞豐時 광야은화무풍시
毛地此居諸不遡 모지차거제불소
時時善男女緣之 시시선남녀연지
嗚呼美矣吾鄉這 오호미의오향저
石刻歌碑詠戀詩 석각가비영연시

사철 하늘하늘 낭만 드리워
갈대밭 저 멀리 속삭임이 온화하네
금빛 물결 금강은 천년 한을 품었고
너른 들 갈꽃은 풍년에 덩실덩실
기름진 땅 이곳엔 日月이 항상 깃들어
때때로 선남선녀 인연되기도
아! 아름다워라 내 고향 여기
석각 노래비의 戀詩를 읊조린다

〈斷想〉 내 고향 서천에 있는 신성리 갈대밭에는 커다란 노래비가 서 있다.
물론 나의 노래비이다.
오래전 서천군에서 세워놨다.
작사와 글씨도 나의 작품이다.
나는 직업 가수는 아니지만 늘 노래를 즐긴다.
나는 노래하면서 또 다른 행복을 찾는다.

藝道 예술의 길

寂頭請睡寐 적두청수매
時帶復愁醒 시대복수성
挾軌轗軻苦 협궤감가고
千思徙倚靈 천사사의령

고요히 잠을 청하지만
때때로 근심 일어 깨나니
좁은 길 타고 가기가 힘이 들어
온갖 생각이 영혼을 배회한다

〈斷想〉 이름난 예술가가 된다는 것은 어느 장르를 막론하고 쉽지 않은 일이다.
그들에게는 많은 고뇌와 처절한 몸부림이 숨어 있다.
그래서 예술가들을 보노라면 평범한 얼굴들이 드물다.

愛然三詩仙 자연을 사랑한 세 詩仙

五柳翁園濯足歡 오류옹원탁족환
王摩詰佛畵然蟠 왕마힐불화연반
青蓮愛月忘憂物 청연애월망우물
或許同三實可觀 혹허동삼실가관

오류선생(陶淵明) 전원에 은퇴 후 즐거워라
마힐(王維) 詩佛이 畵然에 서려 있네
청련 거사(李白) 달 사랑에 일 배주 하니
아마도 이 三傑이 함께 있다면 또한 可觀이리라

*忘憂物 : 술의 별칭.
詩佛 : 자연을 소재로 한 왕유의 서정시가 뛰어나 붙여진 이름.

〈斷想〉 도연명은 귀거래를 남겼고 왕유의 시는 그림이라는 평을 남겼고
시성이라 이르는 이백 하면 달과 술이 그의 시에 늘 따라 다닌다.
나는 이 세 사람의 시를 또한 즐겨 읽는다.
그러면서 잠시 부질없는 꿈을 꿔본다.
이들이 함께 술 자리에 앉아있는 모습을…….

故園 四季 고향의 사계절

(1)
烘陽蠢動萬生居 홍양준동만생거
傳令春情盎地廬 전령춘정앙지려
蕊數枝天心似發 예수지천심사발
黃紅岸乏月香裾 황홍안핍월향거

따사로운 햇볕에 꿈틀대며 만물이 살아나고
전령의 봄소식이 넘치는 농막
꽃술은 몇 가지에 天心이 터질 듯
노랑 빨강 언덕배기의 사월 옷섶에 향기롭다

(2)
北壑黃鸝唱綠居 북학황리창녹거
南田白蝶坐農廬 남전백접좌농려
自酌醺醅杯泌渴 자작훈배배필갈
薰風炎夏濯衣裾 훈풍염하탁의거

북쪽 골짜기 꾀꼬리 짙푸름을 노래하고
남쪽 밭 하얀 나비 농막에 앉았네
혼자 막걸리 한잔으로 목마름을 달래는데
훈훈한 바람이 더운 여름 옷자락을 씻어주네

*薰風(훈풍) : 초여름에 부는 바람.

(3)

松林竹樹繞吾居 송림죽수요오거

夜露鳴聲切草廬 야로명성절초려

不覺庭前秋氣渥 불각정전추기악

間關聽颯颯寒裾 간관청삽삽한거

솔숲과 대숲으로 둘러싸인 우리 집

밤이슬 벌레울음 초당에 애절하다

마당가에 가을 짙은 줄 몰랐는데

가끔씩 우수수 낙엽 지는 소리에 옷자락이 차갑구나

(4)

暮節蟾輪屋角居 모절첨륜옥각거

冬風玉屑洞天廬 동풍옥서동천려

農休覓勞恬然樂 농휴멱로염연락

又待清和緩整裾 우대청화완정거

십이월 밝은 달은 지붕 끝에 있고

겨울 바람에 눈 내리니 별천지의 오두막

농한기 무엇을 할까 마음을 편히 하다가

또 봄을 기다리며 느긋이 옷자락 여민다

〈斷想〉 누구에게나 고향은 어머니의 품같이 포근함을 느끼는 곳이다.
내 어릴 적 고향의 4계절을 그려 본다.
봄이면 꾀꼬리 소리 들으며 삐비를 뽑으러 다녔고
여름이면 매미를 잡으러 다녔다.

가을이 오면 알밤을 주으러 산기슭을 찾았고 겨울엔 동네 논에 물을 가두어 얼음이 얼면 썰매타기에 추운 줄도 모르고 해질녘까지 그렇게 놀았다.
이제 모두 변해버린 고향 한 귀퉁이에서 옛날을 회상하며 시 한 수 지으련다.

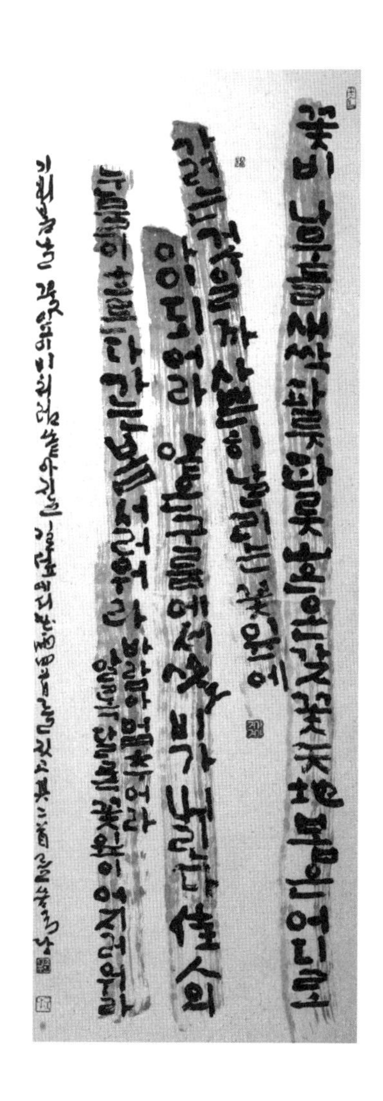

愛兮 사랑이어라

說耶穌獨愛 설야소독애
言尊釋又慈 언존석우자
孔子專仁義 공자전인의
三賢意一辭 삼현의일사

예수는 오직 사랑을 설교하셨고
석가세존은 또 자비를 말씀하셨네
공자께서 오로지 하신 仁義
삼현의 뜻이 모두 같은 말씀이어라

〈斷想〉 사랑이 있으면 해결이 안될 게 없다.
아무리 어려운 일이라도 사랑으로 해결된다.
서로 사랑하자.

守分常樂

분수를 지켜 늘 즐겁게 살기

出世稱心道　출세칭심도

隨分素抱行　수분소포행

不過平海派　불과평해파

空慾暴風瀛　공욕폭풍영

自足悠悠適　자족유유적

常身日日營　상신일일영

溢虛欹一側　일허의일측

今聖學唯明　금성학유명

세상에서 내 마음 내키는 대로 흡족히 사는 법은

분수를 따라 바탕에 품은 생각으로 행함이라

지나치지 않으면 잔잔한 물결이요

욕심이 헛되면 폭풍의 바다

스스로 만족하여 悠悠自適하고

건강한 몸으로 삶을 꾸린다

넘치는 것은 헛되이 한쪽으로 기우는 것

오늘날도 성인의 가르침만은 오직 밝구나

〈斷想〉 이 세상에는 자신의 분수를 모르고 사는 사람들이 적지 아니하다. 분수란 그 사람에게 주어진 그릇이다. 술잔 크기의 분수 밖에 안되는 사람이 함지박

만큼 하고 살려 하면 거기엔 반드시 후환이 오게 마련이다.
분수 이상의 욕심을 부리다가는 결국 쓰러지게 됨을 나는 자각한다.
그래서 내 분수만큼만 하고 살려 하긴 한다.

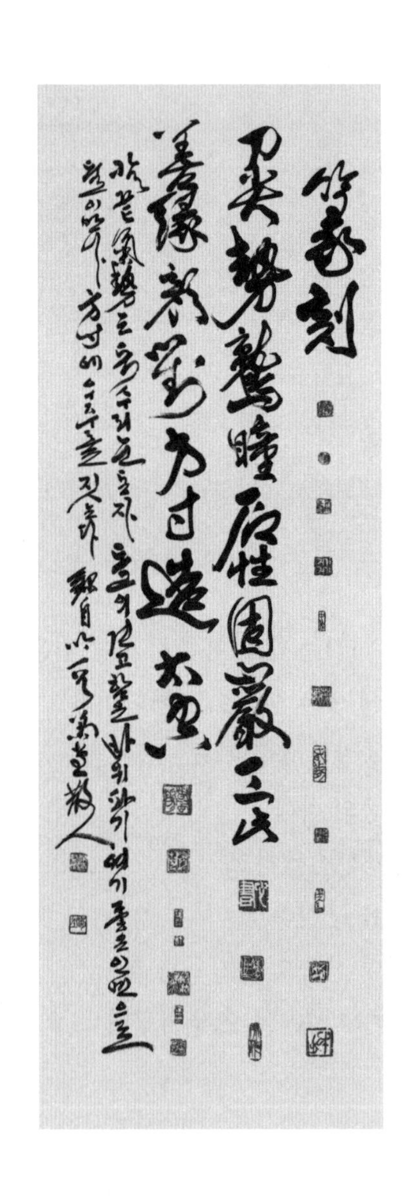

篆刻 전각

刀尖勢鷲瞳 도첨세취동
石性固巖工 석성고암공
此善緣心對 차선연심대
方寸造太空 방촌조태공

칼끝의 기세는 독수리 눈동자
석성의 견고함은 바위 파기
여기 좋은 인연으로 둘이 만나
방촌에 우주를 짓는다

〈斷想〉 전각석의 方寸 즉 사방 1치의 공간을 중국인들은 소우주라 했다. 그곳에 우주를 건설할 수 있을 만큼 무한대를 표현할 수 있다는 뜻일 게다. 질 좋은 돌과 예리한 칼이 만나면 더욱 우주를 짓기가 수월해진다.

春園 봄 동산

疊疊欹巖蔓艶叢 첩첩의암만염총
翩翩蝶翅翏攀紅 편편접시료반홍
蒼鼯視四花香愛 창오시사화향애
嘯傲群群動樂同 소오군군동락종

첩첩으로 기운 바위에 넝쿨진 고운 떨기
펄럭펄럭 나비 날아 꽃술을 타네
날다람쥐 두리번두리번 봄 향기 즐거워라
자유 자재 여러 녀석들 함께 즐겁네

〈斷想〉 오늘 아침 산 입구 꽃밭 이야기이다.
산에 오르다 보면 좋은 친구들을 많이 만날 수 있다.
봄을 즐기는 그들도 향기를 따 가느라 바쁜 걸음을 재촉한다.
봄은 언제나 모든 생물에게 기운을 생동하게 해준다.
나도 그들과 동화되어 30분을 넘게 같이 놀았다.

貞陵初校 春 정릉 초등학교의 봄

岸頭楊柳綠煙絲 안두양류록연사
校蔽連翹灼灼姿 교폐연교작작자
平明爛漫輝煌境 평명란만휘황경
繞舍春神總此垂 요사춘신총차수

언덕 가 버들은 파란 안개 실가지
校庭 담벼락에 개나리 밝고 찬란한 자태
이른 아침 화사함이 휘황경이라
학교를 둘러싼 봄기운이 여기에 다 드리웠네

〈斷想〉 정릉초등학교는 바로 우리 집 곁에 있다.
뒷산을 오르려면 이 학교 담을 끼고 돌아야 되니 늘 마주친다.
공기 좋은 산 아래 고즈넉하게 자리를 하고 있어 그림처럼 예쁘다.
봄이 오면 담벼락엔 온갖 꽃이 피어 행인을 눈부시게 한다.

掌管 篆刻石 전각 석 다루기

軟剛粘合性 연강점합성
堅柔彈適之 견유탄적지
石刃相和磊 석인상화뢰
乾坤一擲馳 건곤일척치

무른 놈 강한 놈 끈적대는 놈 모두 성격에 맞추고
단단한 놈 부드러운 놈 튀는 놈도 그리한다
印材와 刻刀가 서로 조화로 느긋하게 가다가
건곤일척으로 내달린다

〈斷想〉 나는 늘 전각석의 石性에 대하여 삶의 성격과 비슷하다라는 점을 강조해왔다.
따라서 칼을 댈 때에는 그 석성을 알고 그에 맞춰 새겨야 한다
사람의 성격에 따라 그에 맞춰 대화를 하듯이 말이다.

佛光 巨大題印 〈불광〉의 거대한 제목인

(1)

縱橫概尺材 종횡개척재

竪直庶兒孩 수직서아해

八十斤餘重 팔십근여중

何全刻拓哉 하전각탁재

가로 세로 대략 한 자쯤 되는 전각석

높이가 거의 아이만 하다

무게만 해도 팔십 근 정도

어떻게 모두 새겨 찍을까

(2)

灰光閃印材 회광섬인재

皮滑度嬰孩 피골도영해

蠟石磨輝寶 납석마휘보

何吾做此哉 하오주차재

잿빛 광택이 반짝이는 인재

표피의 매끄럽기가 아주 부드러워라

납석도 연마하면 빛나는 보석

난 어떻게 작업해야 하나

(3)

皮紋刻佛材 피문각불재

側面畵僧孩 측면화승해

釋勒仙靈侍 석륵선령시

何尊不淨哉 하존부정재

표피문양으로 소재엔 불상을 새기고

측면에 그리니 동자승 같구나

석가여래에 미륵보살 신선들까지 모시니

어찌 세존의 정토가 아니겠는가

(4)

留心倒石材 유심도석재

邊緣繞童孩 변연요동해

刻法華經字 각법화경자

何爲不說哉 하위불설재

조심스럽게 인재를 뒤집어

변연에 어린 동자 새겨 두르고

妙法蓮華經 이라 새겼으니

어찌 常理의 말씀이 아니리오

〈斷想〉 이 題印은 인면이 사방 20센치 이고 높이가 거의 50센치 쯤 되는 낙관석으로 서예백화점 원문호 사장님이 내게 선물해준 돌이다.
석질도 매우 좋고 외관도 깨끗하며 균열 된 곳이 한 군데도 없다.
그 무게는 약 50kg 정도 나가는데 매우 아름다운 면모를 지닌 印材이다.

여기에 법화경 제목을 양각으로 새겼고 인신의 4면에는 영산회상도를 새겨 넣었다.
내가 봐도 장관이다.

春夢 봄꿈

俗世蕕薰對 속세유훈대
仙靈徙倚焉 선령사의언
此何無茂境 차하무무경
有羽客幽玄 유우객유현

속세의 善惡이 대립하네
神仙은 어떨까 徘徊하는데
여기가 樂園의 茂陵境
꿈속 道士들의 현묘함이로다

〈斷想〉 어느 봄날 나른하여 좀 쉬다가 졸음 속에서 이상한 꿈을 꾸었다.
잠시 졸은 것 같았는데 20여 분 지난 듯 했다.
지상 낙원이라는 곳에서 사람 같기도 하고 아닌 것 같기도 한,
묘한 생물체들과의 만남.
이것은 무엇을 말하는 것일까.
그 다음을 생각하려 해도 만남 이상의 것은 기억에 없으니 답답할 뿐이다.

得人 사람을 얻다

得人先察己 득인선찰기
身正衆同聯 신정중동련
雜樹如孤竹 잡수여고죽
泥淵似白蓮 이연사백련
不扶然自直 불부연자직
未見又香鮮 미견우향선
此取師吾意 차취사오의
躬行墨客絃 궁행묵객현

사람을 얻음에는 먼저 자기를 살필 것이니
내가 올바르면 많은 사람들이 함께한다
잡숲의 孤竹처럼
진흙 못 속의 白蓮처럼
붙잡아 주지 않으나 스스로 곧고
알아주지 않아도 또 향기가 맑음에
이런 것 스승을 삼아보는 내 뜻은
몸소 행하려는 묵객의 곧음이지

〈斷想〉 그 사람의 주변에 다른 사람들이 많다는 것은 겉으로 보기엔 일단 잘 살고 있는 것처럼 보인다.
그러나 그 많은 주변 사람들이 어떤 사람들인가 하는 것은 좀 생각해 보아야 된다.
유유상종이란 말이 있다. 즉 끼리끼리 모인다는 뜻이다.

아무리 많아도 쓸모없는 사람들이 모이면 오히려 자신을 망치는 친구들일 뿐이고 단 한 명이라도 진실한 벗이 내 곁에 있다면 그것은 의미 없는 많은 사람을 얻은 것보다 낫다.

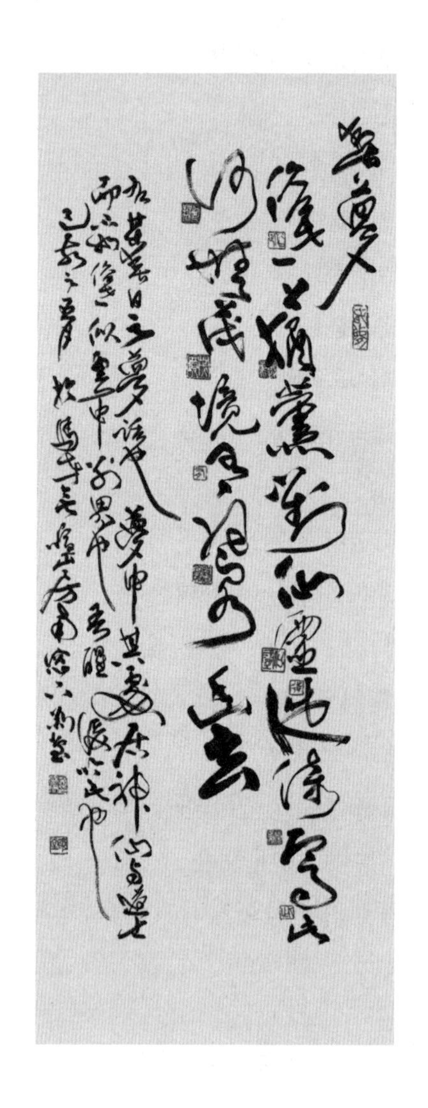

貞陵春山巢 정릉 봄 산의 새 둥지

陵嵎獨樹小松枝 능우독수소송지
赤屋孤巢少鳥基 적옥고소소조기
下崱黃華堆爛漫 하즉황화퇴란만
和春野逸貌千姿 화춘야일모천자
無牌嶠路房誰寂 무패교로방수적
扑棱鵶雀去來窺 괘릉아작거래규
哈哈紅家那小子 합합홍가나소자
斂陽林上鵲烏霸 염양림상작오패

산 구비 홀로 서 있는 작은 소나무 가지에
빨강 지붕 둥지 하나 작은 새가 터를 잡았나 보다
나무 아래 이어진 개나리꽃 무더기 화사하고도 탐스러워라
봄날의 제멋에 겨운 모습이 갖가지로구나
문패 없는 산길 새집 누구네일까 조용한데
푸드덕거리며 뱁새가 서성거려 엿본다
하하 예쁜 집이 저 녀석 꺼로구나
햇살 머금은 숲 위에서는 까치하고 까마귀가 다투고 있다

〈斷想〉 어느 봄날 정릉 우리 동네 뒷산을 오르다 제법 큰 소나무 가지에 빨간 지붕을 한 새집이 눈에 띄었다.
어느 누가 지어서 매달아 놓았을까.
한참을 보고 있는데 아주 작은 새 한 마리가 내 주변에서 기웃거린다.

알고 보니 그 새 둥지는 그 녀석의 아파트였다.
나는 녀석에게 인사하고는 바로 내려왔는데 며칠 뒤 다시 가보니
녀석이 이사 갔는지, 텅 빈 둥지엔 적막감이 돌고 있었다.

三月 中旬 삼월 중순

東風悄悄洞房垂 동풍초초동방수
素魄輝輝夜氣怡 소백휘휘야기이
片枕頭春思做夢 편침두춘사주몽
尋芳不覺曉仙維 심방불각효선유

동쪽 바람이 살그머니 침실에 드리우니
달빛은 휘영청 밤 기분이 들떠라
잠깐 베갯머리에서 봄 꿈꾸었는데
꽃을 찾아 날 새는 줄 모르고 仙境에 있었네

〈斷想〉 산과 들에 꽃망울이 터지려 한다.
삼월도 절반을 넘겼다.
그래도 4월이 되면 더 화려한 꽃 천지가 될 것이다.
꽃 속에 파묻힌 잠깐의 단꿈…….

二千日 苦行 <佛光> 이천 날의 고행 〈불광〉

(1)

潺海突飆吹 잔해돌표취

一葉片舟危 일엽편주위

似失縱鱗蹭 사실종린층

何濤瀾固披 하도란고피

잔잔하던 바다에 돌연 폭풍이 불어

조각배 한 척 위태로워라

마치 비늘 잃은 물고기처럼 기세가 꺾였으니

어떻게 큰 파도 굳세게 헤쳐 나갈까

(2)

墨客能書筆 묵객능서필

何爲決此難 하위결차란

不通長窟棄 불통장굴기

憐旅夜風寒 연여야풍한

묵객은 글씨나 좀 쓸 줄 알지

어떻게 이 어려움을 해결할 수 있단 말인가

꽉 막힌 긴 터널에 내동댕이쳐 있으니

가련한 나그네 밤바람이 시리구나

(3)

黑暗推來夜 흑암추래야

胸情切切傷 흉정절절상

有常無出獨 유상무출독

被髮魄悽當 피발백처당

어둠이 밀려오는 밤이면

胸情이 애절하도록 사무쳐라

늘 그대로 출구 없는 고독은

절규하는 영혼의 처절함이라야 맞는 말이지

(4)

北山鳴不返 북산명불반

心海悶有孤 심해민유고

寤寐參差苦 오매참차고

觀暉脫棗烏 관휘탈조오

북산의 메아리 돌아옴 없으니

마음이 煩悶하여 외로움만 더 하네

자나 깨나 거칠게 들쑥거리는 苦心은

밝은 빛 찾아 가시 덫에서 빠져나오는 거였지

(5)

極壓身神痛 극압신신통

河沙妄想攻 하사망상공

態全無力醜 태전무력추

何路此形容 하로차형용

극심한 스트레스로 몸과 정신이 상하니

셀 수 없는 虛想이 侵攻해와

행색은 모두 무기력하여 추해지네

어찌 生路에서 이를 형용인들 했겠는가

(6)

體次虧生苦 체차휴생고

神深困夢虛 신심곤몽허

妄恒時折壓 망항시절압

髮脫落爲疎 발탈락위소

몸이 차츰 나빠지니 삶이 힘들고

정신이 매우 곤하니 꿈자리가 헛되네

망령되이 항시 긴장에 시달리니

머리카락이 빠져 듬성듬성하네

(7)

霧中生恐怕 무중생공파

寂夜苦愁深 적야고수심

輾轉身飜側 전전신번측

蜷醒噩夢侵 권성악몽침

앞이 안 보이는 삶의 두려움에

적막한 밤 고통의 근심이 깊어

이리저리 몸을 뒤척거리니

새우잠에 불길한 꿈만 덤벼드네

*噩夢(악몽) : 심히 놀란 뒤 꾸는 불길한 꿈.

(8)

隱淪跑越載 은륜포월재

孤獨絶磨刀 고독절마도

再復今蹎跌 재복금전질

同情石刃毫 동정석인호

세상을 숨어 허우적대며 해를 넘겨

외로움에 절망하며 刻刀를 갈았지

오늘의 뒤엎어짐을 회복하려고

돌과 칼과 붓이 하나 되었네

(9)

爾丁寧歷獨 이정녕력독

君或窟何知 군혹굴하지

豈面光斟酌 기면광짐작

天神祐免危 천신우면위

그대는 정녕 고독을 겪어봤나

그대는 혹 암흑의 터널이 어떤지 아나

어찌 어둠 속 탈출이 뭔지 짐작이라도 할까

天佑神助로 위기를 면했지

(10)

已越三驚蟄 이월삼경칩

唯窮一法經 유궁일법경

拋孤虛白眼 포고허백안

刻佛玉壺靈 각불옥호령

벌써 세 번의 봄을 넘으며

오로지 한권의 법화경만 궁구했네

외로움과 공허함을 떨쳐 버리고 욕심 없애니

불법을 새김에 맑은 영혼이어라

(11)

不堪今負荷 불감금부하

千丈斷崖端 천장단애단

戰六霜刀石 전육상도석

昇華獨發歡 승화독발환

감당할 수 없는 현실의 무게에

천 길 낭떠러지 끝에서

칼과 돌이 사투한 지 여섯 해

고독을 승화시켜 歡喜心을 發하네

(12)

佛光生苦勞 불광생고로

常理法眞章 상리법진장

暗窟寒孤化 암굴한고화

凡夫刻妙香 범부각묘향

〈불광〉은 그렇게 힘들게 태어났지

영원히 변치 않는 참말씀 법 삼으니

어두운 터널 속 추위와 외로움이 변화하여

凡夫는 묘법의 향기를 새겼다네

〈斷想〉 어찌 표현을 해야 할까.

2007년 쓰나미를 만나고 난 후부터 법화경 완각에 목숨을 걸다시피 작업을 해왔다.

하루 10시간 이상 어떤 날은 15시간 그 작업에 매달렸다.

거의 광인 같았다. 2007년부터 약 3년간은 나는 없었다.

어느 길고 긴 터널의 암흑 속에서 빠져나갈 통로를 찾는 처절하게 몸부림치는 한 생명이 있을 뿐이었다.
좌를 우를 위를 아래를 보아도 깜깜한 어둠 속 그 속에서 3년이 거의 가던 날 즈음해서부터 희미한 불빛이 눈에 들어왔다.
그로부터 또 3년 그러니까 대략 이천 날 즈음에 나는 그 어둠 속에서 완전히 탈출할 수 있었다.
우선 부처님 그리고 예수님 하느님 공자님께 감사드린다.

吟題臥月堂 와월당을 제하고 짓다

菊香清墨室 국향청묵실
秋氣寂宵園 추기적소원
臥屋觀山月 와옥관산월
乾坤若茂源 건곤약무원

국화 향기 서실에 맑고
가을 기운 밤 뜰에 쓸쓸하다
집에 누워 산의 달을 바라보니
건곤이 마치 무릉도원 같아라

〈斷想〉 내가 '와월당'이란 당호를 지어주고 한 폭을 써 주었다.
그 집은 마루에 누워 하늘을 보면 밝은 달이 눈에 보일 것 같아 그리 지어 준 것이다.
가을 마당에 국화 향기 은은하게 퍼지는 오늘 밤이다.

四季歌 사철가

(이 시는 판소리 단가 사철가를 바탕으로 작시하였음)

(1) 春 봄

山山滿地萬千紅 산산만지만천홍
木木迎春葉幹葱 목목영춘엽간총
季不違人生寂寞 계불위인생적막
余無例白髮閑翁 여무례백발한옹
靑抛我去知來往 청포아거지래왕
自喜君迎徙勞功 자희군영사로공
豈爾今離吾怨哉 기이금리오원재
春兮未惜下從風 춘혜미석하종풍

이산 저산 가득히 갖가지 꽃이 피니
나무마다 봄맞이 잎새 줄기 파란 싹 나네
계절은 어김이 없는데 인생은 쓸쓸하도다
나도 예외 없는 백발의 할 일 없는 늙은이로다
청춘은 나를 버리고 왔다가 떠날 줄을 아니
스스로 봄을 반가워한들 쓸데없어라
어찌 네가 떠남을 원망할까
봄아 아쉬움 없으니 바람 따라가거라

(2) 夏 여름

殘春去暑月繁枝 잔춘거서월번지
北岳鳴黃鳥節詩 북악명황조절시
媚客西牆隣地錦 미객서장린지금
陽昌池瀆友傾葵 양창지독우경규
螢光閃閃宵天蜚 형광섬섬소천비
美祿杯杯夜氣怡 미록배배야기이
草屋圍青紅肇夏 초옥위청홍조하
綠陰芳草勝花時 녹음방초승화시

봄이 가고 여름이 되니 무성한 가지
북산 꾀꼬리 지저귀는 詩적인 절기로다
장미는 서쪽 울에서 담쟁이랑 이웃하고
菖蒲는 못 도랑에서 해바라기와 친구 하네
반딧불 반짝반짝 어두운 밤 날고
맛좋은 술 한 순배에 밤 기분이 즐겁구나
초옥에 둘러친 온갖 푸르름의 여름
녹음방초가 꽃보다 아름다운 계절이라

(3) 秋 가을

綠穗斜陽越夏天 녹수사양월하천

陰中熟穀樂豊年 음중숙곡락풍년

風庭落葉飄飄寂 풍정낙엽표표적

露草鳴蠜切切連 노초명번절절연

萬紫千紅岑到處 만자천홍잠도처

西窓竹影畵昏然 서창죽영화혼연

今寒露又霜楓亂 금한로우상풍란

不改顔黃菊彩焉 불개안황국채언

푸른 이삭 햇살 받으며 여름이 지나면

가을 되어 오곡 익으니 풍년을 노래하네

바람 부는 마당 낙엽이 나뒹굴어 쓸쓸하여라

이슬 내린 풀섶에 우는 벌레 소리 절절함이 이어진다

울긋불긋한 산봉우리 여기저기

서쪽 창에 대 그림자 그리니 날 저무네

올해도 寒露霜楓이 요란해라

제 절개를 고치지 않는 黃菊 단풍은 어떠한가

*蠜(메뚜기 번)

(4) 冬 겨울

殘秋往已肇冬時 잔추왕이조동시
作斂藏專苦汗垂 작렴장전고한수
茂鬱山林全葉燥 무울산림전엽조
疎松獨也又青姿 소송독야우청자
人生老病無常理 인생노병무상리
蠟月凋枝剝瘦皮 납월조지박수피
落木寒天風雪亂 낙목한천풍설란
銀坤月玉屑余知 은곤월옥설여지

가을이 가고 벌써 초겨울
거두어 저장하니 오로지 고된 땀이 배어있네
울창하던 산 숲은 모두 잎이 시들고
성근 소나무만 또 獨也青青이로다
인생 늙어 병듦은 無常의 이치
선달 시든 가지도 헐벗은 껍질일세
落木寒天 찬바람에 백설만 펄펄 날리니
銀세계 되어 月白 雪白 天地白이라 모두 나의 벗이로구나

(5) 中段 중단

無情歲月水流馳 무정세월수류치
未復青春續老衰 미복청춘속노쇠
我等營全人百壽 아등영전인백수
憂愁除臥病半疑 우수제와병반의
黃泉客北邙山土 황천객북망산토
活動時吾趣向宜 활동시오취향의
死後珍羞如畵餠 사후진수여화병
生前一盞酒猶怡 생전일잔주유이

무정한 세월은 물 흐르듯 치달리고
돌아올 줄 모르는 청춘 늙어만 가네
우리 모두가 백년을 산다 해도
한번 죽어지면 북망산의 흙이 되니
살아 있을 때 나의 취향대로 즐겨야지
사후에 진수성찬은 마치 그림의 떡 같은 것
생전에 한잔 술이 도리어 즐거움이리라

(6) 後尾 후미

歲月停抛俺勿離 세월정포엄물리
青春老可惜華衰 청춘노가석화쇠
何防退色黃昏轉 하방퇴색황혼전
豈負花香白雪詩 기부화향백설시
桂樹長枝端繫置 계수장지단계치
先驅國盜悖倫兒 선구국도패륜아
同人勸盞杯醺樂 동인권잔배훈락
世枯繁忘興發怡 세고번망흥발이

세월아 가지 말라 나를 버리고 가지 말라
청춘이 늙어가니 지는 꽃이 아깝도다
어찌 빛바래고 날 저무는 걸 막을 것이며
어찌 화향백설의 서정을 부담스러워하리
계수나무 늘어진 가지 끄트머리에 매달아 놓고
나라 돈 도둑질 하는 놈과 패륜아를 먼저 쫓아내고
풍류 벗들 한잔 두잔 술을 권하니 즐거워라
세상사 繁枯는 잊어버리니 취흥이 일어 기쁘도다

〈斷想〉 판소리 사철가를 바탕삼아 7언 시로 읊었다.
사철가는 우리 인생의 4계와도 비슷하다.
사철가를 부를 때마다 나는 人生無常을 느끼곤 한다.
사람이 한평생을 산다는 거 잠깐 이러라.

二十代 總選行態 이십대 총선 행태

(1)

愚氓甲乙丙丁姿 우맹갑을병정자

屈膝三三五五卑 굴등삼삼오오비

每黨爭民冬扇耳 매당쟁민동선이

貪牌醜不忍觀癡 탐패추불인관치

어리석은 백성이라 여겨 우롱하는 그대들의 모습

무릎 꿇고 삼삼오오 있는 꼴이 卑劣하구나

매번 黨爭할 땐 쓸모없다 국민을 버리고서는

금배지 달려는 추태가 目不忍見의 病症이로다

(2)

厚顔無恥此群誰 후안무치차군수

忍苦有民又爾基 인고유민우이기

平時粗對汚名綴 평시조대오명철

可笑求票演出欺 가소구표연출기

厚顔無恥의 이들은 누구인가

忍苦의 국민은 그대들의 터전이라

평소엔 막말대립의 汚名으로 點綴하더니

가소롭게도 票 구걸에 코미디 쇼로 속이는구나

(3)

黃金猪地樂園辭 황금저지락원사

眩惑氓甘蜜語欺 현혹맹감밀어기

良椽不改顔恭衆 양연불개안공중

今公約又漫空疑 금공약우만공의

갖가지 장밋빛 公約을 濫發하여

현혹된 국민에게 사탕발림으로 속이네

훌륭한 官僚라면 不改顔으로 국민을 섬겨야 하는 것

오늘의 公約 또 부질없는 空約이 의심스럽네

(4)

春思雜亂却難窺 춘사잡란각난규

一片氷心豈欲私 일편빙심기욕사

公人爾若爲民死 공인이약위민사

政史有遺愛讀碑 정사유유애독비

봄 감상에 어수선하니 도리어 엿보기 어려워라

한 조각 냉정한 마음 있어야지 어찌 사사로이 욕심내나

公人인 그대가 만약 국민을 위하여 진심으로 죽을 수 있다면

정치사에 두고두고 후세에 기록되어 칭송되리라

〈斷想〉 매번 총선 때만 되면 온갖 公約이 남발한다.
그러나 그들이 국회의원으로 당선되면 대부분 空約이 되는 것을 우리 국민들은 한
두번 보아 온 게 아니다.
늘 속아 왔으면서도 총선이 되면 또 찍어 준다.

그 이유는 이번엔 절대로 그럴 일이 없을 것이라고 유세하기 때문이다.
公約이 空約 되더라도 이젠 제발 그 저질의 싸움만은 하지 말길 바랄 뿐이다.
자라나는 초등생 유치원 아기들이 배워서는 안 되기 때문이다.

貞陵洞 四季 정릉동의 사계

(1)

北嶽春光照柳枝 북악춘광조류지

平明繞校綠烟絲 평명요교록연사

山鳩鵲哢怡呼客 산구작롱이호객

石磵黃華惚炫姿 석간황화홀현자

북악의 봄빛이 버들가지에 비추니

해 뜰 무렵 학교를 둘러친 안개 어린 푸른 실가지

산비둘기 까치 소리 즐거이 길손을 부르고

시냇가 개나리 눈부신 자태 황홀하여라

(2)

龍鬚地錦捲晴天 용수지금권청천

鷓鴣山樹察隅田 작고산수찰우전

驟雨蒼枝尤茂鬱 취우창지우무울

崛起煙雲似畵然 굴기연운사화연

나팔꽃 줄기 담쟁이 넝쿨 비 개인 하늘을 휘감고

메추리는 산 숲 자투리 밭에서 먹이를 찾네

소나기 파란 가지에 쏟아져 더욱 울창해 보이는데

우뚝한 산 안개 구름 그림 같구나

(3)

姮娥掛杪酒陶然 항아괘초주도연
切切陰蟲醉氣偏 절절음충취기편
點染楓千紫色姸 점염풍천자색연
都中勝景此歡天 도중승경차환천

둥근 달 나무 끝에 걸리고 거나하도록 한잔 하면
절절한 풀벌레 소리에 취기가 더하기도 하지
點點으로 물드는 단풍 울긋불긋 아름다워라
도심 속의 절경 여기가 낙원이로다

(4)

落木寒天北岳然 낙목한천북악연
銀花除夜夢新年 은화제야몽신년
貞陵變態中生美 정릉변태중생미
脫雜逍遙雪景鮮 탈잡소요설경선

잎 지고 찬바람 부는 우리 동네 뒷산의 자연
흰 눈 내린 섣달그믐 설레는 새해
정릉은 무궁한 변화 속에 아름다움을 생성하네
번잡을 떠나 逍遙遊 하는 곳 설경이 신선하도다

〈斷想〉 내가 사는 정릉의 사계절은 참으로 아름답다.
복잡한 도심에서는 결코 느낄 수 없는 청정함과 시골스러운 산 숲.
그리고 그 속에서 노래하는 온갖 새들
계절을 바꾸어가며 피는 각종 꽃들은 나의 마음을 정서적으로 순화시켜준다.

기온은 도심에 비해 2~3도 낮아 여름엔 시원하지만 겨울엔 조금 더 춥게 느껴진다.
그러나 공기가 맑아 코끝이 상쾌하다.
가을 낙엽은 마음을 스산하게 하지만 낭만이 서려 좋고 겨울 설경은 마치 설악에 와 있는 듯한 느낌을 갖게 한다.
서울의 최고 풍치지구 정릉을 나는 사랑한다.

八月山頂湖水 팔월의 산정호수

松風水月似圖湖 송풍수월사도호
曉雨煙雲若別區 효우연운약별구
縹緲曨曨朝靜境 표묘롱롱조정경
鮮虹七色畵圓弧 선홍칠색화원호

솔바람 불고 물에 비친 달이 그림 같은 호수에
새벽 비 내린 안개구름이 별천지로다
희미하고 어스레한 아침의 정경
일곱 빛깔이 선명한 무지개가 원호를 그리고 있다

〈斷想〉 어떻게 이 높은 지대에 호수가 있을까?
그림 같은 풍경이 눈길을 사로잡는다.
비가 그친 산정호수는 운무와 어우러져 마치 신선들의 별천지 같이 느껴지기도 한다.
시객이 이런 풍경을 그냥 넘어갈 수 없지.
즉석에서 몇 자 적는다.

花雨 꽃비

(1)

樹新芽綠嫩 수신아녹눈

山千紫萬紅 산천자만홍

問春何處去 문춘하처거

輕櫻葉似童 경앵엽사동

나무들 새싹 파릇파릇

산은 온갖 꽃 천지

그런데 봄은 어디로 가려는 것일까

사뿐히 날리는 벚꽃 잎에 아이 되어라

(2)

淺雲花雨下 천운화우하

佳人淚水流 가인루수류

又惜春風止 우석춘풍지

虹蛾散亂樓 홍아산란루

얕은 구름에서 꽃비가 내린다

佳人의 눈물이 흐른다

가는 봄 서러워라! 바람아 멈추어라

알록달록 꽃잎이 樓臺에 어지러워

(3)

爭相奪艶枝 쟁상탈염지
哽咽葉然之 경인엽연지
似燎繁鋒落 사료번봉락
如飜舞蝶離 여번무접리

흐드러졌던 가지
느껴 우는 잎새 그렇게
화톳불처럼 번성했던 꽃술에서 떨어져
팔랑팔랑 나비처럼 춤추며 떠난다

(4)

昨開華面傲 작개화면오
今落痛枝飄 금락통지표
豈暫榮爲雨 기잠영위우
無常似命凋 무상사명조

어제 화려한 면모 뽐내더니만
오늘 슬픈 가지 떨 구며 흩날리네
어찌 잠시의 영화가 비처럼 쏟아지나
무상함이 마치 인생과 같아라

〈斷想〉 내가 출근하는 성북동 길은 꼬불꼬불하지만 마치 강원도 어느 산을 지나는 것 같은 곳이다.
사월 언젠가 감사원 뒷길엔 벚꽃이 흐드러지게 피어 오가는 길손에게 그 화려함을 뽐내고 있었다.

그런데 얼마 지나지 않아 그 화려했던 가지에서 쏟아지는 꽃잎은 마치 눈이 내리듯 그 나무 주위를 분홍빛으로 물들였다.
우리 인생과 다를바 없는 잠깐의 영광.
그러나 내년이면 또 꽃을 피우리라.
우리 인생도 내년이 되면 또 꽃을 피울 수 있을까.

登三角山 삼각산에 올라

壯貌長連北岳嵩 장모장연북악숭
春秋億劫出高空 춘추억겁출고공
刀巖銳刃恒危立 도암예인항위립
石廓丹門每古風 석곽단문매고풍
絶壁千丈仁壽峭 절벽천장인수초
登天一步白雲雄 등천일보백운웅
峰磐坐靜觀無學 봉반좌정관무학
繞首都知鐵甕中 요수도지철옹중

위엄스레 길게 이어진 북악
억겁세월 하늘 높히 솟아있다
칼바위 예리한 날 언제나 위험하고
옛 성곽 단청 문 늘 봐도 고풍스러워라
천길 절벽의 인수봉 아득한데
한 걸음이면 하늘 닿을 백운대 웅장하구나
꼭대기 너럭바위에 앉아 無學大師를 가만히 생각하니
수도를 둘러싼 철옹성임을 알 것 같구나

〈斷想〉 수도 서울을 수호하는 삼각산의 위용은 그냥 봐서는 모른다.
해발 800고지의 봉우리에 한 번이라도 올라보면 무학대사가 어찌해서 이 산 아래로 천도하여 수도 서울을 만들었는지 알 수 있게 된다.

遊船 忠州湖 충주호에서 유람선을 타다

(1)

起錨舟拔水流初 기묘주발수류초

載雨空同一隻居 재우공동일척거

遙遙刹少顔光畵 요요찰소안광화

萬古愁今盞下除 만고수금잔하제

닻을 올린 배가 물살을 가르니

비를 실은 하늘도 함께 탄다

멀리 산사 흐릿하게 보이는 그림 같아라

無常의 근심이 여기 한잔 술에 사라지네

(2)

山光水色雨晴葱 산광수색우청총

薄暮秋蛉夕彩紅 박모추령석채홍

快速船頭淸浪切 쾌속선두청랑절

奇巖峭壁霧虹濛 기암초벽무홍몽

산빛 물색이 비 개이니 葱蘢하고

날 저물 즈음 가을 잠자리 저녁노을에 붉어라

빠른 뱃머리 맑은 물결 가르는데

기암 낭떠러지엔 안개 무지개 흐릿하다

〈斷想〉 이번 여행은 내가 가는 곳마다 막걸리 맛을 찾아가는 자동차 여행이다.
비가 조금씩 내리는 여름날 충주호에서 유람선에 올랐다.
그곳 막걸리 한두 잔에 즐기는 유람선 타기는 매우 상쾌한 여행이다.

夏期旅行 여름여행

離家七夜八朝遊 이가칠야팔조유
覓致和朋好久休 멱치화붕호구휴
奉化清風觀絶景 봉화청풍관절경
忠州鳥嶺覽山周 충주조령람산주
平明霧鷄龍尤麗 평명무계룡우려
晩上陽田畓稼稠 만상양전답가조
小蛤羹河東一味 소합갱하동일미
鯷魚醬內浦名優 제어장육포명우
越泗川看山走馬 월사천간산주마
到蟾津沒日尋留 도섬진몰일심류
三千里勝風行踏 삼천리승풍행답
下洛暉彫琢自由 하락혼조탁자유

집을 떠나 칠박팔일의 여행
風致 찾아 친구랑 오래간만의 휴가에
봉화 청풍의 절경을 유람하고
충주 문경새재 주변을 구경했네
이른 아침 안개 낀 계룡산 더욱 수려하고
저녁나절 햇빛의 논밭에 作物이 무성하구나
재첩국 맛 河東이 一味
멸치찌개는 南海가 최고라
사천을 지나 走馬看山으로

섬진강에 이르니 해 저물어 숙소를 찾았다
삼천리 江山 멋진 풍경여행
강 아래 비친 저녁노을 보며 자유롭도다

〈斷想〉 이번 하계여행은 친구랑 둘이서만 한다.
자동차 여행이다.
강원도 속초로부터 남해까지 내려갔다가 서울로 돌아온다.
가는 곳마다 그 지역의 술맛을 볼 생각이다.
우리나라도 다니다 보니 별의별 볼 곳이 많다.
여행에 지친 저녁에 마시는 시원한 생맥주 한잔이 피로를 풀어준다.

秋日夜卽事 저무는 가을날 밤 읊조리다

閑宵無事不難窮 한소무사불난궁
筆陣螢窓近凉風 필진형창근양풍
數點疎松過月色 수점소송과월색
牆頭玉露越霜楓 장두옥로월상풍
靜觀萬物全身轉 정관만물전신전
理致循環又自同 이치순환우자동
道法相有形外在 도법상유형외재
乾坤變態內眞充 건곤변태내진충

한가로운 저녁 일없이 느긋해라
紙筆墨 창가에 서늘바람 다가온다
몇 그루 성근 소나무엔 달빛이 건너가고
이슬 내린 담장에 단풍이 넘어왔네
가만히 살펴보면 모두 스스로 돌고 도는 것
순환의 이치는 또 스스로도 같아라
道法이란 有形 밖의 것에서도 相通하니
천지의 다스림 속에 참됨이 있구나

〈斷想〉 가을은 사색하기에 매우 좋은 계절이다.
그것은 스산한 바람에 날리는 낙엽이 있고 저 먼 하늘에 떠 있는 차가운 달이 있기 때문이다.
창밖엔 노오란 국화가 짙은 향기를 뿜고 있고 대숲에서는 바람결에 흔들리는 대나무가 창문에 투영되기 때문이다.
나는 오늘도 잠시 서재에 앉아 조용히 생각한다.
우주의 이치를 …….

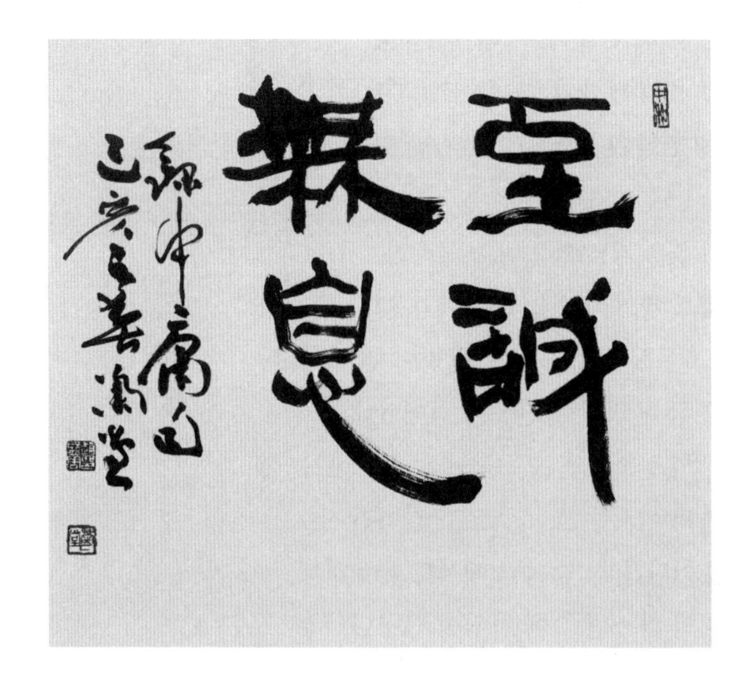

清風湖 擧杯 청풍호수에서 술 마시다

淸風來樹下 청풍래수하
明月照江頭 명월조강두
客夜湖畦坐 객야호휴좌
欣然影酌酬 흔연영작수

맑은 바람 숲에서 불어오고
밝은 달 강둑을 비추고 있네
나그네 밤 호숫가에 걸터앉아
欣然히 어린 달그림자와 술 한잔하고 있다

〈斷想〉 호수 속에 둥근달이 빠져있다.
바라보며 마시는 한잔 술.
그 술잔 속에도 둥근달이 빠져있다.
취흥이 인다. 시원한 바람이 내 볼을 어루만져준다.

飮醪 旅行 막걸리 맛 여행

江山旅覽盞香醪 강산여람잔향요
各處杯醺着我毫 각처배훈저아호
却說鍾川醇酒最 각설종천순주최
忠州漢拏次名高 충주한라차명고

산천 유람하면서 막걸리를 마셨다
이곳 저곳 내 나름 술맛을 적어보면
말할 것 없이 서천의 종천 순 막걸리가 최고이고
충주 사과 막걸리 제주 생막걸리도 다음으로 맛이 좋더라

〈斷想〉 가는 곳마다 막걸리 맛이 다르다.
강원도 충청도 경상도 전라도의 색깔이 다르듯 술맛도 모두 다르다.
인상 깊은 것은 충주 사과 막걸리.
마신 뒤 後味가 사과 향으로 끝난다.

宿 密陽 밀양에서 묵으며

嶺南山脈密陽行 영남산맥밀양행
墨客同人久對場 묵객동인구대장
韓家酒肆杯中物 한가주진배중물
師弟酬酌醉金觴 사제수작취금상

嶺南의 알프스라는 밀양여행에
묵객 學而同人들 오랜만에 만났네
韓屋 酒店의 맛있는 술
師弟간 주고받는 잔에 취해 버렸다

〈斷想〉 여행 중에 밀양에서 묵는다.
예전에 내가 지도했던 부산의 제자들이 함께했다.
주거니 받거니 하다가 술이 약한 나는 먼저 취해 버렸다.

喇叭練習 색소폰 불기

(1)

喇叭聲如咽 나팔성여인

音程度似人 음정도사인

哉生明教學 재생명교학

吶吃實無新 눌흘실무신

나팔 소리 목 메이는 듯

음의 정도가 마치 사람 같아라

月初가 되면 레슨을 받는데도

더디고 더딘 실력 늘지를 않네

(2)

樂書同類藝 악서동류예

和流接近詩 화류접근시

不釋然吹喇 불석연취나

酖酖趣自治 짐침취자치

음악과 서예는 같은 부류의 예술

조화와 흐름이 비슷한 詩라 할까

마음이 환히 풀리지 않을 때면 색소폰 불어

즐기면서 스스로를 다스리지

〈斷想〉 내가 색소폰을 불게 된 것은 악기 자체가 멋지고 음색이 뛰어나기 때문이다.
나는 혼자 즐긴다.
아직 누구 앞에서 불 만한 실력이 안되니 그저 혼자 음악에 취해 즐길 뿐이다.

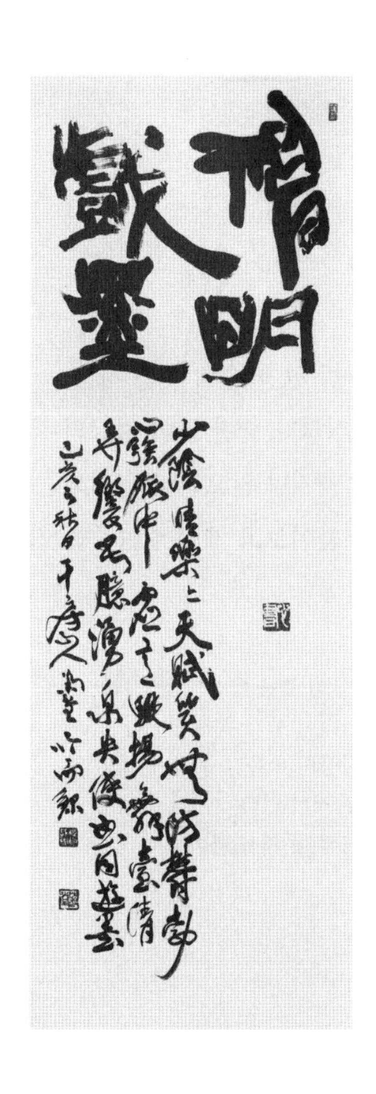

詠 仲秋獨酌
추석날밤 혼자 마시며 시를 짓다

望飛鏡此夜觴吟 망비경차야상음
吮墨樽今我筆心 연묵준금아필심
不得吾伊嗤笑慮 부득오이치소려
呱呱咀嚼頗知音 고고저작파지음

둥근달을 보며 이 밤 한잔 술에 짓는 시
名句를 지으려 고심하다 술잔 들어 지금의 감상을 적는다네
어쭙잖은 내 글 비웃지나 않으려나 염려되는데
미흡 하지만 깊이 뜯어보고 제법 알아주는 지기도 있긴 하지

〈斷想〉 내가 짓는 시는 그리 높은 수준이 안된다는 것을 나는 잘 알고 있다.
그저 그때그때의 감상을 적어 두기 위해 한시를 짓는다.
오늘도 독작하는 중에 시상이 떠올라 두어 수 읊었다.
나는 작시법을 따로 배운 적이 없다.
이제 겨우 평측과 운을 맞추어 지을 뿐이다.

夏期休暇 行 南海

하기휴가에 남해가다

一點之仙島 일점지선도
南海古來稱 남해고래칭
絶景風光漫 절경풍광만
奇巖錦岳憑 기암금악빙
露梁波蕩漾 노량파탕양
忠武將魂凝 충무장혼응
返路鯷魚醬 반로제어장
黃醅樂曲肱 황배락곡굉

한 점의 仙島라고
古來로 남해는 그리 불렸네
絶景과 風光이 낭만적으로
奇巖이 錦山에 기대고 있다
노량의 물결 일렁이는데
충무공의 혼이 서려 있어라
돌아오는 길 멸치찌개에
막걸리 한잔 즐거움 가득

〈斷想〉 우리나라 거의 최남단 남해 대교를 건너간다.
바로 아래가 노량전투 때 이순신 장군이 일본을 대파한 곳이라 한다.

감회가 새롭다.
남해의 특산물은 죽방멸치이다.
다도해답게 멀리 가까이 수 많은 섬들이 그림처럼 펼쳐있다.

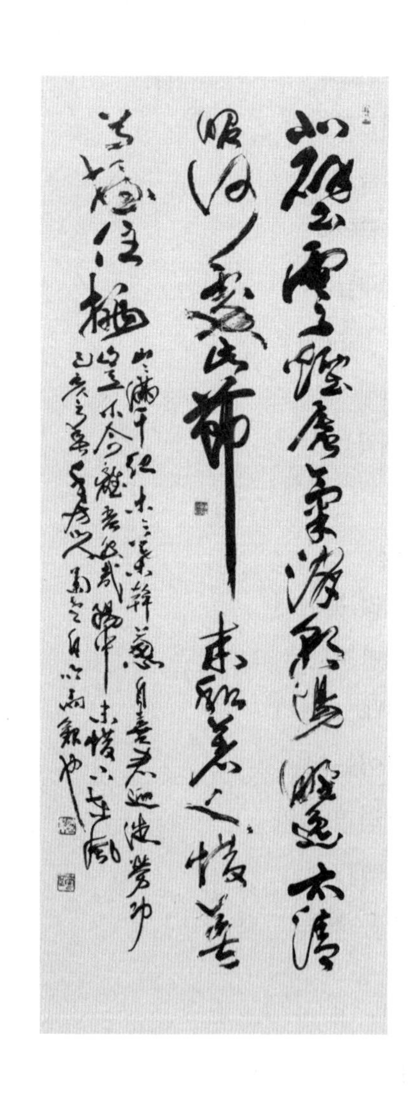

會員展 회원전

丙申二月習書揮 병신이월습서휘
四十同人一體輝 사십동인일체휘
淡墨長鋒加筆勢 담묵장봉가필세
强魂氣魄爛雄飛 강혼기백란웅비

병신년 이월 익힌 글씨 휘두르니
사십 회원들 일체로 빛나라
淡墨 長鋒으로 筆勢를 더하여
당찬 영혼의 기백으로 찬란히 웅비하라

〈斷想〉 인사동 한국미술관에서 개최한 2016년도 우리 서실 다섯 번째 회원전은 여러 회원들의 정성과 협조로 성황리에 끝났다.
우리는 평균 3년만에 한 번씩 전시회를 가짐으로서 자신의 역량을 펴 보이면서도 공부를 하는 계기로 삼는다.

仲春卽事 중춘에 읊다

春來北岳似圖虹 춘래북악사도홍
石壁圍峰若霧朧 석벽위봉약무롱
日沒松林巢寐息 일몰송림소매식
華枝桷角面如童 화지각각면여동
金蟾屋下垂櫻影 금섬옥하수앵영
寂寞芬心寄夜風 적막분심기야풍
月魄年年望不改 월백년년망불개
和陽節節轉有紅 화양절절전유홍

봄이 오니 우리 뒷산 그림처럼 아롱다롱
바위벽으로 둘러친 봉우리가 안개 낀 듯 흐릿해
해 저무니 소나무 숲 새들도 잠들고
흐드러진 가지가 처마 끝에 아이처럼 얼굴 내미네
달빛이 지붕 아래 벚꽃 그림자 드리우는데
적막 중 향기로움 밤바람에 보내온다
저 달은 해마다 봐도 다름이 없어라
따사로운 봄 계절마다 바뀌어도 곱네

〈斷想〉 봄은 그저 좋다.
따뜻해서 좋고 꽃이 피니 좋고 향기가 진동하니 좋다.
봄은 참으로 좋다.
만물을 생동하게 하니 더욱 좋다.

그런데 이 봄이 조금씩 가버린다.
붙잡아 보지만 뿌리치고 떠난다.

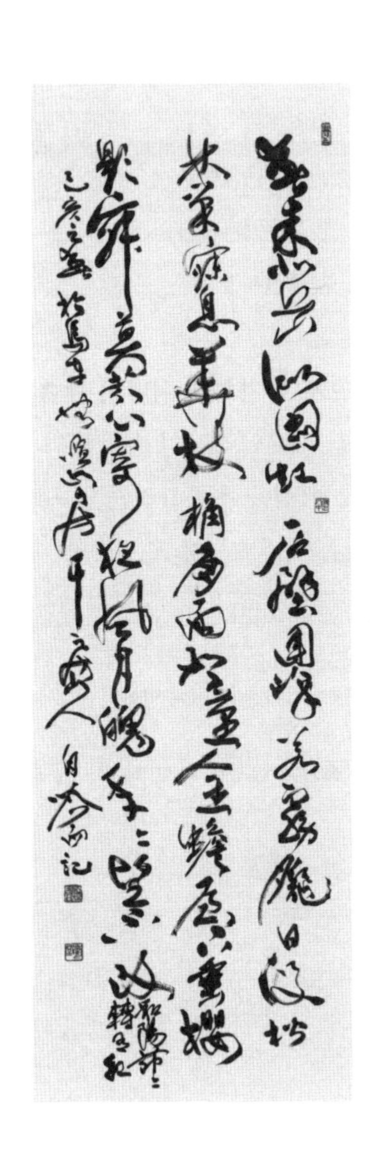

他山之石 타산지석

輕輕兎落傲悠休 경경토락오유휴
慢慢龜登齷力投 만만구등악력투
黠智愚氓村詐騙 힐지우맹촌사편
何君現世不知流 하군현세부지류

빠른 토끼는 자만으로 한가하게 쉬다가 패했고
느림보 거북이는 끈기로 악착같이 力投하여 이겼지
교활한 꾀부림으로 백성을 우롱하려는 눈속임
어찌 그대들만 지금 세상 흐름을 모르는가

〈斷想〉 내가 이 세상을 살면서 나는 저러지 말아야지 하는 일이 주변에서 빈번히 일어난다.
망각이라는 것이 있어서 가끔은 잊고도 살지만 나는 그 어떤 것을 보면서 내 거울로 삼는다.

吟四月北岳 사월의 북악을 읊다

晴朝樹木氣有鮮 청조수목기유선
嘉月丘陵韻爽然 가월구릉운상연
鴃舌鳴鳩酬酌擾 격설명구수작요
鷹觀青鼠杆枝懸 응관청서간지현
山洼蝌蚪成長大 산와과두성장대
鶴首朱明水下遷 학수주명수하천
櫻花落橤桃華次 앵화낙예도화차
蔓草捲杶細幹聯 만초권춘세간련
綠綠心加新可景 녹록심가신가경
咬咬耳不逆綿連 교교이불역면연
此麗天千生大塊 차려천천생대괴
營爲手段理通玄 영위수단리통현

비 개인 아침 숲의 기운이 맑아
사월의 구릉이 상쾌하여라
때까치 울고 산비둘기 수작에 요란스러운데
뚫어지게 쳐다보던 청설모가 쓰러진 나뭇가지에 매달리네
산 웅덩이 올챙이 자라서
여름 날 기다리며 물속에서 옮겨 다닌다
벚꽃이 지니 복사꽃 피고
담쟁이는 참죽나무를 칭칭 감으며 가는 줄기 이어지네
나무들 파릇파릇하여 신선하니 볼만하고

새 지저귀는 소리 계속되어도 들을 만해라
이렇게 해와 달이 하늘에 걸려있어 온갖 것이 함께 사는 땅
살아가는 수단과 이치의 오묘함이 상통하는구나

〈斷想〉 이제 산 숲의 나무들도 많이 녹빛으로 변해졌다.
아침마다 오르는 산속은 생동감이 넘친다.
숲의 새들하며 여기저기 청설모가 잽싸게 나무를 탄다.
사월의 숲은 녹 빛 무늬와 꽃향기로 가득 차 있다.

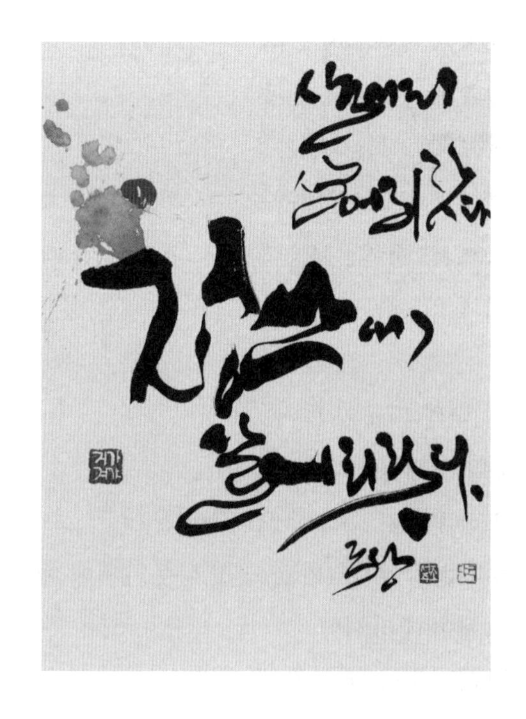

政治 現住所 정치 현주소

(1)

凡家事賴計和謀 범가사뢰계화모
況國將鳩首力求 황국장구수력구
豈非親眞分派黨 기비친진분파당
鵬程萬里政孤愁 붕정만리정고수

무릇 한 집안의 일도 계획에 의해 화합으로 도모하는데
하물며 국가 장래에는 머리를 맞대고 힘써 구해야지
어찌 非니 親이니 眞이니 派黨만 짓나
멀고 먼 우리정치 홀로 근심스럽구나

(2)

彈冠黃塵不維心 탄관황진불유심
鼎立民生折苦音 정립민생절고음
何今態鶺鴒防備 하금태척령방비
實去邪鐺脚政臨 실거사쟁각정임

벼슬 하려는 사람은 세속의 때가 묻지 말아야 하는데
서로 대립하니 국민 생활 고통에 시달린다
어떻게 지금의 모양새로 위급 막아 대비하리오
실로 사악함을 버려야 어질고 훌륭한 정치라 하는 거지

*鶺鴒(척령) : 할미새, 어려움의 비유.

鐺脚政(쟁각정) : 솥의 세 발을 비유한 말로 어진 정치의 뜻

(3)

近間邦士軋逾基 근간방사알유기

動輒譫言豹變姿 동첩섬언표변자

蹉跎謎語呶呶政 차타미어노노정

鎭撫譚思輦路時 진무담사연로시

근간 나랏일 하는 사람들 삐걱거림이 기본을 넘어

걸핏하면 헛소리에 돌변하는 모양새라

失期의 수수께끼 소란스러운 정치

민심을 진정시켜 깊이 생각하고 거동할 때지

(4)

聖孔言仁義政治 성공언인의정치

但今視覇道權追 단금설패도권추

平氓負約錚錚物 평맹부약쟁쟁물

結怨譚思覺悟之 결원담사각오지

성인 공자는 인의의 정치를 말하였는데

다만 지금은 패도로 권력 추종만 보이네

국민들과 약속을 어기는 쟁쟁한 인물들

원망을 맺는 일 깊이 생각하여 정신들 좀 차리시오

〈斷想〉 우리나라의 정치는 하류를 아직도 벗어나지 못하고 있다. 그 이유는 정치인들에게 애국 애족 정신이 없기 때문이다.

이들에겐 오직 자신과 黨만 존재한다.
국민 따위는 안중에도 없다.
그렇지 않고서야 그렇게 정치를 할 수는 없는 것이다.
정신이 멀쩡한 사람도 배지 달고 여의도로 가면 여름날 숙주나물 변하듯 그들도 쉬어버린다.

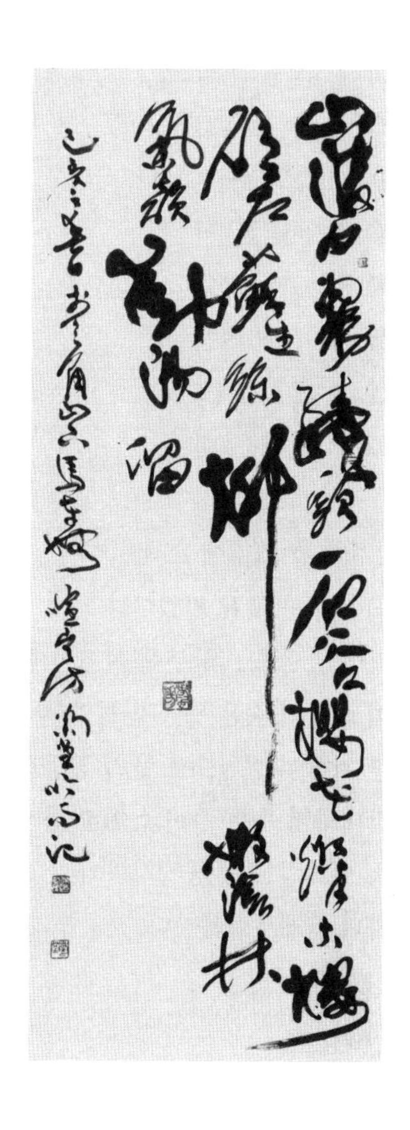

曲阜 孔墓參拜
곡부의 공자 묘소에 참배하다

出國平明着濟南 출국평명착제남
孔墓遊觀謁聖三 공묘유관알성삼
鯉伋幽居同曲阜 이급유거동곡부
賢弟子貢奉師覃 현제자공봉사담
爲仁義政行鳴動 위인의정행명동
耐死生痕歷走驂 내사생흔역주참
淺學經書欽大道 천학경서흠대도
余今拜禮感渾涵 여금배례감혼함

새벽에 출국하여 山東省 濟南에 도착
孔子묘소 유람하며 세 분 聖賢 뵈었어라
아드님 鯉公 손자이신 子思子 곡부에 幽宅이 함께 모셔 있는데
어진 제자 子貢이 스승의 깊은 뜻을 받들었구나
仁과 義의 정치를 위하여 실천으로 울려 진동케 하고
생사의 아픔을 감내하며 두루 주변국 周遊 하시었네
얕은 학문으로 大 聖人의 道를 공경하다가
오늘 바로 拜謁하니 감개무량하도다

〈斷想〉 오늘 공자님을 배알했다.
그리고 아드님과 손자이신 자사자 님도 같이 뵈었다.

자공은 공자께서 돌아가시자 묘소 바로 옆에 움막을 짓고 6년의 시묘살이를 했다 한다.
그래서 그분도 만나 뵈었다.
곡부에서의 일이다.

愚公移山之 太行山 絶境
우공이산의 本山 태항 산의 절경

太行山峻嶂鋒衡 태항산준장봉형
屹立崖天界勢從 흘립애천계세종
唯驚不必言風致 유경불필언풍치
又妙全連脈美重 우묘전연맥미중
幅幅丹青眞畫卷 폭폭단청진화권
谷谷紅崖下茂松 곡곡홍애하무송
未信人工巖石窟 미신인공암석굴
能神岳景白眉宗 능신악경백미종
寒天路淺煙雲散 한천로천연운산
夢幻舒開逸品容 몽환서개일품용
視太行人無語嗌 시태항인무어액
觀光大峽勿言峰 관광대협물언봉
仁山智水眞知此 인산지수진여차
我已王相境到蹤 아이왕상경도종

〈太行山〉 가파른 봉 하늘을 찌르는데
〈天界山〉 우뚝한 절벽 기세의 종용
〈不語台〉 오직 경이로워라! 말로 형용키 어려운 풍치
〈飛龍峽〉 또 오묘하게 모두 이어진 산맥의 중첩
〈通天峽〉 폭마다 붉고 푸름은 진경의 화첩
〈大峽谷〉 협곡마다 붉은 낭떠러지 아스라이 소나무가 무성하네

〈郭亮洞〉 암석 굴은 인간의 공력이라고는 믿을 수 없고

〈王莽領〉 신이 빚은 산 경치에 더해 주니 白眉의 극치로다

〈天路〉 찬 하늘길 안개구름 걷히면서

〈夢幻之谷〉 환상 속 펼쳐진 광경은 최고의 형용

〈天境〉 태항산을 보면 웬만해선 산의 雄壯을 말하지 못하고

〈桃花谷〉 대협곡을 구경하면 여간해선 山峰이라 말하지 말라네

〈仙境〉 仁山 智水 참다움 여기에서 알 것 같은데

〈王相岩〉 나는 이미 왕상 암 하산 길 절경에 발걸음이 닿았네

※〈 〉속 은 모두 태항산 안에 있는 전망대 및 명소.

〈斷想〉 태항산을 동양의 그랜드캐년이라 불린다.
나는 그간 절경이라 하는 장가계 계림 황산 등을 다녀왔는데 태항산은 또 다른 풍치를 지닌 웅대한 절경이라는 생각을 지울 수 없다.
사람이 태어나 죽기 전에 꼭 가봐야 할 곳이라 여긴다.
어마어마한 절벽에 펼쳐진 이 광경은 필설로 표현하기가 어려울 정도로 아름답고 험준하다.
요소요소마다 전망대가 있어 눈에 담아 올 수 있다.
오늘도 나는 이 풍경을 몇 자 시속에 담는다.

季春 三角山 삼사월의 삼각산

峭連翹數簇爭誇 초연교수족쟁과
壑滿山紅宛轉加 학만산홍완전가
櫻花朶朶川邊艶 앵화타타천변염
躑躅叢叢壁面華 척촉총총벽면화
嘴太鴉喧酬酌喚 취태아훤수작환
松鼠毛捷往來槎 송서모첩왕래사
翻翔蝶愛看尋蘂 번상접애간심예
北嶽春神興頗嘉 북악춘신흥파가

비탈의 개나리 몇 무더기 다투어 피고
골짜기 진달래도 아름다움을 더하네
개천가 벚꽃 흐드러져 곱더니
이젠 철쭉이 떨기마다 벼랑에 華麗하여라
까마귀는 시끄럽게 서로 불러대고
청설모 잽싸게 나무 단을 오르내린다
나비 날아 사랑스러운 꽃술 찾으니
북악 春神의 홍취가 자못 즐거워라

*嘴太鴉(취태아) : 큰 부리 까마귀.

〈斷想〉 오늘 아침 우리 뒷산은 까마귀 울음에 유별나게 시끄럽다.
언덕배기에 집단으로 피어 있는 노랑 개나리가 길손의 발걸음을 멈추게 한다.

언제나 이맘때가 되면 펼쳐지는 광경이다.
저만치에서 분홍색 진달래가 질투하듯 나를 바라보고 있다.

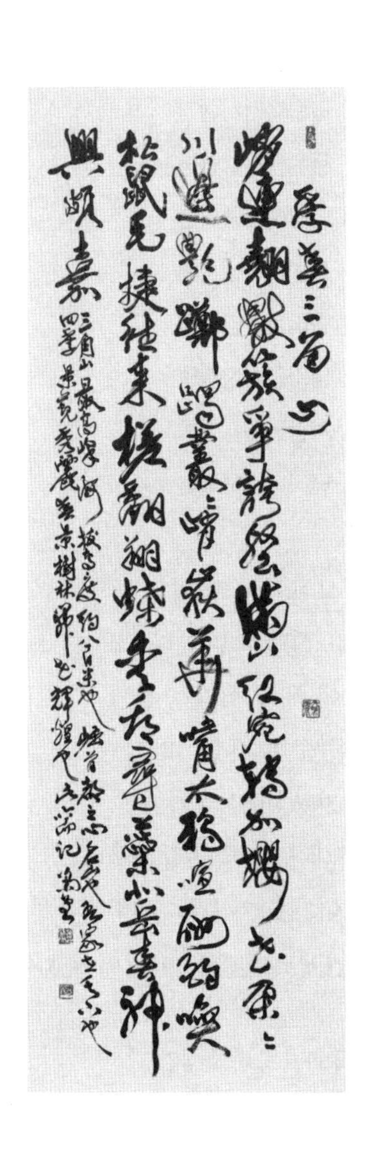

迎新年 새해를 맞으며

激浪多難蜡月盈 격랑다난사월영
無違日出照新明 무위일출조신명
明光速歲風聲暫 명광속세풍성잠
牛步多情一曲橫 우보다정일곡횡
送夜叢中鯨飮氣 송야총중경음기
迎朝鏡返自姿泯 영조경반자자맹
如春鬢雪胸鳴動 여춘빈설흉명동
但飭躬當載得名 단칙궁당재득명

激浪과 多難의 해 십이월이 꽉 차니
어김없이 해는 뜨고 신년이 밝았다
밝은 빛 빠른 세월에 바람 소리는 잠깐
느긋한 마음으로 한 구비 비꼈어라
송별의 밤 여럿이 진탕 마신 취기에
새해 아침 거울 속 내 모습이 초라하구나
청춘인 듯 나이 들어가도 가슴이 울려 진동하니
다만 삼가하여 금년에도 虛名은 아니어야겠지

*蜡月(사월) : 12월.
飭躬(칙궁) : 스스로를 바르게 하고 삼감.

〈斷想〉 한해가 참 빠르다.
똑같은 길이의 시간일 텐데 나이가 들수록 빨리 가는 것 같다.
이런 걸 체감 세월이라 해야 하나.
또다시 새해를 맞았으니 새로운 각오로 뭔가를 이루어야겠다.

雪松 겨울 소나무

陰氣寒磐左瘦林 음기한반좌수림
冬風雪裏吐呻音 동풍설리토신음
呶呶嘴太鴉酬酌 노노취태아수작
密密蒼髥叟一心 밀밀창염수일심
獨也靑靑君不改 독야청청군불개
叢中黙黙爾華臨 총중묵묵이화림
如今陟降嘲人事 여금척강조인사
決頡頏貞節法諶 결힐항정절법심

그늘진 찬 바위 옆 앙상한 숲
겨울바람 눈 속에서 신음을 토해낸다
까마귀 시끄럽게 수작질하는데
소나무 빽빽히 변함이 없어라
홀로 푸른 군자의 절개
무리에서 묵묵히 빛나니
마치 오늘날 오르내림의 세상사를 비웃는 듯
결코 굽히지 않는 정절 본받을 참됨이로다

〈斷想〉 한파가 찬 바람을 불러온다.
하얀 눈이 밤새 내려 바람에 흰 가루 날리니 더욱 추워 보이는 아침.
정릉 골짜기 한 모퉁이에 서 있는 저 소나무는 결코 아무렇지도 않은 듯 바늘잎을 치켜세우며 녹색 광채를 띠고 있다.

오만인가 아니면 자랑인가
오늘 아침엔 차가운 음지에서 더욱 고개를 치켜들고 서 있다.

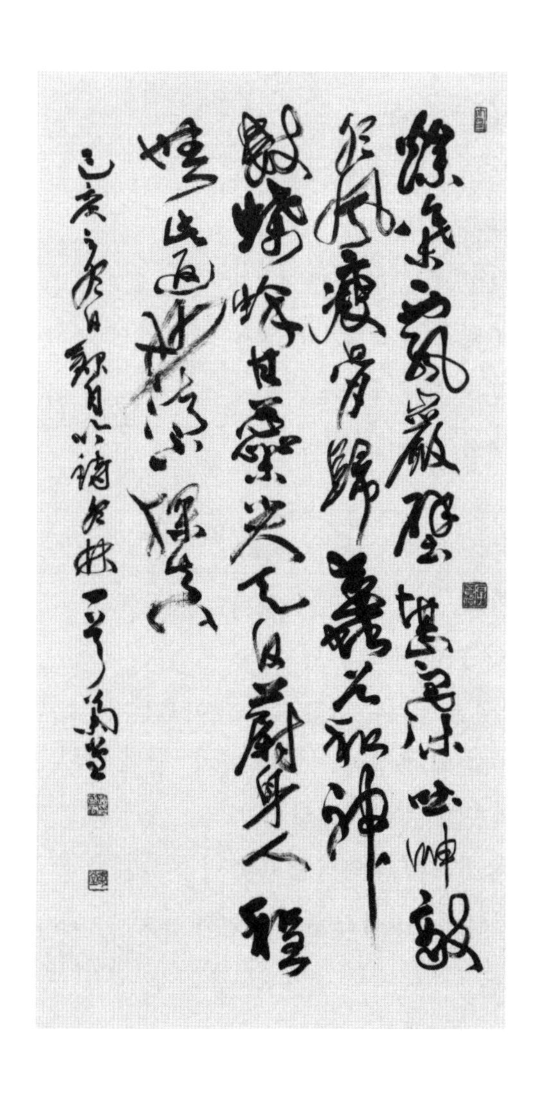

初雪之朝 첫눈 온 아침에

滿乾坤白雪瑞祥 만건곤백설서상
下北風初鯉素昌 하북풍초리소창
蠟月鵝毛頹落蔽 납월아모퇴락폐
繁時馬脚鬱陶揚 번시마각울도양
春芽夏茂從然理 춘아하무종연리
萬古恒情不變當 만고항정불변당
去住無常唯主化 거주무상유주화
何人敢此攝有量 하인감차섭유량

천지에 가득한 백설이 상서로워라
북풍 따라온 첫 소식이 昌盛하도다
초 겨울 하얀 눈이 頹落을 덮지만
꽃 필 무렵 되면 드러나 답답함을 씻어주겠지
봄에 싹터 여름에 무성한 자연의 이치
만고 常情의 변함없는 당연함이라
가고 머무름의 無常은 오직 조물주의 조화
어찌 인간이 감히 이 섭리를 헤아릴까

*鯉素(리소) : 잉어의 뱃속에서 흰 비단에 쓴 편지가 나왔다는 고사에서, 편지라는 뜻으로 씀.

〈斷想〉 우리는 항상 첫눈을 기다린다.
첫눈이 내린 날은 뭔가 마음의 설렘으로 기분마저 좋아져 들뜬 가슴을 억제하지 못한다.
눈은 이런 감정을 대다수 느끼게 하는 매력이 있다.
새벽에 잠에서 깨어보니 천지가 온통 하얗게 덮였다.
오늘 아침이 그런 기분이다. 괜스레 기분이 좋아져 나를 들뜨게 한다.

於留 正初濟州 정초 제주에 머물며

濟州連暴雪 제주연폭설
天地沒迷中 천지몰미중
海浪防船路 해랑방선로
空風斷兩通 공풍단양통
客多愁畏縮 객다수외축
霄不動鴻濛 소부동홍몽
造化全神意 조화전신의
寧知倚酒功 영지의주공

제주도 이어진 폭설로
온 동네가 혼미 속에 빠져 버렸다
바다의 물결은 항로를 막고
공중의 바람은 오가는 길을 끊어
나그네 큰 근심 두려움으로 위축되네
하늘은 부동하고 무한히 크기만 해라
조화는 오로지 신의 뜻인 걸
어찌 알랴 술잔이나 들자

〈斷想〉 내가 제주에 수업차 온 것은 2006년 2월부터이다.
그간 십수 년을 오갔지만 이처럼 눈이 많이 온 적은 없었다.
엄청난 폭설 대란이다.
제주 사람들도 아직껏 이렇게 폭설이 내린 바가 없었다 한다.

하늘 바닷길이 모두 묶여 만 이틀을 귀경하지 못한 채 마땅히 숙소도 없어 겨우겨우 사우나 한쪽에 자리하고 그렇게 비행기가 뜰 수 있는 날을 기다릴 뿐이다.

與自 스스로에게 주다

立志全求進 입지전구진
顚余又起馳 전여우기치
東山恒日出 동산항일출
豈怕夕陽衰 기파석양쇠

뜻을 세워 오로지 투구하여 나아가고
엎어진다 해도 나는 또 일어나 내달린다
동편에 항상 해가 뜨는데
어찌 지는 해를 두려워하랴

〈斷想〉 나는 나름 내가 하고자 하는 일을 미루어 본 적이 별로 없다.
나는 스스로 오뚜기 성격을 조금 지녔다고 생각한다.
한 번 엎어졌다 하더라도 다시 일어나본다.
두 번 엎어져도 또다시 일어나려 발버둥을 친다.
내가 세워 놓은 계획이 성사될 때까지 나는 일어날 것이다.

見初冬野菊 초겨울 들국화를 보고

北山楓已老 북산풍이로
風勢壑尤寒 풍세학우한
逐漸連枝瘦 축점연지수
何堪白菊灘 하감백국탄

북산 단풍은 이미 짙고
바람은 골짜기에 더욱 시리다
이어진 가지 점점 파리해지는데
여울 가 흰 국화 어찌 견딜까

〈斷想〉 나는 국화로부터 많은 것을 배운다.
비록 식물이지만 국화는 내게 짜릿한 감동을 줄 때가 많다.
특히 조그만 얼굴의 들국화가 더 그렇다.
초겨울 한파에도 굴하지 않고 노오란 꽃을 피우는 들국화의 강인함에 나는 항상 감탄한다.

卽事 즉사

黎明北岳鮮 여명북악선
樹木梢枝聯 수목초지련
數鳥咬咬曉 수조교교효
望叉手藥泉 망차수약천

동트는 삼각산이 신선해라
나뭇가지 끝 머리가 연접해있다
온갖 새들 새벽을 지저귀니
약수터에서 팔짱 끼고 바라본다

〈斷想〉 새벽녘 산을 오르다 보면 산새들이 합창으로 객을 맞는다.
뱁새, 꾀꼬리, 까치, 까마귀, 그리고 운이 좋으면 숫꿩 장끼의 멋진 울음소리도 들을 수 있다.
새벽 시간은 금세 환해지고 벌써 동녘은 불그레하게 물든다.
이 복잡한 서울의 도심에서 산 아래 산다는 것은 또한 남다른 행복이다.

雨中菊 빗속 국화

路盆開白菊 노분개백국
行客噴秋情 행객분추정
馥醉蜂群聚 복취봉군취
風寒雨閉英 풍한우폐영

길가 화분에 흰 국화 피어
오가는 사람들에게 가을의 정 풍긴다
향에 취한 벌떼 모여드는데
비바람 치자 꽃술을 닫아버리네

〈斷想〉 국화는 비가 오나 눈이 오나 그 자태가 항상 씩씩하다.
다만 비가 오니 벌 나비는 모두 제집으로 가고 함초롬히 비를 맞고 있다.
그래도 역시 국화는 위상이 있다.

初雪 첫 눈

似逢君振氣 사봉군진기
如踏纊柔和 여답광유화
紛紛飛祥雪 분분비상설
今朝自幼娥 금조자유아

님을 만난 듯 기분이 설레고
흰 솜을 밟는 듯 부드러워라
紛紛히 날리는 瑞雪
오늘 아침 난 어린아이가 되었다

〈斷想〉 눈이 내리면 우선 대지가 모두 하얗게 덮여 깨끗하다.
첫눈은 더욱 감정을 자극한다.
나는 오늘 철모르는 소년처럼 가슴이 설레고 기분이 좋아진다.
이러함은 나만 그런 것이 아니리라.

城北洞路 四季 성북동 길 사계절

(1)

隴上黃花旺陸離 농상황화왕육리

韶光往客頗和怡 소광왕객파화이

都心似僻山情路 도심사벽산정로

入出須臾馬上詩 입출수유마상시

언덕 위에 개나리가 왕성하게 서로 섞여

봄날의 화창한 경치에 지나는 사람 즐겁게 한다

도심이지만 마치 시골 같은 산 정취의 길

출퇴근길 잠깐 차 속에서 詩를 읊조린다

*陸離 : 뒤섞여 있는 모양.

(2)

白雨晴霞彩屋垂 백우청하채옥수

光風霽月畵中詩 광풍제월화중시

山邊衆鳥雌雄吵 산변중조자웅초

陟降蜿蜒凉樹逵 척강완연량수규

소나기 개고 아름다운 노을 가옥에 드리우니

光風霽月의 畵中 詩로다

산가 뭇새들 짝지어 시끄럽네

오르락 내리락 구불구불 숲속 달리는 길이 시원하구나

(3)

霎時秋色染楓枝 삽시추색염풍지
葉落山途贈所思 낙엽산도증소사
玲瓏草露車窓返 영롱초로차창반
栗木乘青鼠敏馳 율목승청서민치

삽시간에 가을빛이 단풍 가지 물들여
잎 진 산길이 詩想을 더한다
영롱한 풀섶 이슬 차창에 되비치는데
밤나무 타고 청설모가 잽싸게 달아난다

(4)

雰雰曲路朔風吹 분분곡로삭풍취
木木低枝玉屑奇 목목저지옥설기
閉蟄都城途畵境 폐칩도성도화경
何眞景化不無爲 하진경화불무위

눈 내리는 구비진 길에 삭풍이 불고
나무마다 숙인 가지에 쌓인 눈 형상 기이하다
겨울날 都城 길 그림의 경지
어찌 眞景의 조화가 有爲이겠는가

〈斷想〉 성북동 길은 내가 출근하는 코스이다.
그 노선에는 신호등도 없고 좁은 길에 구불구불 마치 어느 높은 산길을 내려가듯 위태롭지만 시골스럽다.
아마 서울 도심에 이 같은 길로 출퇴근하는 사람들은 많지 않을 것 같다.

이 길로 다니다 보면 4계의 감각을 확실하게 맛보게 된다.
봄은 봄대로 여름은 여름대로 가을 겨울은 그대로 색깔이 모두 다르다.
이 길을 다니면서 나는 행복감을 더 느낀다.
뭔가 삶의 보너스를 받은 게 아닌가 해서다.

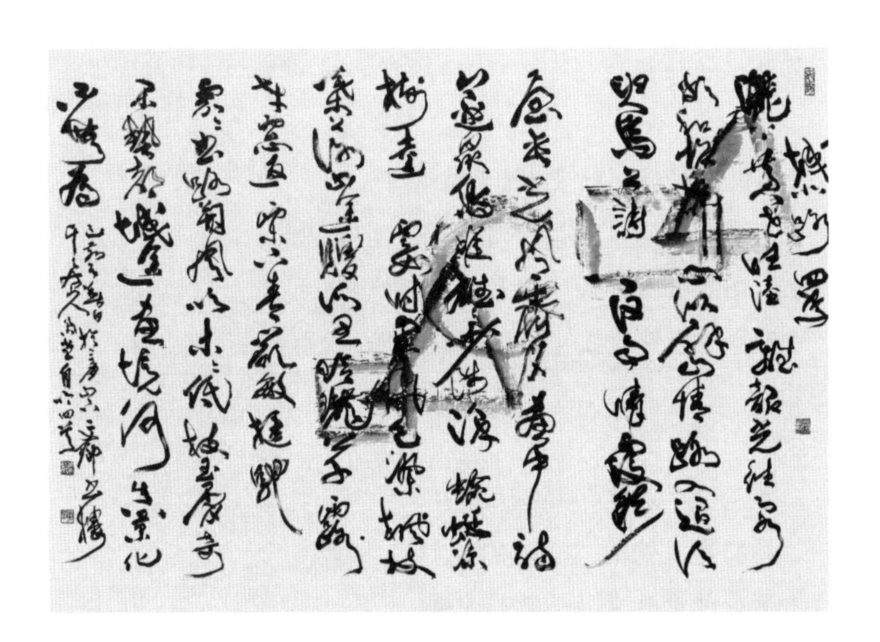

聞孕一孫音信 첫 손주 잉태 소식을 듣고

(1)

乏月飛輪隴上和 핍월비륜롱상화
清風馥郁硯臺磨 청풍복욱연대마
今朝傳信家孫孕 금조전신가손잉
喜已呱呱似聞歌 희이고고사문가

오월의 햇살이 언덕배기에 온화해라
맑은 바람에 실어온 봄 향기로 먹을 간다
오늘 아침 소식 듣자니 家孫이 잉태하였다네
반가움에 벌써 産聲이 노래처럼 들리는 듯하구나

(2)

萌芽萬象早春程 맹아만상조춘정
妊孕門庭大悅榮 임잉문정대열영
玉葉金枝康母育 옥엽금지강모육
願洪亮對產聲生 원홍량대산성생

새싹이 움트는 것은 삼라만상 이른 봄의 법도이고
자손을 잉태했음은 가문의 큰 기쁨 영광이어라
금지옥엽이로다. 어미 품에서 건강히 자라
부디 우렁찬 첫 울음소리로 세상에 나와서 만나자꾸나

〈斷想〉 우리 며느리가 잉태를 하였다 한다.
소식을 듣고 그 기쁨에 잠을 이룰 수가 없었다.
이 녀석이 어떻게 생겼을까 벌써부터 궁금하다.
부디 시간이 지나 순산하기만을 기다린다.

某法曹人 어느 법조인들

(1)

從權失自羞 종권실자수

貪物被深憂 탐물피심우

正下心觀我 정하심관아

安神可以休 안신가이휴

권력을 좇으면 스스로 부끄러워함을 잃게 되고

재물을 탐하면 깊은 근심이 생기지

바로 마음을 내리고 나를 살펴야

정신을 편히 하여 쉴 수 있네

(2)

賄賂良心賣 회뢰양심매

清明法曹荒 청명법조황

錚錚君錦地 쟁쟁군금지

鎙鎙貌幻光 삭삭모환광

부당한 금품에 양심이 팔려

청명해야 할 법조 황폐해졌으니

쟁쟁하던 그대가 살던 곳도

반짝거리던 모습도 환상이었구려

(3)

追權積虛城 추권적허성

慾物瀆名聲 욕물독명성

頹落今君憫 퇴락금군민

那何失玉淸 나하실옥청

권력을 따르다 빈 성을 쌓았고

재물에 욕심내다 명성을 더럽혔지

무너져 버린 오늘의 그대가 안타까워라

어쩌다가 청렴을 잃으셨소

(4)

蝶未常時察 접미상시찰

花無十日紅 화무십일홍

漫生千載慾 만생천재욕

權不拾年空 권불십년공

나비들 언제나 찾지 않음은

꽃이 오랫동안 화려함이 없음이라

부질없이 삶에 천년을 욕심내지만

권력이라는 것도 십 년 가지 못하는 헛것이로다

(5)

見貪金察自 견탐금찰자
通崩岳悟身 통붕악오신
爲他山石此 위타산석차
於生不恥神 어생불치신

재물 탐하는 걸 보고 스스로를 살피고
산이 무너짐을 통해 나를 깨우치노라
이를 타산지석으로 삼는다면
삶에 부끄러움이 없으리라

〈斷想〉 법을 다루는 판사 검사 변호사 이런 사람들을 우리는 율사라 부른다.
그런데 근래 들어 그 율사들이 스스로 자신의 체면과 위상을 깨버리고 있다.
부정에 개입하고 비리를 저지르며 재물을 탐내는 저질 행태를 벌리고 있다.
다 무너져도 여기는 무너지면 안된다.
대쪽 소신으로 설사 목숨을 버리더라도 자신들의 지조와 권위 그리고 자존을 지켜야 한다.
그런데 여기저기에서 그들이 무너지는 굉음이 들리고 있다.
이 나라는 지금 어디로 가는가.
그저 답답할 뿐이다.

蕭秋夜 쓸쓸한 가을밤

(1)

老秋零落樹 노추령낙수

氷輪掛細枝 빙륜괘세지

竹露淸宵氣 죽로청소기

荷風合馥之 하풍합복지

깊어가는 가을 초목이 시든 숲

찬 달이 가는 가지에 걸렸다

대 이슬에 밤기운이 맑은데

연꽃 바람 부니 그 향기 합쳐지네

(2)

霜天衆夜河 상천중야하

酒盞下姮娥 주잔하항아

裛露浮花葉 읍로부화엽

銷憂飮兩科 쇄우음량과

가을 하늘 은하수 무리 지니

술잔 속에 달이 빠졌다

이슬 젖은 국화잎 띄워서

걱정을 덜어낼까 달도 꽃잎도 마셔버렸지

*裛(읍) : 젖다.

〈斷想〉 이런 가을밤이면 가끔은 괜스레 누구랑 대포 한잔 하고 싶어진다.
창밖에선 낙엽지는 소리가 들리고 먼 하늘에 반달이 어두컴컴한 대지를 비추고 있다.
더욱 술 한잔이 생각나는 가을밤.
나는 냉장고 속에 넣어둔 막걸리 한 병 꺼내서 오늘도 獨酌한다.

過 聞慶鳥嶺 문경 새재를 지나며

陽風載大氣來坤 양풍재대기래곤
蠢動山川闢平魂 준동산천벽평혼
北樹緡蠻黃鳥樂 북수민만황조락
南陵縹緲白雲繁 남릉표묘백운번
菁菁果樹經孟夏 청청과수경맹하
綽綽牛群臥陂原 작작우군와피원
每繹騷都心積幣 매역소도심적폐
羊腸解脫日黃昏 양장해탈일황혼

해 바람 큰 기운 싣고 대지에 이르니
꿈틀대는 산천에 태평 혼이 열리려나 보다
북편 숲에 울어대는 꾀꼬리는 즐겁고
남쪽 구릉엔 멀리 흰 구름이 번성하네
무성한 과일 나무들 초여름을 넘기려 하는데
여유 작작 소떼가 비탈언덕에 누워 있다
매일 시끄러운 도심의 적폐
구불대는 산길에서 해탈하니 해 저물어라

*緡蠻(새울음 면, 오랑캐 만) : 새가 우는 소리.
繹騷(당길 역, 소란할 소) : 끊임없이 시끄러움.

〈斷想〉 문경새재를 지나다 보면 주위가 온통 높은 산으로 둘러싸여 있음을 알 수 있다.
그 옛날 사람들은 이 높은 고개를 걷거나 말을 타고 넘었거나 했을 것이다.
자동차를 몰고 가도 헐떡대는 높은 고개이다.
고갯마루에 오르니 낙조 하려는 해를 본다
오늘은 이 고개 아래에서 숙박해야겠다.

留 智異山 지리산에 머무르며

邃古存神秘峭岑 수고존신비초잠

遲明散冷霧雲林 지명산냉무운림

松泉晩艶重陽馥 송천만염중양복

鴈隊逶迤客關心 안대위이객관심

崛起危峰青黯淡 굴기위봉청암담

秋聲已繞旅人襟 추성이요여인금

遐鄕此逗遛銷念 하향차두류쇄념

閼塞胸思不可尋 알색흉사불가심

태고의 신비를 지닌 가파른 봉우리

날 샐 무렵 찬 안개 뿌연 구름 숲

솔샘가 국화는 중양절에 향기롭고

비스듬히 지나가는 기러기 떼에 나그네 관심이네

우뚝 솟은 높은 봉 푸르고 검은데

가을 소리 이미 여객의 옷깃에 둘러 있어라

먼 이곳에 유숙하며 잡생각을 없애려하나

心思가 막혀 찾을 수가 없구나

〈斷想〉 지리산 자락.
조그마한 숙소 묵는다.
여행 5일째다.
여기는 벌써 가을이 왔다.
밤이 되니 귀뚜라미가 슬피도 울어댄다.

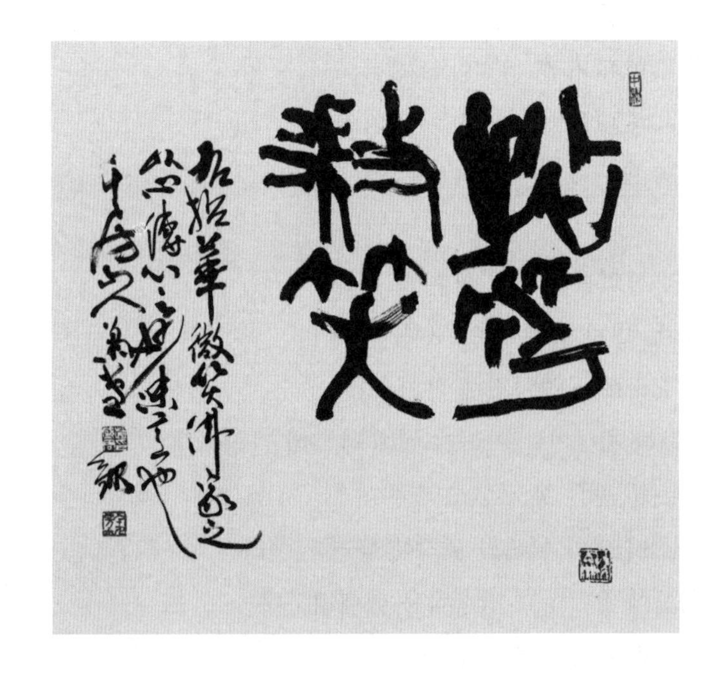

選擧後 선거 뒤에

國治賢明鎭撫和 국치현명진무화
蒼生釁隙怨聲多 창생흔극원성다
何由職郢書燕說 하유직영서연설
未不鈞陶政事科 미불균도정사과
茂樹冬風零落瘦 무수동풍영락수
金城邈視可崩坡 금성막시가붕파
錚錚飭正銷憂世 쟁쟁칙정쇄우세
百姓光風霽月歌 백성광풍제월가

국치의 현명함은 민심을 진정시키고 어루만져 화합하는 것
백성들 사이에 틈이 생겨 불화가 있으면 원성이 많으니
어찌 관직에서 語不成說인가
이제는 정치적 인재를 양성해야만 한다
무성한 숲도 겨울바람에 시들면 파리해지고
견고한 성도 적을 업신여겨 깔보다가는 무너질 수 있다
뛰어난 인물들이 삼가고 바로잡아 걱정 없는 세상이 되어야
국민들이 광풍제월가라도 부르지

*釁隙(흔극) : 틈이 생겨 불화가 일어남.
郢書燕說(영서연설) : 도리에 맞지 않는 일을 억지로 끌어들여 합당한 것처럼 함.

〈斷想〉 선거가 끝났다. 이제 저들의 행태를 두고 보면 알 일이다.
항상 선거 때는 읍소하다가 당선되면 남이 된다.
우리 국민은 늘 그들에게 당하고도 다음 선거 때 또 찍어 준다.
최고의 특혜를 누리고 사는 사람들.
우리 국민들은 모두 바보다.

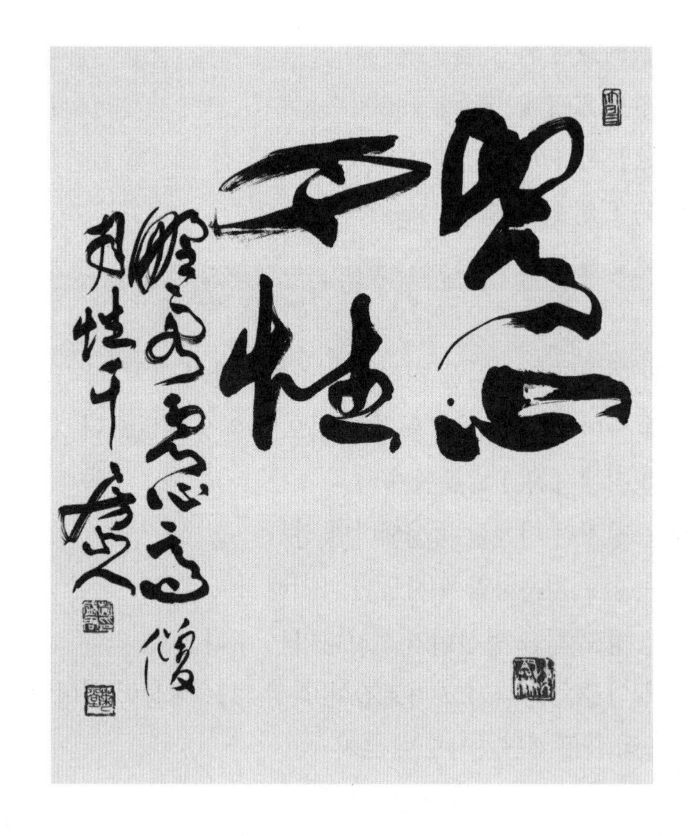

洋槐花香 北岳 아카시아 향기의 북악

(1)

櫻花躑躅次時來 앵화척촉차시래

隴上洋槐又繠開 농상양괴우예개

仲夏貞陵香滿地 중하정릉향만지

遲明散步住樓臺 지명산보주루대

벚꽃 철쭉이 시들고 다음 때가 이르니

산언덕 아카시아가 또 꽃을 피웠네

오월 정릉 골에 향기가 가득하여라

새벽에 산책 나와 누각에 머물러 있다네

(2)

蜜蜂陵樹太忙來 밀봉능수태망래

北岳洋槐白繠開 북악양괴백예개

都中不感濃香醉 도중불감농향취

不覺還家陸續臺 불각환가륙속대

꿀벌들 숲 언덕에 몹시 분주하여라

북악의 아카시아 하얀 꽃술 활짝 열었다

도심에서 맡을 수 없는 진한 향기에 취하여

집에 돌아가는 것도 잊고 정자에 계속 있었네

〈斷想〉 하얀 꽃술에 노란 벌들이 윙윙대며 드나든다.
산속은 아카시아 꽃향기 가득하다.
북악은 우리 동네 뒷산 자락이다.
가던 길을 멈추고 가만히 서서 꽃향기를 맡으며 아카시아 나무를 관찰한다.
나는 항상 이 같은 환경에서 사는 것을 자랑으로 여긴다.
도심에서는 결코 맛볼 수 없는 즐거움이 있기 때문이다.

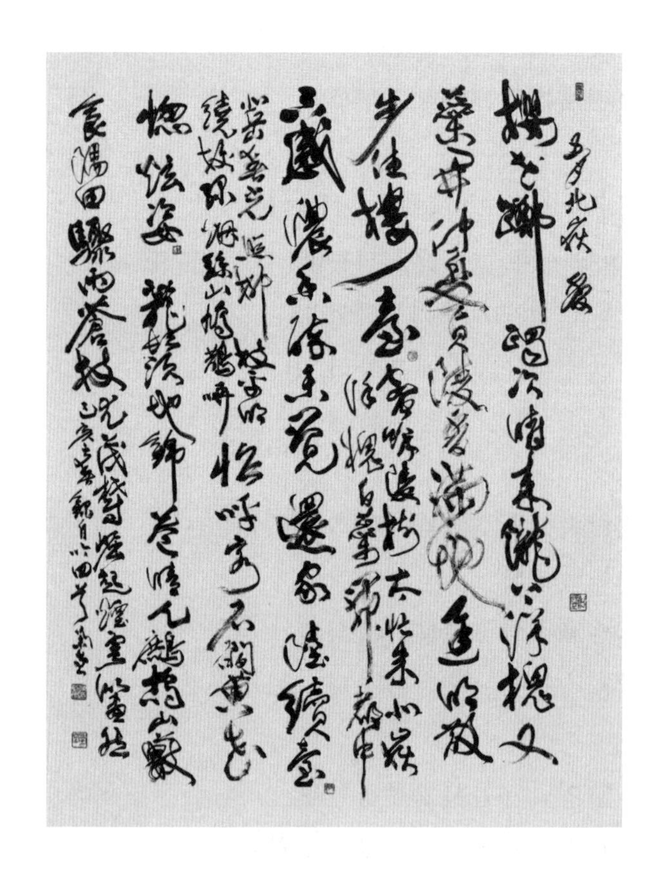

自去至今 과거에서 오늘까지

(1) 志于學 십대 무렵

青雲遠志滲胸中 청운원지삼흉중
僻地村童夢大雄 벽지촌동몽대웅
出隴畝孤留學節 출롱묘고유학절
都城自爨始螢功 도성자찬시형공

청운의 뜻 가슴에 배어들어
산간벽지 촌아이는 大雄을 꿈꾸었지
고향 떠나 외롭게 유학했던 시절
서울에서 자취하며 螢雪之功이 시작되었네

(2) 弱冠 스무 살 쯤에

頓卒欣然臨路支 돈졸흔연임로지
須臾勅正鶺鴒隨 수유칙정척령수
然望不合專攻目 연망불합전공목
此際彷徨複雜期 차제방황복잡기

형편이 곤란해도 흔연히 어려움 이기고
모름지기 빠른 세월 삼가고 바로 했지만 위급이 따랐네
그러나 나의 뜻과 맞지 않는 전공과목 때문에
이 무렵은 방황으로 복잡한 시기였네

(3) 而立 서른이 되어

鵬程萬里立書人 붕정만리입서인
筆墨精華始妙神 필묵정화시묘신
飫見韋編三絶帖 어견위편삼절첩
通宵習榻照星辰 통소습탑조성신

멀고먼 길 서예인의 뜻을 세우고
筆墨精華의 오묘한 神彩를 찾기 시작했지
너덜거리는 법첩 보고 또 보며
밤을 새우는 책상엔 별빛이 쏟아졌다네

(4) 不惑 마흔에

吾生軌範較然期 오생궤범교연기
陟降原頭獨悶馳 척강원두독민치
晩學車螢孫雪苦 만학차형손설고
今醒夜睡使吟詩 금성야수사음시

내 삶의 본보기가 뚜렷이 드러났던 시기
오르내림의 들판에서 홀로 번민하며 내달렸지
늦공부 고학의 어려움은
오늘 無知에서 깨어 시를 읊조리게 하네

(5) 知天命 오십의 나이가 되고

螢窓雪案硯書維 형창설안연서유
碩博高登取得怡 석박고등취득이
筆墨濃香調樂曲 필묵농향조악곡
余生軌迹夢中詩 여생궤적몽중시

빈곤한 만학에도 서예에 전념했고
석·박사학위의 어려운 취득은 기쁨이었지
필묵의 짙은 향기 음악과 조화로운데
내 삶의 자취가 夢中의 시로구나

(6) 耳順 예순

輓近金言未不銘 만근금언미불명
多年刻作法華經 다년각작법화경
長長六載爭刀石 장장육재쟁도석
軼事光芒照佛形 질사광망조불형

몇 해 전부터 지금까지 金言은 마음속에 새기고
여러 해 동안 법화경 작품을 새겼다네
길었던 여섯 해 싸웠던 돌과 칼
세상이 모르던 일의 빛 부처님의 형상을 비추었어라

(7) 到 從心所欲 칠십에 이르러

無常歲月不把形 무상세월불파형
野俗時間未感靈 야속시간미감령
少節行雲流水也 소절행운류수야
過春達此夢中醒 과춘달차몽중성

무상한 세월 잡을 수 없는 형상
야속한 시간을 느끼지 못했네
젊은 시절이 빨리도 가버렸구나
청춘을 보내고 나서 이제야 깨닫는다

〈斷想〉 수십 년 전인 1967년도 처음 서울에 발을 디뎠을 때 서울은 너무나 낯선 곳이었다.
그러니까 십 대에 시작한 서울살이가 50여 년을 넘겨버렸다.
세상은 많이도 변하였고 덩달아 인심도 각박해졌다.
이제 나는 서예가로 살고 있고 세월은 그렇게 나를 키웠다.
그간 삶의 어려움이야 접어두고 이제는 무상한 세월을 한탄하고 있다.
내 나이 벌써 칠십이란 말인가.

韓國政治 한국정치

自古治邦蹇士支 자고치방건사지
疑憂諫諍不辭悲 의우간쟁불사비
淸廉志未何鍼線 청렴지미하침선
晝夜愁無又夢思 주야수무우몽사
轉嫁蹉跎踰越政 전가차타유월정
狂奔軋轢戰雄雌 광분알력전웅자
親非作黨今雙輩 친비작당금쌍배
鬪狗黎民每苦之 투구여민매고지
選季低頭常泣訴 선계저두상읍소
金章沒面再爭覇 금장몰면재쟁패
那忘却善民辛辣 나망각선민신랄
豈放心吾國太危 기방심오국태위

예로부터 나라를 다스림에 충직한 선비가 있어 지탱하였고
우환이 의심되면 죽음을 마다 아니하고 간언하였으니
청렴한 뜻이 어찌 바늘과 실 같지 않았을 것이며
밤낮의 나라 걱정 또한 꿈속에서도 생각함이 없었겠는가
서로 전가하며 失期가 한도를 넘은 지금의 정치
광분하여 알력으로 우열 싸움만 벌인다
親이니 非니 편 가르기의 오늘 두 무리들
泥田鬪狗로 국민은 늘 힘들구나
선거철이면 언제나 고개 숙여 읍소하다가

금배지 달고 나면 顏面 沒首하고 다시 패권 다툼을 하니
이들은 어찌 국민들의 매서움을 잊어버리며
어째서 나라의 위기에 放心한단 말인가

〈斷想〉 한국의 정치를 한마디로 줄이라면 나는 하급 정치라 말한다.
경제는 크게 발전하여 세계 10대라고 하지만 정치는 구태를 못 벗어나고 있기 때문이다.
그러나 우리 국민의 의식 수준은 크게 올랐으니 더욱더 우리 정치가 하류로 보일 수밖에 없다.
저들도 알고 있다.
자신들이 하고 있는 이 정치가 중급에도 못 미치고 있다는 것을…….

開 松樹 紅花 소나무 숲에 핀 빨강 꽃

(1)

峭壁松間獨赤花 초벽송간독적화

濃香滿葉綠中華 농향만엽녹중화

豊苞浥露尤紅色 풍포읍로우홍색

爛漫鮮姸早景奢 난만선연조경사

가파른 담벼락 소나무 사이에 유독 빨간 꽃

짙은 향기 잎 가득 푸른 빛 속에 화려하네

豊艶한 꽃송이 이슬 젖어 더욱 붉어라

흐드러진 고운 매무새 아침 경치에 사치스러워

(2)

蔥籠稍稍出紅姿 총롱초초출홍자

曉氣輕輕起樹枝 효기경경기수지

艶變須臾留脚步 염변수유류각보

新鮮馥郁鳥來窺 신선복욱조래규

푸른빛에 살짝 내민 붉은 자태

새벽기운이 가볍게 이는 숲 가지에서

곱디 고운 변신으로 잠깐 길손의 발걸음을 잡네

신선한 향기 퍼지니 산새가 다가와 엿보는구나

(3)

獨也青青凜隴君 독야청청름롱군

眞紅朶朶蔓松群 진홍타타만송군

妖姿似惑垂華橤 요자사감수화예

彼此和諧絶妙紋 피차화해절묘문

獨也青青 언덕배기 君子는 늠름한데

진홍빛 송이송이 소나무 숲에 뻗어간다

요염한 자태로 마치 유혹하는 듯 화려한 꽃술 드리우네

둘 사이 잘 어울려라 절묘한 만남이로다

*幾年 前 晩春 於 我落 登山路邊 松樹 眞紅色 薔薇 如 松花 滿開也
此實 似開松枝也 其姿態特異而 吟三首也.

〈斷想〉 우리 동네 등산로 입구에는 잣 솔 나무가 빽빽이 들어서 있다. 그리고 바로 옆에는 휀스 울타리가 있는데 그 울타리를 타고 5월이면 빨간 장미가 매우 요염하게 덩어리로 핀다. 어느 날 산을 오르다가 보니 그 잣솔 나무를 타고 장미 넝쿨이 올라서 꽃을 피웠는데 마치 잣솔 나무에서 장미가 핀 듯 둘이 어우러져 묘한 풍치를 이루고 있었다.

지나가는 객들이 이 멋진 모습에 한마디씩 한다.

"솔 나무에 장미 피었네"

영락없이 잣솔 나무 꽃처럼 보인다.

한 편의 시이다.

<佛光>-篆刻 飛龍圖(2012)
〈불광〉-전각 비룡도(2012)

(1)

漆黑三更寂謐然 칠흑삼경적밀연
龍鱗數百刻刀聯 용린수백각도련
間休勞困寸時睡 간휴노곤촌시수
夢裡仙靈亂動傳 몽리선령란동전

칠흑의 三更 적막하고 고요해라
용린 수백 편이 새겨져 연접된다
중간에 피로를 달래려 잠깐 잠들었는데
꿈속에서 仙靈이 마구 흔들어 대는구나

(2)

大振生生現夢靈 대진생생현몽령
鱗毛疊疊上材銘 인모첩첩상재명
驚醒睡巨龍完刻 경성수거용완각
似卽飛天勇猛形 사즉비천용맹형

크게 요동치는 생생한 現夢의 영혼이
비늘 터럭 첩첩이 印材에 올려 새겨졌네
꿈꾸다 놀라 잠에서 깨어 巨龍을 완각하니
마치 곧 하늘을 날듯 용맹스러운 형상이로다

(3)

神頭似眼點睛强 신두사안점정강

五爪如攻及勢剛 오조여공급세강

必黑龍乘雲現世 필흑용승운현세

金城湯池國祈望 금성탕지국기망

神頭의 눈인 듯 눈동자 찍으니 猛强하고

다섯 발톱 공격할 듯한 기세 미쳐 堅剛하도다

필히 이 흑룡이 구름을 타고 세상에 나타나

金城湯池의 나라 되게 해 주길 바라네

*金城湯池 : 매우 견고한 성과 垓子.

〈斷想〉 이 비룡도를 새기던 날 밤 참으로 묘한 꿈을 꾸었다.
잠깐 조는 사이 나를 흔들어 깨우는 이상한 꿈을 꾼 것이다.
결국은 잠에서 깨어 바로 용린을 새기기 시작하였다.
작업량으로 봐서는 2일 정도의 분량이었는데 나는 그 꿈을 꾸다 깨어나 날새는 줄도 모르고 모두 완각해 버린 것이다.
용을 새김에는 용두와 용린이 새기기 어렵다.
나중에 알고 보니 다음날이 춘분이었는데 용은 춘분에 승천한단다.
그렇다면 잠을 자지 말고 빨리 새기라고 예시한 것일까.
믿거나 말거나 아무튼 이상한 일이다.

蛙 不覺蝌蚪 개구리 올챙이 적 모르네

(1)

言猶在耳太平治 언유재이태평치

訾毁明朝誑惑之 자훼명조광혹지

豹變誠中形外態 표변성중형외태

民生苦勞豈當知 민생고로기당지

유세하며 "태평정치 하겠노라" 들은 말들이 아직 귀에 쟁쟁한데

뽑힌 담날 아침부터 비방하고 속여 버리네

마음이 돌변하니 숨기려 해도 드러나는 作態들

민생의 힘듦은 당연히 알 리가 없지

(2)

甘言利說弄平氓 감언이설롱평맹

負約如眞轉嫁橫 부약여진전가횡

軌範譚思雲路位 궤범담사운로위

那何許久此分爭 나하허구차분쟁

甘言利說로 애꿎은 국민을 우롱하고

약속을 어기며 마치 진실인 것처럼 轉嫁하며 비껴간다

깊이 생각하여 본보기가 됨이 고관대작의 자리이거늘

어찌해서 허구한 날 이렇게 쪼개져서 싸움질만 하나

(3)

高官特惠力衝天 고관특혜력충천
雜輩憑陵勢慾權 잡배빙릉세욕권
選擧黎民忘眼界 선거려민망안계
恒時不恥國中堅 항시불치국중견

고관의 특 권력이 하늘을 찌르니
잡배들 그 기세 믿고 권력에 욕심낸다
뽑아준 국민은 안중에도 없구나
늘 부끄러움을 모르는 국가의 중견들이여

(4)

恒言國主萬平民 항언국주만평민
實上君臨傲態唇 실상군림오태진
泣訴遲明譫語也 읍소지명섬어야
君知讀語孟治眞 군지독어맹치진

나라의 주인은 국민이라 항시 말해놓고
실로 위에 군림하려는 오만한 태도에 놀라라
선거철 새벽부터 읍소하면서 헛소리만 지껄였구려
그대들 論孟이라도 읽고 참 정치가 뭔지 알아보시오

*唇(놀랄 진)

(5)

國泰民安政遠望 국태민안정원망

通誰曰不可然當 통수왈불가연당

權威傲慢胸蠕動 권위오만흉연동

蝌蚪成蛙不覺傷 과두성와불각상

國泰民安의 정치 遙遠한 바램인가

소통하면 그 마땅함을 누가모르나

권위와 오만이 마음속에 꿈틀거리는 거

개구리 올챙이 적 깨닫지 못하는 병증이로다

〈斷想〉 선거철이면 90도로 절을 한다.
심한 경우는 아예 땅 바닥에 큰절을 하기도한다.
이렇게 해서 당선이라도 되면 그들은 자신들의 행위를 잊는다. 목에 힘부터 들어간다.
국민은 안중에도 없는 것이다.
옛날에는 그래도 이렇지는 아니했다. 나름 의리가 있었다.
그러나 지금은 자신들이 초라했던 과거를 모두 잊고 4년을 간다.
4년 뒤에는 똑같은 행위를 반복한다.
초선은 그래도 나은 편이지만 재선 3선 4선 등 급수가 올라갈수록 못되게 변한다.
이게 우리 정치인들의 현주소이다.
무슨 해외 연수는 그리 많이들 가는지 모르겠다.
사실은 어떤 美名 아래 해외여행을 다니는 것이다.
국민의 세금을 가지고 말이다.
정치인들 정신 차려야 된다.
선진국의 국회의원을 보라 우리나라처럼 정치하는 국회의원이 있는지를…….
국민 알기를 바보로 아는 완전히 후진국형 국회다.

詰朝 北岳亭 새벽녘의 북악정

送色西風颯閣前 송색서풍삽각전
川邊杏木動枝先 천변행목동지선
松泉淡霧場巖散 송천담무장암산
曉月稀微屋桷懸 효월희미옥각현
萬物靜觀全自得 만물정관전자득
危陵處士獨參禪 위릉처사독참선
何生百載無榮枯 하생백재무영고
草綠蕪山繞冷烟 초록무산요냉연

날 샐 무렵 서녘 바람 누각 앞에 솔솔 불어
개울가 살구나무 가지 끝을 흔든다
솔샘의 옅은 안개 마당바위에 깔리고
새벽달 희미하게 처마에 달렸어라
만물 조용히 살펴 온전히 저절로 얻으니
위태로운 구릉에 처사가 홀로 참선하네
어찌 백년 삶에 榮枯가 없으랴
녹빛으로 우거진 산에 차가운 연기가 감돈다

〈斷想〉 우리 집은 산밑에 있어서 나는 자주 운동하러 뒷산을 오른다.
산 입구엔 조그마한 누각이 있다. 아무런 현판도 없지만 北岳亭 이라고 이름을 내가 붙여주었다.
거기에서 조금만 오르면 바로 밀림이다.

새벽녘 산 숲은 새소리 바람 소리 외엔 매우 조용하다.
오늘을 시작하기엔 氣充을 하기엔 이보다 더 좋은 곳은 없어 보인다.
이 정자에서 내려다 보이는 도심은 그저 답답하기만 하다.

蠶室 LOTTE 樓 잠실 롯데 타워

高樓五百米衝天 고루오백미충천
屋上千尋度遠連 옥상천심도원연
外貌翬飛雄廣大 외모휘비웅광대
何人築造不驚顚 하인축조불경전

高樓는 오백 여 미터로 하늘을 찌르는데
옥상은 천길 쯤 아득히 이어졌다
겉모습도 으리으리하고 웅위 광대하여라
어찌 사람이 지었다는 것에 놀라지 않으리오

〈斷想〉 지상 550미터라 한다.
바로 앞에서 보니 먼 곳에서 보는 것과 큰 차이가 난다.
웅장하다. 사람이 지었다는 게 실감이 나질 않는다.

登大塔察首都 대탑에 올라 서울을 살펴보다

突天蠶室塔 돌천잠실탑
更上一樓望 갱상일루망
漢水潺潺汩 한수잔잔율
山峰黙黙莊 산봉묵묵장
古宮殘帝跡 고궁잔제적
鐘路滿車行 종로만차행
大道橫淸溪 대도횡청계
人波踵武忙 인파종무망

하늘을 뚫은 잠실 롯데타워
한층 더 올라 멀리 바라보니
한강은 잔잔히 흐르고
인수봉 묵묵하고 장엄하도다
고궁엔 제왕의 자취 남아있는데
종로엔 차량 행렬 가득하고
대도로 가로지르는 청계천에
사람들 발걸음이 바쁘기도 하구나

*汩(흐를 율)
踵武 : 뒤를 따르다.

〈斷想〉 아래에서만 구경하다가 오늘은 롯데타워 꼭대기까지 올랐다.

예전에 프랑스에 가서 에펠탑을 올랐던 기억이 난다.
지나가는 자동차가 개미 크기로 보인다. 서울 시내가 모두 한눈에 들어온다.
현기증이 날 듯하다.
인간의 건축술에 찬사를 보낸다.

夏日黃鶴山 여름날 황학산

慶北忠清合氣容 경북충청합기용
金泉代項出雄峰 김천대항출웅봉
嶺南第一門觀眼 영남제일문관안
直指莊嚴殿着胸 직지장엄전착흉
嶠嶽毘盧衝太氣 교악비로충태기
能如壑水曲潛龍 능여학수곡잠용
平明冷霧丘陵淺 평명냉무구릉천
夏日林枝綠色濃 하일임지녹색농

경북 충청 合氣의 위용으로
김천 대항의 하늘에 솟은 봉우리들
영남 제일 문이 눈 안에 들어오고
직지사 장엄한 佛殿은 흉중에 품었어라
우뚝 솟은 비로봉 太虛 氣에 부딪치는데
能如계곡엔 잠룡이 서려 있네
이른 아침 찬 안개 丘陵에 얕게 깔리니
여름날 숲 가지들 녹빛이 짙구나

〈斷想〉 황학산은 김천에 있는 해발고도 1,111미터의 제법 높은 산이다. 예로부터 학이 많이 찾아와 황학산으로 불렀다 한다. 주봉은 비로봉으로 백운봉 신선봉 운수봉 등과 함께 솟아있는 비교적 완만한 산이다.
품에는 직지사를 안고 있는데 겨울에는 설화가 매우 아름답다.
우연히 이곳을 지나다가 한 수를 적는다.

憂國 나라를 근심함

(1)

雜亂無倫一國風 잡란무륜일국풍

治財未感太貪充 치재미감태탐충

公言背約爲空語 공언배약위공어

此沒皮顔食怯童 차몰피안식겁동

엉망진창 한 나라의 풍모

정치인도 재벌도 무감각 큰 탐욕으로 가득하네

公言이 지켜지지 않으니 空言이 되버려

이런 뻔뻔스러움에 어린애도 놀라 자빠진다

(2)

呑甘吐苦世風情 탄감토고세풍정

背信崇權繼政爭 배신숭권계정쟁

一國治人無志操 일국치인무지조

平民嘲笑眼前輕 평민조소안전경

달면 삼키고 쓰면 내뱉는 게 세상의 風情

배신으로 권력 지향에 계속 정치싸움만 하네

한 나라의 정치人들이 지조도 없어라

국민들의 嘲笑를 가벼이 여기는구나

(3)

蜚語遲明蔓巷間 비어지명만항간

蒸民臆疲不淸閒 증민억피불청한

連嗤笑醜姿今政 연치소추자금정

愕頹財家法曹顔 악퇴재가법조안

무성한 소문 새벽부터 세간에 퍼지니
국민들 마음 피폐해져 편할 날 없다
이어지는 비웃음속 추한 모양새의 지금 정치
퇴락하는 일부 재벌과 법조계 경악스러워라

(4)

痛恨相殘七十年 통한상잔칠십년

同民蚌鷸勢爭連 동민방휼세쟁연

邦危政輩無憂患 방위정배무우환

覇道薨薨伏力前 패도횡횡복력전

아픔의 同族相殘 칠십년
같은 민족끼리 적대하는 전쟁이 이어지지만
나라의 위태로움에 걱정하는 정치인은 없고
패권에만 득실득실 권력 앞에 엎드린다

*蚌鷸勢(방휼지세) : 적대하여 버티고 서로 양보하지 않음.
薨薨(횡횡) : 많은 모양.

〈斷想〉 참으로 나라가 걱정된다.
이 얼마나 어렵게 반석 위에 올려놓은 나라인가.

그런데도 위정자들을 비롯한 저 무리들은 밤낮을 가리지 아니하고 당파 싸움질이다.
이 나라는 민초 국민들이 만들었다.
추해도 너무 추하다.
어찌 이리 부끄러움조차 없다는 말인가.
이러다가 나라가 망할지도 모른다는 생각에 국민은 늘 불안하다.

夏日 朝夕 京春街道
여름날 아침저녁의 경춘가도

(1)

霪雲逈逈掛山頭 음운형형괘산두
素霧時時播溪周 소무시시파계주
綠樹逶迤閑寂道 녹수위이한적도
平明輦路樂逍遊 평명연로락소유

비구름은 멀리멀리 산봉우리에 걸려 있고
뽀얀 안개 때때로 개천 주위에 깔린다
푸른 숲 구불구불 에워 한적한 도로
이른 아침 거동 길에 逍遙遊를 즐기네

(2)

靑山疊疊出天間 청산첩첩출천간
綠水潺潺曲碧灣 녹수잔잔곡벽만
霎雨京春街道麗 삽우경춘가도려
車窓薄暮樂奢閒 차창박모락사한

청산은 첩첩이 天間에 솟아있고
녹수는 잔잔히 碧灣에 굽이친다
가랑비 내리는 경춘가도 수려하여라
차창에 날 저물녘 호사스런 한가함을 즐기네

〈斷想〉 춘천 갔다가 돌아온다.
경춘 고속도로가 한산하다.
이슬비가 추적추적 내린다.
첩첩 산으로 둘러싸인 머언 산봉우리엔 안개인지 아지랑이인지
운무가 묘한 풍치를 만든다.
역시 강원도이다.
아침에 갈 적에는 비는 내리지 않았는데 돌아오는 지금은 비가 내린다.
마치 그림 같다.

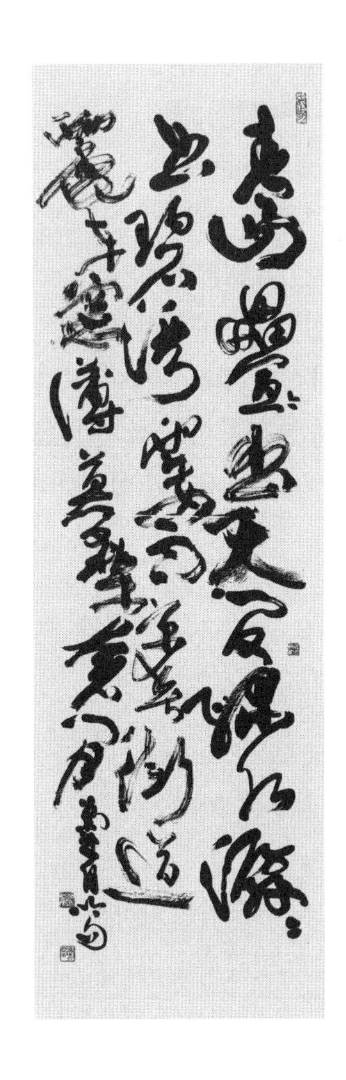

吟 山口開槿
산 입구에 핀 무궁화를 보고 읊다

(1)

滿地櫻花繞岸頭 만지앵화요안두
華枝鬱葉下山樓 화지울엽하산루
今高一角憂開蘂 금고일각우개예
此顗無窮國象由 차의무궁국상유

천지 가득 벚꽃이 언덕배기에 둘러있었고
흐드러진 가지 우거진 잎 정자에 늘어졌는데
오늘 고상한 자태로 한 모퉁이 근심스런 꽃술을 열었으니
이는 무궁을 염원하는 국가상징의 연유이어라

(2)

決不華枝隱國誇 결불화지은국과
輕無比艶貌櫻花 경무비염모앵화
年年此祭乾坤亂 연년차제건곤란
豈未吾邦象日斜 기미오방상일사

결코 화려하진 않으나 은근함은 나라의 긍지
가벼이 풍염한 모습의 벚꽃과는 비교가 안되지
해마다 이 꽃 축제로 온 세상 떠들썩하면서
어찌하여 내 나라의 상징에는 무관심일까

(3)

全街樹木掌華櫻 전가수목장앵화

一槿官廳不見聲 일근관청불견성

識彼無知吾近子 지피무지오근자

圖薔畵竹葉經營 도장화죽엽경영

모든 가로수는 화려한 벚꽃이 장악하였는데

한 그루 무궁화는 관청에서도 봤다는 소리 없네

저쪽은 알지만 내 것은 잘 모르는 요즈음의 아이들

장미 그림에 댓잎을 붙이는 경영이로다

〈斷想〉 무궁화 삼천리 화려강산 ~

이젠 어디에서 무궁화를 봐야 할지 모르겠다.

세상은 온통 벚꽃 투성이이고 장미 천지이다.

우리의 국화라 하는 그 꽃은 좀처럼 보기 어렵다.

이럴바엔 국화를 다른 꽃으로 바꾸는 게 나을 성싶다.

어린아이들이 무궁화는 어떤 거냐고 묻는다.

그만큼 주위에 그 꽃을 볼 수 없다는 증거다.

都心白雲 도심의 흰 구름

薄暮煙雲帶畵綿 박모연운대화면
圓圍木覓塔衝天 원위목멱탑충천
那邊徙倚浮流此 나변사의부류차
藐藐來留又去然 막막래유우거연

해질 무렵 구름 띠가 솜 덩어리 그리며
하늘 뚫은 남산 타워를 둘러치고 있다
어디에서 배회하다 이곳에 흘러왔나
예쁜 자태로 다가와 머물다가 또 그렇게 가버린다

〈斷想〉 흰 구름이 무심코 흘러간다.
여름 하늘의 하얀 뭉게구름은 뭔가 우리에게 낭만적이다.
그렇게 두둥실 떠가는 구름을 보며 인생을 생각해 본다.
저 구름도 조금 가다가 흩어질 게다.
인생도 조금 가다 사라지건만 우리는 늘 천년만년 살 것처럼 호들갑을 떨고 산다.
인생 또한 그저 잠시 왔다가 저 구름처럼 가버리는 존재들이다.

見 庭邊果木根 마당가 과목 뿌리를 보고

茂盛枝靑葉 무성지청엽
生新幹赤花 생신간적화
苦旱中充實 고한중충실
何深根不誇 하심근불과

무성한 가지에 잎이 푸르고
생동하는 줄기에 꽃이 붉어라
모진 가뭄 속에서도 가득 열매 맺으리니
어찌 깊이 뻗은 뿌리를 과시하지 않으리오

〈斷想〉 오늘 아침 산보를 나가다가
아파트 마당 저편 숲에 서 있는 제법 큰 나무를 보았다.
깜짝 놀랐다.
그 나무의 뿌리가 지표상으로 모두 나와 있었다.
평소에는 눈여겨보지를 아니했는데 오늘은 그 모습이 유난히 나를 자극한다.
아마 땅속으로도 굉장한 뿌리를 심고 있을 것 같다.
나무도 인간도 그 뿌리가 튼튼해야 잎이 푸르고 좋은 열매를 맺게 될 것이다.

競馬場老馬 경마장의 늙은 말

縱橫切勢疾群生 종횡절세질군생
上下加鞭驀進爭 상하가편맥진쟁
混濁傷風音信續 혼탁상풍음신속
今時老馬走都城 금시노마주도성

종횡으로 기세를 가르며 질주하는 무리의 삶
상하로 채찍을 가하니 죽을힘으로 다툰다
혼탁한 상처의 소식이 이어지지만
오늘도 노마는 都城을 달린다

*驀進(맥진) : 힘을 다하여 앞으로 달려 나아감.

〈斷想〉 산다는 것, 어찌 보면 그 자체가 고행일 수도 있다.
모든 걸 가지고 넉넉히 사는 삶은 아니 그럴 수 있지만 하루 벌어 하루 먹고 사는 삶은 그게 고행인 것이다.
나는 나이가 많은 노인들이 새벽부터 리어카에 폐지를 주우러 다님을 보면서 그런 생각을 떨쳐 버리지 못한다.
그런데 그것도 경쟁이 심하단다. 그러니 따지고 보면 산다는 것 자체가 고행일지도 모른다.
경마장의 늙은 말은 퇴물이 되기 싫어서 죽을둥 살둥 달리는 것이다.

望 雨天南山 비오는 남산을 바라보며

(1)

黑雲圍木覓 흑운위목멱

都天聞雨聲 도천문우성

縹緲衝空塔 표묘충공탑

通窓墨室情 통창묵실정

검은 구름 목멱산을 감싸더니

도시 하늘에서 빗소리가 들린다

어렴풋 허공을 찌른 남산 타워가

창문 뚫고 들어와 서실에 정겹다

(2)

往來雲掛頂 왕래운괘정

晴熹塔繫空 청희탑계공

濁氣都生散 탁기도생산

黃昏木覓濛 황혼목멱몽

오락가락 구름이 산마루에 걸려있고

갠 듯 흐린 듯 타워가 허공에 매달렸다

탁한 기운 도시의 삶 부산하기만 해라

날 저무는 남산에 가랑비가 내린다

〈斷想〉 나는 비를 많이 좋아한다.
내 작업실에서 바라보면 남산이 한눈에 들어오기 때문에 자주 관망한다.
특히 여름철 비라도 쏟아지는 날이면 나는 자주 남산의 풍경을 감상한다.
운무 낀 남산의 정경은 타워가 매달려 묘한 풍치를 자아내기 때문이다.

見 近來我國 근래 우리나라를 보며

(1)

無知義氣可邦明 무지의기가방명
識者空神不族平 식자공신부족평
政客須權盲必敗 정객수권맹필패
那何腐水溝薔英 나하부수구장명

지식이 없더라도 의기가 있으면 나라가 밝아지지만
識者라도 정신이 비어있으면 가족의 평화도 못 지킨다
정치인이란 잠시라도 권력에 눈이 멀면 반드시 낭패 보는 것
어찌 썩은 시궁창에서 장미꽃이 필까

(2)

過分慾氣幣人間 과분욕기폐인간
越線權橫頹太山 월선권횡퇴태산
外面民心治俗續 외면민심치속속
那何國約百年關 나하국약백년관

분에 넘치는 욕심은 사람을 황폐하게 하고
함부로 쓰는 권력의 專橫은 태산일지라도 무너지리라
民意를 외면하는 정치의 俗됨이 계속 되니
어찌 국가의 백년 안전을 기약하겠나

〈斷想〉 요즈음 나는 새도 떨어뜨린다는 수많은 고위직 관료들이 줄줄이 감옥에 가고 있다.
아마 그들이 뭔가 비리를 저지른 게 아닌가 한다.
공직에 있는 사람들일수록 몸을 낮추고 청렴 해야되거늘 그들은 자신들의 권력만 믿고 無所不爲 행태를 벌이다가 결국 영어의 몸이 되는 것을 보니 마음이 아프다. 자기 관리를 전혀 못 했기 때문이리라.

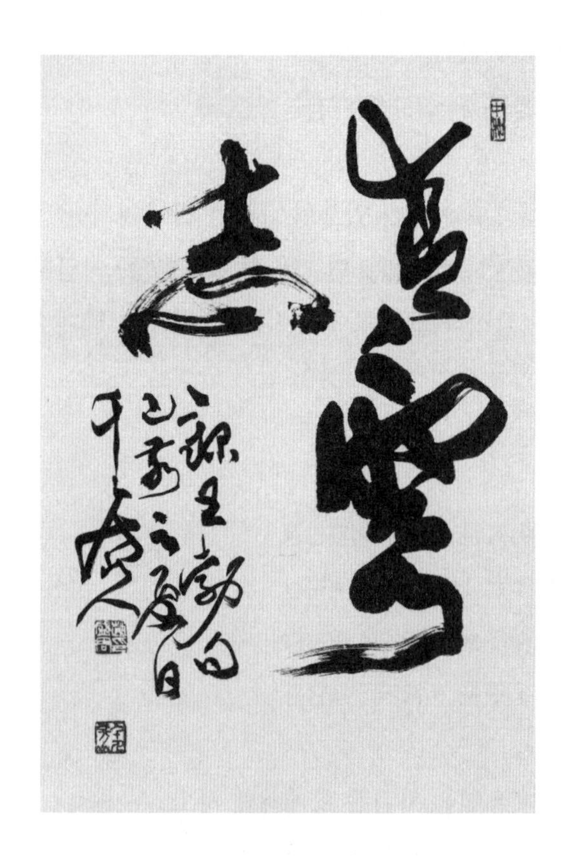

開巖寺 개암사

(1)

雙巖嶽頂向天開 쌍암악정향천개

壑水清流突脚回 학수청류돌각회

直展櫻花街道麗 직전앵화가도려

千年古刹握禪臺 천년고찰악선대

쌍 바위(울금바위)가 산꼭대기에 하늘 향해 열려있고

골짜기 물 맑은 흐름 교각에 부딪쳐 도네

곧게 펼쳐진 벚꽃 가로수길이 수려하여라

천년 고찰이 禪臺를 장악하고 있네

(2)

邊山海水上春陽 변산해수상춘양

石築城前照佛光 석축성전조불광

百濟蟠魂千載道 백제반혼천재도

楞伽下脈帶慈香 능가하맥대자향

변산의 바닷물은 봄볕을 타고

석축의 禹金城 앞에 불광이 비치네

백제 혼이 서린 천년의 도량

능가 산맥을 타고 자비의 향기가 어린다

〈斷想〉 전라북도 부안에 있는 개암사는 서기 634년 삼국시대 백제의 승려 묘련이 창건한 사찰이다. 이 사찰을 두르고 있는 산은 능가산으로 산봉우리가 두 쪽의 큰 바위로 되어 있다.

龍頭巖 용두암

吐火山鎔石 토화산용석
蟠靈氣直頭 반령기직두
海波潺暴座 해파잔폭좌
耽羅守神留 탐라수신류

화산이 토해낸 불덩어리
신령스런 기세로 용틀임하며 머리 들어
파도가 잔잔 커나 사납거나 터를 잡고
제주의 수호신으로 머물러 있다

〈斷想〉 용두암은 龍淵 부근의 바닷가에 용머리의 형상을 하고 있다. 이 바위의 높이는 약 10미터로 화산의 용암이 바닷가에 이르러 식어 海蝕을 받아 형성된 것으로 용이 승천을 하려다 뜻을 이루지 못했다는 전설을 지닌 제주의 명소다.

春日卽事 춘일 즉사

照陽光大路 조양광대로
消白霧春山 소백무춘산
雨後尤淸氣 우후우청기
書齋寂久閒 서재적구한

대로에 햇빛 쏟아지니
봄 산에 뽀얀 안개 걷히고
비온 뒤 더욱 맑은 기운에
서재 적막하니 모처럼 한가롭다

〈斷想〉 오늘은 뭔가 일이 손에 잡히질 않는다.
이럴 때면 나는 그냥 앉아서 쉰다.
멀리 남산도 관망하고 TV를 보거나 午睡를 즐기기도 한다.
나른한 봄 햇살이 따스하다.

丙申年 四季 병신년 사계

(1) 春 봄

醉櫻花去月 취앵화거월
觀薔薬失期 관장예실기
速歲誰操也 속세수조야
和中暫已離 화중잠이리

벚꽃에 취해 달을 보내고
장미를 보느라 시기를 놓쳤지
빠른 세월 누가 잡을 수 있나
잠시 봄인가 싶더니 이미 가버렸더라

(2) 夏 여름

灼熱陽鎔地 작열양용지
無風帶火天 무풍대화천
伏中經八月 복중경팔월
有別炎今年 유별염금년

이글거리는 태양이 땅을 녹이고
무풍지대는 하늘을 불 달군다
伏中에 팔월이 지나 가네
유별나게 뜨거웠던 금년이었어라

(3) 秋 가을

屋角凉風颯 옥각양풍삽
窓前枯葉飄 창전고엽표
似生零落獨 사생영락독
霜楓暗艶凋 상풍암염조

처마에 서늘한 바람 살랑대고
창 앞엔 마른 잎이 흩날린다
마치 인생의 시듦처럼 고독하게
가을은 조용히 곱디고움을 마감했다

(4) 冬 겨울

北岳亭瑞雪 북악정서설
文香室朔風 문향실삭풍
不逆乾坤理 불역건곤리
無斷歲年終 무단세년종

북악정에는 瑞雪이 내리고
문향 서실에 朔風이분다
거스를 수 없는 건곤의 이치
끊김 없는 세월 속에 한 해가 저문다

〈斷想〉 올 한해가 숨 가쁘게 지나갔다.
지난날들을 생각 해보니 많은 일을 하긴 한 것 같다.
봄 여름 가을 겨울 병신년의 아름다운 정경을 묶어두고 싶다.
이 시 속에 말이다.

吾道 내가 가는 길

(1)

老勿貪神潔 노물탐신결
心無慾健充 심무욕건충
筆墨生行路 필묵생행로
眞名不毁功 진명불훼공

늙음에 物貪 하지 말아야 정신이 깨끗하고
마음에 虛慾이 없어야 건강이 충만하리니
필묵 書生의 행로에
참 이름이 훼손되지 않는다면 功이 되리라

(2)

勉爲財進步 면위재진보
誠當命盡情 성당명진정
蛹臥藩籬路 용와번리로
那何慾濁名 나하욕탁명

부지런함으로 재산을 삼아 나아가고
진실함이 생명이라 여기리니
울 속에 숨은 선비의 길에
어찌 욕심 부려 이름을 더럽힐까

〈斷想〉 내가 살아가는 길은 우선 시궁창 근처에도 가지 않는 일이다.
세상이 너무 오염되었다.
돈이 된다면 이젠 체면도 없어 보인다.
그러다보니 어떤 이는 평생 쌓아둔 명예가 시궁창 속으로 빠져 버리는 경우도 있다.
모두 탐욕 때문에 벌어진 일이다.
자기가 뿌린 씨앗대로 가는 것이다.

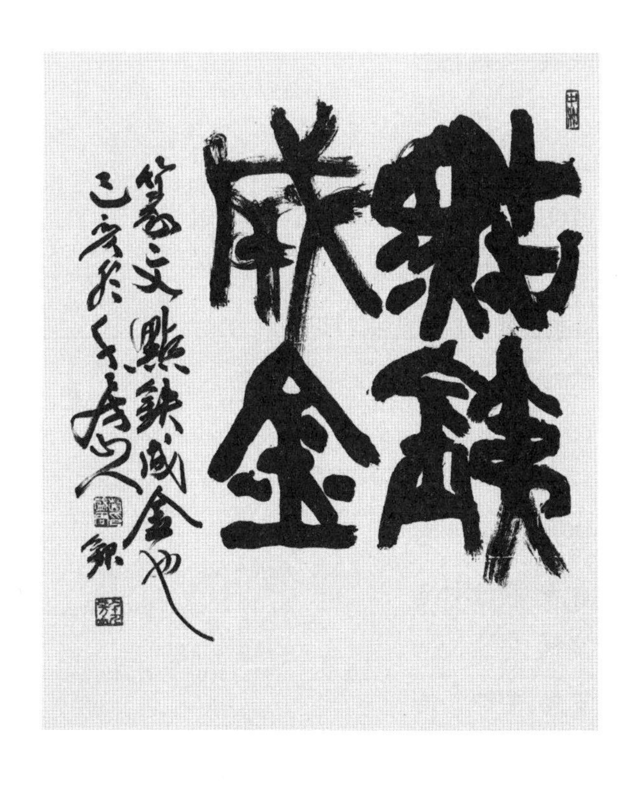

古宮 고궁

(1)

六百年王址 육백년왕지
先靈脈氣興 선령맥기흥
闕前庭石階 궐전정석계
深幽歷吸凝 심유역흡응

육백 년 왕 터에
선령의 맥박 기운이 이니
대궐 앞마당 돌계단에도
깊고 그윽한 역사의 숨결이 어린다

(2)

帝王嚴透座 제왕엄투좌
忠臣直着廳 충신직착청
萬限有宮秘 만한유궁비
含仁政古馨 함인정고형

절대 군주의 위엄이 용상에 배어있고
충성스런 신하의 곧음이 政廳에 묻어나는데
숱한 限이 서린 궁중의 비밀을 간직한 채
인정전엔 옛 향기를 머금고 있다

〈斷想〉 인사동 근처에는 왕궁이많다.
고궁 앞을 지나다 보면 가끔은 옛날 왕권시대가 그려진다.
수백 년이 흘러 지금은 그 자취만 남아있지만 그 옛날에는 이 왕궁에서 숱한 일들이 일어났을 것이다.
그리고 많은 생명들이 여기에서 사라졌을 것이다.
퇴색한 용상에 그 위엄이 도사리고 있는 듯하다.

行 昌慶宮 路 창경궁 길을 걸으며

石壁薔薇越桷紅 석벽장미월각홍
春陽樹木隊街蔥 춘양수목대가총
遲明里巷清風起 지명리항청풍기
頗釋然幽靜對宮 파석연유정대궁

돌담의 장미는 서까래 넘어 붉고
봄볕의 수목은 街道에 줄지어 푸르네
이른 아침 거리에 맑은 바람 일어라
고즈넉한 옛 궁을 대하는 마음이 자못 환해지누나

〈斷想〉 옛날에는 여기가 창경원으로 동물원이었다.
일본 제국주의가 창경궁의 격을 낮추기 위해서 일부러 동식물원을 만들었던 곳.
오늘 나는 이곳 창경궁 돌담길을 봄볕을 쏘이며 걸어서 출근한다.
매우 고즈넉한 멋진 곳이다.
이곳을 걸을 때면 강한 자부심에 들뜬다.
이 지역에 살고 있음에 보람을 느낀다.

晩秋山情 늦가을 산 정취

冷風吹屋角 냉풍취옥각
秋色染窓前 추색염창전
綠茂山林葉 녹무산림엽
紅黃飾色氈 홍황식색전

쌀쌀한 바람 추녀 끝에 부니
가을 빛 창 앞을 물들이고
녹음 무성했던 산 숲 잎새들
울긋불긋 고운 담요를 편다

〈斷想〉 스산한 바람이 옷 소매 속으로 파고든다.
10월의 마지막 주이다.
아직도 산 숲엔 단풍이 남아있다.
이젠 나무들도 월동을 준비 중인가 보다.
나무 끝 여윈 가지에 매달린 몇 개 이파리가 위태롭게 보이는 오늘이다.

見孫娟梨腹中貌
손녀 연리의 배내 모습을 보고

(1)

爾胎盤七月 이태반칠월

春去夏行雲 춘거하행운

造主靈神秘 조주영신비

娟梨健育欣 연리건육흔

네가 잉태하여 복중에서 일곱 달째

봄이 가니 여름도 구름 따라가는구나

조물주의 영험함이 신비스러워라

연리가 건강하게 자라고 있음은 기쁨이로다

(2)

眼圓和美麗 안원화미려

脣厚魅精明 순후매정명

手足長方捷 수족장방첩

姿分父母莖 자분부모경

눈은 둥글고 온화하여 미려하고

입술은 도톰하여 매력 있어 야무져 보이네

손발이 길쭉하며 날렵하니

자태가 부모의 줄기를 나누었구나

〈斷想〉 나는 오늘 내 손주를 보게 되었다.
아직은 어미의 복중에 있지만 그 형상은 또렷이 볼 수가 있다.
요즘 세상은 의술이 발달하여 이렇게 미리 볼 수 있는 것이다.
녀석이 예쁘다.
물론 내 핏줄이니까 그럴 것이다.
그저 건강하게 어미 뱃속에 좀더 있다가 세상 밖으로 나와서 기쁘게 만나길 기도한다.

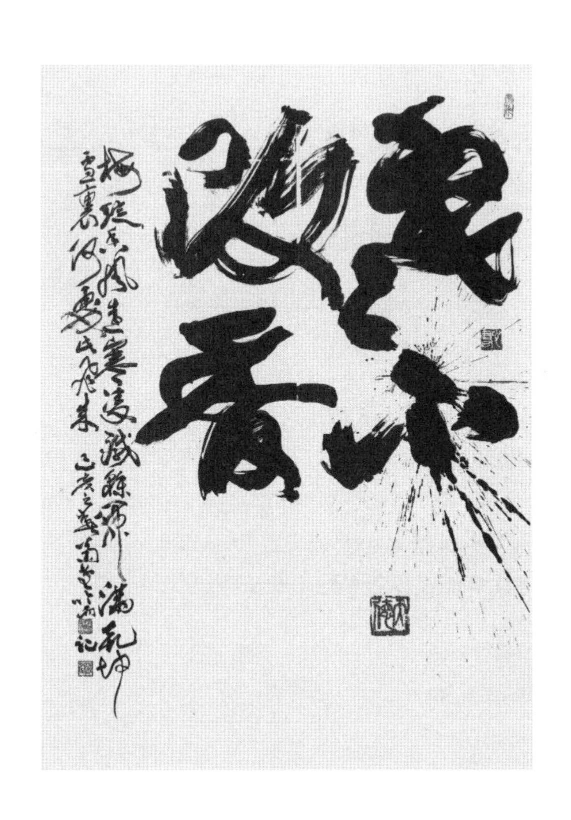

與自 스스로에게 주다

牛步行千里 우보행천리
强心抱萬方 강심포만방
勿言凡世上 물언범세상
君虎眼觀望 군호안관망

소걸음으로 천리를 가고
강심장으로 만방을 포옹하라
평범한 세상이라 여기지 말지니
그대여 범의 눈으로 관망하라

〈斷想〉 나는 늘 내게 경고한다.
너무 급히 서두르지 말라.
서두르다 보면 실패할 확률이 높다.
또 말한다.
눈을 크게 뜨고 세상을 잘 살펴보라.
대충 살피면 분명히 귀한 것을 놓치는 수가 있다, 라고…….

病症 병증

鬱勃胸中氣 울발흉중기
繽紛輦路邊 빈분연로변
此神明所以 차신명소이
華髮繼綿連 화발계면연

솟아오르는 가슴속 기운이
어지러운 세상 가에서
이놈의 신명이라는 병 때문에
나이가 들어도 끊어지질 않네

*繽紛(빈분) : 혼잡하여 어지러움.
輦路(연로) : 거동하는 길.

〈斷想〉 나는 나를 너무나 잘 안다.
누구보다도 神明이 많다는 것을…….
신명이라는 것은 하늘로부터 부여받은 것으로 타고 난 것이다.
어찌 보면 오늘의 나는 그 신명의 덕으로 내 예술세계를 지탱하고 있는지도 모를 일이다.
신명은 내게 있어 하나의 병증을 만들었지만 원기소 같은 것이다.

海邊 落照 해변의 낙조

(1)

慢慢斜陽赤 만만사양적

潺潺海浪華 잔잔해랑화

老秋孤旅客 노추고여객

波聲苦意加 파성고의가

뉘엿뉘엿 저무는 해 붉어

잔잔한 바다 물결 곱네

깊어가는 가을 외로운 나그네

파도소리에 상심이 더 하여라

(2)

海鳥飛波上 해조비파상

秋雲動淺空 추운동천공

爾感寸陰惚 이혹촌음홀

如夢頗朦朧 여몽파몽롱

바다 새는 파도 위를 날고

가을 구름이 얕은 하늘에 이동한다

그대랑 감상한 잠깐의 황홀함

마치 꿈인 듯 자못 흐릿하여라

〈斷想〉 망망한 바다에서 해가 떨어지는 모습을 보노라면 나는 황홀경에 빠지곤 한다.
유난히 낙조 시의 해는 강한 광선이 식은 채 시뻘건 불덩어리로 변한다.
일출 때와는 그 힘과 느낌이 전혀 다르다.
수평선 속으로 빨려 들어가는 저 시든 불덩어리는 내일 아침이면 또다시 달구어진
채 동편에 치솟으리라.

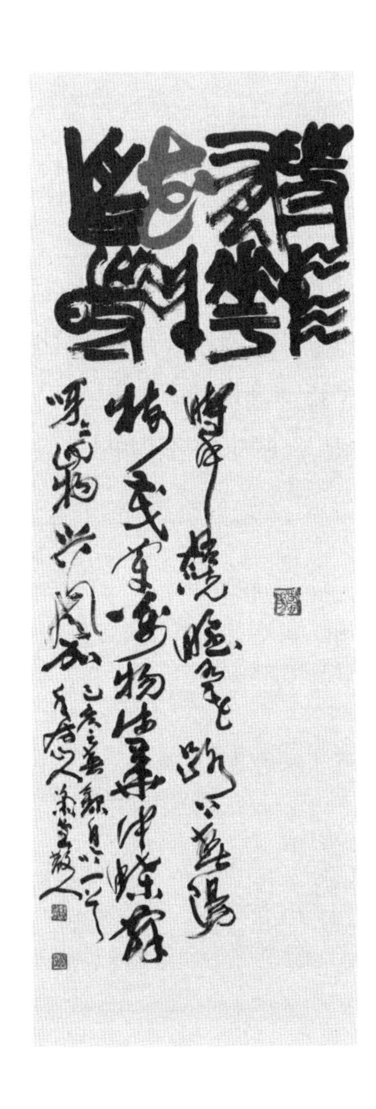

虎群夢 호랑이 떼 꿈

人間死傳世名儀 인간사전세명의
老虎亡留址美皮 노호망류지미피
萬岳當今爭狗耳 만악당금쟁구이
何時此處猛彪馳 하기차처맹표치

사람은 죽어서 명예로운 이름을 세상에 전하고
호랑이는 죽으면 아름다운 가죽을 터에 남긴다 했는데
오늘날 산에는 싸우는 들개뿐이로구나
어느 때 여기에 날랜 범 떼가 내달리려나

〈斷想〉 어젯밤에 호랑이 꿈을 꾸었다.
오늘날 호랑이는 동물원에나 볼 수 있을 뿐 그리고 꿈에서나 볼 수 있을 뿐이다
호랑이는 싸워도 호랑이답게 싸운다.
나라가 온통 개싸움 판이다.
언제나 호랑이다운 싸움을 구경할 지 모르겠다.

吟 二十代 國會 이십대 국회를 읊다

平治樂世又何歸 평치락세우하귀
說客全無百姓譏 세객전무백성기
妄動亡眞心頹敗 망동망진심퇴패
威名不虛傳長輝 위명불허전장휘
貪權勢擴民生綻 탐권세확민생탄
袖手傍觀國殆非 수수방관국태비
每軋乾坤爲政戰 매알건곤위정전
哀哉蛹臥坐朦霏 애재용와좌몽비

태평치의 즐거운 세상 또 언제나 돌아오려나
달래는 사람조차 없으니 국민들이 나무란다
망령된 행동은 진심이 멸하여 무너져 패하지만
훌륭한 이름은 헛되이 전하지 않아 길이 빛난다
민생은 파탄 나는데 권력 탐하며 세 확장하고
나라의 위태로움이 비상임에도 수수방관만 하네
매일 삐걱대며 천지간에 정치싸움만 일삼으니
아 슬프다 힘없는 서생은 자욱한 안개 속에 앉아만 있구나

〈斷想〉 저들이 국민의 말을 듣지 않은 지 오래 되었다.
그들에게 국민은 없다.
선거철에만 국민이 있다.
언제까지 이러려는지 아무 힘이 없는 나는 오늘도 수수방관하고 있을 뿐이다.

春蝶夢 봄 나비 꿈

颯風搖碧樹 삽풍요벽수
花雨落東枝 화우락동지
數蝶春香魅 수접춘향매
仙靈界靜窺 선령계정규

심술궂은 바람 푸른 숲 흔들어 대는데
꽃비가 동쪽 가지에서 쏟아지네
몇 마리 나비 봄 향기에 끌려와
신선의 경계 가만히 엿본다

〈斷想〉 봄 바람이 분다.
봄 나비가 날아왔다.
조그만 꽃술에 앉아 꿀을 빨고 있다.
나는 지금 꿈속이다.
신선들이 모여서 담소를 나눈다.
나비 몇 마리가 훔쳐보고 있다.

葵花 해바라기

(1)

岸頭大蘂赤光明 안두대예적광명

下谷高灘石水清 하곡고탄석수청

惻目茫然君向日 측목망연군하일

圓顏曲路待何情 원안곡로대하정

언덕 꼭대기 큰 꽃술에 햇볕이 밝고

아래 계곡 높은 여울엔 石間水가 맑다

슬픈 눈 하염없이 그대는 태양을 향해

동그란 얼굴로 굽은 길에 무슨 정을 기다리나

(2)

毛顏滿核已呼秋 모안만핵이호추

燥葉凋莖又促休 조엽조경우촉휴

薄暮蒼然蕭條渥 박모창연소조악

明朝待日出低頭 명조대일출저두

터럭 안면에 가득한 점은 이미 가을을 부르고

마른 잎 시든 줄기는 또 휴식을 재촉한다

땅거미 어둑어둑하니 쓸쓸함이 짙어라

내일 아침 해 뜨기를 기다리며 고개를 숙였구나

〈斷想〉 고개를 바짝 쳐들고
해바라기는 그렇게 해를 따라 하루를 보낸다.
해가 떨어지니 해바라기는 고개를 떨군다.
어서 다시 새벽이 되기를 해바라기는 기다린다.
이 시는 서천의 어느 해바라기 전원에서 기록하였다.

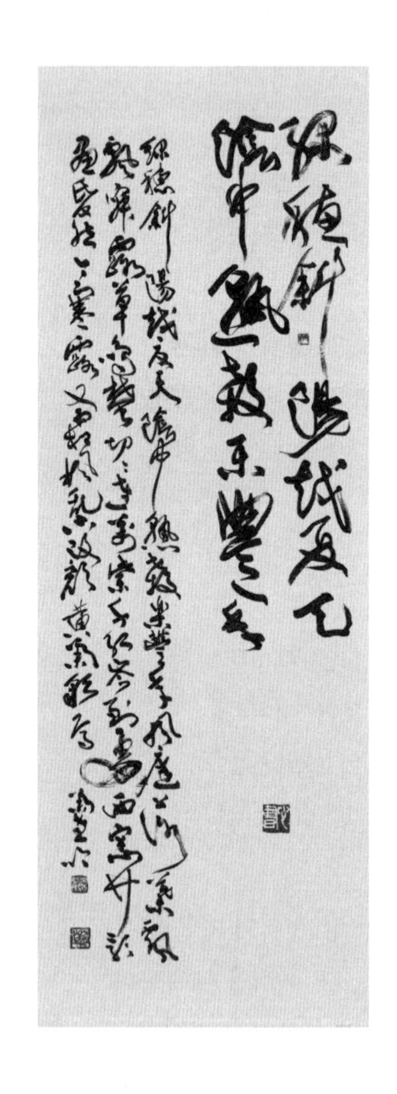

春雪 봄눈

杜鵑花發岳紅姿 두견화발악홍자
柞樹林群鳥冷枝 작수림군조냉지
華春六出瀌坤滿 화춘육출표곤만
蠢動新芽僅倚支 준동신아근의지

진달래꽃 핀 산 고운 자태로다
떡갈나무 숲 새 떼가 찬 가지에 있네
춘삼월에 백설이 땅에 가득 퍼부어대니
꿈틀거리는 새싹들이 간신히 버티고 있다

*六出 : 육출화, 즉 백설을 뜻한다. 보통의 초목화는 오출이 많다.
瀌(퍼부어댈 표)

〈斷想〉 삼월 중순.
폭설이 내렸다. 새싹이 움트기 시작했는데 하얀 눈이 덮어 버렸다.
이를 어쩌나.
얄궂은 폭설로 대지가 꽁꽁 얼어붙는다.
마악 피려 했던 진달래도 그만 봉오리를 닫아 버렸다.

晩秋山色 늦가을 산빛

(1)

秋情萬里白雲閒 추정만리백운간

素月千心客意艱 소월천심객의간

五色丹楓紅染壁 오색단풍홍염벽

金霞錯點點虹斑 금하착점점홍반

가을 정취 멀리멀리 흰 구름이 한가롭고

낮 달은 잡생각 나그네의 감정이 힘들어라

오색 단풍이 곱게 낭떠러지를 물들이니

금빛 노을 드문드문 섞여 무지개처럼 아롱지누나

(2)

宮前杏葉落濃黃 궁전행엽락농황

北岳山林覆薄霜 북악산림복박상

颯颯蒼松間動耳 삽삽창송간동이

無休季節說心傷 무휴계절세심상

궁 앞엔 은행잎이 짙은 노랑으로 떨어지고

북악산 숲엔 엷은 서리가 깔렸네

찬바람 소리 푸른 솔 사이로 귀를 흔든다

돌고 도는 계절이 마음의 상처를 달래는구나

〈斷想〉 형형색색의 가을 산.
이제 곧 점점 퇴색하겠지.
조금 지나면 이젠 월동준비를 할 차례다.
창경궁 경복궁 앞 도로엔 노랑색 은행잎이 쫘악 깔려 바람에 나뒹군다.
삭막한 도심의 빌딩 숲 사이로 차가운 바람에 얼굴이 시리다, 벌써…….
이렇게 또 시월이 저물어간다.

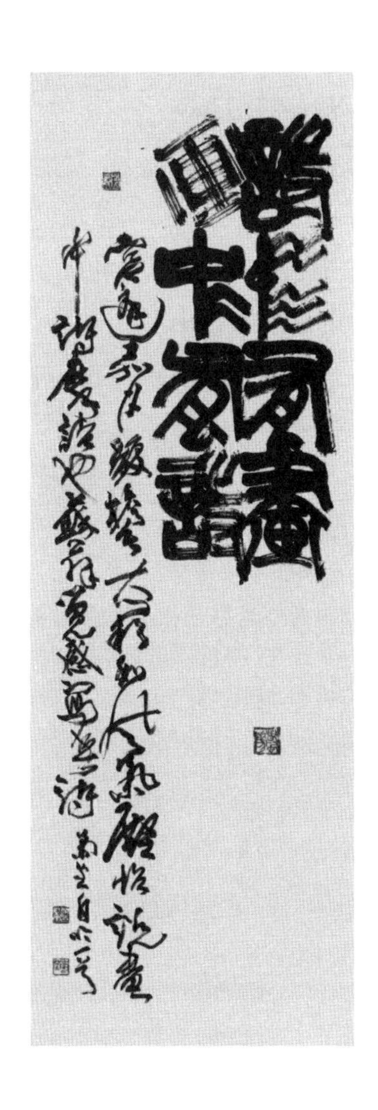

吟 海村秋想 항구의 가을 哀想

波高海冷雨加凉 파고해냉우가양
薄暮天濃想下觴 박모천농상하상
颯颯秋情艱客意 삽삽추정간객의
熹光獨隻又凝傷 희광독척우응상

파도 높은 바다에 찬비는 서늘함을 더하고
저물녘 짙은 哀想이 술잔에 깔리네
찬바람 소리 가을 정에 나그네 마음 힘들어라
희미한 불빛 외로운 배에 또 傷痕이 서린다

〈斷想〉 촉촉이 가을비가 내린다.
먼 바다 수평선 가까이 벌써 등불 밝힌 배가 한두 척 떠 있다.
적당히 오른 취기 어린 눈으로 응시한다.
내 술잔 속에 그대의 모습이 아른거린다.

接 一婦 國政壟斷
어느 보통 여인의 국정 농단을 접하고

(1)

一婦隨心所欲權 일부수심소욕권
朝臣泣訴服從前 조신읍소복종전
眞言末世今邦貌 진언말세금방모
豈此無防壟斷然 기세무방농단연

한 부녀자가 권력을 쥐락펴락하였지만
조정의 대신들은 그 앞에 읍소 복종하였지
진언컨대 말세로다 지금 이 나라의 꼴이
어찌 이토록 막힘없이 농단할 수 있었나

(2)

藉藉風言蜚語規 자자풍언비어규
薨薨勢客啞聾痴 횡횡세객아롱치
今時我國治王二 금시아국치왕이
蔭映聲蚩笑不知 음영성치소부지

이런 저런 말 자자해도 헛소리라 일축하였고
勢客들 득실득실하지만 벙어리 귀머거리들뿐이었네
오늘날 우리나라에 왕이 둘이었는데도
눈 가리고 아옹, 조소를 깨닫지 못했다네

(3)

議會空輪繫果因 의회공륜계과인
民情太動亂精神 민정태동난정신
存心海外諸邦落 존심해외제방락
國格深傷大失身 국격심상대실신

의회는 헛바퀴로 인과에 매여있고
국민 감정은 크게 요동쳐 정신이 어지럽네
자존심이 전 세계에 추락하였어라
국격의 깊은 상처로 체신을 크게 잃었구나

(4)

國政專橫小市民 국정전횡소시민
官治法領大空輪 관치법령대공륜
權威失地胸無恥 권위실지흉무치
實不知氓意火薪 실부지맹의화신

국정의 전횡을 소시민이 하였으니
관치의 법령이 크게 헛도네
권위가 땅에 떨어졌어도 마음에 부끄러움이 없어라
실로 민의를 모르고 섶에 불을 지르는구나

(5)

無能所致弄民生 무능소치농민생

不智權治墮自名 부지권치타자명

一國非常危機着 일국비상위기착

嗚呼豈史此慙驚 오호기사차참경

무능한 소치로 국민을 우롱하였고

지혜롭지 못한 통치로 스스로의 명성이 몰락하였지

한 나라가 비상의 위기에 봉착했으니

슬프다 어쩌다 역사 이래 이런 부끄럽고 놀랄 일이 생겼는가

(6)

五千年國史悠長 오천년국사유장

幾百回侵略猛强 기백회침략맹강

艱難亂世依然族 간난난세의연족

此事爲心又躍揚 차사위심우약양

오천 년 나라 역사 길고 길어라

몇백 번의 외세 침략에 날래고 강했지

어렵고 어지러운 세상에도 의연한 민족

이번 일 마음 담아 다시 도약하여 드날리리라

〈斷想〉 참으로 말도 안 되는 일들이 벌어졌다.
이 나라는 어디로 가는 것인가.
어찌 아무것도 아닌 보통 여인이 나라를 이토록 쥐락 펴락 할 수 있었단 말인가.
이게 과연 대한민국이 맞는가.
아무리 생각해봐도 도무지 이해할 수 없는 일들이다.
우리는 우리 국민은 외국에 부끄러워서 어떻게 살 수 있을까.
한순간에 모든 자존심이 다 무너져 버렸다.
나라를 이렇게 이끌고 나가도 되는가.
묻고 싶은 것이 너무 많다.
국민은 분노한다. 이 나라를 누가 이만큼 세워 놓았나.
그런데 몇몇 무리들이 이 거룩한 나라를 망치고 있다.

秋海 가을 바다

落葉秋聲動 낙엽추성동
行雲海上浮 행운해상부
極傷陽月吅 극상양월규
波濤亂一舟 파도란일주

지는 잎 가을 소리 내는데
가는 구름이 바다 위에 떠 있네
지독한 상처에 시월이 절규한다
파도에 어지러운 배 한 척

〈斷想〉 가을 바다는 더욱 쓸쓸해 보인다.
파도라도 크게 치면 덜 그럴 텐데 잔잔한 가을 바다는 더욱더 애달파 보인다.
멀리 수평선 가까이 조그만 배 한 척 외롭게 떠 있다.

丙申 傷秋 병신년 상처의 가을

一國基盤振 일국기반진
風波海上强 풍파해상강
指鹿今爲馬 지록금위마
觀天昨說荒 관천작설황
婦狂通勢弄 부광통세농
狐假虎威王 호가호위왕
我不關焉爾 아불관언이
無知百姓傷 무지백성상

한 나라의 기반이 흔들린다
쓰나미가 바다 위에 강하게 몰아친다
사슴을 가리켜 지금 말이라 하니
하늘을 바라보고 어제도 황폐함을 달랬다
부녀자가 광적 통세로 농단하고
호가호위의 왕 노릇했는데도
나는 관계없다 하는 당신들
국민의 아픔을 모르는구나

〈斷想〉 국민은 지금 울고 있다.
이게 나라인가.
어느 일반 여인 한 사람이 저지른 일이라고 그 누구가 이해할 수 있단 말인가.
희대의 세계적 사건이다.

일이 터지니 누구도 책임지려는 고관이 한 명도 없이 모두 면피하려고만 한다.
그 정도의 위치에서 호의호식하고 살았으면 당당하게 책임을 질 줄도 알아야 하지 않나.
국민은 너무 억울해서 분노한다.

丙申秋夜 大 示威 병신년 가을밤 대 시위

(1)

百姓平和拒示威 백성평화거시위

强權固執避危機 강권고집피위기

群民百萬高聲劾 군민백만고성핵

失地空治下野歸 실지공치하야귀

국민들은 평화로운 시위로 항거하는데

최고 권력은 고집으로 위기를 피하려 하네

백만 군중이 함성으로 탄핵하니

처지를 상실한 헛 정치 내려와 돌아가란다

(2)

朝昏說愛國亡官 조혼설애국망관

晝夜明違法脫冠 주야명위법탈관

大路和民雲集糾 대로화민운집규

那何此衆不坤乾 나하차중불곤건

눈만 뜨면 애국을 설파했던 관이 망가지고

밤낮으로 위법이 밝혀져 구속된다

대로에 국민이 구름처럼 모여 규탄하는 구나

어찌 이 군중이 하늘땅이 아니던가

(3)

驚天動地弄邦危 경천동지농방위

引水吾田態國馳 인수오전태국치

亂舞飛言搖世境 난무비언요세경

相當蚌鷸勢民悲 상당방휼세민비

경천동지할 농단으로 나라가 위태로운데

아전인수의 행태로 나라가 치달린다

뜬소문이 어지러우니 세상이 요동치고

팽팽한 오기 싸움에 국민은 슬프도다

*蚌鷸勢 : 방휼지세.

즉 도요새와 조개의 먹느냐 먹히느냐의 싸움. - 어부지리와 유관.

(4)

難關上下疊生憂 난관상하첩생우

國格乾坤墜自羞 국격건곤추자수

爾隊觀民姿此夜 이대관민자차야

天人共怒弄氓愁 천인공노농맹수

난관이 아래위로 중첩되니 삶이 걱정되고

국격이 온 세계에 추락하였으니 스스로 부끄럽구나

당신 무리들! 오늘 밤 화난 국민들의 자태를 봐라

천인 공노할 농단에 보통국민은 근심스럽다

*氓(어리석은 백성 맹)

〈斷想〉 세상이 시끄럽다.
어제도 오늘도 혼란스러울 만큼 시끄럽다. 그런데 관련 고관들은 모두 모르는 일이라고 발뺌한다.
국민은 다 안다. 당신들이 거짓말하고 있는 것을…….
광화문은 매일 수십만의 국민들이 집결하여 외치고 있다.
어서 수습이 되어야지 큰일이다.
지금 우리는 아무 일도 못하고 여기에만 매달려 있다.

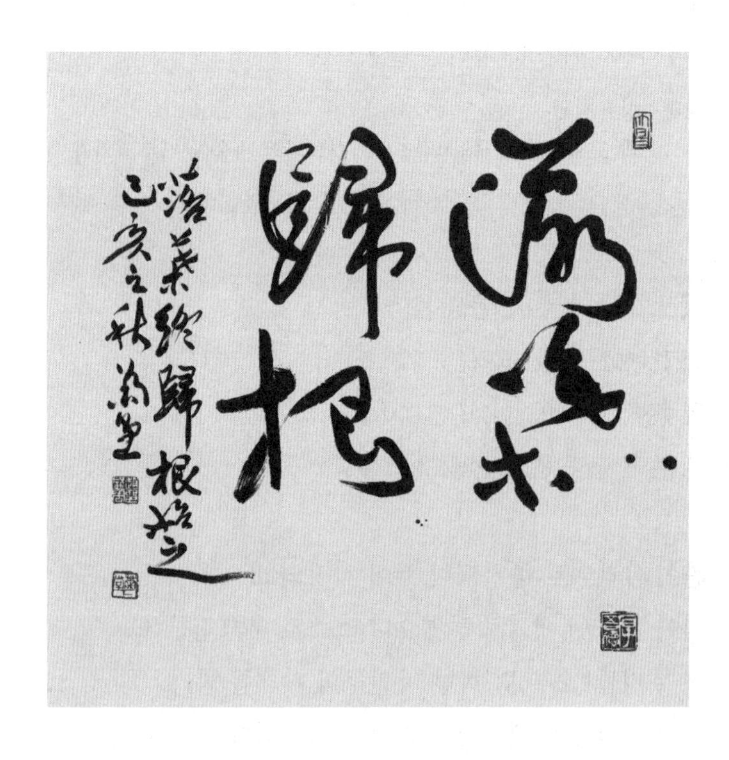

與 無責任 高官大爵
무책임한 고관대작들에게

(1)

若碎金辭句假姿 약쇄금사구가자

如爲族擧動私思 여위족거동사사

蒸民詐國心胸痛 증민사국심흉통

袖手傍觀爾不知 수수방관이부지

아름다운 시의 글귀인 듯 말들을 하였으나 거짓 모습이었고

민족을 위하는 거동인 듯 행하였지만 사사로운 생각이었다

국민들이 나라에 속았으니 가슴이 쓰리구나

수수방관하던 당신들만 모르고 있었다?

(2)

常時政局語爲民 상시정국어위민

實際眞行務執塵 실제진행무집진

百姓諸官高拔擇 백성제관고발택

那何不識碎身輪 나하불식쇄신륜

늘 정치는 국민을 위한다 말들을 해놓고

실제 행동은 티끌을 잡는 데 허비하였구나

백성들이 그대들을 높이 선택한 것은

몸이 부서지도록 일하란 걸 어찌 모르나

〈斷想〉 自古로 고려 시대나 조선 시대에는 충신도 있고 간신도 있었다.
당시 충신은 자신의 목숨을 담보로 임금에게 忠諫을 하였고 간신은 임금의 귀가 즐거울 수 있는 거짓을 아뢰었다.
그런데 지금 이 나라에는 옛날 그러한 충신은 도무지 찾아 볼 수가 없다.
이 같은 국난이 일어났을 때 자신의 목숨을 걸고 모든 책임을 지려는 자 한 명도 없다.

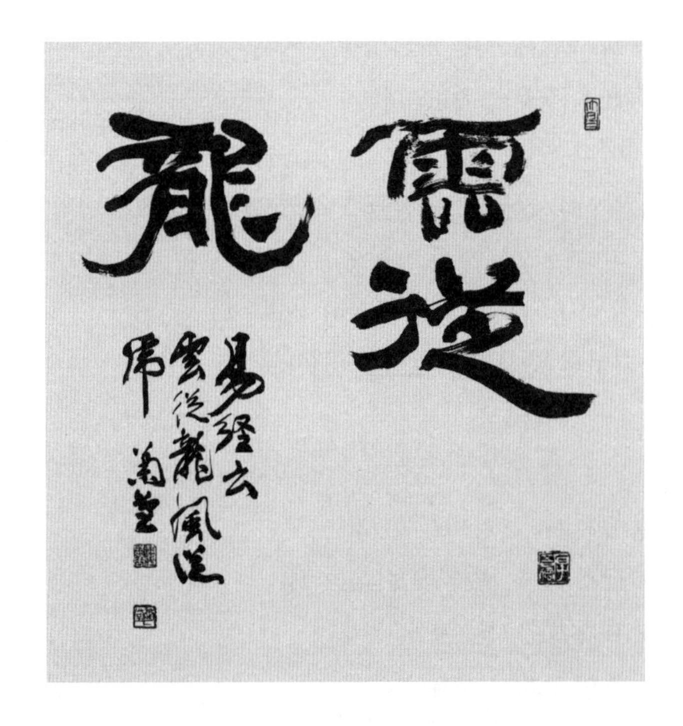

羞國格墜落 국격의 추락을 부끄러워하며

(1)

大福中藏禍警身 재복중장화경신

清廉內活氣安神 청렴내활기안신

歎權不十年無識 탄권불십년무식

自勢如千載轉輪 자세여천재전륜

큰 복중에도 화가 숨어 있으니 자신을 경계하라

청렴 안에 기운이 살아 있으면 정신이 편해진다

권불십년 알지 못함을 한탄하네

스스로의 세도가 마치 천년이라도 갈 듯 하였도다

(2)

羨望昇格足民情 선망승격족민정

先亡落地扱空城 선망낙지급공성

胸傷絶對强權沒 흉상절대강권몰

瀆五千年國史名 독오천년국사명

승격되어 부러워하면 국민의 마음이 뿌듯하지만

추락하여 앞서 멸하면 빈껍데기로 취급받지

절대 권력의 몰락이 가슴 아파라

오천 년 나라 역사의 명예를 더럽혔구나

〈斷想〉 경제 대국으로 가는 대한민국이라 한다.
그런데도 정치는 밑바닥을 헤메고 있다.
이러한 말도 안되는 사건으로 인해서 국격은 추락할 수 밖엔 없다.
너무나 부끄러운 현실이다.
나라를 이렇게 밖엔 이끌지 못한단 말인가. 우리는 언제까지 이 늪에서 못 벗어나려는가.

哀秋 슬픔의 가을

似風吾袖颯 사풍오수삽
如影爾魂垂 여영이혼수
又霎時馳魄 우삽시치백
傷痕苦辣離 상흔고랄리

바람인 듯 내 옷소매에 살랑대며
그림자인 듯 너의 혼이 드리우더니
또 삽시간에 치달리는 넋이여
상흔의 고통이 쓰라림으로 이별한다

〈斷想〉 금년 시월은 유난히 시리고 아프다.
상처 투성이이다.
온갖 가시에 찔린 것처럼 쓰라려 온다.
그대 내 곁에서 떠나간다.
두 손을 흔들며 그렇게 멀어져 간다.

此何謂國 이게 나라인가

(1)

亂世雄諸處發揚 난세웅제처발양

秦天下六國亡强 진천하육국망강

然胡亥昧愚放任 연호해매우방임

宦趙高橫結滅光 환조고횡결멸광

난세의 영웅들이 이곳저곳에서 발양하였네

진의 통일천하는 육국을 멸하고 강성하였지

그러나 이세 황제 호해의 우매한 방임과

환관 조고의 전횡으로 결국 나라가 망했다

(2)

外勢當侵小國傷 외세당침소국상

民勤助力大邦强 민근조력대방강

然如趙亥愚癡政 연여조해우치정

奮起今塗炭失望 분기금도탄실망

외세에 침략이나 당했던 약소국의 아픔

국민들의 근면이 원조해주는 큰 나라로 강성해졌지

그러나 조고 호해 같은 어리석은 정사로

들끓는 지금 도탄으로 실망하고 있다네

(3)

蒸民擇一國高官 증민택일국고관

大爵昇三巷集團 대작승삼항집단

壟斷通全邦一婦 농단통전방일부

嘆無以義救窮難 탄무이의구궁난

국민이 뽑은 한 나라의 관료들

고관 대작들 길거리 집단 같다

온 나라를 통한 일개 부녀자의 농단에

한탄스러워라 정의로써 난관을 구하는 이는 없구나

(4)

激烈民心燭火行 격렬민심촉화행

無恥勢力鈍刀聲 무치세력둔도성

如山野火强氓抗 여산야화강맹항

豈不知天意爾城 기부지천의이성

성난 민심의 촛불 행진

몰염치 세력들의 우둔한 칼 소리

마치 산불 들불처럼 강한 민초들의 항거가

어찌 그대들 城에서만 天意임을 모른단 말인가

(5)

百萬民奉燭火聲 백만민봉촉화성
全邦谷奮氣胸鳴 전방곡분기흉명
無知自招今當劾 무지자초금당핵
又視憐權力枯榮 우시련권력고영

백만 국민 촛불 받든 함성은
온 나라 골짜기에 기세를 떨친 울림이어라
어리석음이 자초하여 오늘의 일을 당했으니
또 가련한 권력의 영고를 보고 있구나

(6)

一國風前燭火危 일국풍전촉화위
權爭勢後狗鬪儀 권쟁세후구투의
嗚無舍死忘生吏 오무사사망생리
佞徒謊言自不知 영도황언자부지

한 나라가 바람 앞 등불의 위기인데도
권력싸움은 세력 뒤에서 이전투구의 거동이라
슬프다 목숨 거는 관리는 없고
삿된 무리들 모르쇠로 뻔뻔히 거짓말만 하는구나

〈斷想〉 진나라가 천하 통일을 하고서도 오래가지 못하고 망한 것은 능력 없는 군주 호해와 그를 부추긴 간신 조고의 농단 때문이었다.
한 나라가 부강하려면 우선 국민 편에 서서 막강한 힘을 지닌 군주와 충성스럽고 애국적인 그 주변의 신하들이 늘어서 있어야 한다.

그러나 지금 우리나라를 보라.
국회에서는 매일 당파 간의 이익을 놓고 싸움질이고 고위 관료들은 복지부동이며 최고 권력자의 주변엔 목숨 내놓고 충간을 하는 측근이 안 보인다.
이러고도 이 나라가 난리 없이 발전해나갈 수 있다고 보는가.

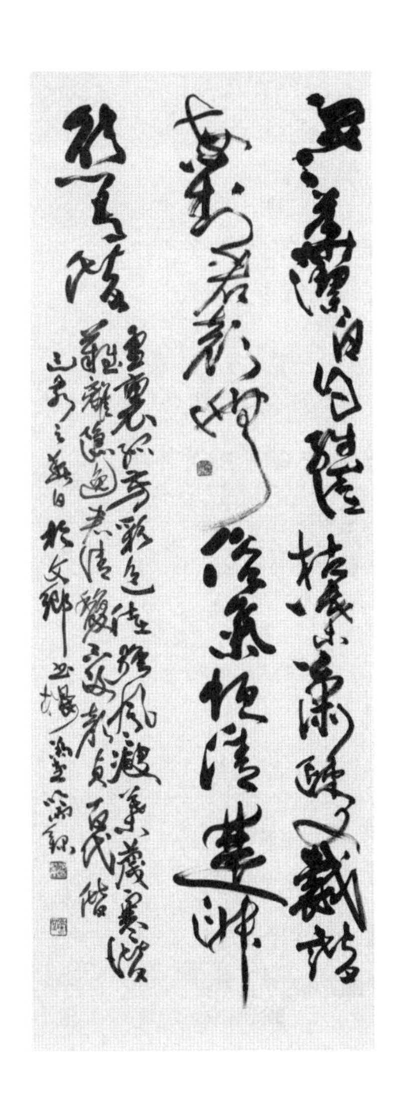

吟 文房四友 문방사우를 읊다

(1) 紙 종이

鋒尖落下筆痕光 봉첨낙하필흔광
滲墨放香陋室當 삼묵방향누실당
純白清雅隨伴者 순백청아수반자
何有不必要書床 하유불필요서상

붓끝이 떨어지니 필흔에 빛이 나고
스민 먹이 향 뿜으니 누실에 마땅하다
순백의 청아한 동반
어찌 서탁에 빠트릴 일이 있으랴

(2) 筆 붓

動靜魂胸部發機 동정혼흉부발기
乾坤氣力勢連揮 건곤기력세연휘
千毛聚集爲鋒體 천모취집위봉체
冷劑清香習紙飛 냉제청향습지비

動靜의 혼이 가슴속에 뿜어 나올 때
乾坤의 기운으로 힘차게 이어 휘두른다

천개 터럭 취집하여 뾰족한 몸 만들었네
먹물 맑은 향이 화선지에 飛動하는구나

(3) 硯(彫刻硯) 조각한 벼루

東西走億尺望洋 동서주억척망양
南北登千丈棲鳳 남북등천장서봉
墨海潛龍藏水下 묵해잠용장수하
無年壽不變堂堂 무년수불변당당

동서로 억 척을 달려 큰 바다를 바라보고
남북으로 천장을 오르니 봉황이 깃들어 있네
묵지에 잠긴 용이 맑은 물 아래 숨어 있어라
헤아릴 수 없는 긴 수명에 불변의 당당함으로

(4) 墨 먹

唯無段色遠藏疆 유무단색원장강
頗不拘柔近發香 파불구유근발향
滿硯池生清黑美 만연지생청흑미
鋒尖落素紙輝章 봉첨낙소지휘장

오직 무단의 색상으로 멀리 지경을 감추고
자못 거리낌 없는 부드러움으로 가까이 향을 뿜네

연지에 가득한 생기 맑은 黑美
붓 끝 백지에 떨어지니 찬란한 문장 되어라

〈斷想〉 서재엔 언제나 지필묵이 펼쳐져 있어서 글씨를 쓰고 싶어지면 곧바로 붓을 잡는다.
젊어서는 잘 모르지만 나이가 들어 노후 대비로는 이 붓글씨 만큼 좋은 취미도 드물다.
대부분의 것은 상대가 있어야 하는데 서화는 혼자 즐기고 소일하기에 딱 맞는 취미이다.
자신의 품격도 올라가고 시간을 보내기에도 참으로 좋은 것이 이 紙筆硯墨과의 친함이다.

都心 鐘路 落照 도심 종로의 일몰

(1)

飛輪漸漸遠寒楹 비륜점점원한영

廈上徐徐却熱情 하상서서각열정

滿冷都中雲半暮 만냉도중운반모

南山塔閃閃光平 남산탑섬섬광평

둥근 해 차츰 찬 기둥에 멀더니

빌딩 너머로 천천히 끓는 정을 식힌다

차가운 도시의 십이월 저물녘

남산 타워에 반짝이는 불빛이 평화로워라

(2)

窓前大廈冷風聲 창전대하냉풍성

百色虹燈繡黑城 백색홍등수흑성

暮夕繁街鐘路帶 모석번가종로대

今香夜祭又同行 금향야제우동항

창 앞 건물은 바람 소리 차갑고

각색 네온등은 검은 도시를 繡놓는다

날 저문 종로 번화가 일대

오늘도 향기의 밤 축제가 또 동행하네

〈斷想〉 오늘 내 작업실에서 보았다.
한낮에 그리도 밝던 태양이 점점 식어가더니 서쪽 어디로 잠깐 사이 사라진다.
어둠이 깔리는 거리에 전등 불빛이 늘어가고 다시 또 이 동네의 저녁은 그렇게 활기를 불어 넣는다.

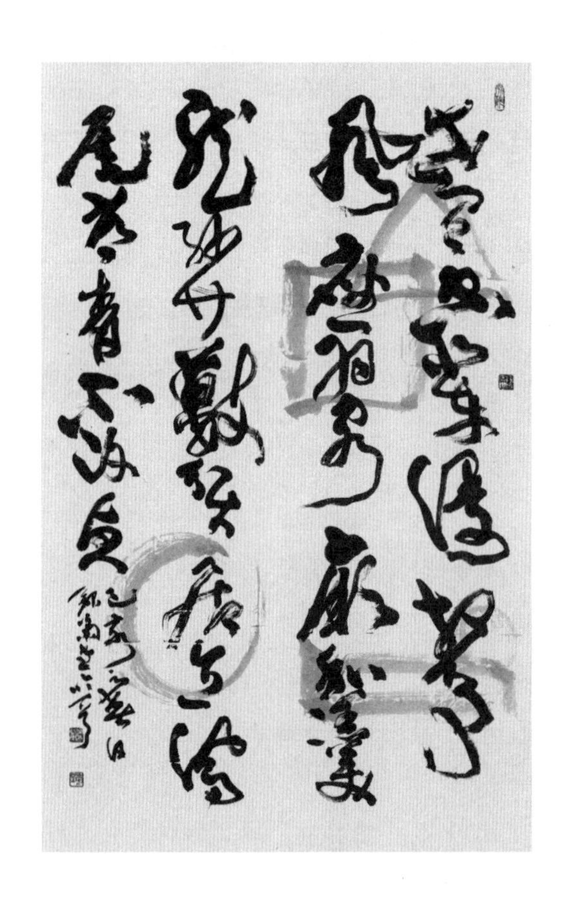

作名 娟梨 연리라 이름 짓다

五行相不剋 오행상불극
三合互無妨 삼합호무방
似素梨花潔 사소이화결
成長世亮光 성장세양광

오행이 서로 상생하고
삼합이 상호 훼방이 없도다
새하얀 배꽃처럼 깨끗하게
자라나서 세상의 밝은 빛이 되어라

〈斷想〉 내 손주가 태어나길 기다리며 녀석의 이름을 먼저 지었다.
별로 흔하지 아니한 이름이다
하얀 배꽃처럼 예쁘게 자라거라.

出生孫娟梨 손녀 연리가 태어나다

(1)

大呱呱出爾 대고고출이

歡滿滿和軒 환만만화헌

魄似娟梨素 백사연리소

常青育淑孫 상청육숙손

기운찬 첫 울음소리 내며 세상에 나온 너

기쁨 가득 평화로운 우리 집이어라

영혼이 마치 예쁜 배꽃처럼 깨끗하구나

늘 건강하고 맑은 손녀로 자라나리라

(2)

酉載迎新月 유재영신월

丙申歲暮春 병신세모춘

繼四娟梨得 계사연리득

金枝玉葉珍 금지옥엽진

닭띠 새해를 맞는 십이월

병신년 세모가 봄날이어라

사대를 이어 줌은 연리의 얻음이니

금지옥엽 보배로구나

〈斷想〉 그리도 애타게 기다리던 내 손주 녀석이 어미의 복중에서 세상 밖으로 나왔다. 아직은 여리디 여린 녀석이지만 부디 강하게 커서 훌륭한 인재가 되길 기도한다. 연리야 만나서 반갑구나.

於娟梨出生日 연리가 태어나던 날에

(1)

陽光地上約繁昌 양광지상약번창

月色天邊賀吉祥 월색천변하길상

雪節吾家歡慶事 설절오가환경사

娟梨受福誕平康 연리수복탄평강

陽光은 땅위에 번창을 기약하고

月色은 하늘가 길상을 축하하네

대설절 우리 집 기쁨의 경사

연리가 축복받아 건강하게 태어났네

(2)

顔形似小略長基 안형사소략장기

鼻態如高直立垂 비태여고직립수

美矣孫娟梨外貌 미의손연리외모

康兒熟祖國爲資 강아숙조국위자

얼굴형은 작은 듯 갸름함으로 기초했고

코모양은 높은 듯 오뚝하게 자리했네

예쁘다 손녀 연리의 외모도

건강한 아이로 자라서 나라의 바탕이 되라

〈斷想〉 아침에 늦잠을 자는데 연락이 왔다.
우리 손녀가 순산했다 한다.
너무나 반가운 마음에 흥분이 가라앉질 않는다.
예쁘게 생겼다 우리 연리야.
건강하게 크거라.

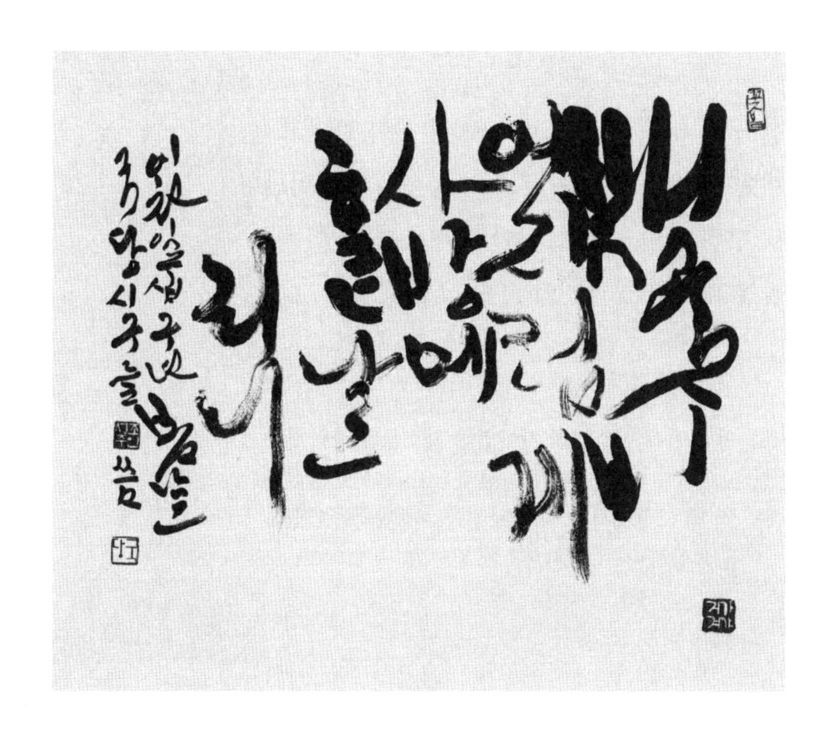

春蝶戲牛 봄 나비 소를 희롱하다

山陵白霧慢情輸 산릉백무만정수
岸壁絲柳悄夢蘇 안벽사류초몽소
數蝶訪黃牛似弄 수접방황우사농
春陽下僻落如圖 춘양하벽낙여도

산 구릉 뿌연 안개 느릿느릿 정 실어 보내고
개울 언덕 파란 버들 부스스 꿈속에서 깨어난다
몇 마리 나비 누렁소 찾아와 희롱하는 듯
봄볕 내리쬐는 벽촌이 마치 그림 같아라

〈斷想〉 언덕 아래 비스듬히 앉아있는 황소를 노랑나비가 찾아 왔다.
코끝에 앉으려다 다시 날아가 눈섶에 앉으려다 또 날아간다.
내 어릴 적 내 고향에서는 이런 광경을 흔히 볼 수 있었다.
그 옛날을 회상하며 기록한다.

接 官職 逸脫 관직의 일탈을 접하고

(1)

雜輩奸胸逆日天 잡배간흉역일천

忠臣極諫固王前 충신극간고왕전

哀哉僞善高官態 애재위선고관태

自滅忘公職越權 자멸망공직월권

잡배는 간사한 마음으로 밝은 하늘을 거스르지만

충신은 극단적 간언으로 왕 앞에서 꿋꿋하지

슬프다 위선적인 고관들의 행태

스스로 무너짐은 공직임을 잊고 월권함이다

(2)

越座登高下職難 월좌등고하직난

違分濫力對民殘 위분남력대민잔

强權不十年誰說 강권불십년수설

自覺氓公僕譽冠 자각맹공복예관

위치를 넘어 높이 오르면 내려오기 어렵고

분수를 어겨 힘을 함부로 쓰면 국민에게 잔인해진다

강한 권력도 십 년 못 간다고 누가 말했나

백성의 공복 됨이 명예로운 의관이라는 것을 자각할지니

〈斷想〉 일부 고관들의 일탈 된 행태는 어제오늘의 일이 아니다.
관직을 갖게 되면 일단은 자신의 행동에 있어서 一擧手一投足 조심하고 또 조심해야만 한다.
관직은 국가와 국민을 상대로 하는 직책이기 때문이다.

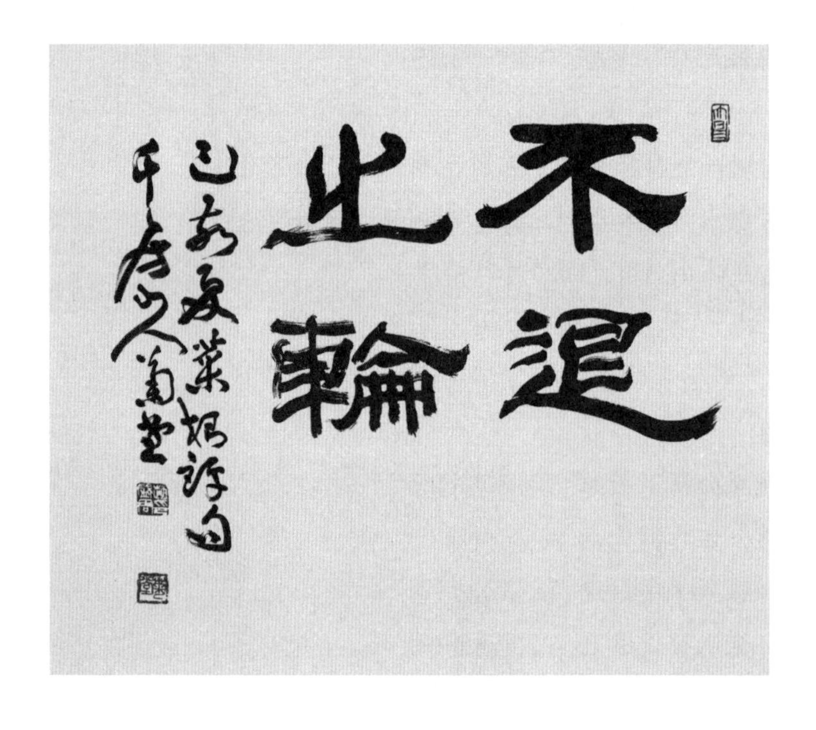

凍松 겨울 소나무

雪岳朝陽出 설악조양출
寒江夜月明 한강야월명
酷冬傷傲慢 혹동상오만
君誇獨青莖 군과독청경

눈 내린 산에 아침 해가 솟고
차가운 강에 저녁달이 밝아라
혹독한 겨울의 시림에도 오만하도다
그대 홀로 푸른 줄기를 과시하네

〈斷想〉 살을 에이는 듯한 매서운 한파에도 시린 얼굴 내놓고 독야청청.
그대는 정녕 대단하구려.

雪海 겨울 바다

(1)

濤聲夜海素情連 도성야해소정연

遠泊船頭釣火聯 원박선두조화련

刺眼推來浪影酷 자안추래낭영혹

何君獨苦寂堤邊 하군독고적제변

파도소리 밤바다에 새하얀 정 이어지고

멀리 정박한 뱃머리에 낚시 불이 줄지어있다

시린 눈으로 밀려오는 물결의 그림자가 냉혹하여라

어찌 그대는 적적한 바닷가에 홀로 시름 하는가

(2)

暗海風波突石頭 암해풍파돌석두

宵天冷氣襲襟周 소천냉기습금주

冬呻苦白濤聲叫 동신고백도성규

散亂胸中客意愁 산란흉중객의수

어두운 바다 풍랑이 바위 머리에 부딪쳐 오르고

밤 하늘 냉기는 옷소매를 엄습한다

겨울 신음 뽀얀 濤聲의 절규

스산한 가슴속 나그네 마음 근심스러워

〈斷想〉 차가운 바람이 품속으로 파고드는데 하얀 거품 밀어내며 바다는 노래한다.
아니 아우성치는 몸부림이다.
겨울 바다는 시린 손을 내밀며 나를 유혹한다.
함께 노래 부르자고…….
제주의 겨울 바다는 항상 차갑지만 정이 깊다.

蘆藪 秋色 갈대숲의 가을빛

(1)

高天赤日染雲緣 고천적일염운연

大地凉風彩水邊 대지양풍채수변

薄暮秋聲葦葉動 박모추성위엽동

金霞落曠野蒼然 금하낙광야창연

높은 하늘 붉은 해 구름 가를 물 들이고

대지의 서늘바람에 호숫가 파문이네

황혼 무렵 가을 소리 갈잎이 흔들거려라

금빛 노을 쏟아지는 광야의 창연함이여

(2)

銀光水線鳥群聲 은광수선조군성

褐色蘆田蟀隊鳴 갈색노전솔대명

曠野天然淸曲叫 광야천연청곡규

斜陽月晦客心生 사양월회객심생

은빛 수평선에 물새 떼 소리

검누런 갈대밭엔 귀뚜라미 무리 울음 운다

넓은 들 천연의 맑은 곡조 사무쳐라

해 지는 그믐날 나그네 마음이 요동치네

〈斷想〉 갈대가 브라운 톤으로 바뀔 무렵이면 수많은 철새들이 찾아와 금강은 넉넉해진다.
신성리 갈대밭은 낭만의 명소이다. 옛 추억을 되살려주는 아름다운 곳
갈대의 속삭임이 애절하기만 하다.

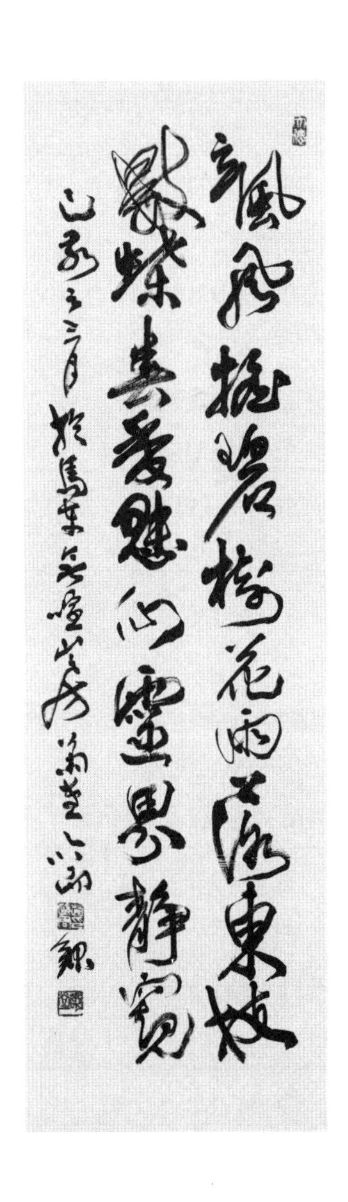

回歸本能自然 회귀 본능의 자연

(1)

飛輪宿夜出天邊 비륜숙야출천변

玉鏡過昏照地前 옥경과혼조지전

物本能驚歎妙理 물본능경탄묘리

鰱魚不遠又歸川 연어불원우귀천

해는 밤을 지새면 하늘가에 떠오르고

달은 저녁이 되면 땅 앞을 비춰준다

조물의 본능은 경탄스러운 묘리라

연어가 멀다 않고 또 냇가로 돌아왔네

(2)

過春去夏又來秋 과춘거하우래추

化雪消氷再蠢楸 화설소빙재준추

一到生無回軌跡 일도생무회궤적

何人渡海不歸舟 하인도해불귀주

봄이 지나고 여름 가니 또 가을이 오고

눈이 녹고 추위 풀리니 다시 개오동이 꿈틀

한 번 주어진 삶은 돌아올 수 없는 궤적이라

어찌해서 인생은 바다 건너 회귀하지 못하는 배이런가

〈斷想〉 계절은 가고 나면 또다시 오는데 우리 인생은 가는 것으로 끝이다.
어느 날 그것을 생각하는 순간 내 마음은 조금 쓸쓸해진다.
다만 남은 시간만이라도 귀중하게 써야겠다는 재다짐을 해보았다.
회귀하지 못하는 인생 가고나면 다시는 돌아오지 못하는 우리의 삶 앞에 숙연해질 뿐이다.

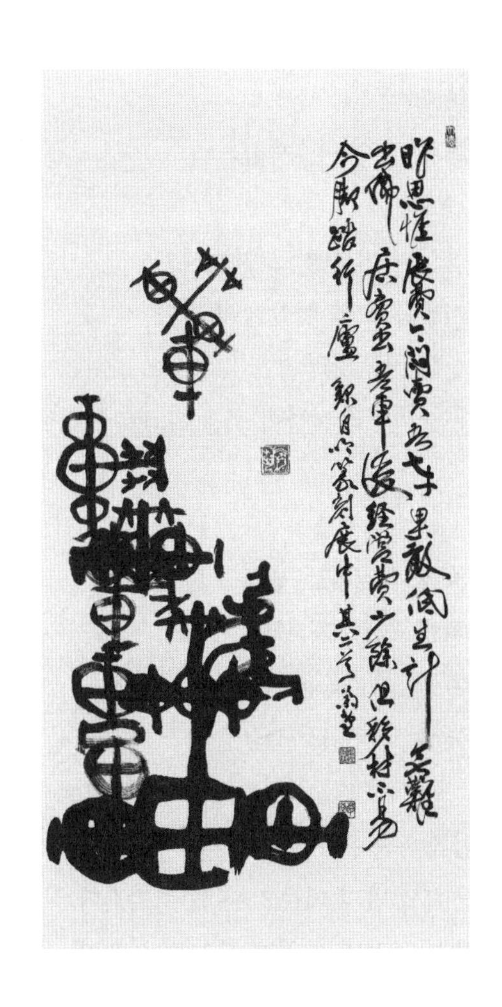

春日水陸 鰍魚 봄날 수륙의 미꾸라지들

(1)

白鯽輕輕索活糧 백즉경경삭활량

金鯫慢慢樂春光 금추만만낙춘광

然魚物面傷鮹也 연어물면상소이

攪水鰍魚敎濁塘 교수추어교탁당

하얀 붕어가 살살 먹이를 찾고 있는데

금빛 잉어는 여유롭게 봄 햇살을 즐긴다

에구 어물 망신은 꼴뚜기라지

물을 휘저어대는 미꾸라지들이 못을 흐려놓는구나

(2)

百姓嚴嚴守法行 백성엄엄수법행

高官處處避綱橫 고관처처피망횡

知羞不譽鰍名號 지수불예추명호

國棟樑君態失情 국동량군태실정

민초들에겐 엄격히 법을 지켜나가라 하면서

고관들은 곳곳에서 법의 테두리 피해 비껴간다

명예롭지 못한 미꾸라지 호칭에 부끄러움을 아시는지

나라의 동량이라는 그대들의 행태에 마음을 잃었노라

(3)

學閥錚錚直不明 학벌쟁쟁직불명

思觀漫漫僞無淸 사관만만위무청

然鰍大海何龍也 연추대해하룡야

又可憐民苦背行 우가련민고배행

학벌은 쟁쟁한데 정직이 분명하지 않고

관념은 질펀한데 거짓이니 맑음이 없어라

그러니 미꾸라지가 어찌 대해의 용이 될 수 있나

또 가련한 국민들 배신행위에 괴로워라

*鯫(돌잉어 추)

鮹(낙지,꼴뚜기 소)

攪(휘저어댈 교)

〈斷想〉 無所不爲의 권력을 가졌던 그들이 어찌해서 이렇게 추해졌을까.
좀더 당당하고 솔직할 수는 없는 것인가 말이다.
어느 한 부분이라도 책임질 수는 없었던가.
추해도 너무 추하다. 까짓거 정직하게 말하고 감옥살이 조금 더하는 게 낫지
이리 빠지고 저리 빠지고 온 국민들에게 이렇게 추한 모습을 보이는 것보다는 …….
權不十年이라는 말이 허언이 아니로다.
후대의 자손들에게 보다 더 떳떳한 할아버지가 되길 바란다.

驚蟄 後 某日 경칩이 지난 어느 날

軟綠柳枝發 연록류지발
東風暖氣垂 동풍난기수
北微陽嶽壁 북미양악벽
南曲水江漪 남곡수강의
蠢動蛙群寤 준동와군오
徐行冷谷窺 서행냉곡규
遠雲天吐日 원운천토일
峰暫挂呑之 봉잠괘탄지

파르스름하게 버들가지 움트니
동풍에 따뜻한 기운이 드리웠어라
북쪽 멧부리 절벽 흐릿하고
남으로는 강의 잔물결이 굽이치네
꾸물꾸물 개구리 떼 잠깨어
느린 걸음으로 찬 골짜기 엿보는데
멀리 구름 하늘 토해낸 해가
산봉우리에 잠깐 걸렸더니 삼켜버렸다

*漪(잔 물결 의)

〈斷想〉 대동강 물도 풀린다는 경칩이니 바야흐로 봄이 왔다.
여기저기 어린 새싹들이 움트는 소리가 들린다.

땅속 벌레들도 조금씩 기어 나온다.
생동의 계절.
산 아래 웅덩이에 아직 잠에서 덜 깬 개구리가 나를 쳐다보고 있다.

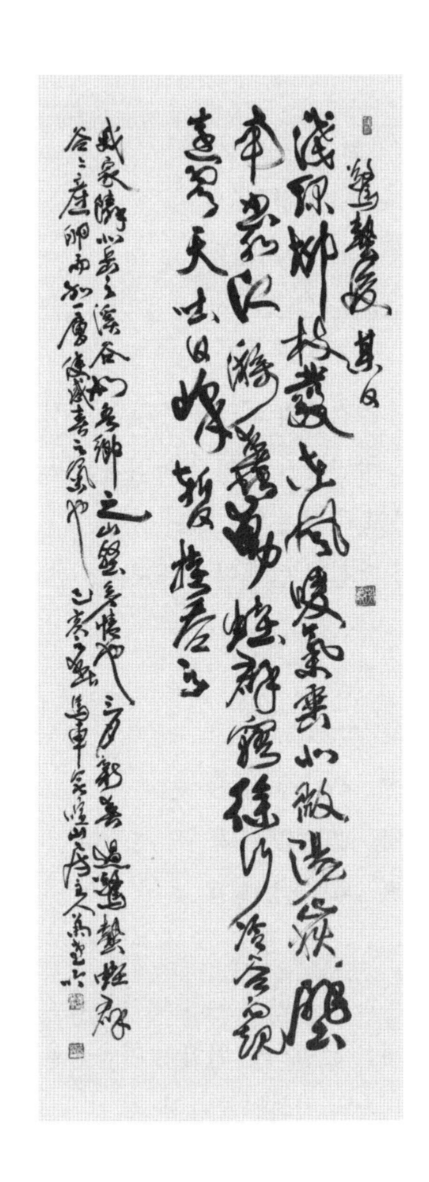

丁酉首都之春 정유년 서울의 봄

(1)

濫職權追自益私 남직권추자익사

違憲法慢國民癡 위헌법만국민치

奸臣得勢無忠節 간신득세무충절

不諫言君彈劾悲 불간언군탄핵비

직권을 남용하여 스스로의 이익을 추구한 사사로움에

헌법을 위반하고 국민을 업신여긴 어리석음이라

간신들만 득세하고 충절이 없었으니

직간인들 했을까 당신의 탄핵이 슬프도다

(2)

邦中昨糾喊衝空 방중작규함충공

國外今憂脅壓中 국외금우협압중

勢罔民羊頭狗肉 세망민양두구육

春來也不似和風 춘내야불사화풍

어제도 나라 안에선 절규하는 고함이 하늘을 찌르고

오늘도 나라 밖에선 근심스런 위협이 마음속을 짓누른다

세력으로 국민을 속인 위선자들이여

봄이 왔지만 봄바람 같지 않구려

(3)

素月宵天綺夢垂 소월소천기몽수

春陽大地萬花蕤 춘양대지만화유

何時我國來平世 하시아국래평세

絜矩之心願道治 혈구지심원도치

밝은 달 밤하늘에 아름다운 꿈 드리우고

봄볕으로 온 땅에 갖가지 꽃 흐드러지네

언제쯤 이 나라에 평화 세상 오려나

혈구지심의 道治를 원하노라

*蕤(늘어질 유)

絜矩之道 : 혈구지도. 즉 나를 미루어 남을 헤아려 주며 바른길로 향하게 하는 도덕상의 도리.

〈斷想〉 春來不似春

봄이 왔지만 봄 같지 않네.

세상이 시끄러우니 더욱 이 봄이 봄 같지가 않네.

어찌해서 그 권좌를 다 채우지 못하고 내려 온다는 말인가.

이것은 자신에게도 국민에게도 불행한 일이로다.

飮酒於春亭 봄날 정자에서 술을 마시다

(1)

白霧江邊覆 백무강변복

虹春木覓芳 홍춘목멱방

此觀山釀造 차관산양조

缸面酒濃香 항면주농향

뽀얀 안개 강변에 깔린다

알록달록 봄 목멱산에 꽃다운데

여기에 관산이 빚어온

항면주 향기가 짙구나

(2)

一風花色馥 일풍화색복

三盞酒興宜 삼잔주흥의

屋角山鳩眄 옥각산구면

酣春客不離 감춘객불리

한줄기 바람에 꽃 냄새 향기롭고

석잔 술에 주흥이 적당해라

처마 끝 산비둘기가 힐끔거리네

익는 봄을 즐기는 나그네 떠날 줄 몰라

*缸面酒 : 처음 익은 술.
酣春 : 한창 무르익은 봄을 즐김.
眄(흘겨볼 면)

〈斷想〉 觀山이 또 직접 빚은 술 한 병을 들고 왔다.
마개를 여니 벌써 향긋한 주향이 서재에 퍼진다.
관산은 취미로 술을 담근다는데 거의 프로수준이다.
그는 술이 익으면 꼭 한 병을 따로 담아서 내게 가져다준다.
오늘은 지인과 함께 그 술 몇 잔에 취해 버렸다.

登城山 日出峰 성산 일출봉에 오르다

向海如前進 향해여전진
雄巖似怪頭 웅암사괴두
入田油菜旺 입전유채왕
登陂馬群遊 등피마군유
水線銀波灩 수선은파염
中天赤日留 중천적일류
浩然之氣頂 호연지기정
胸豁達消憂 흉활달소우

바다를 향해 마치 달려드는 듯
웅장한 암벽이 흡사 괴물의 머리 같다
입구의 밭에는 유채가 한창인데
오르는 비탈엔 말떼가 노니네
수평선 은빛 파도 출렁거리고
중천엔 붉은 해 머물러 있어라
호연지기의 산정
가슴에 활달하니 근심이 지워져

*灩(출렁거릴 염)
陂(기울어질 피)

〈斷想〉 제주를 많이 오갔지만 성산 일출봉을 오른 것은 처음이다.

확 트인 시야에 햇살이 뜨겁다. 멀리 출렁거리는 바다가 보인다. 금방이라도 한 줄 특별한 문장이라도 떠오를 것 같은 멋진 풍경이다. 산 아래 유채밭 노오란 꽃이 오늘따라 그 색이 더욱 짙어 보인다.

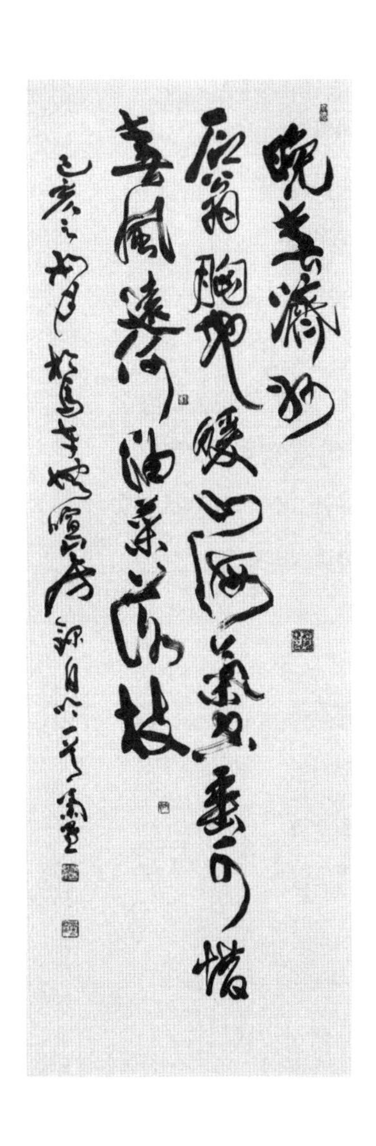

棄慾 욕심 버리기

(1)

昨公私確實 작공사확실

今彼我明澄 금피아명징

此不分愚輩 차불분우배

無知菽麥稱 무지숙맥칭

어제의 공과 사는 확실히 하면 되고

오늘도 네 것 내 것이 분명하면 된다

이를 구분하지 못하는 어리석은 무리들

알지 못하니 숙맥이라 하지

(2)

禍福來心理 화복래심리

興亡因自行 흥망인자행

必捐貪慾也 필연탐욕야

今不覺汚名 금불각오명

화와 복은 마음의 작용에서 오고

흥망도 자신의 행동에서 기인한다

필히 탐욕을 버려야지

오늘도 깨닫지 못하여 이름을 더럽히네

(3)

莫强勸力落 막강권력락

忘處自行悲 망처자행비

對罔民縲絏 대망민류설

哀哉我國姿 애재아국자

막강 권력의 추락은

분수를 잊어 스스로 행한 비애라

국민을 欺罔하여 포승에 묶인 몸을 대하니

슬프다 우리나라의 모습

*縲絏(紲) : 포승줄 류, 맬 설

罔民 : 백성을 속임.

(4)

小貪爲大失 소탐위대실

單腫損全身 단종손전신

妄慾生煩苦 망욕생번고

天然合守眞 천연합수진

작은 탐하다 큰 잃음이 되고

한 개 부스럼이 온몸을 상하게 한다

허망된 욕심이 고통과 괴로움을 낳는구나

천연에 부합하여 守眞하리라

*損 : 버릴

〈斷想〉 탐욕의 끝은 결국 汚辱이다.
명예가 한번 실추되면 다시 찾기 어렵다.
설령 찾았다 하더라도 잃기 전만 못하다.
헛된 욕심을 버리지 않으면 좌초하고 만다.

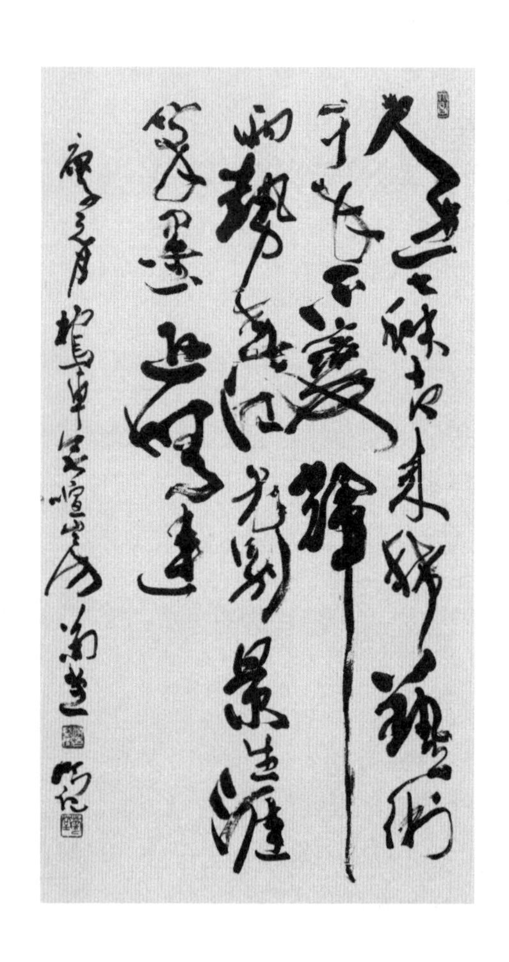

吟孫娟梨百日 손녀 연리 백일에 읊다

春陽照地發新芽 춘양조지발신아
出世娟梨百日嘉 출세연리백일가
黑眼如眞珠美麗 흑안여진주미려
紅脣似嫩葉鮮花 홍순사눈엽선화
清魂造主天然態 청혼조주천연태
潔氣生神萬福華 결기생신만복화
綺夢間今全族集 기몽간금전족집
綦緇夕沒錯金霞 기치석몰착금하

봄볕이 대지를 비추어 새싹을 돋우는데
세상에 태어난 연리 백일의 경사로다
까만 눈동자 마치 흑진주처럼 곱고
붉은 빛 입술은 흡사 어린잎 鮮花 같네
해맑은 영혼 조물주가 지은 천연의 자태요
깨끗한 기운 신이 낳은 만복의 번화함이라
오늘 전 가족이 모여 아름다운 꿈 꾸는 사이
초록빛 검은빛이 저물녘 노을에 섞이는구나

*綦緇(초록빛 기, 검을 치)

〈斷想〉 뽀얀 살결의 우리 연리가 벌써 세상에 나온 지 백일이다.
아직은 내가 누군지도 모르지만 차츰 알아 가리라.
우리 집은 본디 孫이 귀하다.
이 녀석이 우선 우리 가문의 대를 이어 준 녀석이지.
부디 건강하게 자라기를 빌고 또 빈다.

丁酉年 春雨 정유년의 봄비

(1)

黑霧登山散 흑무등산산

春風載雨來 춘풍재우래

枯乾坤浸濕 고건곤침습

綃素似靑苔 초소사청태

검은 안개 산을 타고 깔리더니

봄바람이 비를 싣고 오네

메마른 하늘 땅 적셔

흰 비단에 푸른 이끼 낀 듯하다

(2)

陂路松生氣 피로송생기

都心樹發香 도심수발향

肉靈荒落寞 육영황락막

時雨撫深傷 시우무심상

비탈길 소나무가 생기 돋고

도심의 숲이 발향한다

몸과 마음 황량하고 쓸쓸하여라

단비 내려 깊은 상처 보다듬는다

〈斷想〉 봄비가 여름비처럼 온다.
가물어 마른 숲을 흠뻑 적셔주니 내 마음이 시원해지는 것 같다.
서실 앞 옥상 정원 나무들이 더욱 싱그러워 보인다.

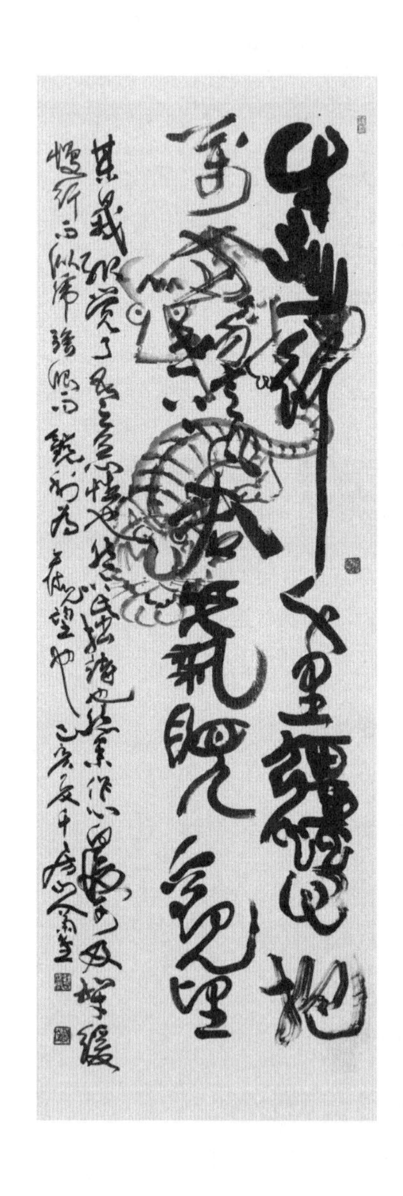

四月 休日 光化門路
사월의 휴일 광화문 거리

(1)

諸花處處造香林 제화처처조향림

廣道街街聞樂音 광도가가문락음

此綠衣紅裳美麗 차녹의홍상미려

春風發活氣都心 춘풍발활기도심

꽃들은 곳곳에 향기로운 숲을 조성하고

탁 트인 거리마다 즐거운 음성 들리네

이에 젊은 여인들 의상도 아름다워라

봄바람에 활기 넘치는 도심

(2)

路後青臺獨古堂 노후청대독고당

宮前旅客隊身忙 궁전여객대신망

仁王虎眼威嚴瞰 인왕호안위엄감

六百年王址帶祥 육백년왕지대상

큰길 뒤편 청와대 홀로 고즈넉해라

고궁 앞의 여행객이 무리 지어 바쁘구나

인왕산의 호랑이 눈 위엄스레 굽어보는데

육백 년 왕 터에 상서로움이 서린다

*瞰(볼 감)

〈斷想〉 광화문 거리가 환하다.
목멱산에 꽃피고 인왕산 북악산에 꽃피어 광화문 거리가 환하다.
경복궁 담 너머로 봄 향기가 퍼진다.
봄바람 타고 대로로 퍼져나간다.

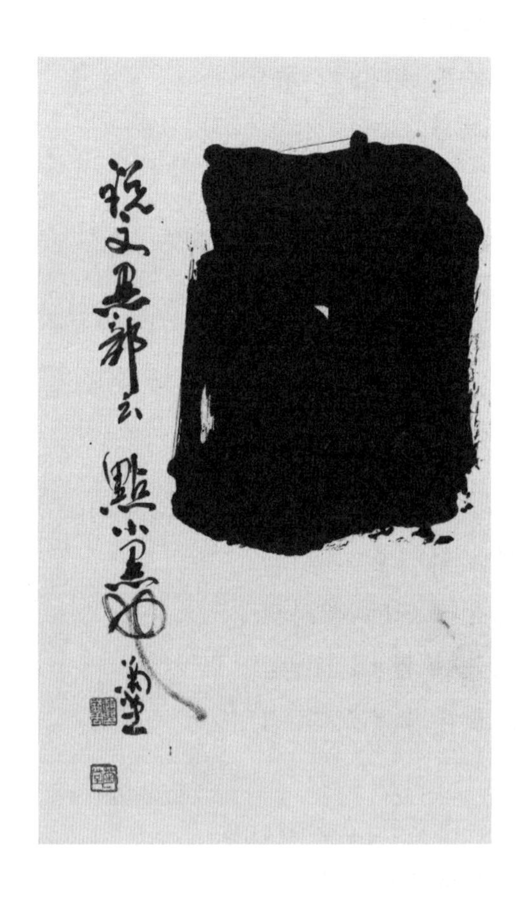

雨後 南山之朝 비 내린 뒤 남산의 아침

(1)

木覓全圍霧 목멱전위무

山形極不分 산형극불분

接乾坤罕漫 접건곤한만

都似夢中雲 도사몽중운

목멱산 온전히 안개에 둘러싸여

산 모양새 극히 구분하기 어렵네

천지가 맞닿아 분명치 아니하니

도시가 마치 꿈속 구름 같기도 하다

*罕漫(한만) : 분명하지 아니한 모양.

(2)

霧散山頭顯 무산산두현

雲消塔下淸 운소탑하청

繹騷邦事態 역소방사태

何似此無晴 하이차무청

안개가 흩어지니 산머리 나타나고

구름이 걷히니 타워 아래 맑아라

끊임없이 시끄러운 나랏일

어찌 해서 이 같은 개임이 없는가

*繹騷(역소) : 끊임 없이 소란함.

〈斷想〉 도시가 늘 시끄럽다.
하늘의 검은 구름이 걷혀도 도시는 시끄럽다.
목멱산 타워가 오늘따라 가까워 보인다.
구름이 없으니 더욱 …….

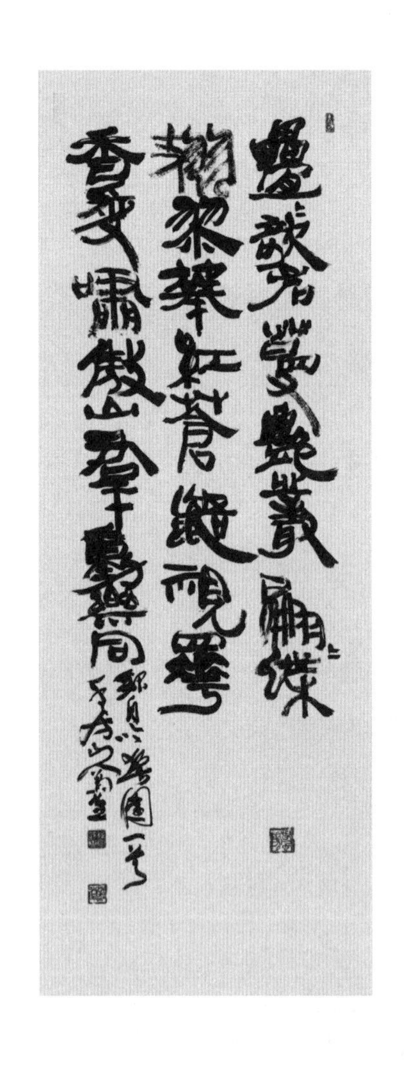

九龍圖 구룡도

遠海飄風起大波 원해표풍기대파
乾坤震雷似崩峨 건곤진뢰사붕아
狂頭怪力千鱗閃 광두괴력천린섬
猛眼神光五爪戈 맹안신광오조과
世外仙靈遊氣域 세외선령유기역
雲中妙界戰强羅 운중묘계전강라
青黃激九龍驤首 청황격구룡양수
不測天邊朕太和 불측천변짐태화

먼 바다 회오리바람 큰 파도 일으키더니
천지에 진동하는 우레가 산을 무너뜨릴 듯해라
발광하는 머리의 괴력에 천의 비늘이 번득이며
맹렬한 눈빛 신광에 다섯 발톱이 날카롭다
세상 밖 선령들 노니는 氣의 영역
구름 속 오묘 세계에서 다투는 강자들의 나열
청황이 격돌하는 아홉 마리 용의 기개가 드높으니
헤아릴 수 없는 하늘가에 太和로움이 조짐 되도다

*驤首(양수) : 기개가 드높음의 비유.

〈斷想〉 몇 년 전부터 구룡도를 돌에 새기는 작업을 하고 있다.
이 시는 그 작품의 좌측에 들어갈 화제이다.
그 그림에 맞추어서 작시를 하였다.

連翹 개나리

綠松枝左簇 녹송지좌족
黃蘂葉華姿 황예엽화자
每一迎春至 매일영춘지
含朝露待誰 함조로대수

푸른 소나무 가지 옆 한 무더기
노랑 꽃술 이파리 화려한 자태
매번 먼저 봄을 맞는 지극함으로
아침 이슬 머금고 누구를 기다리나

*連翹(연교) : 개나리.

〈斷想〉 오늘 아침 우리 동네 뒷산에 올라갔다가 언덕 아래 개나리가 활짝 피어 있는 것을 보고 왔다.
언제나 봄이 오면 제일 먼저 꽃소식을 전해주는 개나리.
노란 꽃술 터트리고 여전히 뭉쳐서 흐드러지게 피어 있다.

風竹 바람맞는 대나무

中桶虛內至常情 중통허내지상정
外直眞行持表明 외직진행지표명
四季春秋靑正性 사계춘추청정성
高姿抱節友淸聲 고자포절우청성

중통은 마음을 비워 상정에 이름이요
외직은 행실을 참하게 하여 표명을 지님이라
사계 춘추 푸르고 곧은 품성
고고한 자태로 절개 품어 맑은 소리 벗 삼네

〈斷想〉 비가 오나 눈이 오나 곧게 서서 푸른 가지 흔들거리며 우리 집을 에워싸고 있는 대나무.
이 대숲은 예전부터 있었던 게 아니라 옆집 대밭에서 뿌리가 건너와 우리 집 뒤에도 대숲이 생겼다.
비가 오면 雨竹 바람맞으면 風竹 너의 곧은 마음을 닮으련다.

雪梅 눈 속 매화

乾坤亂六出銀光 건곤난육출은광
左右垂紅蘂暗香 좌우수홍예암향
玉骨氷膚寒不改 옥골빙부한불개
高標格此自然裝 고표격차자연장

천지에 백설 날려 은빛인데
좌우로 붉은 꽃술 드리운 은은한 향기
옥골 얼음 살결 한파에도 절개 지키며
고아한 품격 이렇게 스스로 장식하네

〈斷想〉 하얀 눈이 소복이 내린 찬가지 사이로 빨간 얼굴 내밀고 있는 홍매.
이리 보니 더욱 그 품격이 고고하구나.

對松菊 소나무 앞 국화

秋山瘦骨促初冬 추산수골촉초동
數朶黃花對碧松 수타황화대벽송
冷不玄黃如傲慢 냉불현황여오만
嚴霜嘲弄二相雍 엄상조롱이상옹

가을 산 앙상한 가지 초겨울을 재촉하는데
몇 송이 노랑 국화 푸른 솔 마주했다
추위에 시들지 아니하고 오만을 과시하는 듯
된서리 비웃으며 둘이 서로 화합하네

*玄黃 : 시듦.

〈斷想〉 국화도 소나무도 그 정절을 지킨다.
찬 서리가 내려도 찬 바람이 불어 닥쳐도 이 둘은 그 절개를 지킨다.
오늘 아침 나는 보았네. 국화와 소나무가 마주하며 돌변하는 인간들 비웃는 것을…….

窓前蘭 창 앞의 난초

青盆細葉對朝陽 청분세엽대조양
玉露玲瓏閃墨堂 옥로영롱섬묵당
獨碧垂魂君自愛 독벽수혼군자애
開花一蘂襲濃香 개화일예습농향

파란 화분에 가는 잎이 아침 햇살 대하니
맑은 이슬 영롱하게 서실에 반짝인다
홀로 푸른 영혼을 드리운 그대 사랑하노라
피어난 한 송이 진한 향기 배어드네

〈斷想〉 난을 키우기가 그리 쉽지 않다.
매번 실패했다. 그런데 이번에는 제법 오래 난초가 견뎌준다.
아침 햇살 맞는 난초를 보는 마음이 상쾌하다.
이번 분란은 좀 오래토록 잘 키워 봐야겠다.
마침 난화가 피어 서실에 진한 향기를 뿜는다.

紫木蓮 자주 목련

(1)

黎明北樹綠光加 여명북수녹광가

日出東陵紫蘂華 일출동릉자예화

獨早春何情火急 독조춘하정화급

全無葉木自開花 전무엽목자개화

동트는 북편 숲에 푸른빛이 더해 가고

해 뜬 동쪽 구릉에 자주 꽃술 화려하다

유독 이른 봄 무슨 사정이 그리 급하실까

잎 하나 없는 나무에 꽃부터 피네

(2)

如開不坼艶鋒垂 여개불탁염봉수

似膩有豊浥蘂滋 사니유풍읍예자

濯濯居山邊綽約 탁탁거산변작약

濃香帶露滴濡肌 농향대노적유기

터질 듯 말듯 요염한 봉오리 드리우고

살찐 듯 탐스러워 젖은 꽃술 우거졌다

산 가에 밝게 피어 참으로 고와라

진한 향 맺힌 이슬방울 살갗을 적신다

*浥(젖을 읍)
坼(터질 탁)
膩(살찔 니)
濯濯(탁탁) : 밝은 모양.
綽約(작약) : 고운모양.
濡(스며들 유)

〈斷想〉 우리집 뒷산을 오르다 보면 좌측 언덕에 자목련 두 그루가 서있다.
백목련과 느끼는 맛이 조금 다르다.
이 자목련 또한 잎은 아직 나오지 않고 꽃부터 피었다.
꽃술이 매우 요염하고 탐스러워 매력을 더한다.

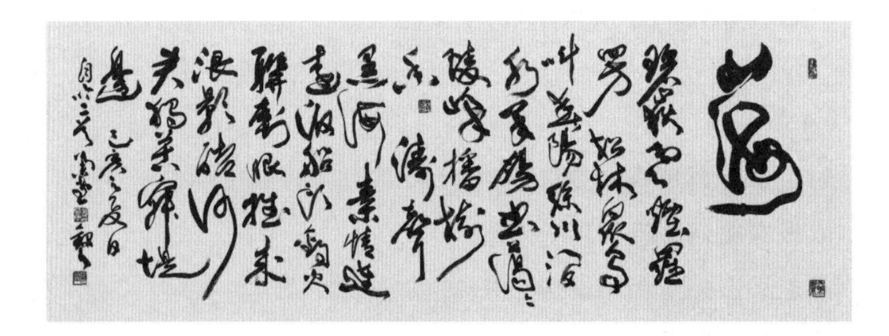

某年四月十八日 어느 해 사월 십팔일

(1)

白霧呑都市 백무탄도시

青山沒地宮 청산몰지궁

此乾坤密接 차건곤밀접

如特別鴻濛 여특별홍몽

희뿌연 안개 도시를 삼켜

푸른 산이 땅속으로 빠져 버렸다

이렇게 하늘 땅 맞닿으니

마치 특별한 홍몽계인 듯하네

(2)

霧散山頭顯 무산산두현

雲懸塔頂危 운현탑정위

變綦緇岳色 변기치악색

春氣化圖奇 춘기화도기

안개 흩어져 산등성이 나타나니

구름에 매달린 탑 꼭대기가 위태롭다

초록으로 검정으로 산색이 변하네

봄기운의 조화가 기이함을 그린다

〈斷想〉 온 도시가 안개 속에 묻혀버렸다.
어디가 하늘이고 어디가 땅인지 분간이 어려우니
아마 태초에는 이러했을지도 모르겠다.
조금 지나니 남산 타워가 그 꼭지를 약간 드러낸다.
오늘 아침은 어느 봄날 내가 사뭇 전혀 딴 세상에 와 있는 듯한 묘한 기분을 체험하고 있다.

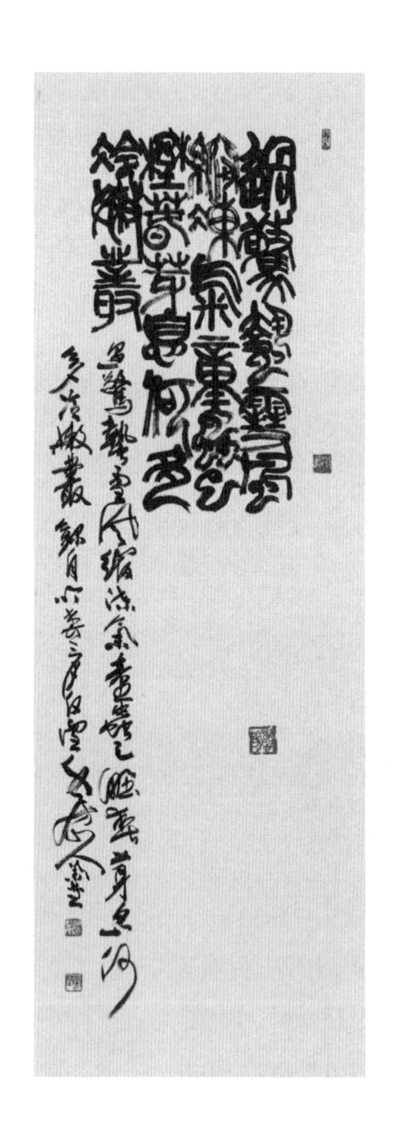

野花 들꽃

(1)

黎明帶露美觀姿 여명대로미관자

薄暮含香寂默垂 박모함양적묵수

或客看望如滿足 혹객간망여만족

黃顏小蘂綠莖蕤 황안소예녹경유

새벽녘 이슬 맺힌 함초롬한 자태

땅거미에도 향기 머금은 채 다소곳이 드리우고

간혹 길손 바라봄에 만족스러운 듯

노랑 얼굴 작은 꽃술 푸른 줄기에 늘어져 있다

*蕤(늘어질 유)

(2)

櫻花野陂濫賞春 앵화야피람상춘

雜草山隅少察原 잡초산우소찰원

勿怨無心情世事 물원무심정세사

開時克落寞迎人 개시극락막영인

벚꽃 핀 들 언덕 상춘객 넘쳐나도

산모퉁이 잡초 무리에 관심 가져주는 이는 드물어

무심한 정 세상사를 탓하지 말란다

때가 되면 피어나 쓸쓸함을 견디며 길손을 맞는단다

〈斷想〉 산에 핀 들꽃은 그 누구도 눈여겨 봐주지를 아니한다.
봄날이면 진달래나 개나리 벚꽃 아카시아 장미 등 화려한 꽃들의 전쟁이 벌어지기 때문이다.
그래도 저쪽 귀퉁이 한구석에 함초롬히 피어 있는 야생화를 나는 일부러 보아준다.
꽃술이 얇고 크게 보아 줄 게 없는 들꽃이지만 나는 일부러 사랑스러운 눈으로 보아 준다.

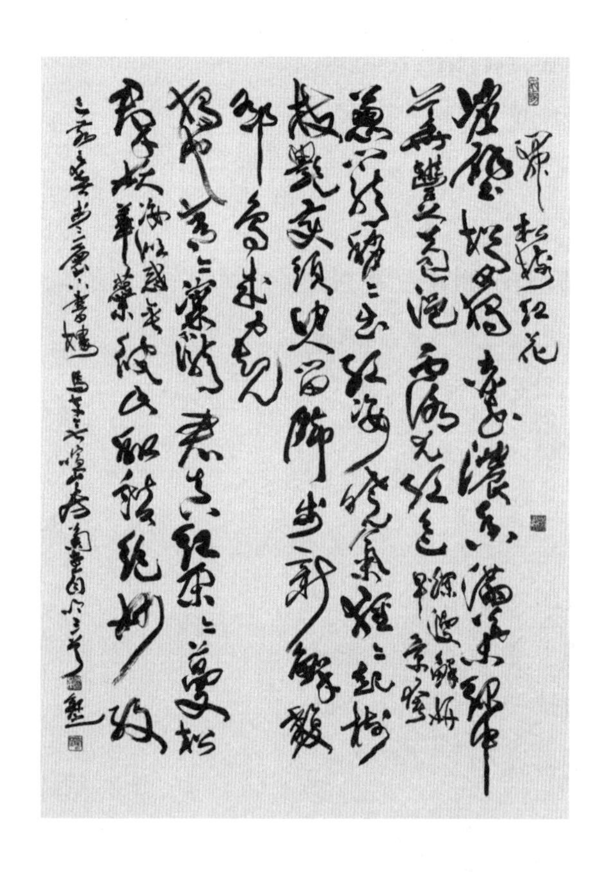

丁酉五月九日祈禱 정유년 오월 구일의 기도

(1)

木覓垂清氣 목멱수청기

都城起國風 도성기국풍

繹騷邦混亂 역소방혼란

祈落夕陽中 기락석양중

목멱산에 清氣가 드리우니

도성에 國風이 이네

늘 시끄럽기만 했던 나라의 혼란

지는 해 속으로 떨어지기를 기도하네

*繹騷(이을 역, 시끄러울 소) : 계속 소란함.

(2)

北山春蔭映 북산춘음영

南水夏乘風 남수하승풍

節化如行理 절화여행리

今治政道中 금치정도중

북산의 봄은 덮어 감추고

남강의 여름이 바람에 실렸어라

계절의 조화란 마치 순행의 이치 같은 것

지금의 국치는 정치가 道에 맞아야 하네

*蔭映(그늘 음, 비칠 영) : 덮어 감추다.

〈斷想〉 (19대 대통령 선거일에 쓴 시)
언제나 조용할 날이 없는 우리의 정치
그 혼란함에 국민은 힘이 든다. 우리는 지금 선진국으로 가는 중턱에 와 있다지
선진국이 되려면 우선 정치가 그 대열에 들어야된다.
그러나 우리 정치는 아직 그 수준에 훨씬 미달이다.

無題 무제

五月中旬北岳昌 오월중순북악창
洋槐淡馥鼻端强 양괴담복비단강
松間小鳥輕衝蘂 송간소조경충예
似蝶飛空素葉芳 사접비공소엽방

오월 중순 북악이 昌盛해라
아카시아 옅은 향기 코끝에 강하다
솔숲 사이 작은 새 살짝 꽃술 건드리니
나비처럼 허공을 나는 새하얀 꽃잎

〈斷想〉 요즈음은 아카시아 꽃이 만발하여 북악의 벌 나비가 분주하다.
꽃들도 피는 순서가 있다. 이 아카시아 꽃이 시들면 이젠 장미가 필 것이다.
내가 사는 북악산 기슭엔 일년 내내 꽃들과의 대화를 하고 그 덕분에 화려하게 살아 간다.

無題 무제

學徒靑雲出故鄕 학도청운출고향
寒風冷雨覺文香 한풍냉우각문향
人間到處有心手 인간도처유심수
乏月望山決勉强 핍월망산결면강

학도가 원대한 꿈 지니고 고향을 떠나
차가운 비바람에도 文字香만 생각했네
인간사 도처엔 살만함이 있다 했느니
오월 산을 바라보며 勉强을 다짐해본다

〈斷想〉 나는 내 생애의 거의 전부를 필묵과 함께 살아왔다.
음악을 즐기긴 해도 그것들은 모두 枝葉에 불과할 뿐 나는 서예가이다.
고향을 떠나온 지 60여 년 힘든 시기도 많았지만 그래도 무사히 잘 넘겨 잘 살아온 것 같긴 하다.

五月 濟州 授業 後 오월 제주 수업 후

(1)

神雙暢義手飛揚 신쌍창의수비양

氣快通胸臆闊莊 기쾌통흉억엄장

筆墨同家和十客 필묵동가화십객

螢窓雪案播文香 형창설안파문향

심수가 쌍창하니 정신은 비양하고

흉금이 쾌통하니 기세가 활장하도다

필묵 동인 화합의 십여 묵객

형창 설안 문자향이 재실에 살랑살랑

(2)

漢拏山雲影筆裁 한라산운영필재

龍頭石海月杯栽 용두석해월배재

師弟遇樂工夫後 사제우락공부후

友墨華同客溢罍 우묵화동객일뢰

한라산 구름 그림자 붓으로 마름하고

용두암 바다에 뜬 달은 잔 속에 담았네

사제 만나 공부하고 뒷풀이도 즐거워라

우의의 묵화동인 술그릇이 찰랑찰랑

〈斷想〉 일 년에 한번 즐겨 모이는 제주의 묵화 동인 하계모임.
올해에도 여지없이 집합이다.
낮엔 모여 공부하고 저녁엔 소주 한잔으로 단합을 꾀한다.
벌써 14년째 해오는 행사다.

五月 海 오월의 바다

海濃青黙黙 해농청묵묵
空軟白明明 공연백명명
一隻帆舟獨 일척범주독
潺波起夢情 잔파기몽정

바다는 짙은 푸름에 말이 없고
하늘은 부드러운 하얀 빛으로 밝기만 하다
한 척 돛배가 고독해라
잔잔한 파도에 이는 꿈속의 사랑이런가

〈斷想〉 저 멀리 수평선 가에 배 한 척이 외로이 떠 있다.
잔잔하게 이는 푸른 물결 위로 까마득하게 보이는 저 배는 지금 무엇을 하려 할까.
사랑하는 이를 떠나보낸 어느 여인의 모습처럼 애처롭게 보이는 오월의 바다.

吟枉老松 꼬부랑 늙은 솔을 읊다

(1)

鬱鬱松林落枉枝 울울송림낙왕지

長長歲月露風姿 장장세월노풍자

傷痕軌幾何多少 상흔궤기하다소

太枯君魂刻苦詩 태고군혼각고시

빽빽한 소나무 숲에 굽은 가지 늘어뜨리고

기나긴 세월 풍상의 자태 드러냈네

상흔의 궤적 얼마쯤일까

굵고 마른 그대의 영혼에 아픔의 시를 새겼구려

(2)

曲背東陵展太枝 곡배동릉전태지

垂寬獨也傲青姿 수관독야오청자

何年目睹今觀察 하년목도금관찰

錄歲無常彼我詩 녹세무상피아시

등이 굽은 채 동편 언덕으로 우람한 가지 내뻗고

넉넉한 품 드리워 홀로 뽐내는 푸른 자태여

어느 해 보았다가 오늘 살폈던가

세월 무상을 쓰는 그대와 나의 시로다

〈斷想〉 고향에 있는 일명 “꼬부랑 소나무” 를 읊은 시
수령이 수백 년 쯤 된 초대형 소나무로 몸통의 상부가 완전히 ㄱ 자 형태로 구부러져 있어 꼬부랑 소나무라 한다.
내가 어렸을 때부터 보았던 멋진 낙락장송 명물로 마을에서는 그 지역이 일명 ‘꼬부랑 솔 나무 동네’로 불린다.
중요한 건 이 소나무가 어려서부터 꼬부랑은 아니었을 거라는 것이다.
인간도 잘못 자라면 누구나 이 소나무처럼 꼬부랑 인간이 되지 않을까.

慕某鄕里之士 어느 지방의 선비를 흠모함

一笑平安萬事空 일소평안만사공
恒心自意正明中 항심자의정명중
汪汪大海充襟度 왕왕대해충금도
棄慾常情蛹臥公 기욕상청용와공

한번 웃으며 평안으로 만사는 비우니
평상심은 스스로의 뜻을 바르게 밝히는 중심이네
물이 깊고 넓음은 대해의 도량이 충분함이라
욕심을 버리고 상정으로 숨어 사는 선비시여

〈斷想〉 지금 이 시대에도 항심으로 사는 선비다운 선비도 혹은 존재하는 것 같다.
내가 아는 그분이 그런 분이시다.
남에게 배려해주고 넉넉한 마음으로 늘 웃으며 세상을 사는 분이다.
대학교수를 지내신 분인데 내 박사수업 할 때 지도 교수를 해주신 분 그분은
이 시대의 진정한 선비이시다.
그 분을 배우려 해도 잘 안되는 것은 내 소양이 부족하기 때문이리라.

吟 貞陵 四季 정릉 사계를 읊다

(1) 春 山路 봄의 산길

北岳洋槐落素枝 북악양괴낙소지
南垣媚客惑妖姿 남원미객혹요자
濃紅綠葉芳香郁 농홍녹엽방향욱
遠近觀書五月詩 원근관서오월시

북악 아카시아 새하얀 꽃가지 지니
남쪽 담 장미가 요염한 자태로 유혹해
진빨강에 초록 잎 꽃다운 향기 성하여라
멀리 가까이 바라보며 오월의 시를 쓴다

*媚客(예쁠 미, 손 객) : 장미의 별칭.

(2) 夏 樹林　여름날 숲

茂密山林展太枝　무밀산림전태지
相呼樹鳥叫奇姿　상호수조규기자
都中壑谷貞陵也　도중학곡정릉야
一景今書夏日詩　일경금서하일시

무성한 산 숲에 내뻗친 굵은 가지들
서로 부르는 숲새들 우는 모습이 기이해
도시 속 산골짜기가 정릉이라
으뜸의 풍치에 오늘도 여름날의 시를 쓴다

(3) 秋 丹楓　가을 단풍

形形樹種縮寒枝　형형수종축한지
色色端裝展艶姿　색색단장전염자
繫壁涯丹巖妙殆　계벽애단암묘태
陵秋老詠一杯詩　능추노영일배시

온갖 나무들 찬 가지를 웅크리며
색색으로 단장한 고운 모습 펼쳤어라
절벽 끝에 매달린 붉은 바위 절묘하고 위태로워
정릉의 가을이 깊어 갈 즈음 한 잔술에 시를 읊노라

(4) 冬松栢 겨울 잣 솔 나무

索漠凍林動綠枝 삭막동림동녹지
當然體態發剛姿 당연체태발강자
寒冬襲雪清光傲 한동습설청광오
獨也青君錄魄詩 독야청군녹백시

삭막하게 얼어붙은 숲에 푸른 가지 흔들거리며
당연한 모습으로 강건한 자태를 발하네
찬 겨울 폭설에도 맑은 광채 내는 오만함이여
독야청청한 그대 기백의 詩를 쓴다

〈斷想〉 정릉의 사계절은 참으로 아름답다.
도심 至近 거리에 이러한 밀림이 있음은 무한히 행복한 일이다.
요즘 사람들은 대다수 역세권을 말한다.
아무래도 그것은 후진국형 같다.
정릉의 사계를 맛보면 다른 지역으로 이사하기 쉽지 않으리라.

菊堂大人吟貞陵四季次韻
국당의 정릉사계에 차운하다

勝景貞陵艶萬枝 경치 좋은 정릉엔 가지마다 고와
綠紅四季慢芳姿 홍록이 사계절 예쁜 자태로 뽐내네
詩人墨客優遊處 시인 묵객이 노니는 곳이니
呼友風流樂酒詩 풍류객 불러 시주나 즐겨보세

(韶史 蔡舜鴻 吟)

六月 樂園洞 黎明 유월 낙원동의 새벽

夏遲明察市 하지명찰시
東日抱都門 동일포도문
迥迥高山塔 형형고산탑
咬咬動墨軒 교교동묵헌
屋林堅不雨 옥림견불우
青葉帶圍園 청엽대위원
筆陣今朝氣 필진금조기
光風霽月村 광풍제월촌

여름날 날 샐 무렵 시가지를 내다보니
동편에 해가 떠 도시의 문을 감싼다
저 멀리 산 탑이 높기도 해라
지저귀는 새소리가 먹 집에 시끄럽네
(세무서)지붕 숲은 가뭄에도 잘 견디니
싱싱한 잎새가 정원을 둘러싸고 있구나
서실의 오늘 아침 기상이야말로
광풍제월의 마을이로다

*遲明(지명) : 동틀 무렵.
迥迥(형형) : 멀리.
咬咬(교교) : 새가 지저귀는 소리.
筆陣(필진) : 붓, 먹, 벼루, 연적 등을 갖추다.
光風霽月(광풍제월) : 비가 갠 뒤의 바람과 달처럼 마음결이 명쾌하며 시원하고 깨끗함.

〈斷想〉 오늘은 비온 뒤 개인 것처럼 날씨가 맑다.
저 남산의 모습이 한눈에 다 들어온다.
우리 서실 바로 앞 건물이 종로 세무서 건물인데 옥상에 소나무를 비롯하여 이런저런 수목들로 멋진 정원을 꾸며 놓았다.
이 또한 돈 안 들이고 내가 즐기는 호사 중 하나이다.
햇빛이 뜨겁다.
문을 열어 놓으니 시원한 바람이 옥상 정원을 거쳐 내게 다가온다.
행복한 하루가 시작된다.

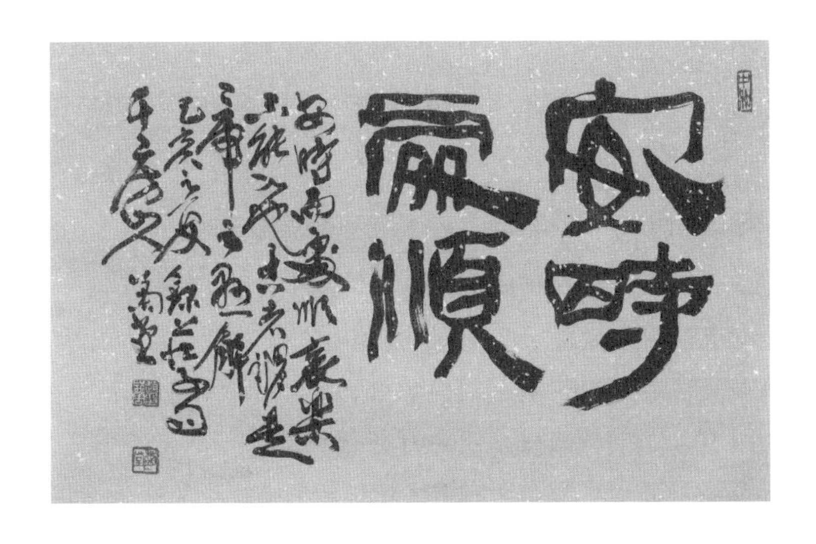

山中古木 산속 고목

老死孤身臥北天 노사고신와북천
時華髮寂寞臨邊 시화발적막림변
菁菁少夢消朝露 청청소몽소조로
落落長枝絶久緣 낙락장지절구연
失氣憐姿無覓鳥 실기련자무멱조
終生瘦骨不飛蟬 종생수골불비선
凡人路亦程同此 범인노역정동차
輒想凄望客爾前 첩상처망객이전

늙어 죽어 외로운 몸뚱이 북편 하늘 보고 누웠는데
세월 속 하얗게 세어버린 터럭에 적막함이 서려 있네
싱싱했던 젊은 날의 꿈은 아침이슬처럼 사라지고
늘어졌던 긴 가지 오랜 인연을 버렸구나
핏기 잃은 가련한 자태에 찾는 새도 없구나
삶을 마감한 여윈 뼈대엔 매미조차 날아오지 않는다
무릇 인생행로 또한 역정이 이와 같다는 것을
쓸쓸히 길손을 바라보는 너의 앞에서 문득 생각해 보노라

*華髮 : 하얗게 센 머리털.
菁菁 : 무성한 숲의 모양.
覓(찾을 멱), 輒(문득 첩)

*정릉 뒷산에 처참히 말라 죽은 고목을 보고 의인화하여 읊은 시.

〈斷想〉 내가 잘 오르는 우리 마을 뒷산은 북한산 자락이다.
어느 날 보니 산 숲 저편에 백골이 하얗게 드러난 고목 한 그루가 쓰러져 있었다.
나무껍질은 이미 다 썩어서 하얀 속살조차 부식되기 시작한다.
그간 風雨에 많이 시달린 것이 눈에 보인다.
문득 인생을 생각해 보았다
마찬가지로 목숨이 다되면 저런 모습이 아니런가.
갑자기 내 마음이 울적 허망해진다.
拙詩 한 수 남긴다.

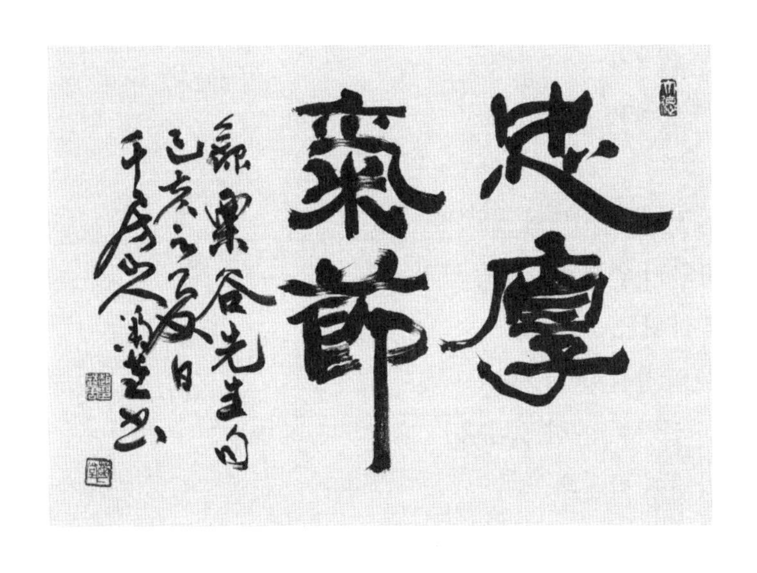

南山 남산

白霧圍巖壁 백무위암벽
和風軟岸頭 화풍연안두
木覓巖鷹視 목멱산응시
阿利水潺流 아리수잔류
煜煜春陽頂 욱욱춘양정
明明八角樓 명명팔각루
對雄威北嶽 대웅위북악
今護市無休 금호시무휴

뽀얀 안개 바위벽을 둘러싸는데
봄바람이 언덕배기에 부드러워라
목멱바위는 응시하고
한강은 잔잔히 흐른다
봄볕 산정이 환히 빛나니
팔각정이 밝은데
마주하여 웅위한 북악이
오늘도 쉼 없이 도시를 지키는구나

*阿利水(아리수) : 한강의 옛 이름.
煜煜(욱욱) : 빛나다.

〈斷想〉 남산에 올라보면 유유히 흐르는 한강과 웅장한 삼각산이 한눈에 들어온다.

종로거리 광화문도 자동차가 분주하게 내 달리고 경복궁 덕수궁에 옛 제왕들의 기운이 서리는 듯하다.
이렇게 팔각정에 앉아있노라면 우리의 서울이 한층 더 아름답게 보인다.
그 옛날 三峯 선생과 무학대사의 先見之明이 돋보이는 한나절이다.

於北岳林 북악 숲에서

(1)

煥然朝日照 환연조일조

蠕動蟻群奔 연동의군분

菽麥今生路 숙맥금생로

君何故失存 군하고실존

환히 빛나는 아침 해가 비추니

꿈틀거리는 개미떼들 분주하다

천지 분간을 못하는 오늘의 삶들

그대는 어찌하여 존재감마저 잃었는가

*蠕(꿈틀거릴 연)

蟻(개미 의)

菽麥(콩숙 보리맥) : 세상 일을 분간치 못함을 일컬음.

(2)

世人胡越意 세인호월의

菁樹昨今恒 청수작금항

薄暮煙霞醉 박모연하취

知煢獨好朋 지경독호붕

세상 사람들 가깝다가도 서로 멀어지는데

우거진 숲은 어제도 오늘도 다름이 없다

황혼 무렵 고요한 자연의 경치에 도취해보라

외로운 나그네의 좋은 벗임을 알리라

*胡越(호월) : 사이가 멀어짐.
煢獨(경독) : 외로워 의지할 곳이 없는 사람.

(3)

舊鄉朋酌酒 구향붕작주

秋菊蘂煎茶 추국예전다

綽綽神情樂 작작신정락

言生一帶霞 언생일대하

옛 고향 친구를 만나 술을 마시고

가을 국화 꽃술 따서 차를 달인다

여유를 가지고 마음이 즐거워야지

인생이란 한 줄기 노을

*綽綽(작작) : 여유 있는 모양.

〈斷想〉 오늘처럼 숲에 앉아 오랜 시간 있다 보면 자연의 오묘함에 스스로 젖어 들고 도취하게 된다.
나무 한 그루 풀 한 포기도 모두 자연이 준 선물이다.
자연과 친해지는 것은 그 무엇보다도 좋은 일이다.
건강은 물론 심사까지 순화시킨다.
인생이 뭐 있는가.
보고 싶은 친구 만나 맛좋은 술 한두 잔에 취해 보는 것도 멋지게 늙어가는 한 방법일 것이다.

雨聲 빗소리

(1)

雲空薄暮繞西坡 운공박모요서파

雨脚平明洒枯柯 우각평명쇄고가

極旱天然襤褸野 극한천연남루야

時音喜寤聞絃歌 시음희오문현가

구름 낀 하늘이 황혼 무렵 서편 언덕을 감싸더니

빗줄기가 새벽까지 마른 가지에 쏟아진다

극심한 가뭄으로 천연이 남루해진 들녘

때맞춘 소리 반가움에 잠 깨어 현가를 듣네

*雨脚(우각) : 빗줄기.

(2)

淙淙打壁亂連音 종종타벽난련음

沇沇流窓解渴心 연연류창해갈심

靆靉霄雷聲霹靂 체애소뇌성벽력

如今載旱可甘霖 여금재한가감림

주룩주룩 벽 때리며 이어지는 소리 요란하고

줄줄 빗물 창을 흘러 목마른 마음 해갈되네

구름 짙은 하늘에선 천둥 벼락도 치지만

올해 같은 가뭄에는 달콤한 장마라 할 만 하지

*淙(빗소리 종)
沇(물이 줄줄 흐를 연)
靆靉(구름낄 체, 구름낄 애)

〈斷想〉 그토록 가물더니 비가 크게 쏟아진다.
조용한 새벽이라 그런지 빗소리가 더욱 크게 들린다.

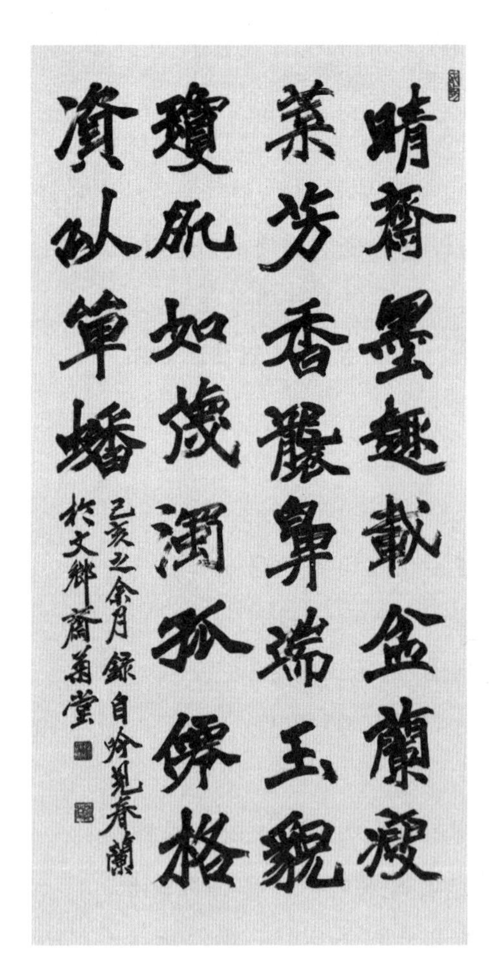

丁酉夏休旅行中 於栢山別莊 樂饗宴

정유년 하기휴가 여행 중
백산 별장에서 향연을 즐기다

千方不遠密陽天 천방불원밀양천
薄暮羊腸合墨聯 박모양장합묵련
月下吟詩興美酒 월하음시흥미주
雲中察界靠神仙 운중찰계고신선
濡山氣韻風流閣 유산기운풍류각
嘖泰和樓夏夜筵 책태화누하야연
客已經同菁旺節 객이경동청왕절
今華髮擧盞歌緣 금화발거잔가연

천 방향 멀다 하지 않은 밀양의 하늘가
저물 무렵 구불 길 따라 墨聯에 합류했네
달빛 아래 시를 읊으니 美酒에 흥이 일고
구름 속세계를 보니 신선 곁에 다가선다
산 기운이 풍류각에 스며들어
태화루의 여름밤 연회가 떠들썩하구나
우린 이미 가버린 젊은 시절에 뜻을 같이했었지
오늘 세어버린 머리에 잔 들어 인연을 노래하노라

〈斷想〉 여름 휴가를 이용하여 밀양에 모였다.
부산에서 제주에서 이곳까지.
오랜만에 만나니 모두 즐거워한다.
일박 이일 우리는 노래하고 토론하며 금준미주에 그렇게 밤새는 줄을 몰랐다.
서예로 이어진 인연.
오래오래 지속되기를 바란다.

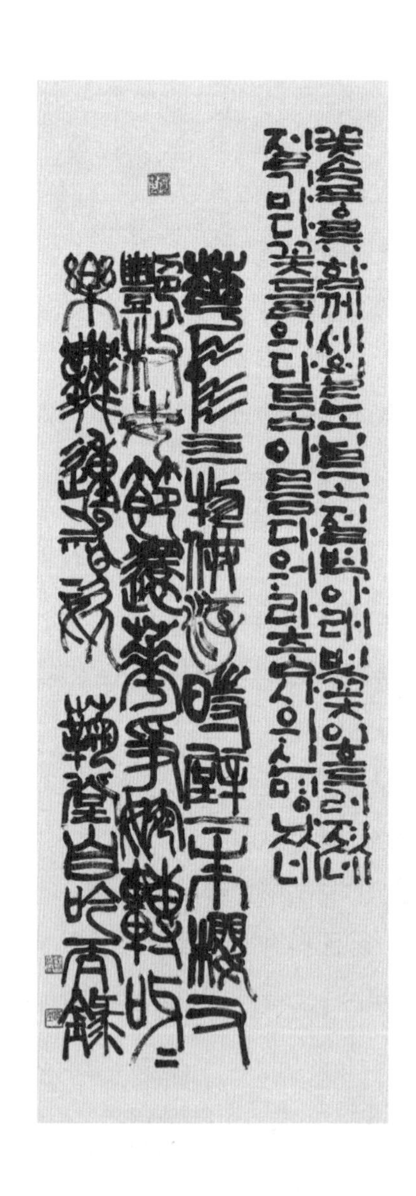

懷古沁隱大兄
심은 대형과의 옛날을 생각하며

蒼然古彩友情連 창연고채우정연
意合醺杯大醉仙 의합훈배대취선
藉藉名書公出色 자자명서공출색
藩籬蛹臥賀稀年 번리용와하희년

오랜 세월의 묵은 빛깔의 우정 이어져
뜻이 맞으면 한 잔 술에 대취한 신선이 되곤 했었네
公의 이름난 글씨 탁월함 자자하더이다
울 속에 숨은 선비 고희 맞으심 하례드리오

〈斷想〉 심은 형과의 인연은 내가 아주 젊었을 때로 돌아간다.
당시 형은 삼성그룹에 직장을 가지고 있을 때이고
나는 글씨를 본격적으로 배우기 시작할 무렵이다.
우리는 가끔 만나면 소주를 즐겨 마셨다.
대취해서 혀가 꼬부라질 때까지 마셨던 기억이 새롭다.
그런데 그 형이 올해 고희란다.
인생무상 세월 무상이다.

祝 羽堂華甲展
우당의 화갑 전을 축하함

遠錦楓如彩 원금풍여채
秋山日煥然 추산일환연
縞衣貞木帶 호의정목대
香菊小庭鮮 향국소정선
墨色溶辛苦 묵색용신고
鋒尖繼硯緣 봉첨계연연
羽堂功展盛 우당공전성
心願賀華年 심원하화년

멀리 고운 단풍 채색한 듯
가을 산 햇살에 환히 빛나라
학 날개 푸른 소나무에 펼쳐있고
향기로운 국화 작은 마당에 신선하도다
먹빛에 수고로움이 배었는데
필봉 끝에 서법의 인연을 잇고 있구나
우당이 공들인 전시회의 성황
마음으로 기원하며 회갑을 축하한다네

*縞衣(호의) : 학의 날개.
貞木 : 잎이 늘 푸른 나무.
華年 : 61세 환갑.

〈斷想〉 우당 여사가 회갑 전을 한다.
나와의 인연은 벌써 이십 년이 넘었다.
성품이 곧고 올바른 사람이다. 말하자면 우리 서실의 훈구대신 격인 회원이다.
그간 갈고 닦은 작품전이 성황리에 마쳐지길 기원한다.

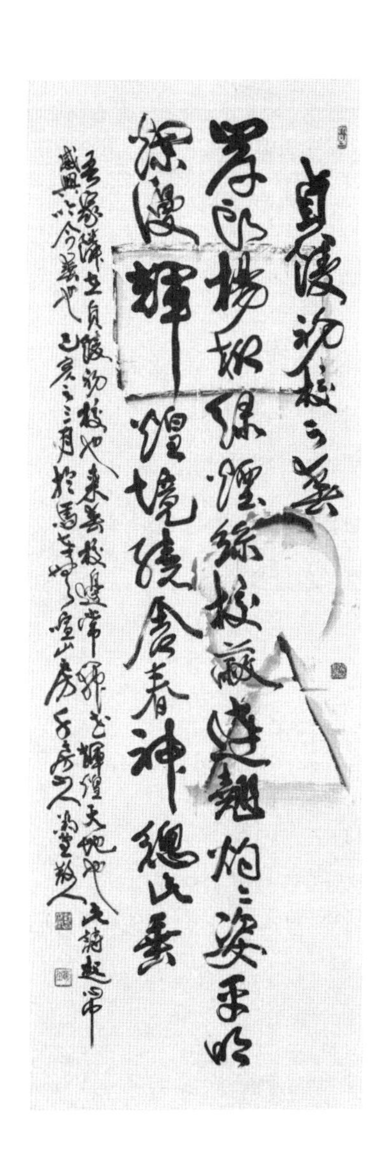

海邊女人 해변의 여인

秋天日沒彩潺波 추천일몰채잔파
袖手蛾眉動水歌 수수아미동수가
落寞微風輕黑髮 낙막미풍경흑발
濤聲集遠近圍娥 도성집원근위아

가을 하늘 지는 해 잔잔한 파도 물들이는데
팔짱낀 미인 물결 음에 흔들려라
쓸쓸한 미풍에 흑발이 가볍게 날리네
파도 소리 멀리 가까이 그녀를 감싼다

*蛾眉(나방 아, 눈섭 미) : 미인을 지칭.

〈斷想〉 멀리에서 보았다.
팔장을 끼고 먼바다를 응시하는 옆모습이 매력적이다.
누구일까?
무슨 생각을 하고 있을까?
하얀 거품을 싣고 차알싹 소리를 내며 파도가 밀려온다.
여인은 검은 머리카락 바람에 날리며 계속 바다만 쳐다보고 있다.

覽 陳介祺 金石展
진개기 금석 전을 관람하다

刻名家四十 각명가사십
中國濰坊行 중국유방행
金石都標榜 금석도표방
文化市經營 문화시경영
個關心至大 개관심지대
邦積極功成 방적극공성
萬印樓華麗 만인루화려
鐘房寶物城 종방보물성

전각인들 사십여 명
중국 요우팡에 가보니
금석도시라 표방하여
문화 시로 경영하는데
개인들 관심이 지대하고
나라는 적극적으로 공을 들이는구나
만인루도 화려하여라
십종산방이 보물의 성이로다

〈斷想〉 중국에 갔다.
역시 중국은 제 나라 문화를 지키고 계승하는 데 배울 점이 많은 나라이다.
진개기 전각 전은 생각했던 것보다 훨씬 규모가 크다.
국가에서 많은 지원을 해주기에 대회 자체가 방대하다는 것이다.
우리나라와 비교해보니 우리는 반성해야 할 게 한두 가지가 아니다.
그저 부러울 따름이다. 十鐘山房 하나만 봐도 문화 수준 면에서 도저히 우리가 따라갈 수 없는 나라임에 틀림이 없다.

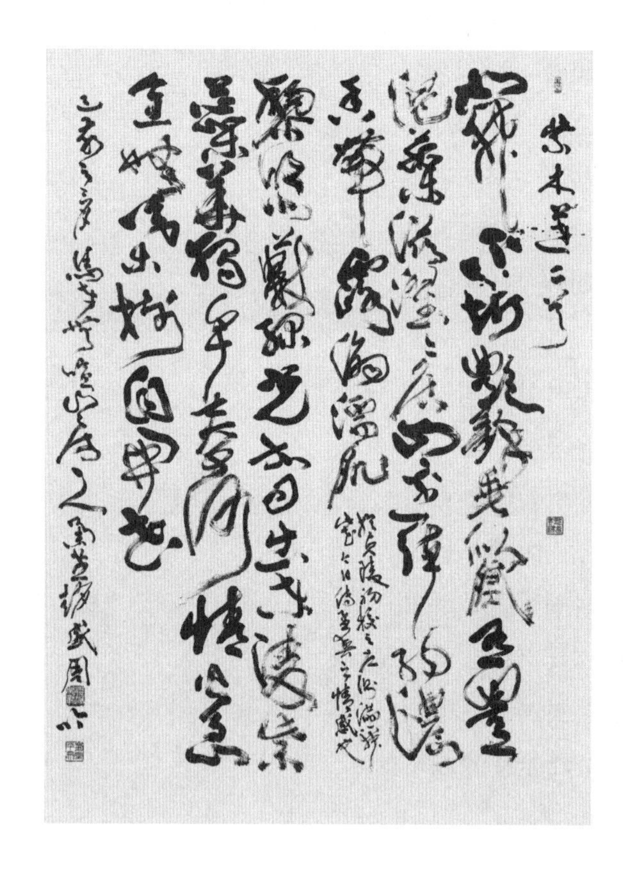

吟作業中 작업을 하다가 읊조리다

藝人程眼目 예인정안목
何定點當然 하정점당연
必不吾思合 필불오사합
觀來視覺先 관래시각선

예술가의 길에 그 안목은
어디에 초점을 맞추는 것이 당연한 것인가
반드시 내 생각이 맞는 것은 아니지만
미래를 살펴보는 시각이 우선 되어야 한다네

〈斷想〉 예술가로 산다는 것.
나는 가끔 어떻게 살아야 하는가 하고 스스로에게 묻는다.
당장 눈앞만 쳐다보고 답습만 해서는 결코 안된다.
눈앞보다 훨씬 멀리 내다보는 감각이 있어야 한다.

結成 <與墨尚友> 〈여묵상우〉를 결성하며

颯爽秋空日月邊 삽상추공일월변
重陽薄暮悅門前 중양박모열문전
桃園結義三雄命 도원결의삼웅명
墨界成筵卄友緣 묵계성연입우연
筆力剛情敦輦路 필력강정돈연로
風流味覺樂同年 풍류미각낙동년
平生鍊共存書畵 평생간공존서화
亂世遊於藝喫然 난세유어예끽연

일월변 가을 하늘 상쾌한데
시월의 저물녘 문전이 반가워라
도원결의는 세 영웅의 운명이었고
묵계 성연은 이십여 벗의 인연이로다
필력의 군센 정으로 앞날을 돈독히 하니
풍류 미각에 동년배들 즐겁구나
평생 수련한 서화를 함께하며
어지러운 세상 예에 노닐어 자연을 만끽해 보세

*輦路(연로) : 거동하는 길.

〈斷想〉 내가 평소에 생각했던 서예 그룹을 하나 만들었다.
이름을 〈여묵상우〉 라 지었다.

人選하는데 우여곡절이 있었다. 우리 모임은 작품의 질적인 면도 중요 하지만 그것 보다는 인격을 더 중요시한다.
평생을 친구로 가야 하기 때문이다.
나이도 거의 60대로 한정했다.
서로 간에 호흡을 같이하기 위해서이다.
아마 우리가 더 늙어갔을 때 진정한 벗이 되어 주기를 바란다.

旅程 여정

昨春庭蘂雜 작춘정예잡
今夏已西邊 금하이서변
斷暴風平地 단폭풍평지
過霪雨遠天 과음우원천
夕陽霞彩惚 석양하채홀
纖月淡光懸 섬월담광현
豈語人生路 기어인생로
涓涓小溪然 연연소계연

엊그제 봄 마당에 꽃잎 번잡터니
올여름도 이미 뉘엿뉘엿
폭풍이 그쳐 대지는 평화롭고
장마가 지나 하늘이 멀리 있다
저녁노을 아름다움에 황홀하여라
초승달은 가녀린 빛으로 매달려 있구나
어찌 삶의 여로를 말하나
조용히 흐르는 실개천이리라

〈斷想〉 사계절이 가는 것은 어찌 보면 그걸 따라 인생도 흘러가는 것이다.
봄이 가면 여름 오고 가을 겨울이 오고 또다시 봄이 오고…….
다만 사계는 그렇게 순환이 되지만 인생의 순환은 없다.
한번 가면 결코 다시는 그 시절이 되돌아오지 않는다.

某 政治人 笑料 어느 정치인들의 웃음거리

(1)

去夏經秋又左冬 거하경추우좌동
離家合義再歸農 이가합의재귀농
甘呑苦吐今癡進 감탄고토금치진
可笑無恥一國容 가소무치일국용

여름 가고 가을 지나 또 겨울이 다가오는데
집 떠나 의기를 모은다더니 다시 돌아오네
달면 삼키고 쓰면 뱉는 오늘날 바보들의 행진
가소롭구나, 후안무치! 한 나라의 얼굴들이여!

(2)

中庸正政事諸元 중용정정사제원
義理追人道固根 의리추인도고근
蔑視蒸民無主骨 멸시증민무주골
何如亂國背民論 하여난국배민론

중용은 정사를 바르게 하는 으뜸이요
의리는 인간의 도리를 추구하는 뿌리라
국민을 멸시하는 줏대 없는 사람들
어찌 이처럼 나라를 어지럽게 하고 民論을 배신하나

(3)

自政治生物慨言 자정치생물개언
眞人事義結爲根 진인사의결위근
何如渴澤而魚態 하여갈택이어태
振作精神裂國論 진작정신열국론

흔히 스스로 정치가 생물이라 말하는데
진정 인사의 의리 맺음이 근본이 되어야지
어찌하여 눈앞의 이익만을 좇는 행태란 말인가
정신 좀 차리시오, 국론이 분열 되고 있소이다

*渴澤而魚(갈택이어) : 연못을 말려서 물고기를 잡다, 즉 눈앞의 이익만을 추구하느라 장래를 내다보지 못함의 비유.

〈斷想〉 정치인들의 행태를 보면 그만하겠다 하고 일선에서 물러난다 하고 그렇게 말하고 그들은 떠나지만 얼마 후면 무슨 명목을 대고서라도 다시 나오는 것을 심심하지 않게 보게 된다.
정치라는 것이 그렇게 매력이 있는가 보다.
하지만 국민 입장에서 보면 신뢰감이 크게 떨어지는 것이다.
그들은 국민 앞에서는 금방 원수라도 된 것처럼 싸우고 떠나도 또 그들은 다음날 합친다.
국민은 이제 다 알고 있다.
저들이 쇼를 벌이고 있다는 것을…….

晩秋雪 만추에 내린 눈

霜楓紅葉冷 상풍홍엽냉
朝露褐枝瓏 조로갈지롱
六出冬風已 육출동풍이
垂襟暮節空 수금모절공

서리 단풍 붉은 잎새가 차가워라
아침 이슬이 갈빛 가지에 반짝거린다
눈발의 겨울바람 벌써 다가와
옷깃에 스며드는 늦가을이 황량하도다

〈斷想〉 아직은 가을인데 갑자기 눈이 내린다.
근래에는 온난화 현상인지 뭔지 때를 어기고 눈이 내리기도 한다.
늦 단풍에 눈이 쌓여 그 또한 볼 만 하긴 하다.
찬바람이 소매 속으로 스민다.
이 가을에…….

娟梨第一个生日 연리의 첫돌

(1)

胎點成長息 태점성장식

過年歲暮生 과년세모생

爾家門慶祝 이가문경축

剛健淑姿耕 강건숙자경

태속 점 하나 자라면서 호흡하더니

지난해 세밑에 태어났지

너는 가문의 경축이니라

강건하고 맑은 모습으로 자라나라

(2)

對視溫情篤 대시온정독

淸睛粹美藏 청정수미장

樂娟梨誕日 락연리탄일

祈小子平康 기소자평강

마주하는 시선에 따뜻한 정 돈독하여라

깨끗한 눈동자엔 아름다움이 드리웠구나

연리의 생일을 즐거워하며

녀석의 평강을 기도하노라

〈斷想〉 녀석이 태어난 지 벌써 일 년이 지났다.
요즈음은 연리를 보는 날이 그야말로 즐겁게 기다려진다.
아기들은 눈동자가 참으로 맑다.
그것은 거짓이 없기 때문일 것이다.
연리의 첫돌을 진심으로 축하한다.

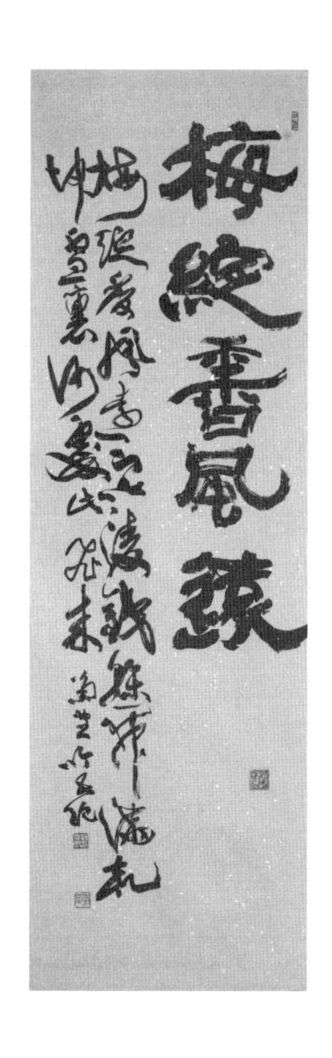

賀 長男結婚 장남의 결혼을 축하하며

去鷄年暢月 거계년창월
空如素液荒 공여소액황
昨氷天靆靉 작빙천체애
今福地陽光 금복지양광
愛弓含婦美 애궁함부미
元熙握丈剛 원희악장강
爾煌煌我幸 이황황아행
貴因禱爲祥 귀인도위상

정유년이 가는 십이월
허공의 눈발이 거칠어진 듯
어제는 언 하늘에 구름이 잔뜩 끼었더니
오늘 복된 터엔 빛이 밝아라
아유미는 婦德의 아름다움을 머금었는데
원희는 丈夫의 기개를 지녔구나
너희들의 빛남은 우리의 행복
인연을 귀히 여기며 吉祥을 기도하노라

*素液(소액) : 눈.
暢月(창월) : 음력 11월.
靆靉(체애) : 구름이 많이 끼다.
愛弓 : 아유미, 며느리 이름(일본).
元熙 : 장남 이름.

〈斷想〉 장남 원희가 장가를 들었다.
결혼식은 가족끼리 조용히 작은 결혼식을 가졌다.
우리 며느리는 일본인이다.
국경을 넘은 결혼
부디 잘살기를 기도한다.

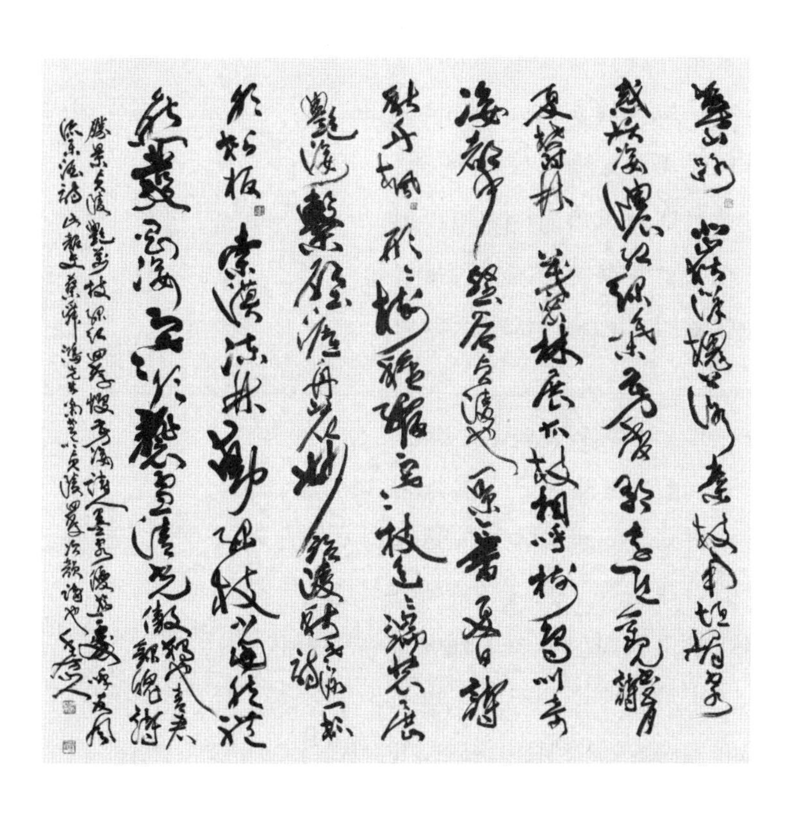

恭賀 呂陶山先生 遺稿集 出刊
呂 陶山선생 유고집의 출간을 축하드리며

玉句金言筆妙珍 옥구금언필묘진
揚清激濁理窮眞 양청격탁리궁진
雲中察界神仙靠 운중찰계신선고
月下吟風美酒春 월하음풍미주춘
藝道思專承胤緖 예도사전승윤서
詩書氣卽滅風塵 시서기즉멸풍진
柳韓李杜韋編絶 류한이두위편절
蛹臥名門出色彬 용와명문출색빈

金言玉句의 筆妙가 보배로워라
激濁揚淸 이치의 궁구함이 참되도다
구름 속세계를 살피니 신선 곁에 다가서고
달빛 아래 풍류 읊으니 美酒에 봄이로다
藝와 道의 사상 오로지 후대에 전승하였네
詩書의 기운에 곧 티끌이 소멸하누나
李 杜 韓 柳를 연찬함이 不舍晝夜 이리라
名門 家의 숨은 선비 탁월하심 빛나도다

*胤緖 : 후대, 후손.
李 杜 韓 柳 : 당나라 때 시문에 뛰어난 이백(태백), 두보(자미), 한유, 유종원.
韋編絶 : 위편 삼절, 즉 공자께서 공부를 많이 하여 책을 꿰맨 가죽끈이 세 번이
나 끊어졌다는 고사.
蛹臥 : 고치 속에 번데기가 누워 있다는 뜻으로,
숨어 조용히 사는 선비를 비유하는 말.

〈斷想〉 본 시의 도산 선생은 나의 스승 구당 선생님의 부친 되시는 분이시다.
아드님이신 구당 선생님께서 부친의 유고집을 출간하시겠다며 시 한 수를 부탁하신다.
지을 줄 모르는 수준 낮은 시이지만 글자를 꿰맞추어 한 수 보내드렸더니 퍽 좋아하
신다.
구당 선생님은 참으로 효자이시다.

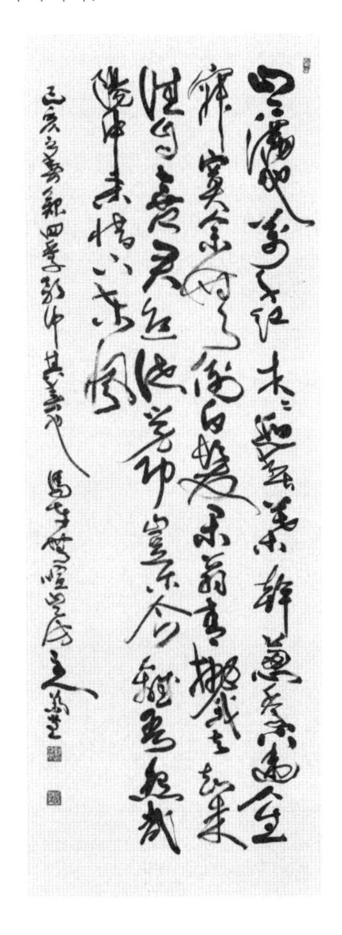

平昌冬季五輪 평창 동계 올림픽

酷朔風山野 혹삭풍산야
嚴冬凍土中 엄동동토중
萬邦來技倆 만방래기량
都姓願成功 도성원성공
雪馬氷盤速 설마빙반속
寒天六出濛 한천육출몽
共同南北合 공동남북합
祥瑞海河充 상서해하충
雪嶽峨峨秀 설악아아수
平昌勃勃雄 평창발발웅
洛山波出出 낙산파출출
青草樹蔥蔥 청초수총총
豈五輪無聖 기오륜무성
何民意不通 하민의불통
立春方世典 입춘방세전
驚蟄必來融 경칩필래융

시리디 시린 산야
꽁꽁 얼어버린 엄동설한에
온 세계 기량들이 모여든다
우리 모두 성공을 염원하리라
썰매가 얼음판에서 속도를 내는데

찬 하늘이 눈발에 흐릿하네

남북이 공동으로 합하니

상서로움으로 하해가 충만하도다

설악의 위엄은 수려하고

평창의 기운이 내뿜는구나

낙산의 파도가 출렁출렁

패기의 선수들 무성하기도 하다

올림픽은 성스러움

어찌 민의와 통하지 않으리

바야흐로 입춘절에 열리는 세계의 축제

경칩엔 필연코 융성을 거두리라

〈斷想〉 이번 동계올림픽은 북쪽에서도 참여한다고 한다.
글쎄다 좋은 소식이긴 하지만 그 사람들을 믿을 수가 없다.
항상 판을 잘 깨기 때문이다.
모쪼록 이 올림픽의 성공을 기원한다.

戊戌春分之雪 무술년 춘분에 내리는 눈

木覓紅梅蕾播香 목멱홍매뢰파향
南江白鳥隊歌陽 남강백조대가양
都心六出難分路 도심륙출난분노
不測天神造化藏 불측천신조화장

목멱산 홍매 봉오리 향을 퍼트리고
한강의 흰새 떼 봄을 노래하는데
도심에 퍼붓는 눈발은 길을 구분하기 어렵네
헤아릴 수 없는 천신 조화의 秘藏함이여

*木覓(목멱) : 서울 남산의 별칭.
蕾(꽃봉오리 뢰), 播(뿌릴 파)

〈斷想〉 오늘이 춘분이다.
그런데 하얀 눈이 마구 퍼붓는다.
활짝 핀 꽃 술 위에 눈이 덮였다.
눈은 이제 계절을 가리지 않고 오려나 보다.

到 七秩 想念 나이 칠십 줄에 이르며 생각하다

昨日春秋到臘前 작일춘추도납전
煎茶罕漫察周邊 전다한만찰주변
濃青北樹飄黃葉 농청북수표황엽
力出東盤沒黑泉 역출동반몰흑천
鑠鑠長刀傷去歲 삭삭장도상거세
纖纖玉手皺天緣 섬섬옥수추천연
何生百壽能言也 하생백수능언야
不測今熏灼似煙 불측금훈작사연

어제 봄가을인가 하더니 한 해가 간다
차를 달이며 부질없이 주변을 살펴보니
짙푸르던 북편 숲 낙엽 되어 흩날리고
불끈 솟았던 동편 달도 어둠 속으로 사라지는구나
번쩍거리던 장검 가는 세월에 녹스는데
부드럽던 그대의 손 인연 속에 주름지는구려
어찌 인생 백세라 말 할 수 있으리
오늘의 왕성함도 연기처럼 예측하기 어려운 것이라네

*罕漫(한만) : 분명치 아니한 모양.
皺(추) : 주름지다.
鑠鑠(삭삭) : 번쩍 거리다.
熏灼(훈작) : 세력이나 힘이 왕성함.

〈斷想〉 내 나이 거의 칠십이다.
 스스로도 믿어지지 않는다.
人生七十古來稀 라고 했던가.
그러나 사람은 알 수가 없다.
중요한 것은 얼마나 오래 사는가 이런 것이 아니라 살면서 얼마나 좋은 흔적을 남겼는가이다.

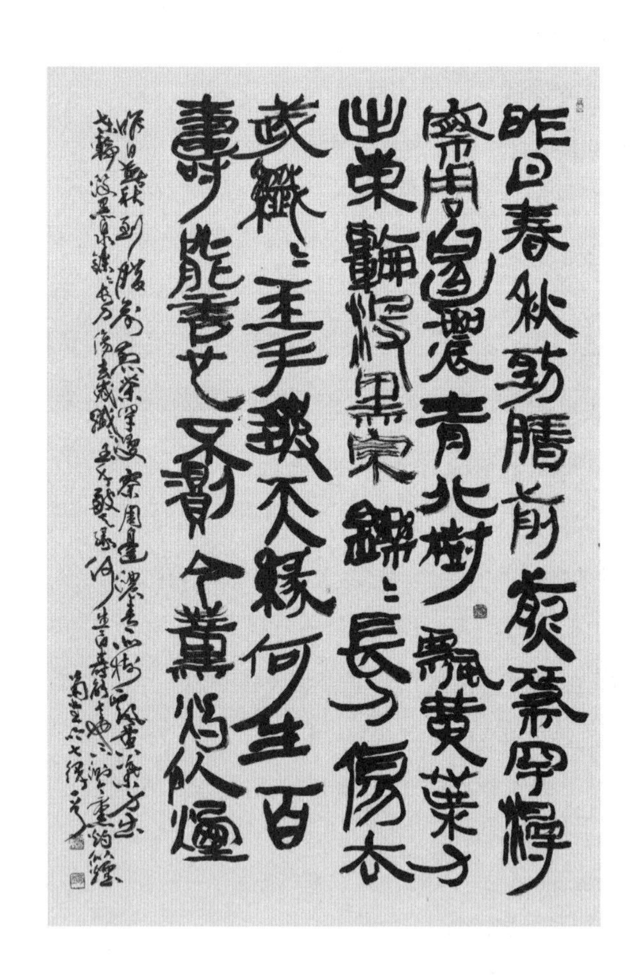

四月初 登山路 사월 초 등산길

開花白蝶舞蜂飛 개화백접무봉비
啼鳥紅山動樂歸 제조홍산동악귀
蟻隊樓前奔役事 의대누전분역사
迎春北岳散生機 영춘북악산생기

꽃 피니 흰 나비 춤추며 벌 날아들고
새 지저귀니 고운 산 메아리쳐 노래 되돌아오네
누대 앞 개미떼들 일하느라 분주해라
봄을 맞는 북악이 생기를 뿜는다

*生機 : 氣韻있게 활동하다.

〈斷想〉 오늘 산을 오르다 보니 북악정 앞에 엄청난 개미떼들이 역사를 하고 있다. 저 미물들도 살기 위해서 제 몸뚱아리 보다 더 큰 먹을 양식을 물고 열심히 어딘가로 이동하고 있는 것이다.
가만히 관찰해보니 참으로 이치 속이다.
누각 앞 꽃밭에서는 벌 나비가 역시 그들이 먹을 꿀을 따느라 분주하다.
사월 초 등산길은 이렇게 생동감을 느끼며 시작한다.

登北岳 북악에 올라

碧岳雲煙覆四方 벽악운연복사방
松林衆鳥叫春陽 송림중조규춘양
絲川澗水羊腸曲 사천간수양장곡
藹藹山陵播樹香 애애산릉파수향

푸른 뫼에 구름 안개 사방으로 깔렸는데
솔숲 뭇새들 봄볕에 우지지네
실개천 석간수 굽은 산길 꺾어 돌고
무성한 구릉에 수목 향이 번진다

*藹藹(애애) : 무성한 모양.

〈斷想〉 나는 자주는 못 오르지만 가끔은 여기 마당바위까지 올라올 때가 있다.
이곳에 오르면 서울 시내 멀리까지 잘 보이며 그 풍광이 볼 만하다.
예전에는 계곡에 물이 많았었는데 근래에는 건천이 되어버렸다.
그렇지만 숲은 밀림 수준이다.
이런 숲 아래에서 내가 살고 있다.

四月雪 사월에 내린 눈

花爭艷朶播濃香 화쟁염타파농향
蝶集翩飛坐蜜囊 접집편비좌밀낭
姑洗於乾坤玉屑 고선어건곤옥설
無時六出躑春陽 무시육출척춘양

꽃이 흐드러져 진한 향기 퍼지고
나비들 훨훨 날아 꿀주머니에 모여 앉는데
사월 천지에 백설이 내리니
때 아닌 눈에 봄볕이 주춤댄다

*姑洗(고선) : 음력 3월.
玉屑(옥설) : 눈의 별칭.
躑(머뭇거릴 척)

〈斷想〉 사월인데 눈이 쏟아진다.
나비도 벌도 모두 들어가 버렸다.
나와 돌아다니다가는 얼어 죽고 말 일이다.
꽃술도 많이 망가졌다.
안타깝다.

五月雪 오월에 내린 눈

天邊赤日色衰低 천변적일색쇠저

地上青枝葉結啼 지상청지엽결제

六出陽春華嫉視 육출양춘화질시

花頭打雨雹深傷 화두타우포심상

하늘 가에 붉은 햇살 기울고

땅 위 푸른 가지 이파리엔 눈물이 맺혔네

눈은 봄의 華奢를 질투하는 걸까

꽃봉오리 우박 맞아 상처가 깊구나

〈斷想〉 4월 눈은 아무것도 아니다.
오월에 눈이 온다.
이상기후임에 틀림이 없다.
내 생애 오월의 눈은 처음인 듯하다.

登五月富士山 오월에 오른 후지 산

雲中鼓出乳頭峰 운중고출유두봉

屹立衝天獨美容 흘립충천독미용

億劫山形如撒簣 억겁산형여살궤

萬年雪態似圖冬 만년설태사도동

逶迤馬路輕風起 위이마노경풍기

嶽麓清湖白浪重 악록청호백낭중

海拔高三千七百 해발고삼천칠백

詩人感性盛從蹤 시인감성성종종

구름 속 봉긋 솟은 젖가슴 닮은 봉우리

우뚝 하늘을 찌른 고독한 아름다움의 위용이여

억겁의 산 모양은 마치 한 삼태기 부어 놓은 듯하고

만년설 자태는 흡사 겨울을 그린 것 같구나

구불 구불 에워 두른 車路에 가벼운 바람 이는데

산기슭 맑은 호수엔 흰 물결이 찰랑찰랑

해발 삼천 칠백 여 미터의 높이에

시인의 감성이 발자취 따라 성하네

*撒(뿌릴 살)
簣(삼태기 궤)

*2016년 5월 짓다.

〈斷想〉 우리 가족 후지산에 올랐다.
고도 3천 칠백 여 미터란다.
2천 4백 고지까지 밖엔 더 갈 수가 없다.
오월인데도 고도가 높아서 그런지 서늘하다.

與 孫娟梨 四月 富士山行
손녀 연리와 사월 후지산에 가다

(1)

山頭煜白雪圓弧 산두욱백설원호

麓下圖明鏡太湖 녹하도명경태호

接頂空三千七百 접정공삼천칠백

花神令未到中途 화신영미도중도

산머리엔 반짝이는 萬年雪의 둥근 선

기슭 아래엔 그림 같은 맑고 큰 호수

하늘이 맞닿은 삼천 칠백 미터 꼭대기엔

봄소식이 아직 도중에서 안 왔나 보다

(2)

四月春光富士山 사월춘광부사산

娟梨笑眼素鮮顔 연리소안소선안

相間美麗調和貌 상간미려조화모

業業曨曨照返還 업업롱롱조반환

사월 봄볕의 후지산

연리의 웃는 눈 뽀얀 얼굴

서로 아름답게 조화된 모습이

웅장한 산 어스레함에 되돌아 비친다

*嶪嶪(업업) : 산이 높고 큼.
曨曨(롱롱) : 어스레한 모습.

〈斷想〉 벌써 두 번째 후지산 여행이다.
올라가는 길이 매우 한적하고 경사가 비교적 완만하다.
중간에 드넓은 산중 호수가 매우 낭만적이고 이색적인 아름다운 이곳이지만
연리는 아직 어려서 그런지 별 흥미가 없다.
훗날 남긴 사진을 보고 추억으로 삼으리라.

*2018년 4월 19일 가족과 여행하면서 읊다. (해발 약 2,300고지에서)

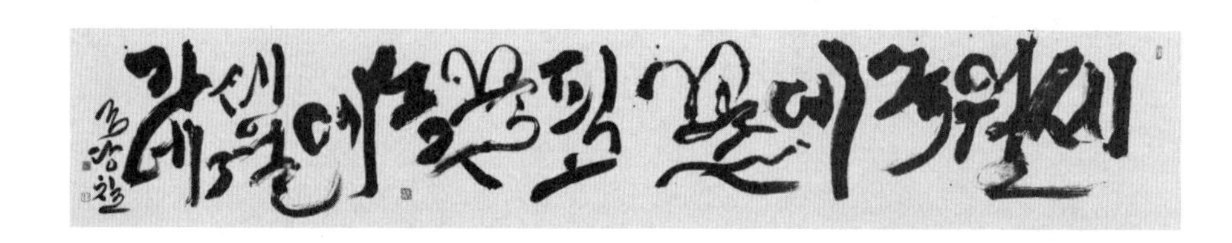

戊戌 四月卄七日板門店
무술년(2018) 4월 27일 판문점

(1)

南牆綠葉麗新春 남장녹엽려신춘

北壁紅花爛碧園 북벽홍화란벽원

彼我檀君之一族 피아단군지일족

文金握手照世門 문김악수조세문

남쪽 담장 녹색 잎 새봄 맞아 수려하고

북쪽 벽 붉은 꽃 푸른 동산에 찬란하네

우리는 단군의 한 민족

두 정상의 악수가 세상의 문을 비추도다

(2)

鴨綠悠流萬里聲 압록유류만리성

耽羅嶽氣億年精 탐라악기억년정

相通語義同民族 상통어의동민족

不錄何今史大成 불록하금사대성

압록강 유유히 흐름은 萬里까지 들리고

한라의 산 기운 億年의 정기로다

말과 뜻이 상통하는 동일 민족

오늘 역사적 대성을 어찌 기록하지 않으리

(3)

白頭漢拏土栽松 백두한라토재송

阿利浿江水合胸 아리패강수합흉

實約和繁停戰處 실약화번정전처

何今大事不民雍 하금대사불민옹

백두 한라 흙으로 소나무를 심고

한강 대동강 물 주며 마음을 합했네

실로 정전 처에서 평화와 번영을 약속했으니

어찌 오늘의 대사가 민족의 화합이 아니겠는가

*阿利 : 아리수 즉 한강의 옛명.
浿江 : 패강, 대동강의 옛명.

*白頭 阿利 浿江 등은 지명으로 불가피 평측 생략.

(4)

高山不老繡千年 고산불로수천년

大海無辭抱萬船 대해무사포만선

秀麗東方之祖國 수려동방지조국

祈分斷七秩終堅 기분단칠질종견

높은 산 늙지 않으니 천년을 수놓고

큰 바다 사양이 없으니 온갖 배를 포용하네

수려한 동방의 조국

분단 칠십 년의 종점이 굳어지길 기원하네

*2018년 4월 27일 남북정상의 회담을 보고 평화적 성공을 염원하며 지은 시.

〈斷想〉 글쎄다.
남북이 만나 악수하고 나무 심고 좋기는 하지만 이 또한 얼마나 이 기운이 이어질지는 두고 봐야 할 일이다.
항상 우리는 그렇게 보아 왔다.
70년 상처가 과연 그리 쉽게 아물지도 지켜 볼 일이다.
우리 쪽에서는 판을 깨지 않는다.
항상 상대가 변덕을 부리기에 지켜봐야 한다.
서로 진정으로 손을 잡는다면 얼마나 좋을까.
그러나 그게…….

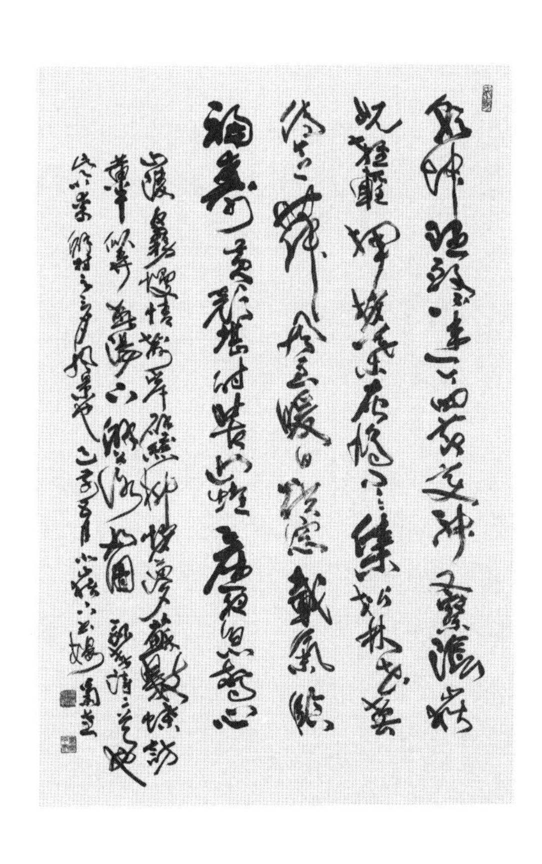

戊戌 春 무술년 봄

(1)

太陽東嶽出 태양동악출

纖月太空衰 섬월태공쇠

幸冀民生樂 행기민생락

焉同族願悲 언동족원비

태양이 동녘 산에 솟아오르고

초승달 큰 하늘에서 사라져가네

안락을 바라는 민생

어찌 동족 간 비극을 원하리오

(2)

北山寒雪滅 북산한설멸

南野暖風吹 남야난풍취

錦繡吾江土 금수오강토

今和氣次垂 금화기차수

북녘 산 寒雪이 녹고

남쪽들엔 따뜻한 바람이 부네

아름다운 우리의 강토에도

이제 평화의 기운이 차츰 드리우려나

〈斷想〉 새봄이 왔으니 이 나라에도 평화가 오길 또 기원한다.
다시는 동족 간에 피를 흘려서는 절대로 안된다.
하지만 느낌이 좀 좋지 않다.
저들이 결코 핵을 포기하지 않을 것 같기 때문이다.

貞陵壑 五月之色 정릉 골 5월의 빛깔

山陵草綠葉誇生 산릉초록엽과생
溪壁眞紅幹動情 계벽진홍간동정
北嶽巍巍余月麓 북악외외여월록
新鮮待夏賽華榮 신선대하새화영

산 구릉 초록 잎 싱싱함을 뽐내고
계곡 벽 진홍 꽃줄기 가슴이 설레네
드높은 북악의 오월 산기슭
신선한 여름을 기다리며 화려함을 다툰다

*賽(내기할 새) : 서로 아름다움을 자랑하다(相誇勝).

〈斷想〉 우리 동네 정릉골은 사계절의 색깔이 완전히 다르다.
봄은 화려한 핑크, 여름은 진록, 가을은 브라운톤, 겨울은 잿빛과 어우러진 녹빛.
그런데 5월은 순백의 아카시아와 진홍빛 장미의 칼라가 더한다.

爬山虎 담쟁이

松花粉散北山陵 송화분산북산릉
樹鳥群飛溪壁朋 수조군비계벽붕
芮芮長長菁地錦 예예장장청지금
藤枝左木厚顔登 등지좌목후안등

송화 가루 북악 구릉에 흩날리고
숲새 떼 계곡 벽에 짝지어 나는데
우거진 넝쿨 쭉쭉 자라 뻗어간
등나무 가지가 옆 나무에 넉살 좋게도 타고 오른다

*芮芮(물가 예) 예예 : 풀의 싹이 나서 자라는 모양.
爬(긁을 파)

〈斷想〉 나는 담쟁이 넝쿨을 볼 적 마다 느끼는 것이 있다.
언제 자라는 것인지 모르게 어제 본 것과 오늘 본 것의 높이 차이가 크다는 것.
그만큼 빨리 자란다는 것과, 이 식물은 꼭 상대가 있어서 기생하고 산다는 것,
이 두 가지이다.
오늘도 산에 오르니 나무마다 이 넝쿨 식물이 모두 칭칭 감아 타고 오른다.
언뜻 이런 생각이 들었다.
저 큰 나무가 이 담쟁이과 넝쿨에게 “너 나 타고 살아라” 라고 하는 것처럼 들렸다.

與墨尙友 創立展 여묵상우 창립전

(1)

綠葉春陽蓋萬山 녹엽춘양개만산
書華墨氣動胸間 서화묵기동흉간
同行客卄家舒展 동행객입가서전
尙友文香未不慳 상우문향미불간

초록 잎 봄볕에 온 산을 덮고
글 꽃 먹 기운에 가슴속이 생동한다
동행 묵객 이십 작가 펼쳐 보인 전시회
〈여묵상우〉 문자 향기 가득가득 퍼뜨리네

*慳(인색할 간)

(2)

竹畵淸風洗舊憂 죽화청풍세구우
心書鬱氣動庭樓 심서울기동정루
人生六十黃金代 인생육십황금대
筆墨逍遙一世流 필묵소요일세류

대 그림 맑은 바람 묵은 근심 씻기는데
마음의 글 울발 기운 누대에 비동 한다
인생 육십은 황금시대라
필묵으로 소요유하며 한 세상 가보세

〈斷想〉 서화그룹 여묵상우 창립전.
백악미술관에서 개막했다.
그 의미가 매우 크다.
우리는 나이 들며 친구로 가자하고 모인 그룹이다.
서로 외로울 때 보듬으며 갈 여묵상우이다.

五月十五日雨 오월 십오일에 내린 비

雷聲轟震地 뇌성굉진지
電火閃分天 전화섬분천
擾亂今春雨 요란금춘우
汸汸濫壑川 방방람학천

천둥이 우당탕탕 땅을 흔들고
번개가 번쩍번쩍 하늘을 가르며
요란스럽게 내리는 오늘 봄비에
콸콸 콰-알 계곡이 넘치네

〈斷想〉 어제 밤에 비가 아주 요란스럽게 내렸다.
정릉천에서도 큰물이 일어 인명사고가 났다는 뉴스도 들린다.
늦봄에 내리는 비로는 엄청난 양이 내렸다.
나는 비를 좋아한다.
비가 오는 날은 의외로 마음이 편안하다.

探訪 漢陽都城路 한양도성 길을 탐방하며

(1)

三仙橋側集相親 삼선교측집상친

惠化門前出踏巡 혜화문전출답순

舊漢陽都城踖路 구한양도성적로

時人苦勞襲吾身 시인고로습오신

삼선교 한쪽에 친구들 모여

혜화문 앞에서 巡城길 출발했네

옛 한양 도성로를 밟으니

당시 사람의 수고로움이 내 몸을 엄습해

*踖(밟을 적)

(2)

萬化方暢散嶽精 만화방창산악정

千年古蹟肆都城 천년고적진도성

風磨雨洗傷痕迹 풍마우세상흔적

吐盛衰長久歷程 토성쇠장구역정

만화방창 북악의 정기가 깔리는데

천년 고적 수도의 성곽이 늘어서 있어라

비바람에 씻긴 상처의 흔적들

흥망성쇠 장구한 역정을 토해낸다

(3)

肅靖門雄貌突岑 숙정문웅모돌잠

青雲臺廣視淸心 청운대광시청심

菁菁白岳山望市 청청백악산망시

景福宮王氣韻吟 경복궁왕기운음

숙정문 웅장한 모습 산봉우리에 솟았는데

청운대 탁 트인 시야 마음마저 맑아져

숲이 우거진 백악산에서 시가지를 바라보니

경복궁 제왕 기운에 시 한 수 읊네

(4)

築造城流血汗過 축조성유혈한과

安寧市動力源何 안녕시동력원하

登城壁察都窺古 등성벽찰도규고

愛國氓生苦勞磨 애국맹생고로마

築城에 흘린 피땀 많았어라

市街를 편안케 하고자 하는 동력원이 무엇이었을까

성벽에 올라 도시를 살피며 옛날을 엿보니

애국 민초들 고생으로 갈고 닦음이어라

(5)

崇禮興仁把守都 숭례흥인파수도

仁王木覓保街衢 인왕목멱보가구

東西闊太平鐘路 동서활태평종로

舊古城今黙護區 구고성금묵호구

남대문 동대문 서울을 파수하고

인왕산 목멱산 시가지를 보호하네

동서로 활달한 태평로 종로

옛 성은 오늘도 묵묵히 마을을 지키고 있네

(6)

北嶽亭彰儀大門 북악정창의대문

青瓦屋綜合廳軒 청와옥종합청헌

觀阿利水南山景 관아리수남산경

錦繡江山國亦元 금수강산국역원

북악정 창의문

청와대 종합청사

한강과 남산의 경치까지 살펴보니

금수강산의 나라 역시 으뜸이로다

〈斷想〉 서울에 산 지 60여 년인데 한양 도성길을 순성한 것은 처음이다.
그 옛날 순전히 인력에 의해서 이 성을 쌓았을 터인데 그 얼마나 힘이 들었을까 생각해 본다.
혜화문을 시작으로 창의문까지 약 3시간 정도 돌아내려 왔다.
수도 한양을 수호하기 위해 축성한 이 성곽들을 살펴보며 우리의 선조들에 대한 경외심마저 든다.
중간중간 보수의 흔적도 있지만 원석 그대로 있는 곳도 많다.
그 시대 이 성을 쌓느라 피땀을 흘린 백성들과 호흡을 같이 하는 느낌이다.

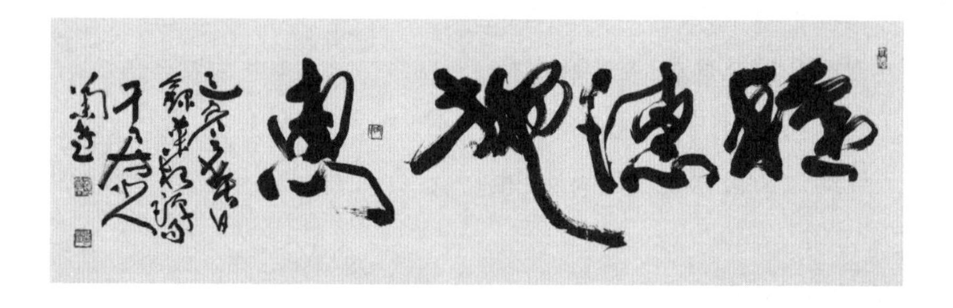

思母曲 사모곡

(1)

忠清僻落小農場 충청벽락소농장

菽麥常青麗故鄉 숙맥상청려고향

我出生於辛卯夏 아출생어신묘하

相殘戰內外都荒 상잔전내외도황

충청도 후미진 마을 작은 농장에

콩 보리 늘 푸르렀던 아름다운 내 고향

나는 신묘년 여름에 태어났네

동족 상잔의 전쟁으로 나라 안과 밖이 모두 황폐했었지

(2)

慈親少出嫁權門 자친소출가권문

十七芳年蓓蕾魂 십칠방년배뢰혼

勢道安東家育禮 세도안동가육례

吾豊壤趙氏承孫 오풍양조씨승손

어머니는 소싯적 권 씨 문중에서 시집오셨으니

방년 십칠 세 꽃봉오리 영혼이셨지

세도 안동 가문에서 예를 기르시고

우리 풍양 조씨 집안에 오셔서 손을 이어 주셨네

*蓓蕾(배뢰) : 꽃봉오리.

(3)

而立年前別世親 이립년전별세친

乾崩地壞掩哀倫 건붕지괴엄애륜

天涯苦又何誰辯 천애고우하유변

雨露心思月落晨 우로심사월락신

서른이 되시기도 전에 별세하신 선친

하늘이 무너지고 땅이 꺼지는 슬픔을 감추며 살아오셨네

천애에 고통을 또 누구 있어 알아 드릴까

그 은혜 생각하다가 달지는 새벽이 되었구나

(4)

華年出嫁破瓜行 화년출가파과행

白壽成仁不變貞 백수성인불변정

短命家尊無想念 단명가존무상념

唯爲族踏步誠程 유위족답보성정

꽃다운 나이에 시집오셨던 어린 규수의 힘든 행로

거의 백세가 되시도록 仁을 이루신 불변의 곧음이셨어라

짧으신 삶의 아버님 그리워하실 틈도 없이

오직 가족을 위해서 정성의 길을 걸어오셨네

*破瓜之年(파과지년) : 여자의 나이 16세 (남자는 64세).
白壽(백수) : 99세.

(5)

酷北風山壑冷氷 혹북풍산학냉빙

和東日野地昌興 화동일야지창흥

貧農老母慈如海 빈농노모자여해

燦爛長恒禱燥膺 찬란장항도조응

혹독한 북편 바람 산골짜기에 시려도

따뜻한 동쪽 햇살에 들판은 자라났지

빈농 노모의 자비로우심이 바다 같아라

자식이 찬란히 성장하기를 늘 기도하시며 가슴을 태우셨네

(6)

寤寐唯爲息自牲 오매유위식자생

有無只向子魂誠 유무지향자혼성

耕荒手節津生驗 경황수절진생험

酷毒波深皺旅程 혹독파심추여정

자나 깨나 오직 자식 위해 스스로 희생하셨고

있으나 없으나 다만 자식 향한 혼을 바치신 진실이셨어라

농사일에 거칠어진 손마디엔 삶의 시련이 배어나는데

혹독한 풍파 깊은 주름이 살아오신 과정이시라네

(7)

坐立恒望子極誠 좌립항망자극성
朝宵獨愛族孤行 조소독애족고행
强波瘦貌沾無定 강파수모첨무정
又蠢愚余淚母程 우준우여루모정

앉으나 서나 항상 자식을 향한 지극한 정성으로
하루 종일 홀로 가족을 사랑하신 고독한 여행
거센 파도에 야윈 모습 세월 무상 젖어 있는데
바보 같은 나는 어머니의 여정에 눈물만 짓누나

(8)

鑠鑠長刀飾速年 삭삭장도식속년
纖纖玉手皺天緣 섬섬옥수추천연
何忘老母之恩惠 하망노모지은혜
不測慈心滿面前 불측자심만면전

번쩍거리던 장검도 무정한 세월에 녹슨다지
부드러우시던 손 하늘 주신 인연에 주름투성이 되셨어라
늙으신 어머니의 은혜를 어찌 잊을까
헤아릴 수 없는 자비로우심 얼굴에 가득하시네

(9)

精神直欲此琴絃 정신직욕차금현

法道思願彼古傳 법도사원피고전

雜撓陶然心不屈 잡요도연심불굴

康寧禱可續天緣 강녕도가속천연

정신의 곧음은 거문고 줄같이 하려 하시고

法道의 사상은 옛 전통을 원하셨네

잡스러움이 흔들어도 의연히 그 마음 꺾이지 않으셨어라

강녕하심으로 하늘의 인연이 이어지시길 기도한다네

(10)

爲親自獻享眞歡 위친자헌향진환

徹夜慈功味苦完 철야자공미고완

世事名無虛傳也 세사명무허전야

松窓月色又長端 송창월색우장단

자식을 위한 스스로의 헌신에 참 기쁨 누리시고

밤을 새우시며 자비로 공들임의 힘들었던 완성을 맛보시네

세상사 이름이 헛되이 전함은 없다 하지

송창에 달빛 드니 또한 좋은 端緖로다

(11)

五十餘年姑婦間 오십여년고부간
三千週日信愛關 삼천주일신애관
相尊對葛藤無碍 상존대갈등무애
上下眞心頌玉環 상하진심송옥환

오십 여 년의 고부 사이
삼천 주일은 신뢰와 사랑이 빗장이었어라
서로 존중하여 갈등의 애로가 없었으니
모친과 내 아내의 참 마음 고귀함을 칭송하네

(12)

昨日春秋到臘前 작일춘추도납전
煎茶罕漫察周邊 전다한만찰주변
濃青北樹飄黃葉 농청북수표황엽
力出東盤沒黑泉 역출동반몰흑천

어제 봄가을인가 했는데 한해가 또 가니
차를 달이며 부질없이 주변을 살펴보네
짙푸르던 북편 숲 낙엽 되어 흩날리고
붉끈 솟았던 동편 달도 어둠 속으로 사라지는구나

(13)

世因家親膝下三 세인가친슬하삼
精誠子息育成堪 정성자식육성감
孤堂守節成今日 고당수절성금일
四代孫孫二十覃 사대손손이십담

가친과의 세상 인연으로 슬하에 삼 남매 두시어
정성으로 자식 양육 감당하셨어라
고독함 꿋꿋이 절개 지켜 오늘을 이루셨으니
사대 걸친 손, 증손이 이십 여에 미친다네

(14)

去酷寒花朶艶開 가혹한화타염개
來和節萬物新栽 내화절만물신재
眞心願母享長壽 진심원모향장수
玉體安康受祝盃 옥체안강수축배

혹독한 추위 가니 꽃송이 흐드러지게 피고
따뜻한 계절이 오니 만물이 소생하도다
진심으로 어머님의 장수 누리시길 염원하오니
옥체 강녕의 축배를 받으소서

〈斷想〉 아마 이 세상에서 우리 어머니처럼 젊은 시절 고생을 많이 하신 분도 드물 것이다.
안동 권씨 가문에서 17세에 우리 풍양 조문으로 시집오신 어머니는 어려서 친어머니를 여의시고 계모 밑에서 엄청난 학대와 멸시를 받으며 어린 시절을 보내셨다 한다. 당시 계모의 학대가 너무 심하여 이를 보다 못한 동네 어른이 우리 아버지와 중매를 하여 일찍 시집을 보내버린 것이다.
그야말로 콩쥐 팥쥐 이야기 그대로이다. 그러나 어머니는 우리 선친과 겨우 14년 동거하시고는 아버지가 요절하시는 바람에 다시 또 홀로 삼 남매를 키워야 하는 엄청난 고생길로 들어서시게 된 것이다.
이런 어머니의 젊으셨을 때는 완전히 남자로 변해 있으셨다.
먹고 살기 위해서는 그야말로 뼈가 가루가 될 만큼 고생을 감내하시며 살아오셨다.
그 어머니가 지금 96세이시다. 다행히 타고난 건강으로 그간의 아픔을 치유하시고 지금은 행복해 하신다.
손주 일곱에 증손주가 십여 명이시니 사실 우리 어머니 같은 분도 드물다.
부디 100수 이상 하시길 기도한다.

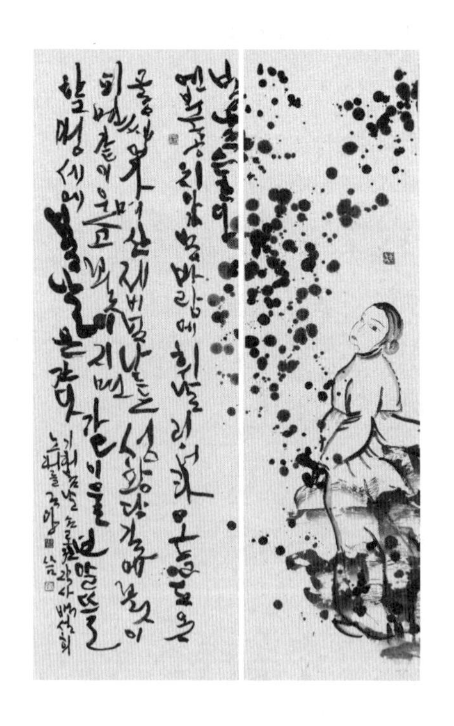

無題 무제

拂曉金丸沒海宮 불효금환몰해궁
東山太日突峰中 동산태일돌봉중
時天黑霧雲籠處 시천흑무운롱처
一笑安胸萬事空 일소안흉만사공

새벽녘 달이 海宮에 떨어지니
동편의 태양이 산봉우리에 떠오른다
때로는 하늘에 흐린 구름 끼는 곳도 있지만
그저 웃으면 마음이 편안하니 만사가 空이로다

*籠(들어 박힐 롱)

〈斷想〉 이 세상을 살면서 매일 웃고 살면 얼마나 좋을까.
살다 보면 맑은 날 비오는 날 흐린 날 갖가지 일들도 벌어진다.
그리고 일반 서민이 가장 힘들어하는 것이 있다면 아마 경제적인 문제일 것이다.
그렇다고 해서 찌푸리면 해결되는 것도 아니지만 자연적으로 근심 걱정을 하게 된다.
그래도 웃는 것이 낫다.
모든 것은 空이리라.

與友 漢陽都城 探訪 後
친구들과 한양도성 탐방 후

(1)

神通暢氣勢飛揚 신통창기세비양

臆快清心地闊張 억쾌청심지활장

此校同班親十友 차교동반친십우

都城踏感古魂香 도성답감고혼향

정신이 통창하니 기세가 뛰어오르고

가슴이 쾌청하니 심지가 드넓어라

여기 학교 동창 여나문 벗

도성을 답사하며 고혼의 향기 느끼노라

(2)

白岳山雲影掛臺 백악산운영괘대

阿利水白月潛杯 아리수백월잠배

今同遇樂探城後 금동우락탐성후

美友宜親舊溢罍 미우의친구일뢰

백악산 구름 그림자 누대에 걸렸는데

한강수 낮달이 잔 속에 빠져 있네

오늘 함께 만나 探城하니 뒤풀이가 즐거워라

친구들 우정이 술 사발에 넘치네

〈斷想〉 고교 친구들과 도성을 탐방하고 광화문 어느 식당에서 막걸리를 마신다. 이젠 친구들도 나이가 드니 머리카락은 듬성거리고 검은 머리는 죄다 흰머리가 성성하다.
부디 남은 생애 건강하길 빈다.

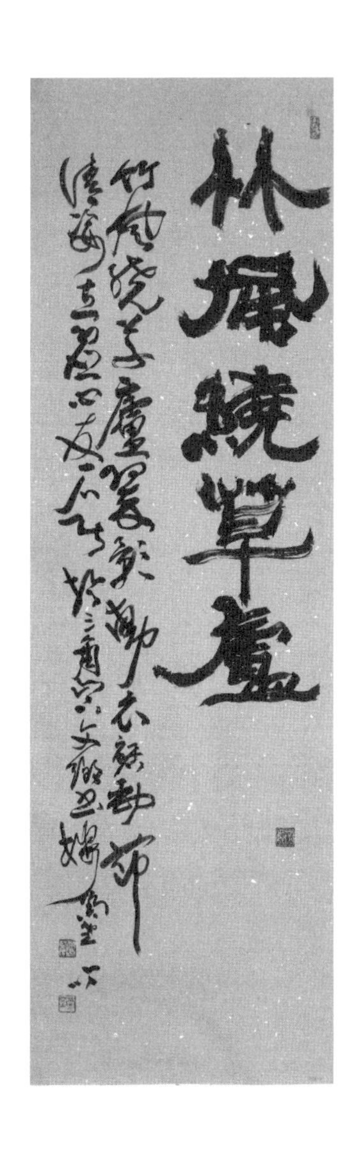

二千十八年六月十二日 2018년 6월 12일

曨曨太虛照明光 농롱태허조명광
業業山岑出太陽 업업산잠출태양
美北新加坡對坐 미북신가파대좌
今終熄七十年傷 금종식칠십년상

어두침침한 태허에 밝은 빛이 비치니
높은 산봉우리에 태양이 솟는다
미국과 북한이 싱가포르에서 마주 앉았다지
이제는 칠십 년 상처가 종식되려나

*熄(꺼질 식)

〈斷想〉 오늘 미국 대통령과 북한 최고 권력자가 싱가포르에서 만났다.
그런데 글쎄다.
워낙 판을 잘 뒤집는 사람들이라서 그리 낙관할 일만은 아닌 것 같은 예감이 자꾸 든다.

賞春 銀輪圖 상춘 은륜도

詩中軟綠葉有花 시중연녹엽유화
溪下眞紅幹燦霞 계하진홍간찬하
五月花中詩境地 오월화중시경지
銀輪閃快速加華 은륜섬쾌속가화

詩 속 연록 잎에 꽃이 피어 있어
개천 아래 붉은 줄기 노을에 찬란하다
오월 꽃 속의 詩境
은륜이 반짝대며 내달려 화려함을 더한다

〈斷想〉 예전 어느 봄날에 자동차를 몰고 강원도 산길을 가다가 도로 옆을 지나는 수십 대의 자전거 무리를 본 적이 있다.
형형색색의 헬멧과 복장을 하고 싸이클을 타고 이동하는 그 모습이 매우 인상적이었는데 산에 핀 봄꽃과 대조되어 묘한 하모니를 이루고 있었다. 참으로 멋진 자전거 대열이었다.
나는 오늘 그 광경을 기억하며 대형 그림을 하나 그리기 시작했다.
내 개인전에 내놓기 위해서이다.
그게 상춘 은륜도이다.

名吟 月松齋(1) 월송재라 이름하고 읊다(1)

月色花庭皎 월색화정교
松風屋角清 송풍옥각청
寂宵誰對酌 적소수대잔
樽酒帶君情 준주대군정

달빛은 꽃 뜰에 밝고
솔바람 처마 끝에 맑도다
적막한 밤 뉘랑 대작할까
술잔 속에 그대의 정이 어리네

*2018년 7월 양평군 서종 소재 우이당 별장에 가서 택호를 짓고 읊다

〈斷想〉 마당에 제법큰 소나무가 한 그루 서 있다.
달 뜨는 밤이면 이 소나무 가지에 그 달이 걸려 있을 것만 같았다.
그래서 월송재라 이름을 지었다.

名吟 月松齋(2) 월송재라 이름하고 읊다(2)

月色開花皎 월색개화교
松風動竹淸 송풍동죽청
獨宵酬酌可 독소수작가
樽酒透君情 준주투군정

달빛에 꽃이 피어 밝디 밝고
솔바람에 대를 흔드니 맑기도 하다
고독한 밤 뉘랑 대작할 수 있을까
술잔 속에 어리는 그대의 정이어라

同窓 동창

學友有三傑 학우유삼걸

允中正不橫 윤중정불횡

太惺醫博實 태성의박실

松谷教深精 송곡교심정

학우 三傑이 있으니

윤중은 바루어 비껴가지 아니하고

태성은 의술이 넓고 확실하며

송곡은 그 가르침이 깊이 있고 정련하다네

*允中은 양한주 교수
太惺은 조태경 박사
松谷은 전순기 교수

〈斷想〉 내 고교친구가 셋이 있는데 윤중은 교수 출신으로 매우 이치적이고 진솔하고 태성은 치과의사인데 그 분야에 권위자이며 쾌활하다.
그리고 송곡은 기계공학 박사로 대학에서 교수로 있다가 정년 했다.

竹夫人 죽부인

昨晝炎天火物鎔 작주염천화물용
今宵熱地氣房攻 금소열지기방공
冷肌抱爾堪暑客 냉기포이감서객
輾轉疲身反側重 전전피신반측중

어제 낮엔 염천의 불덩어리에 만물이 녹아들더니
오늘밤엔 열 받은 대지의 화기 침실에 쳐들어온다
냉기의 그대를 끌어안고 더위를 견디는 나그네
피곤한 몸 이리저리 뒤척이길 거듭하네

〈斷想〉 이렇게 무더위가 기승을 부릴 때는 가끔 죽부인을 생각한다.
대나무는 본디 차가운 성질을 가지고 있어서 더운 여름에 죽부인은 나름 한 가지 역할을 한다.
내게도 하나가 있어 밤이면 가끔 끌어안고 잔다.
우리 선조들이 지혜롭다.

夏日景 여름날 풍경

欅樹亭蒼白髮翁 거수정창백발옹
花鬪競一拾錢功 화투경일십전공
扇風米酒泡蔬肴 선풍미주포소효
老勿傷仙卽此公 노물상선즉차공

느티나무 정자에 호호백발 노인들
십 원짜리 고스톱에 공을 들이네
부채질 막걸리에 안주는 김치
늙었다 설워 마소 신선이 곧 이 분네들이요

〈斷想〉 세상일 잊고 재미 삼아 치는 화투 놀이
어느 마을을 지나다 본 풍경
노인들 서너 명 왁자지껄한 여름을 그렇게 보낸다.
모시 적삼에 반바지 가끔은 막걸리 한 사발을 들이키는 모습이 참으로 한가로워 보인다.

戊戌夏 宿 宋鍾寬 美術館
무술여름 송종관 미술관에 유숙하며

(1)

秀麗風光客脚留 수려풍광객각류

文香卷氣展場幽 문향권기전장유

遐鄉此擧杯酬酌 하향차거배수작

晝夜難分樂夏休 주야난분낙하휴

秀麗한 풍광에 나그네 발길 머무는데

文字香 書卷氣가 전시장에 그윽하도다

서울 멀리 이곳에 와 잔 들어 酬酌하니

낮 밤 모르며 여름휴가 즐기네

(2)

三陟都邊展美場 삼척도변전미장

宋公老路健心堂 송공노로건심당

西風一酒忘奔暮 서풍일주망분모

接海崖垂邃古疆 접해애수수고강

삼척 도시 변 미술관은

송공 나이 들며 마음을 굳건히 하는 집이라

西風에 한잔 술 분망함을 잊는 해질녘

바다 접한 낭떠러지가 태고적 地境을 드리우고 있구나

(3)

遲明太日突空中 지명태일돌공중
拂曉金丸沒海宮 불효금환몰해궁
咫尺波聲醒睡處 지척파성성수처
遊於藝展出書風 유어예전출서풍

날 샐 무렵 붉은 해 허공에 치솟으니
새벽달은 海宮에 빠져 버렸다
咫尺 파도 소리 잠 깨우는 이곳
藝에 노닐며 書風을 선보인다네

〈斷想〉 삼척 해변 절경에는 송종관 미술관이 서 있다.
앞은 바로 푸른 동해 바다로 그림같이 멋진 곳이다.
여름 휴가 여행길에 들려서 하루 유숙했다.
새벽에 일출을 보러 나갔다.
멀리 수평선 아래가 붉게 물들더니 조금 뒤 시뻘건 불덩이가 솟아오르는 것이 장관이다.
이렇게 미술관의 아침은 또다시 밝는다.

夏日伏暑 여름 복더위

遲明赤日出空中 지명적일출공중
遠隊銀輪速樹風 원대은륜속수풍
煮沸今年之酷暑 자비금년지혹서
炎天似燼滅朦朧 염천사신멸몽롱

동틀 무렵 붉은 해 허공에 치솟는데
먼 대열의 은륜은 숲 바람에 씽씽
부글부글 끓는 금년의 혹서
염천에 타 없어질 듯 몽롱하여라

*煮沸(자비) : 부글부글 끓다
燼滅(신멸) : 타서 없어짐

〈斷想〉 올여름은 참으로 많이 뜨겁다.
본래 여름은 덥지만 이건 더운 정도가 아니라 불가마 수준이다.

光復節 感懷 광복절 감회

(1)

當徵抑鬱繼平生 당징억울계평생

被踩傷心限人情 피채상심한인정

爾直觀韓民族苦 이직관한민족고

何然不棄寇汚名 하연부기구오명

강제징용당한 억울함은 평생을 잇고

청춘을 짓밟힌 상심으로 삶에 한이 서려 있다

너희들 직관이라도 해 보았는가 한국 민족의 아픔을

어찌 그렇게 왜구라는 오명을 못 버리나

(2)

東倭不動慾吾基 동왜부동욕오기

獨島無言守國危 독도무언수국위

世俗渦流中亂政 세속와류중난정

傷痕歷吐血今時 상흔역토혈금시

일본은 변함없이 우리의 터를 욕심내지만

독도는 말없이 나라의 위기를 수호한다

세속의 소용돌이 속에 정치마저 어지러워라

상흔의 역사가 지금도 피를 토하는구나

〈斷想〉 일본 제국주의는 이웃 나라에 엄청난 피해를 주었다.
그러나 그 후대 정치인들은 아직도 진정한 사죄를 하지 않는다.
인간으로서 차마 하지 말았어야 할 짓을 하고서도 그들은 결코 반성하지 않는다.
오히려 보란 듯이 전범들의 신사참배를 하며 세계의 이목을 집중시킨다.
저들의 습성은 어쩔 수 없는 상대하지 못할 왜구들이다.
그러나 어쩌랴 우리 스스로가 저들의 만행을 잊어서 안 된다.

戊戌 夏 濟州 會同 무술 여름 제주 모임

(1)

西天落照染黃金 서천낙조염황금

夜海波聲動客心 야해파성동객심

筆墨京鄕筵席意 필묵경향연석의

書同學對酌開今 서동학대작개금

서쪽 하늘 지는 해 황금빛 물들이고

밤바다 파도 소리 나그네 마음 흔드네

필묵의 서울 제주 연회가 뜻깊어라

서법의 동학들 대작하며 지금을 연다

(2)

炎天後閣載凉風 염천후각재양풍

暗海前燈下盞中 암해전등하잔중

墨客同人酬酌樂 묵객동인수작락

微光醉眼月朦朧 미광취안월몽롱

염천 뒤 누각에 서늘바람 실어오는데

어두운 바다 앞 등대불이 잔속에 빠져있네

묵객 동인들 술잔 부딪치며 즐거워라

희미한 불빛 취한 눈에 달빛마저 몽롱해

(3)

亭曨飮食擇難分 정롱음식택난분

電煜醺杯擧喫欣 전욱훈배거끽흔

海越初宵半照醉 해월초소반조취

遊於藝月色幽氛 유어예월색유분

정자가 어두컴컴하니 음식 가려 분간하기 어려워도

휴대 전화 밝은 빛에 잔 들어 기쁨을 마신다

바다 저편 초저녁 반달도 취했는지

藝에 노니니 月色 마저 그윽한 분위기

〈斷想〉 제주에서 보낸 여름 휴가의 한 장면이다.

颱風 태풍

渦流旋氣嵐 와류선기람
瞋眸視耽耽 진모시탐탐
暴雨來同伴 폭우래동반
亡農滅未慙 망농멸미참

소용돌이에 빙빙 도는 嵐氣
부릅뜬 눈으로 노려보더니
폭우까지 동반해 와
농사를 망쳐 놓고 기색도 없이 사라져 버렸다

*瞋眸(진모) : 부릅뜬 눈

〈斷想〉 태풍은 잠시 난리를 치더니 잠깐 사이 멀리 가 버렸지만 온갖 농작물을 다 부숴 놓고 떠났다.
망연자실 그대로이다.

時中遊花 花中遊時
세월 속에 꽃이 노닐고 꽃 속에 세월이 노니네

(1)

時中姑洗野遊花 시중고선야유화

路上春陽樹茂芽 노상춘양수무아

萬物生華中蝶舞 만물생화중접무

呀呀四物興風加 하하사물흥풍가

세월 속 삼월 들판에 꽃이 노닐고

노상 봄볕에 가로수 싹이 무성하네

만물이 생동하고 꽃 속 나비 너울너울

사물놀이 홍겨운 풍류 더하니 얼씨구나

*姑洗(고선) : 음력 3월의 이칭
呀呀(하하) : 얼씨구, 입 벌려 웃는 소리

(2)

花中四物供遊時 화중사물공유시
壁下朱櫻又艶枝 벽하주앵우염지
每節還華爭婉轉 매절환화쟁완전
呀呀樂舞動神姿 하하악무동신자

꽃 속 풍류패들 함께 세월을 노닐고
절벽 아래 붉은 앵화 또 흐드러지게 피었구나
절기마다 돌아오는 꽃들의 다툼이 아름다워라
가락의 춤사위 신명난 자태 얼씨구나

〈斷想〉 사월은 꽃 천지 사물놀이패 까지 한데 어울리니 봄 꽃놀이가 더욱 요란하다.

時中有花 花中有時
세월 속에 꽃피고 꽃 속에 세월 가네

(1)

時中北嶽壑有花 시중북악학유화
壁下東枝展盛芽 벽하동지전성아
萬物生華中蝶舞 만물생화중접무
嗚呼賞我趣風加 오호상아취풍가

세월 속 북악 계곡에 꽃이 있고
절벽 아래 동쪽 뻗은 가지에 싹이 무성하네
만물이 생동하고 꽃 속에 나비 너울너울하니
아! 고아한 취향 풍류 더해 봄을 즐기네

(2)

花中萬象共有時 화중만상공유시
岸壁蕤櫻又出肌 안벽유앵우출기
四月生華爭熾烈 사월생화쟁치열
春思墨客可觀姿 춘사묵객가관자

꽃 속엔 만상 함께 시기도 있고
낭떠러지 늘어진 벚꽃은 자태를 드러내네
사월 꽃들 다툼이 치열하구나
봄 감상 묵객도 볼 만하도다

夏夜山樓對酌
여름밤 산루에서 대작하다

宵天月色皎亭前 소천월색교정전
草地螢光閃樹邊 초지형광섬수변
北岳山樓酬酌客 북악산루수작객
金樽美酒別無仙 금준미주별무선

밤하늘 달빛은 정자 앞에 밝은데
풀 섶 반디가 숲 가에 반짝반짝
북악산 누대에서 수작하는 나그네들
금준 미주에 신선이 따로 없네

〈斷想〉 무더운 여름날 저녁 부채 하나 들고
막걸리 두어 병에 안주라고는 전 몇닢이지만
도란도란 주거니 받거니
수작질에 시간가는 줄 모르네.

假面舞 탈춤

(1)

月色開花麗 월색개화려

松風動竹紋 송풍동죽문

掩紅顔舞客 엄홍안무객

君不見狂群 군불견광군

달빛에 꽃이 피니 화려하고

솔바람에 대가 흔들리니 수를 놓네

젊음을 감추고 춤을 추는 꾼들

그대여 보시게 광란의 무리를

(2)

世事忘憂躍 세사망우약

胸中棄念翬 흉중기념휘

舞風塵借面 무풍진차면

曨月下飜衣 농월하번의

세상사 시름 잊고 얼씨구

가슴속 잡념 버려 절씨구

풍진을 춤추는 탈

어스름한 달빛 아래 옷자락이 펄렁 펄렁

*翬 : 훨훨 날 휘

BC 221年 기원전 221년

(1)

平天下六國爲皇 평천하육국위황
樂一平生路計强 락일평생로계강
緯地經天含綺夢 위지경천함기몽
然無不老草仙疆 연무불로초선강

천하 육국을 평정하여 황제가 되고
한평생을 즐기려는 강국을 계획
온 세상을 다스리는 멋진 꿈도 품었지
그러나 불로초의 仙境은 없었네

(2)

焚書彈壓弑坑儒 분서탄압시갱유
不老長生願妙壺 불로장생원묘호
霧散蓬萊仙島夢 무산봉래선도몽
虛無縹緲始皇愚 허무표묘시황우

분서로 탄압하고 갱유로 살육하며
불로장생하려 묘약을 원했건만
봉래 선도의 꿈은 안개처럼 사라졌으니
부질없는 시황의 어리석음이었어라

(3)

狂奸宦趙教亡秦 광간환조교망진

昧帝胡亥殺賴臣 매제호해살뢰신

後子嬰承王項弑 후자영승왕항시

皇宮百代夢坑淪 황궁백대몽갱륜

정신 나간 간신 내시 조고가 진 나라를 멸망하게 하고

어리석은 황제 호해도 신하에 의해 시해되었네

후에 자영이 왕을 계승하자 항우가 죽였으니

황궁 백대의 꿈은 구덩이 속으로 빠져 버렸구나

*子嬰(자영~BC206) : 진 나라 3대이자 마지막 왕.
즉위 46일 만에 유방에게 투항했으나 곧 함양에 입성한
항우에게 죽임을 당했다.

〈斷想〉 천년만년의 원대한 꿈을 꾸며 아방궁을 짓고 불로초를 구하던 진시황은 얼마를 살지 못하고 그만 죽었다.

이 세상에 불로초 같은 영약이 있다면 요즘 재벌들이 왜 죽어갈까.

모두 인간의 허욕과 망상이 만들어낸 것들이다.

세상은 그래도 공평하다.

불로초가 정말로 존재한다면 그 얼마나 비싸겠는가.

감히 서민은 그걸 사먹을 수 있을까.

四苦人生 생로병사의 인생

出生强扼世 출생강액세
從老弱憐公 종로약련공
漸病深無力 점병심무력
黃泉死者宮 황천사자궁

태어날 땐 힘차게 붙잡은 세상
늙어가며 쇠약해진 가련한 그대
점차 병은 깊어 무력하여라
황천은 死者의 宮

〈斷想〉 인생은 태어나면서부터 부여받는다.
생로병사를…….
그러니 살아 있을 때 남에게 해롭게 하지 말며 보람있게 살고 하고 싶은 일도 해보는 것이 최상이다.
때가 되면 누구나 다시 올 수 없는 곳으로 다 떠나기 때문이다.

見撮龍門秋色親友寫眞卽吟
용문추색을 찍은 친구의 사진을 보고 즉시 읊다

寒風曲路動青松 한풍곡로동청송

細雨山陵濕紫容 세우산릉습자용

亥月龍門楓欲熾 해월용문풍욕치

今秋又此去蕭胸 금추우차거소흉

찬바람 구비 진 길 푸른 솔 흔들고

가는 비 산 구릉 고운 얼굴 적셔라

시월 용문산 단풍이 불타려 하네

금년 가을 또 이렇게 가버리나 마음이 쓸쓸

〈斷想〉 용문산은 양평에 있는 해발 1,157 미터의 웅장하고 아름다운 산이다.
나는 젊은 시절 이 산에 등산을 한 적이 있다.
그때도 가을이었는데 단풍이 매우 아름다웠던 것으로 기억된다.
오늘 친구가 용문산을 담은 가을 사진을 한 장 보내왔길래 옛 추억을 더듬으며 한 수 적는다.

晩秋雪嶽 만추설악

形形色色出威容 형형색색출위용
妙妙奇奇突峻峰 묘묘기기돌준봉
四季春秋藏秘境 사계춘추장비경
雄姿美貌岳中宗 웅자미모악중종

형형색색의 위용을 드러내며
기기묘묘한 높은 봉우리 과시하네
봄 여름 가을 겨울 秘密 地境을 감추었으니
웅장한 자태 아름다운 모습 산중 으뜸이로다

〈斷想〉 설악산은 해발 1,708미터이다. 신성하고 숭고한 산이라는 뜻에서 예로부터 설산, 설봉산, 설화산 등 여러 이름으로 불리웠다 한다. 남한에서 한라산, 지리산에 이어 세 번째로 높은 산이다.

錯覺 착각

野鄙權貪脫宅關 야비권탐탈택관

金錢譽慾染人間 금전예욕염인간

千年萬載生存誤 천년만재생존오

此世有長久則山 차세유장구즉산

야비함과 권력탐으로 집안이 망하고

돈과 명예욕에 인간이 오염되었지

천년만년 살 것으로 오해하지만

이 세상에 장구한 게 있다면 곧 자연 뿐이라오

〈斷想〉 인간은 어찌 보면 참 아둔하다.

오래 살아 보았자 100년 장구한 자연에 비하면 그저 순식간에 왔다 가는 것일진대

사람들은 천년만년 살 것처럼 계획을 세운다.

내가 살 만큼만 계획을 세우는 방법은 없을까?

오늘도 부질없는 생각을 해본다.

圖 宮闕賞春 궁궐의 상춘을 그리다

宮庭嘉月馥檐垂 궁정가월복첨수
大闕和風氣殿怡 대궐화풍기전이
說畵中詩摩詰也 설화중시마힐야
蘇翁覺感寫春詩 소옹각감사춘시

궁중의 사월 향기 처마에 드리우니
대궐의 봄바람 기운 전각에 온화하다
마힐의 그림 속에 시가 있다 하네
蘇翁의 감탄을 생각하며 春詩를 그렸네

*蘇翁(소옹) : 소동파

〈斷想〉 고궁의 봄은 특별하다.
꽃술들이 궁궐 처마에 닿을 듯 말 듯 바람에 흔들거린다.
기와지붕과 어우러진 수목들 그리고 꽃나무들.
조선 시대를 생각해 보았다.
지금의 이 모양만 봐서는 그 시대에도 이랬을 것 같다.
나는 오늘 이 시 한 편을 쓰고 그대로 그림을 그렸다.

鄕里秋情 향리추정

寒風曲路動靑松 한풍곡로동청송
細雨山陵濕紫容 세우산릉습자용
亥月千房楓欲熾 해월천방풍욕치
今秋又此去蕭胸 금추우차거소흉

찬 바람 구비진 길 푸른 솔 흔들고
가는 비 산 구릉 고운 얼굴 적셔라
시월 천방산 단풍이 불타려 하네
금년 가을 또 이렇게 가버리나 마음이 쓸쓸

〈斷想〉 우리 고향의 산 천방산은 군내에서 제일 유명한 산이다.
시월이 되면 단풍이 곱게 물들어 그런대로 볼 만하다.
가을은 그렇게 또 천방산에도 다가왔다.

吟 故鄕仲秋 고향의 중추를 읊다

東籬秋色厚 동리추색후
黃蘂粲庭昭 황예찬정소
我屋風陽潤 아옥풍양윤
山陵赤綠調 산릉적록조
今朝風颯颯 금조풍삽삽
昨夜雨蕭蕭 작야우소소
土階飄飂葉 토계표료엽
秋聲動寂寥 추성동적료

동쪽 울에 가을빛이 짙으니
황금 꽃술 찬란히 마당에 환하다
우리 집은 바람과 해가 윤택하게 하니
산 구릉이 붉고 푸르러 조화가 되네
오늘 아침은 쌀쌀한 바람 소리 내지만
어제는 밤비가 쓸쓸히 내렸다오
흙 계단에 흩날리는 잎새
가을 소리에 적막함을 깨는구나

鄕里秋色千房山 고향의 가을 색 천방산

西風樹路動青松 서풍수로동청송
細雨山陵潤紫容 세우산릉윤자용
壑谷千房楓欲熾 학곡천방풍욕치
今秋又此去蕭胸 금추우차거소흉

서녘 바람 숲길에 푸른 솔 흔들고
가는 비 산 구릉 고운 얼굴 적셔라
천방산 계곡의 단풍이 불타려 하네
금년 가을 또 이렇게 가려나 마음이 쓸쓸

自祝 送年 三陟展(1)
송년 삼척 전을 자축하며(1)

西天落照染黃金 서천낙조염황금
夜海波聲動客心 야해파성동객심
與墨成功偕尙友 여묵성공해상우
乾杯對酌一開今 건배대작일개금
文香隱隱堂前覆 문향은은당전복
卷氣涓涓屋內沈 권기연연옥내침
三陟同行佳展契 삼척동행가전계
遊於藝達敞胸襟 유어예달창흉금

서쪽하늘 지는 해 황금빛 물들이고
밤바다 파도 소리 나그네 마음 흔들어라
筆墨으로 공을 이루어 함께 벗을 높이니
잔을 부딪쳐 對酌하며 함께 지금을 연다네
文字香 은은히 堂前에 퍼지는데
書卷氣 가늘게 울안에 깔린다
삼척에서 동행한 아름다운 전시회
藝에 노닐며 흉금을 通敞하네

自祝 送年 三陟展(2)
송년 삼척 전을 자축하며(2)

東天接線火輪臨 동천접선화륜임
大海波聲動客心 대해파성동객심
與墨成功偕尙友 여묵성공해상우
蒼然古色一開今 창연고색일개금
文香隱隱堂前散 문향은은당전산
卷氣涓涓屋內沈 권기연연옥내침
三陟同行佳展契 삼척동행가전계
遊於藝達敞胸襟 유어예달창흉금

동녘 수평선에 붉은 해 떠오르고
너른 바다 파도 소리 나그네 마음 흔든다
筆墨으로 공을 이루어 함께 벗을 높이니
蒼然古色함으로 함께 지금을 연다네
文字香 은은히 堂前에 퍼지는데
書卷氣 연연히 울안에 깔리는구나
삼척에서 동행한 아름다운 전시회
藝에 노닐며 흉금을 通敞하리

〈斷想〉 여묵상우의 송년회를 삼척 송종관 미술관에서 가졌다.
조그마한 전시회도 같이 열었다. 절벽 아래 바다에서는 파도 소리가 요란하다.
새해를 맞는 우리 모임 여묵상우에게도 축복이 있으리라.

三陟 竹書樓 삼척 죽서루

關東八景帶幽姿 관동팔경대유자
五十川邊築峭陂 오십천변축초피
廣幅廳圓楹透古 관폭청원영투고
蒼然內又外幽垂 창연내우외유수

관동 팔경 고즈넉한 자태를 지니고
오십 천 변 절벽 언덕에 자리 잡았네
너른 마루 둥근 기둥에 古氣가 배어나오는데
안팎으로 창연함이 그윽이 드리웠도다

〈斷想〉 죽서루는 강원도 삼척에 있는 조선 시대의 누각으로 보물 제213호이다.
예로부터 관동 8경의 하나로 꼽히는 이 누각은 오십천이 내려다보이는 절벽에 자리 잡고 있다.
오늘 이곳을 다녀왔다.
조선 시대에 지은 굉장히 큰 누각이다.
그 옛날 선비들이 이 누대에 앉아 吟詩 酌酒를 하였으리라.
나도 오늘 시 한 수 지으며 그 흉내를 내 보고 있다.

雪梅 설매

梅綻香風遠 매탄향풍원

寒凌鐵幹開 한릉철간개

滿乾坤雪裏 만건곤설리

何處此飛來 하처차비래

매화 솔기 터져 향풍이 멀리 가니

한파 업신여긴 굳센 가지에 피었네

천지 가득 눈 속인데

어느 곳에서 여기로 날아왔을까

冬蘭 동란

蘭葉巖前碧 난엽암전벽
松風馥郁還 송풍복욱환
毅然君子態 의연군자태
寒不改剛頑 한불개강완

난초 잎 바위 앞에 푸르러
솔바람에 향기 무성히 보내오네
의연한 군자의 자태
추위에도 완고함을 바꾸지 않네

秋菊 추국

菊蘂霜濃色 국예상농색
孤芳獨散香 고방독산향
野金華爾愛 야금화이애
幽絶壁含陽 우절벽함양

국화 꽃술 서리에도 색이 짙어라
외로운 꽃 홀로 향기를 뿜는다
들녘 금화 그대를 사랑하노라
구석진 절벽에 햇빛 머금고 있구나

風竹 풍죽

竹風繞草廬 죽풍요초려
翠影動衣裾 취영동의거
勁節淸姿直 경절청자직
虛心友石居 허심우석거

대 바람이 시골집을 둘러싸니
푸른 그림자 옷자락에 흔들거린다
굳은 절개 맑은 자태의 곧음이여
빈 마음으로 돌을 벗 삼아 있구나

〈斷想〉 매란국죽을 사군자라 한다.
어떤 한파에도 그 싱싱함을 변치 않기 때문이다.
지금 이 시대를 살아간다는 것도 마찬가지로 군자다워야 한다.
그러나 저 정치인들을 보라.
변절을 즐기는 듯하다.

無喧山房 某日 夢 무훤산방 어느 날 꿈

壺中天地寶 호중천지보
鄕里昔東山 향리석동산
草野觀輪月 초야관륜월
和光撫凍顔 화광무동안
鐵鼎魚粥沸 철정어죽비
車馬路轟還 거마로굉환
覺昔祈親壽 각석기친수
開書典暫閒 개서전잠한

별세계의 보배
고향의 옛 동산
벽촌 시골에 떠오르는 둥근달 바라보는데
따뜻한 달빛이 얼어 튼 얼굴 어루만져 주네
무쇠 가마솥엔 어죽이 부글부글
달구지 길 돌아오며 덜컹덜컹
옛날을 생각하며 慈親의 장수를 빌다가
법첩 펼쳐 놓고 잠시 한가로웠다네

〈斷想〉 어제 밤 꿈에는 옛날 내 어렸을 때 고향에서 먹었던 어죽을 끓이는 꿈을 꾸었다. 그때는 사실 먹을 것이 귀하던 때라 논에 가서 물꼬를 뒤져 물고기를 잡아다가 김치를 넣어 부글부글 한솥 끓여 놓고 영양 보충을 하던 시절이었다. 그런데 지금 갑자기 그런 꿈을 왜 꾸었는지 모르겠다. 그래도 그 시절이 새삼 그리워지기도 한다.

覺 磨斧爲針 磨斧爲針에 깨닫다

一切唯心造世情 일체유심조세정
全功實自作名聲 전공실자작명성
學童李白醒磨斧 학동이백성마부
決勿過猶不及行 결물과유불급행

세상살이 일체가 마음먹기에 달렸고
명성도 모든 공 실로 스스로 만든다
학동 이백은 도끼 가는 걸 보고 깨우쳤다니
결코 과유불급의 행위를 하지 말아야지

〈斷想〉 쇠 절구를 갈아서 바늘을 만든다, 글쎄다 아무리 생각해도 꾸민 이야기 같아 보인다.
다만 그 의미는 너무 급히 서두르지 말라는 뜻 아니겠는가.
끈기 있게 공부를 하라는 의미로 나는 받아들인다.

覺醒 깨우침

青青樹木茂長枝 청청수목무장지
爛漫薔薇蘂麗時 난만장미예려시
無知薄暮斜陽意 무지박모사양의
落葉終歸根始之 낙엽종귀근시지

푸른 숲 우거져 늘어진 가지
탐스러운 장미꽃 화려한 시절엔
황혼에 저무는 해 의미를 알지 못하지
잎이 지면 끝내는 뿌리로 돌아가 처음이 되는 것을

*爛漫 : 꽃이 만발하여 화려하고 탐스러움.

〈斷想〉 나이가 젊을 때는 세월이 이리 빨리 가는지를 몰랐다.
체감 세월이라는 것 무시할 수 없는 마음의 작용을 일으킨다.

夏日 千房樓 夕陽 여름날 천방루의 석양

(1)

閣晩凉生短衽端 각만량생단임단
心興獨起定離難 심흥독기정리난
看看夕日紅霞影 간간석일홍하영
點點昏山綠樹丹 점점혼산녹수단

누각 저녁 바람 짧은 옷섶 끝에 불어오니
마음 흥 홀로 일어 떠나기 어려워라
지는 해 붉은 노을 그림자 보고 또 보는데
저무는 산 녹 빛 숲도 드문드문 벌겋다

(2)

千房岳第一鄕村 천방악제일향촌
僻里靑衫換紫園 벽리청삼환자원
習習風來南載夕 습습풍래남재석
琅琅樂隔溪和昏 낭랑악격계화혼

천방산은 고향에서 제일 높은 산
벽촌의 푸른 적삼 자주빛 으로 갈아입었네
남쪽 산들바람 석양에 실어오는데
계곡 건너 낭랑한 음악이 황혼에 조화되네

*習習(습습) : 바람이 살랑거리는 모양.
琅琅(낭랑) : 옥이 부딪치듯 맑은 소리.

四月某日卽事 사월 어느 날 읊다

梨花雨亂四方飄 이화우난사방표
白霧雲低北岳澆 백무운저북악요
屋角東風柳幹落 옥각동풍류간락
山樓暮色做雙調 산루모색주쌍조

배꽃 비 어지럽게 사방에 흩날리고
하얀 안개구름 나지막이 북악에 엷은데
서까래 끝 봄바람에 버들가지 늘어져
산 누각 황혼빛과 조화를 이루네

*做(지을 주)

〈斷想〉 산 동네에 살다 보면 여러 가지로 좋은 점이 많다.
우선 공기가 깨끗해서 좋고 사계의 변화를 느끼며 살기에 좋다.
그리고 오늘처럼 이런 詩想을 만들어 주니 더욱 좋다.

有感 유감

閣東風麗月 각동풍려월

山雨細疎疎 산우세소소

冷氣還衿襲 냉기환금습

侵聲打客居 침성타객거

壑花花灼灼 학화화작작

陵木木如如 능목목여여

歲每迎春復 세매영춘복

人何不達初 인하부달초

누각에 봄바람 부는 삼월

산비가 가늘게 쓸쓸히 내려

찬 기운 아직도 옷깃에 스미는데

빗소리 나그네 거처를 다독인다

골짜기 꽃들은 올망졸망

산등성이 나무들 無變 黙黙

세월은 매번 봄 맞기를 반복하지만

인생은 어찌하여 처음으로 돌아가지 못하나

*灼灼 : 꽃이 많이 핀 모양.

如如 : 변함없이 그대로 있음.

〈斷想〉 우리는 살아가면서 수 없는 계절을 번갈아 가며 만난다.
이 봄은 가면 내년에도 또 온다.
오늘따라 산 누대에 비가 내려 조금은 쌀쌀하다.
이 봄이 가고 내년에 다시 올 때 우리 인생도 같이 오려나
괜히 부실없는 생각을 한다.

己亥正初 飮酒 與 高校 同門
기해년 정초 고교친구와 술 마시다

寅月寒風襲酒家 인월한풍습주가
三盃濁酒友同和 삼배탁주우동화
詩書跌宕情難述 시서질탕정난술
滿屋晴光攪醉歌 만옥청광교취가

정월 한풍이 엄습하는 주점
막걸리 석 잔에 벗님들 하나로 화합되네
詩書로는 이 질탕한 정 적어 내기 어려워라
온 집에 가득한 맑은 빛 취한 노래에 흔들흔들

*寅月(인월) : 정월.
攪(어지러울 교)

〈斷想〉 친구들과 한두 잔을 주고받는 것은 시로 즐거운 일이다.
오늘은 오랜만에 흠씬 대취했다.
노래방에도 갔다.
친구들도 모두 취했다.
가끔은 이렇게 취해 보는 것도 괜찮은 일이다.

公演 舞臺 後便 공연 무대뒤편

暗張張後處 암장장후처
華閃閃前輝 화섬섬전휘
每次行爲演 매차행위연
今隅顫待歸 금우전대귀

어두컴컴하고 긴장이 팽팽한 무대 뒤
화려함으로 번쩍번쩍 휘황한 무대 앞
매번 하는 행위의 공연인데도
지금 모퉁이에서 차례가 돌아오길 기다리며 떨고 있다

*顫(떨릴 전)

〈斷想〉 나는 대붓 휘호를 거의 200여 회 무대에서 공연을 해왔다.
그런데도 무대에 오르기 전에는 그 무대 뒤쪽에서 등장할 차례를 기다리며 항상 떤다.
그만큼 긴장하기 때문이다.

夏梨 하리

(1)

己亥春傳令 기해춘전령

家內慶生孫 가내경생손

老路歡喜樂 노로환희락

明亮日照門 명량일조문

기해년 봄의 전령이

손자를 데려온다 하네 집안의 경사

老路의 환희로움이고 즐거움이어라

환한 햇빛이 대문을 비추는구나

(2)

腹中孫小子 복중손소자

天下福貴兒 천하복귀아

出笑吟吟動 출소음음동

春三月好時 춘삼월호시

어미 복중 손자 녀석

천하에 복된 귀한 녀석

세상 밖 나오려고 생긋생긋 요동한다네

춘삼월 호시절이로다

*笑吟吟(소음음) : 생긋거리다.

〈斷想〉 내 손자가 잉태해 이제 출산을 앞두고 있다.
사내 녀석이다.
이름을 하리라고 미리 지어 두었다.
물론 오행 수리 다 맞추어 지었다.
어서 만나기를 학수고대한다, 하리야.

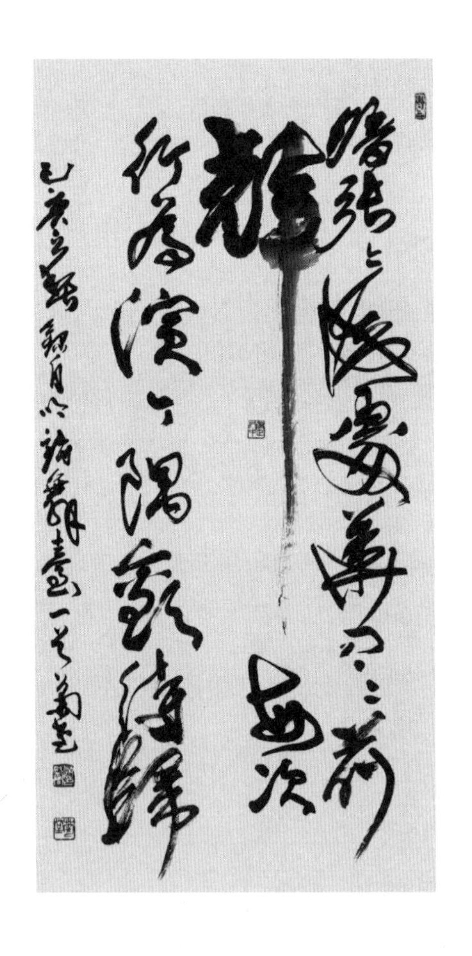

戱墨生涯 四季 희묵생애 사계

硯池春風筆末花 연지춘풍필말화
南窓夏雨墨香多 남창하우묵향다
秋陽白紙尤淸潔 추양백지우청결
筆氣冬寒骨肉和 필기동한골육화

연지에 봄바람 부니 붓끝에 꽃피고
남쪽 창 여름비에도 묵향은 가득
가을 볕에 화선지 더욱 깨끗해라
筆 氣韻 겨울한파에 골육이 조화롭다

〈斷想〉 거의 한평생을 서예에 몰두했다.
물론 이것저것 홍미 삼아 해 보지만 그것은 그저 취미일 뿐이다.
紙筆硯墨은 결국 나의 분신인 셈이다.

筆墨同行 濟州展 필묵 동행 제주전

(1)

文鄕筆墨濟州張 문향필묵제주장

令月春風漢拏香 영월춘풍한라향

萬里風吹山不動 만리풍취산부동

千年水積海無量 천년수적해무량

문향의 필묵 제주로 확장되니

삼월 봄바람이 한라에 향기로워

만리 바람이 불어도 산은 끄떡하지 않고

긴 세월 물이 불어도 바다는 품이 넓구나

(2)

京鄕道伴墨華才 경향도반묵화재

四十餘誠秘島開 사십여성비도개

古語詩文藏意味 고어시문장의미

文香卷氣滿場來 문향권기만장래

京鄕의 道伴과 墨華同人의 재량으로

사십여 정성을 제주에 펼쳤어라

古語 詩文의 의미가 秘藏되었으니

文字香 書卷氣 전시장에 가득하도다

〈斷想〉 여섯 번째 회원전은 제주와 연합으로 제주에서 가졌다.
여러 가지로 번거로웠지만 그 나름 의미 있는 전시회다.
다음 일곱 번째 전시회는 서울 인사동에서 가질 예정이다.

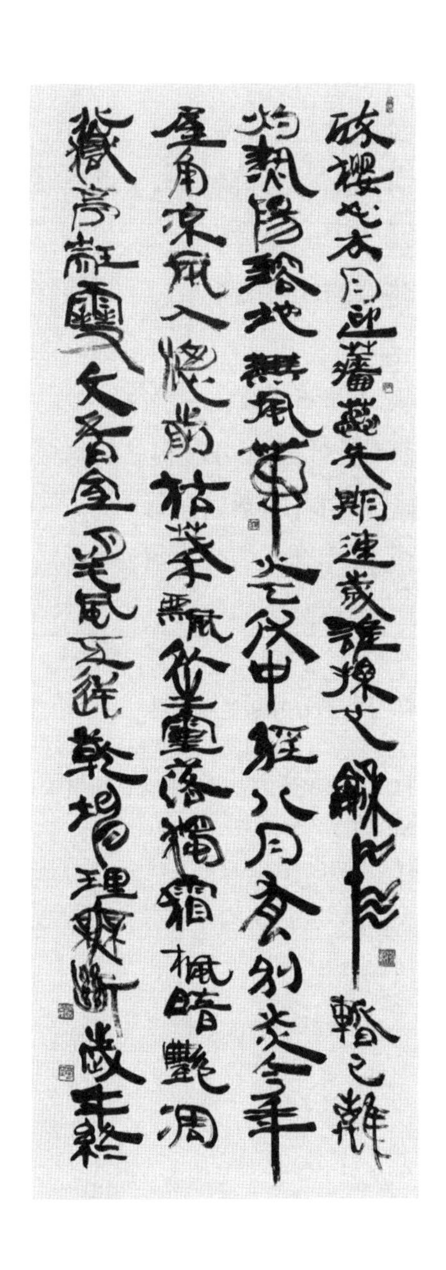

書冊 서책

春秋四季幾年流 춘추사계기년류
案架圖書累積留 안가도서루적류
此古文詩眞意隱 차고문시진의은
忙中閱覽暫安休 망중열람잠안휴

봄가을 사계절 몇 해나 흘러갔나
책상과 선반엔 도서들이 넘쳐 나는구나
이 古文과 시 속엔 진의가 감춰있을 터
바쁜 가운데 열어 보며 잠시 휴식을 취한다네

〈斷想〉 그간 수십 년간 사둔 책들이 이젠 짐이다.
꽂아 둘 공간이 없다.
이 책들을 죄다 읽었다면 아마 지금보다 더욱 유식할 터인데 솔직히 사다 놓고 한 번도 열어 보지 않은 책도 많다.
이제부터라도 한 번씩은 펴 봐야 될 것 같다.

寄 車博士雅號 作 玉溪
차 박사 아호를 옥계라 짓고 덧붙임

和風愛撫蘂香新 화풍애무예향신
碧玉溪流蠢動春 벽옥계류준동춘
人生七秩過如夢 인생칠질과여몽
擧一杯車願立身 거일배차원입신

따스한 바람이 어루만지니 꽃술 향기 신선하고
벽옥 같은 계곡 흐름에 봄이 꿈틀대네
인생 칠십이 꿈처럼 지났구나
잔 들어 차 박사 입신을 기원하네

〈斷想〉 차 박사는 내 고교친구이다.
서예를 하겠다 하여 아호를 옥계라 지어주었는데 두어 번 오더니만 못 하고 있어 안타깝기 그지없다.

賀 夏梨出生 하리의 출생을 축하하며

春三月氣韻和枝 춘삼월기운화지
趙大門朝信産兒 조대문조신산아
今年罕見黃金亥 금년한견황금해
小寶聰明健國基 소보총명건국기

춘삼월의 기운이 가지마다 온화한데
조 씨네 대문 아침 소식에 녀석이 태어났다 하네
올해는 보기 드문 황금 돼지띠
아가야 총명하고 튼튼히 자라 나라의 재목이 되거라

〈斷想〉 내 손자 하리가 태어났다.
춘삼월 생이다.
녀석의 얼굴이 범상치 않게 생겨 마음이 흡족하다.
부디 건강하게 무럭무럭 자라주길 빈다.

見吟 太惺 趙博士 麗水旅行 寫眞
태성 조박사의 여수 여행 사진을 보고 읊다

櫻花麗水動春心 앵화여수동춘심

遠海和風載客吟 원해화풍재객음

四月乾坤香氣滿 사월건곤향기만

人生七秩喫黃金 인생칠질끽황금

벚꽃 핀 여수 춘심을 들뜨게 하고

먼바다 화풍에 나그네 읊조림 실어오네

사월 천지가 향기로 가득

인생 칠십에 황금을 만끽하는구나

〈斷想〉 태성 조 박사가 여수 여행을 하며 사진 몇 컷을 보내 왔길래 졸시 한 수 덧붙인다.

卽事 즉사

筆內吾書劃疊羅 필내오서획첩라
余中魄黙線多過 여중백묵선다과
添音淨理毛頭振 첨음정리모두진
磊落行時醉妙和 뇌락행시취묘화

붓 속 내가 있으니 書劃은 첩첩 나열되고
내 안 기백으로 침묵의 線이 숱하게 지나네
음악을 더한 무상진리의 필봉 끝 강한 흔들림
큰 뜻으로 이루어져 이 시각 오묘한 조화에 취한다

〈斷想〉 서예는 그 사람의 마음이 붓 속에 들어가 있어야만 心手雙暢이된다.
붓과 내가 혼연일체가 되어야만 좋은 글씨를 쓸 수 있다.
오늘 나는 모처럼 마음을 내려놓고 작품에 임한다.
내년 4월의 내 개인전을 위해서이다.

覺偉大自然 위대한 자연을 생각하다

太古天何作自形 태고천하작자형
來今地豈做青坰 내금지기주청경
成森羅象全神妙 성삼라상전신묘
主不可思議秘靈 주불가사의비령

태고의 하늘은 어찌 스스로 형상을 지었고
지금의 땅은 어떻게 푸른 들을 만들었나
森羅萬象을 이룬 모든 신묘함
조물주의 불가사의한 신비 靈이리라

〈斷想〉 나는 가끔 태초를 생각한다.
이 광활하고 신비로운 우주가 어떻게 생성되었을까를 문득문득 생각한다.
참 어린아이와 같은 생각이다.
보이지 않는 미지의 신 조물주의 능력이라고 밖엔…….

北山松泉場巖之春 북악 솔 샘 마당 바위의 봄

時中乏月壑有花 시중핍월학유화
壁下春陽草嫩芽 벽하춘양초눈아
氣韻生華中蝶舞 기운생화중접무
有時叫鳥鳥春嘉 유시규조조춘가

세월 속 사월 골에 꽃이 있고
벽 아래도 봄볕에 잡초 싹이 새로 돋네
기운이 생동하니 꽃 속 나비 춤추는데
때맞춰 새떼들 봄 경사에 시끌벅적

〈斷想〉 정릉의 봄은 유별나게 멋지고 향기롭다.
서울의 도심에서 지근거리인데도 숲은 밀림 수준.
마당바위에 오르면 서울의 모습이 멋지게 드러난다.
오르는 도중, 꽃이며 나비, 벌떼들은 나의 친구.
저만치에 노란 들꽃이 고개를 들고 쳐다 봐 달란다.

和春 따사로운 봄

山陵白霧繞峰頭 산릉백무요봉두

石谷櫻花燦木樓 석곡앵화찬목루

壁左蘇生絲柳嫩 벽좌소생사류눈

陰林氣韻動陽留 음림기운동양류

산 구릉 뽀얀 안개 봉우리를 감싸는데

돌 계곡 벚꽃이 木樓에 찬란해

벽 옆엔 잠 깬 실버들 새싹 돋고

그늘진 숲에도 기운생동의 봄볕이 머무네

與朋 芝巖 大醉 벗 지암과 크게 취하다

(1)

櫻花落地綠枝隆 앵화낙지록지융

四月輝穹古友同 사월휘궁고우동

七秩芝巖情對酌 칠질지암정대작

忘時久不見朦朧 망시구불견몽롱

벚꽃이 지니 푸른 가지 盛해지고

사월 빛이 하늘에 빛나니 옛 벗도 한마음일세

칠십 芝巖과 우정의 대작

시간 가는 줄 모르고 오랜만에 대취했네

(2)

初等鼻涕鬼同門 초등비체귀동문

七十間銀髮黃昏 칠십간은발황혼

此妄何貪心大慾 차망하탐심대욕

親千萬健或樽淪 친천만건혹준륜

코 흘리개 초등학교 동문이

칠십 은발의 황혼기라네

이 때 허망된 무슨 탐심 있어 큰 욕심 부릴까

친구여 부디 건강해서 가끔 술독에나 빠져 보세나

〈斷想〉 지암은 나와는 한마을에서 태어나 초등 중등학교를 같이 다녔으니
竹馬故友임엔 틀림없다.
스무 살 청년기에만 조금 각자의 삶을 살았고
사십 이후에는 늘 만나 대포 한잔에 취하고
속말을 스스럼없이 하는 친한 벗이다.
어제는 그 친구와 과음을 했다.
이제 우리가 더 무엇을 원할까.
가끔 이렇게 서로 만나 술 한잔에 묵은 이야기나 하면서 지내면 그만이지.

2019目不忍見 國會 2019꼴불견 국회

(1)
昨夜阿修羅板城 작야아수라판성
今朝動物國會名 금조동물국회명
何如此亂場然做 하여차란장연주
實厚顏無視國氓 실후안무시국맹

어젯밤 아수라판 城이 되더니
오늘 아침 동물국회라 이름 짓네
어찌 이런 난장을 그리 만들 수 있을까
실로 후안무치 국민을 무시하는구나

(2)
顚倒轟聲市雜團 전도굉성시잡단
高低未整可觀官 고저미정가관관
無知自愧金牌爵 무지자괴금패작
目不其姿忍見難 목불기자인견난

엎어지고 넘어지며 아우성침은 시정잡배
울뚝 불뚝 시끌벅적은 가관의 벼슬이로다
스스로 부끄러움을 모르는 나리들이여
눈 뜨고는 그 모양을 차마 보기 어렵소

(3)

端端正直選貴童 단단정직선귀동

苦苦哀求擇小翁 고고애구택소옹

民無視眼前貪慾 민무시안전탐욕

豈可眞先進國通 기가진선진국통

반듯하고 정직하여 뽑은 귀동도

애걸복걸하여 택한 소옹도

국민 무시하고 눈앞 욕심만 탐하니

어찌 참으로 선진국 통이라 할 수 있는가

(4)

如生死決斷英雄 여생사결단영웅

似夕朝無也城宮 사석조무야성궁

官員男女金牌混 관원남녀금패혼

恐或其場見學童 공혹기장견학동

마치 사생 결단하려는 영웅이라도 된 듯하고

흡사 밤낮 없이 싸우는 城宮 같기도 하네

관원과 남녀 금배지들이 뒤엉켰으니

혹시 그 鬪狗場을 아이들이 볼까 두렵도다

〈斷想〉 국회가 이 모양이 된 것은 어제오늘의 일은 아니다.
물론 여야가 싸워야 된다는 것을 모르는 국민은 없다.
그렇지만 국민을 위해서 그렇게 험하게 싸우는 것인지 아니면 당리당략을 위해 그런 싸움을 벌이는 것인지 국민은 의아스럽다. 적어도 선진국 반열에 들어가려면 국회의원들의 품격부터 갖춰야 한다.
미국이나 유럽 선진국 의원들이 우리처럼 그런 식으로 저질 싸움을 하는것을 본 적이 있는가?
그런데 우리는 눈만 뜨면 매일 그 꼴은 보고 살아가는 힘겨운 나라에서 산다.

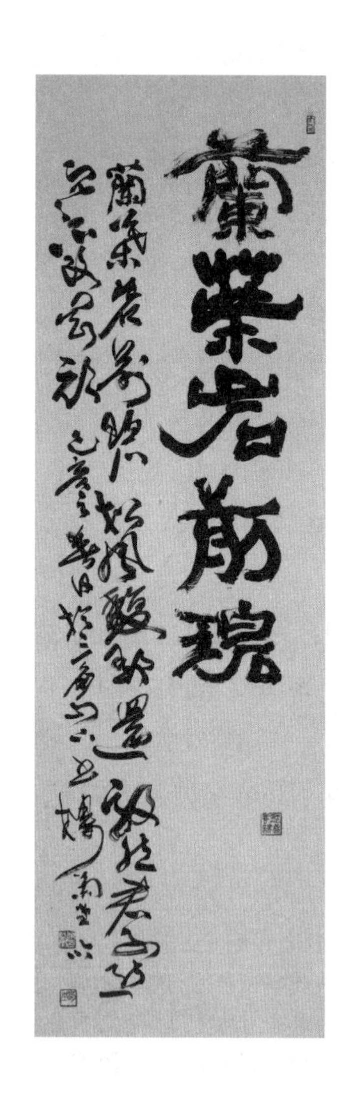

戊戌五月十三日 登道峰山
무술년 오월 십삼일 도봉산을 오르다

(1)

紅花萬壑惠風過 홍화만학혜풍과

綠葉千陵乏月羅 녹엽천릉핍월라

理究明唯天道妙 이궁명유천도묘

余聞攝理自然歌 여문섭리자연가

골마다 꽃피던 사월이 가고

구릉마다 푸른 잎 오월이 펼쳤네

이치 속 오직 하늘의 道가 오묘하니

나는 자연 섭리의 노래를 듣는다

(2)

熙隆野聽到蛙聲 희륭야청도와성

峻峭峰彌漫夕情 준초봉미만석정

若此乾坤蓬勃節 약차건곤봉발절

吾今美酒數杯行 오금미주수배행

넓고 성한 들판에 개구리 울음소리 들리고

가파른 산봉우리에 夕情이 어리네

이처럼 천지의 기운이 크게 이는 절기

나는 오늘도 내려와 美酒 여러 잔 마셨노라

*熙隆(희륭) : 넓고 성함.
彌漫(미만) : 어리다.

〈斷想〉 도봉산은 해발 739.5미터로 主峯은 자운봉이다. 북한산과 함께 북한산 국립공원 속에 들어가 있으며 우이령을 경계로 북한산과 나란히 솟아 있는 명산이다.
오늘 나는 여기 도봉산을 오른다.
물론 주봉까지는 가지 못했다. 중간쯤만 올라도 서울 시내는 물론 유유히 흐르는 한강수도 보인다.
浩然之氣 높은 산에서 느끼는 천지간의 이 기운이 오늘의 나를 다시 또 재충전시킨다.

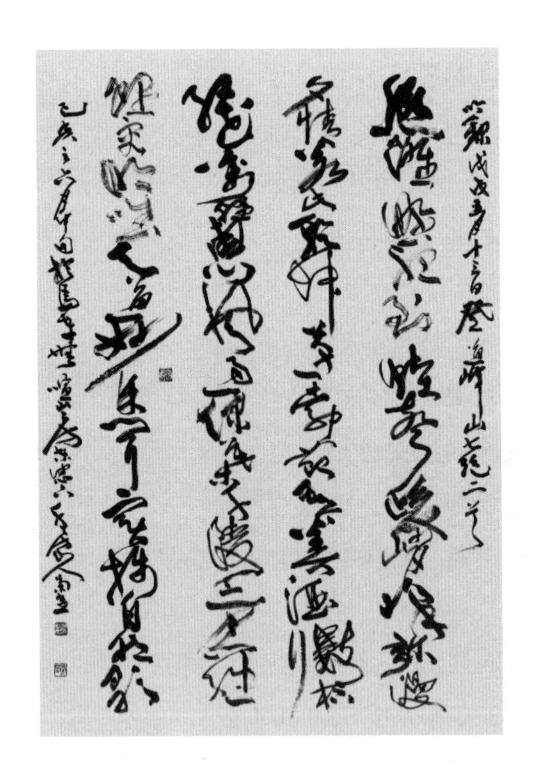

五月北嶽 오월의 북악

(1)

眞紅躑躅艶岩頭 진홍척촉염암두
草綠新莖茂壁樓 초록신경무벽루
谷水潺潺流石隙 곡수잔잔류석극
山鳩悄悄睥旋周 산구초초비선주

붉은 철쭉 바위꼭대기에 곱고
초록 새 넝쿨이 벽루에 무성해
계곡물 졸졸 돌 사이에 흐르는데
산비둘기 살금 힐끔 주변을 뱅뱅 돈다

*悄(고요할 초), 睥(흘겨볼 비)

(2)

烏鴉啞啞橡林呼 오아아아상림호
喜鵲喳喳古木俱 희작사사고목구
蔓草蒼松纏繞上 만초창송전요상
灰靑鼠敏捷橫途 회청서민첩횡도

까마귀 까옥까옥 참나무 숲에서 부르니
까치가 까각깍 고목에서 답하네
덩굴은 푸른 소나무에 칭칭 감겨 오르는데
잿빛 청설모가 잽싸게 길을 횡단한다

*纏繞(얽을 전, 두를 요) : 칭칭 감다

〈斷想〉 따뜻한 봄날 우리 뒷산을 오르다 보면 산속이 시끌벅적한데 오늘은 유별나게 더 시끄럽다.
참나무 높은 가지에 까마귀와 까치가 서로 수작질을 하기 때문이었다.
무슨 일을 가지고 저러는지는 모르나 저 새들 나름 뭔가 대화를 하는 가 보다.
시간 가는 줄을 모르고 한참을 구경하다가 시재로 쓸 만하여 또 한 수를 적는다.

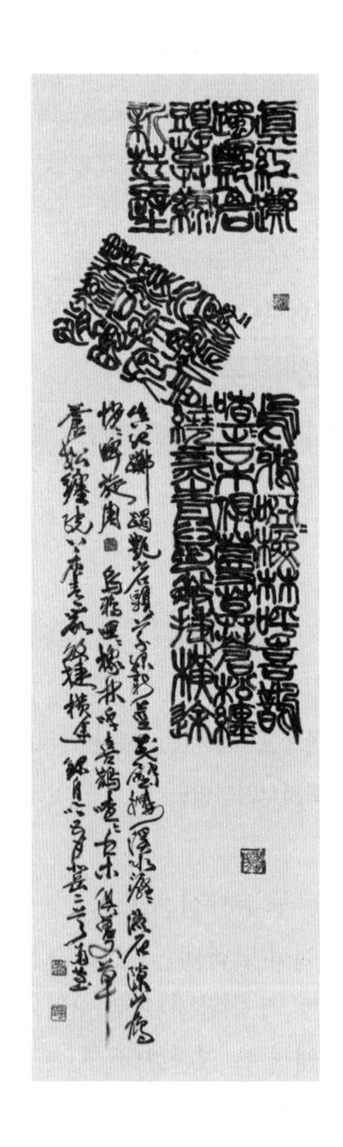

二月 中旬 牛耳洞 登山路
이월 중순 우이동 등산로

(1)

野花開壁下 야화개벽하

松樹吵鳥聲 송수초조성

栢尤濃鬱路 백우농울로

山客數雙行 산객수쌍행

야생화 절벽 아래 피고

솔 숲새 소리 시끄러워

잣나무 더욱 짙어 우거진 길엔

등산객 여럿이 짝지어 간다

(2)

石間流水冷 석간류수냉

風聲沈氣和 풍성침기화

小坑蛙産卵 소갱와산란

驚蟄出過多 경칩출과다

돌 사이 흐르는 물 차가워도

바람 소리에 배어오는 기운은 온화해

작은 구덩이에 개구리가 산란했네

경칩에는 엄청 많이 태어나겠지

〈斷想〉 봄이 되면 여기저기 蠢動의 기미가 요란하다.
나무들 싹트느라, 꽃봉오리 터지느라, 개미들 이사하느라, 벌나비 출장 가랴,
거기에다 개구리까지 산란하려니…….

北岳散策路 새벽 북악 산책 길

林間赤火出東天 임간적화출동천
萬象千姿動眼前 만상천자동안전
曲路邊清洼蝌類 곡로변청와과류
遲明泳水草回旋 지명영수초회선

숲 사이 붉은 해 東天을 솟구치니
萬象千姿가 눈앞에서 꿈틀대네
굽은 길 가 맑은 웅덩이에 올챙이 무리
새벽녘 수초를 헤엄쳐 돈다

〈斷想〉 내가 늘 올라다니는 산 길옆 개울에 조그마한 방죽이 하나 있는데 얼마전 보니 물 속에 개구리가 알을 많이 낳았었다. 그래서 갈 적마다 관찰했는데 며칠 사이 어느새 부화하여 수백 수천 마리의 올챙이로 커 있다.

枯木 고목

新芽一葉出生長 신아일엽출생장
鬱木千枝展盛昌 울목천지전성창
歲月無常幾劫去 세월무상기겁거
嗚呼露白骨哀傷 오호로백골애상

새싹 한 잎 나와 커서
우거진 가지 뻗어 번창했겠지
무심한 세월 몇 겁이나 갔을까
아! 백골을 드러낸 상처가 애달프다

〈斷想〉 저기 나무껍질이 風霜에 다 썩어버려 하얀 백골을 드러내고 누워 있는 고목을 보며 부질없는 생각을 해 본다.
저 고목도 노오란 떡잎부터 시작되었으리라.
인간 또한 눈에 보이지 않는 태점 하나가 자라나서 成體가 되고 이 세상의 만물은 모두 그렇게 시작되어 榮枯의 세월을 살다가 언젠가는 죽음을 맞이한다.
고목을 보며 갑자기 우울해진다.
그리고 애달픔이 다가온다.

卽事 즉흥적 감회

人生七秩古來稀 인생칠질고래희
藝術千年不變輝 예술천년불변휘
雨勢春江尤別景 우세춘강우별경
生涯筆墨返無違 생애필묵반무위

인생 칠십 예로부터 드물다 했고
예술은 천년이 가도 그 광채가 불변이라 했던가
빗줄기 속 봄 강이 더욱 특별하여라
생애의 필묵 無違인지를 돌아보네

〈斷想〉 내가 붓을 잡고 서예에 입문하여 정진한 지 어언 사십 수년 이제 거의 반세기를 다가서고 있다.
그간 나는 제대로 서예를 해왔을까.
내가 세상을 떠난 뒤 후세인들은 내 글씨를 두고 어찌 평할까.
느닷없는 생각에 다시 한번 돌아보게 된다.

山中 藤本植物 산속 덩굴식물

獨生微力世 독생미력세
同活協心情 동활협심정
蔓草乘松繞 만초승송요
高空向展行 고공향전행

홀로 살아나기 어려운 세상이니
같이 살자는 협심의 정인가
넝쿨들 소나무를 칭칭 감아 타고
고공 향해 뻗어 가고 있다

〈斷想〉 이 넝쿨식물들은 참으로 넉살도 좋다.
소나무마다 하나같이 넝쿨들이 감아타고 점령하고 있는 모습이
늘 봐도 이색적이고 이치 속이다.

洋槐 아카시아

(1)

純白開花五月林 순백개화오월림
飛蜂舞蝶數群音 비봉접무수군음
寂寞山中奔採蜜 적막산중분채밀
似實佳人馥刺侵 사실가인복자침

순백의 꽃을 피운 오월 숲
벌 나비 떼 윙윙대는 소리
조용한 산중은 꿀 따기에 바쁜데
마치 가인의 향기처럼 자극해

(2)

鬱樹强風動綠枝 울수강풍동녹지
晴天白雨覆山基 청천백우복산기
北嶽丘陵登路雪 북악구릉등로설
此鵲鴉酬酌可窺 차작아수작가규

우거진 숲 강풍이 푸른 가지 흔드니
갠 하늘에서 하얀 비 산 터를 덮네
북악 구릉 등산로가 눈이라도 온 듯
이에 까치 까마귀 수작질하니 엿볼 만해라

〈斷想〉 오늘 산에 오르니 온통 하얀 아카시아 꽃밭이다.
여기저기 벌떼 윙윙대는 소리가 요란하다.
아카시아 향기가 온 산을 덮는다.

吟孫夏梨百日 손자 하리 백일에 읊다

世上聲名百日英 세상성명백일영
强品寶貝智淸成 강품보패지청성
容川似海寬觀世 용천사해관관세
抱鳥如天麗養生 포조여천려양생

세상에 이름을 낸 지 백일 된 꽃
아가야 강한 품성으로 지혜롭고 맑게 커서
시내를 받아주는 바다처럼 세상을 너그럽게 바라보고
새들을 안아주는 하늘같이 삶을 아름답게 가꾸거라

〈斷想〉寶貝(보패)란 말은 매우 진귀하고 귀중한 물건이란 뜻으로 보배의 원어, 여기에서는 귀함의 뜻을 지닌 아기를 의미한다. 내 손자 하리가 곧 우리 가문의 보패 다. 이 녀석은 참 잘도 웃는다.
큰 녀석은 낯가림이 심해서 애를 먹었는데 하리는 전혀 그런 것은 없고 누구에게나 잘 웃어준다.
무병으로 잘 크길 바란다.

鞦韆 그네

飛空視遠天 비공시원천
落地顯顔前 낙지현안전
世事浮沈此 세사부침차
終生不待年 종생부대년

허공을 나르니 먼 하늘이 보이고
땅에 떨어지니 얼굴 앞만 나타나네
세상사 부침도 이러한 것
종지부의 삶, 세월은 기다려주지 않는다네

〈斷想〉 그네는 양면이 있다.
세상을 살다 보면 그네의 흔들림과 비슷하다.
올라갔다가 떨어지기도 하고 떨어졌다가 또 뛰어오르기도 하고…….
그네가 기다려주지 않듯 우리의 세월도 기다려 주지 않는다.

暴雨 後 道峯山 路 소나기 뒤 도봉산 길

(1)

能圓佛殿麗龍華 능원불전려용화

萬景高峯繞素花 만경고봉요소화

客海人山登嶽隊 객해인산등악대

三三五五列行加 삼삼오오열행가

능원사 불당 용화전 수려하고

만경대 높은 봉 흰 구름 꽃 두르는데

인산인해 산을 오르는 대열

삼삼오오 행렬이 더한다

(2)

峯頭業業掛煙雲 봉두업업괘연운

壑下汸汸帶霧紋 학하방방대무문

茂密繽繽林綠色 무밀빈빈림녹색

相親四五醉杯醺 상친사오취배훈

높이 솟은 산봉우리엔 연기구름 걸려있고

콸콸 흐르는 계곡 아래 안개 무늬 어리네

무성히 얽혀 있는 숲의 녹빛에

친한 벗 너댓 한 잔 막걸리에도 취하는구나

*汸汸(방방) : 물이 세차게 흐르는 모양

業業(업업) : 높고 큰 모양.
繽繽(빈빈) : 얽혀서 어지러운 모양.

〈斷想〉 고교 친구들 몇이 산을 오른다.
초입에 능원사가 있다.
조그마한 사찰이 아니다.
대웅전 뒤 큰 봉우리를 배경으로 멋지게 지어졌다.
유월의 숲속 향기가 기분을 상쾌하게 한다.

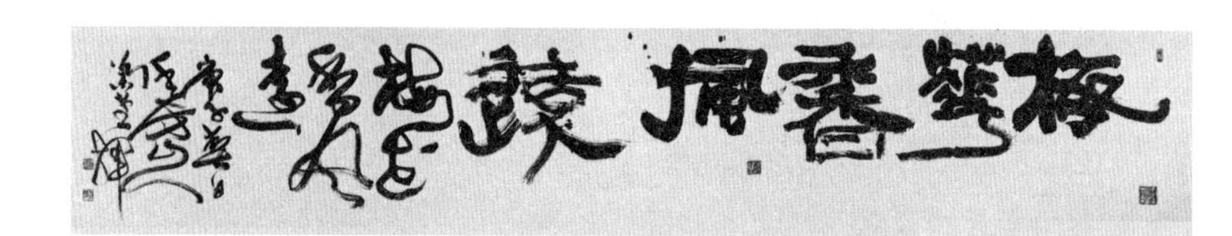

吟 秋樓情景 추루의 정경을 읊다

滿輪暉夜樹 만륜휘야수

宵氣冷山樓 소기냉산루

枯葉秋聲動 고엽추성동

加蕭悄愴留 가소초창류

둥근달 밤 숲을 밝히는데

밤기운이 山樓에 차가워

마른 잎 가을 소리 내며 지니

쓸쓸함을 더한 고요함이 머문다

*悄愴(초창) : 고요한 모습.

〈斷想〉 가을의 정자는 왠지 더욱 쓸쓸해 보인다.
낙엽이 여기저기 나뒹군다.
그야말로 추풍낙엽이다.

痛歎 통탄

(1)

夏爐冬之扇 하로동지선

心中固執强 심중고집강

國民都勞困 국민도로곤

經濟漸多荒 경제점다황

아무 데에도 쓸데없는

마음의 고집이 세서

국민 모두 피곤하고

경제는 점점 크게 황폐해지네

(2)

倭國當無視 왜국당무시

中華受刺戈 중화수자과

此何邦外交 차하방외교

今四面之歌 금사면지가

일본한테 무시를 당하고

중국에게 공격을 받고

이거 어떻게 외교를 하길래

오늘날 사면초가인가

(3)

倭不相從族 왜불상종족

中無義道邦 중무의도방

我民誇氣國 아민과기국

强起渡風江 강기도풍강

일본은 상종 못할 족속

중국은 인정머리 없는 나라

우리 민족은 기백을 자랑하는 국가다

강하게 일어서서 풍파의 강을 건너자

〈斷想〉 우리는 어찌해서 일본과 중국에게 늘 당하고만 사는지 모를 일이다.
착해서 그런것인지 외교력이 모자라서 그런 것인지.
국민들 수준은 높은데 최고 지도자나 고관들 수준이 낮은 것인지도 참으로 모를 일이다.
예로부터 일본은 왜놈이라 부른 이유를 알 만하다.
분명 중국은 나라 덩치가 크니 大國은 맞지만 결코 大人은 아니다.
사실 나라는 작지만 大人은 우리나라 사람을 두고 해야 맞는 말이다.
우리나라는 義를 숭상하기 때문이다.

臨十七帖 십칠 첩을 임서하고

奧妙書品使右軍 오묘서품사우군
鋒歌墨舞教彬文 봉가묵무교빈문
王張得鼠鬚毛筆 왕장득서빈모필
搭伴平生稗畓耘 탑반평생패답운

奧妙한 서품으로 右軍이 되어 보려 하고
筆歌墨舞하여 彬文이 되게 하려는데
王羲之 張芝가 썼다는 쥐수염 붓을 얻는다 해도
짝하여 평생 피를 골라내다 말겠네

〈斷想〉 글씨를 잘 쓴다는 것이 이토록 어려운 일이다.
거의 반세기를 붓과 함께했는데도 여전히 서예는 어렵다.

孫 娟梨 男妹 손주 연리 남매

(1)

夏梨微笑美 하리미소미

三歲妹多情 삼세매다정

小子吟吟笑 소자음음소

天眞哈哈聲 천진합합성

하리 미소가 예쁘라

세살배기 누나는 다정도 하지

녀석의 생긋거리는 웃음에

천진스럽게 깔깔 소리내네

(2)

夏梨佳男妹 하리가남매

天賦實貴珍 천부실귀진

趙氏家門福 조씨가문복

眞梁祖國民 진량조국민

하리 고운 남매는

하늘이 주신 실로 귀한 보배라

조씨 가문의 복이지

참된 동량으로 조국의 백성되라

〈斷想〉 이 녀석들을 보는 시간이면 나는 요즘 가장 즐겁다.
나도 이젠 나이가 든 게 분명한 것이다.
연리 하리 이 두 손주 녀석들 보는 게 그리 즐거울 수가 없으니 말이다.

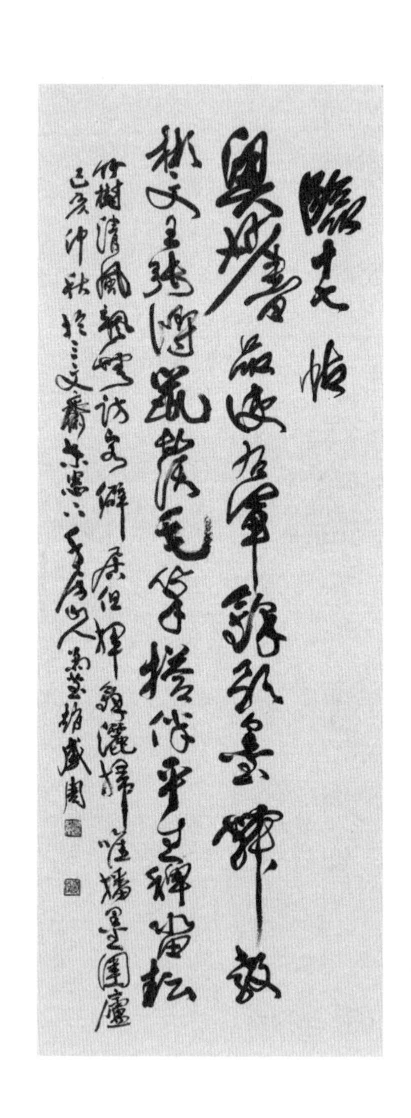

仲秋節 初夜月 추석날 초 저녁달

滿月高明朗 만월고명랑
凉風淺爽清 양풍천상청
出家南到着 출가남도착
那月伴懸横 나월반현횡

둥근 달 높이 휘영청
서늘 바람 나지막이 시원하다
집을 출발하여 남쪽에 도착하니
저 달도 날 따라와 매달려 비껴 있네

〈斷想〉 밝은 달빛을 안고 달린다.
달려도 달려도 저 달은 그 자리에 그냥 있다.
내 어릴 적엔 저 달을 바라보며 많은 꿈을 키우기도 하였다. 그때 보았던 저 보름달이나 지금 보는 저 보름달이나 똑같음은 변함이 없다는 것……. 한 시간 넘게 도착해서 보니 집에서 함께 출발한 달이 같이 와서 내려보고 있었다.

晩秋 鏡浦臺 늦가을 경포대

路下昏時枯葉紛 노하혼시고엽분
乾坤兩便太間分 건곤양편태간분
寒天勃氣胸襟襲 한천발기흉금습
萬里風煙彩色紋 만리풍연채색문
寂寂邊街無外客 적적변가무외객
潺潺海上畵孤雲 잔잔해상화고운
悠然對比觀心事 유연대비관심사
莫傲功名醉瓠醺 막오공명취호훈

저물 무렵 길 아래 마른 잎 어지러워라
乾坤의 양 사이가 크게 나뉘었다
찬 하늘 울발한 기운 가슴속에 엄습하고
만리 風煙에 문채가 빛나는구나
쓸쓸한 해변가 外客은 없는데
잔잔한 바다위 孤雲이 그림을 그린다
이 모습을 보고 心事를 살피는데
공명에 오만함 없이 한 바가지 막걸리에 취하네

〈斷想〉 찾는이 없는 을씨년스런 늦가을 해변에 풍랑은 일고, 파도 소리가 애처롭게까지 들린다. 멀리 하늘가를 지나가는 구름 떼가 그림을 그려준다.
멀리 수평선과 하늘이 맞닿아 강하고 묘한 기운이 내 몸을 엄습한다.

結義歌人朴公 가인 박공과 의를 맺다

高天太氣繞陵邊 고천태기요릉변
野地寒風促送年 야지한풍촉송년
篆刻華經吾道覺 전각화경오도각
千年巨石朴公禪 천년거석박공선
平生願遇歌人因 평생원우가인연
歲暮醺醪結義筵 세모훈료결의연
嗚呼萬事成新載 오호만사성신재
祝福兄弟宅內前 축복형제댁내전

高天의 太氣가 구릉가를 에워싸는데
野地에 부는 찬 바람은 送年을 재촉하네
전각법화경은 내 道의 깨우침이요
천년바위는 박공의 參禪 處로다
평생 만나길 바랐던 歌人과의 인연
세모에 막걸리 취하며 筵席에서 결의했네
아! 새해에도 萬事成일지니
형 아우 댁에 축복이 있으리라

〈斷想〉 가인의 초대를 받아 그 댁에서 이웃 간의 정을 나누었다.
평소 내가 좋아하는 가수 박정식 님이다.
대부분 그랬듯이 이 가수도 지금의 위치에 오르기까지 많은 고생을 했다 한다.
그와 오늘 형제의 의를 맺었다.

四月 某日 山路景
사월 어느 날 산길 풍경

(1)

碧岳雲煙覆四方 벽악운연복사방
松林衆鳥叫春陽 송림중조규춘양
絲川澗水羊腸曲 사천간수양장곡
藹藹山陵播樹香 애애산릉파수향

푸른 뫼에 구름 안개 사방으로 깔렸는데
솔숲 뭇 새들 봄볕에 우짖네
실개천 석간수 굽은 산길 꺾어 돌고
무성한 구릉에 수목 향이 번진다.

(2)

開花白蝶舞蜂飛 개화백접무봉비
啼鳥紅山動樂歸 제조홍산동락귀
一隊銀輪爽快走 일대은륜상쾌주
迎春雪嶽散生機 영춘설악산생기

꽃 피니 흰 나비 춤추며 벌 날아들고
새 지저귀니 고운 산 메아리쳐 노래 되돌아오네
한 대열 은륜이 상쾌하게 질주하는구나
봄을 맞는 설악이 생기를 뿜는다

〈斷想〉 봄 향기가 물씬 풍기는 어느날 자동차를 몰고
강원도 어느 구비구비 길을 달리는데
멀리 긴 대열의 은륜부대가 휠을 반짝거리며 도로를 달린다.
알록달록 유니폼에 헬멧까지 화사한 봄 풍경과 매우 아른다운 하모니를 이룬다.

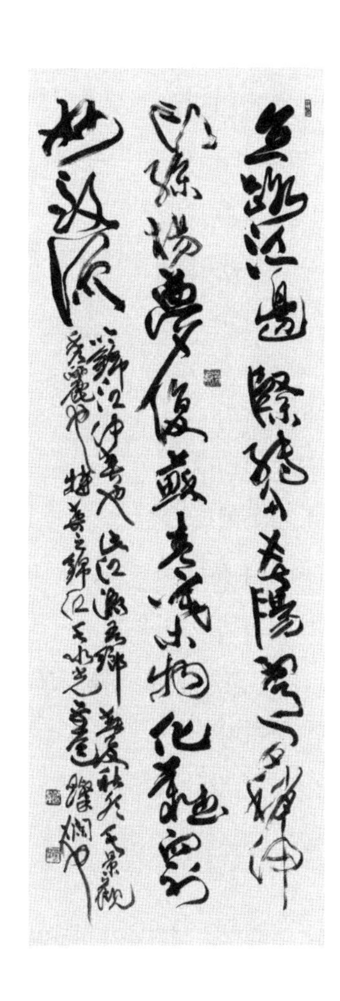

2020 傳染病 猖獗 2020 전염병 창궐

平和世上大韓天 평화세상대한천
猝地春山疫病連 졸지춘산역병연
巷巷無生光寂寥 항항무생광적요
人人不氣動愁焉 인인불기동수언
迎春北岳花神到 영춘북악화신도
滅菌醫生死力堅 멸균의생사력견
寶五千年偉祖國 보오천년위조국
吾祈合掌速新鮮 오기합장속신선

평화로운 세상 대한의 천지
봄 동산에 갑자기 역병이 퍼져
거리마다 生光이 없으니 적막하고
사람들 기가 죽으니 어찌 愁心이 없나
봄을 맞는 북악엔 화신이 오시려는데
바이러스 퇴치하는 의료진들 사력 다해 견지한다
보배로운 오천 년의 위대한 조국
두 손 모아 빨리 消滅되기를 기도하노라

〈斷想〉 어김없이 봄은 왔는데 역병을 넘겨받아 너나없이 정신이 하나도 없다.
새해 초부터 봄을 맞는 이 호시절에 악마의 신은 우리에게도 못된 선물을 전해주고 가버렸다.
그러나 우리 민족은 그때마다 의연히 잘 견뎌내고 승리하였다.

우리나라는 비록 국토는 작으나 국민성은 매우 대인 기질을 가진 위대한 나라이다. 어떤 국가처럼 적어도 아직 남의 나라를 힘들게 한 적도 없고 비굴하게 덤터기를 씌운 적도 없는, 그야말로 小國이지만 義를 숭상하는 멋진 동방의 大人 나라이다. 이번에도 굳건히 잘 이겨내기를 기원한다.

• 姓　　名 : 趙 盛 周
• 雅　　號 : 菊堂, 千房山人 三文齋, 馬車無喧山房,
文香齋, 文照鄕 等
• 生年月日 : 1951年 7月 21日(陰) 忠南 舒川生
• 住　　所 : (硏究室) 서울시 鐘路區 三一大路 30길 21
鐘路 OFFICETEL 1306號
• 電　　話 : (携帶폰) 010-3773-9443 (硏究室) 02) 732-2525
• 메　　일 : kugdang@naver.com
• 홈페이지 : www.kugdang.co.kr

▷ 學 歷

• 藝術學 學士 (1988) 光州大學校 藝術大學 産業 DESIGN 學科
• 文學碩士(1996) 成均館大學校 儒學大學院
• 哲學博士(2007) 圓光大學校 大學院 동양예술학 전공

▷ 書 歷

• 大韓民國 美術大展 (書藝) 招待作家
• 大韓民國 美術大展 審査委員 歷任(韓國美術協會)
• 個人展 (招待展 4회 포함) 8回
• 金剛經 篆刻 完刻, 1997 韓國 GUINNESS BOOK 登載 (作業期間 : 1986~1997)
• 法華經 篆刻 完刻, 2012 韓國 最高 記錄 認證(公認 韓國記錄院 KRI)
－서울 法華精舍에 永久 陳列 (作業期間 : 2007. 9~2012. 5)
• 法華經 篆刻 完刻 壁畵(가로 25m×세로2.5m)－大邱 八空山 桐華寺 法華寶宮에 設置 (作業期間 : 2013. 1~2016. 12)

▷ 審査

• 大韓民國美術大展 및 各種 공모전 심사 約 80餘回

▷ 大學出講

• 서울(SEOUL)大, 弘益大, 成均館大, 京畿大(學部 및 大學院), 大田大(學部 및 大學院), 大邱藝術大, 德成女大, 同德女大, 江原大, 等 書法 및 篆刻 講義

▷ 論 文

• 吳昌碩의 印藝術館 硏究 (博士學位 論文)
• 紫霞 申緯의 藝術 思想 形成에 關한 硏究(碩士 論文)
• 吳昌碩의 道敎 思想 考察(논문지 게재)
• 印의 殘缺과 篆刻美에 關한 硏究(논문지 게재)
• 書藝와 篆刻의 相關的 同質性 考察(月刊 書藝文人畵 連載, 2016年 3年~2017年 2月)
• 篆刻作品에 나타난 氣 意識 考察(月刊 書藝文人畵 連載, 2018年 3月~2017年 10月)
• 靑末 吳昌碩의 篆刻藝術 探考 (月刊 書藝文人畵 連載, 2019年 1月~2020年 3月)
• 小考-篆刻은 곧 書藝다.(2019 書法 探源紙)

▷ **著 書**

• 翰墨臨古(四書 및 菜根譚 篇-梨花文化出版社, 2004. 1)
• 篆刻實習(圖書出版 古倫, 2002~現在 5版 印刷)
• 篆刻實技完成(梨花出版社, 2018. 1)
• 千字文 書法 10個體 出版 (梨花文化出版社, 2014~2020)
• 風月 600首 漢詩集 "눈발휘날리니 菊花피네"(이화출판사, 2020. 3)

▷ **飜譯書**

• 篆刻問答 100 (梨花文化出版社, 2004年)
• 篆刻美學 (月刊 書藝文人畵 連載 後 出版, 2012 梨花出版社)

▷ **巨筆 揮毫**

• 대붓 揮毫 퍼포먼스(2007~2020 현재 約 200 餘 回 舞臺 公演)
(KBS, MBC, SBS, JTBC 等 放送 및 三星 現代 LG 等 企業行事 및 官, 民, 海外公演 5回-프랑스, 中國 등)
• 이상봉 한글 패션쇼 參與 -現代 자동차 런칭 쇼 等 出演－프랑스 및 國內
(한글 작품 제공－프랑스 이태리 독일 영국 등 유럽 국가 42인 디자이너가 의상 가방 양산 구두 등에 접목－엑스포 한글박람회 出品)

▷ **公認 記錄**

• 1997 韓國 Guinneuss Book 登載－篆刻 金剛經-5,400字 完刻 (製作 期間 1986~1997, 韓國Guinneuss 협회)
• 2012 韓國 最古 記錄 公式認證 登載－篆刻 法華經 7萬字 完刻 (製作 期間 2007~2012 , 公認 韓國記錄院 -KRI)

▷ **歌謠 앨범**

• 第1集 (軌迹, 2007)
• 第2集 (더디가는 歲月, 2009)
• 第3集 (즐거운 人生, 2014)
• 第4集 (꽃中年, 2019)

▷ **其 他**

• 서울市 公益 廣告모델(2008)
• 2019 國民大學校 平生教育院 시니어 모델 〈基礎過程 및 專門課程 修了〉
• 2019. 11. 23 데뷔 워킹－코엑스 컨퍼런스 홀

▷ **現 在**

• 韓國 書藝家 協會 副會長
• 〈社團法人〉 韓國 篆刻協會 副會長
• 書畫그룹 〈與墨尚友〉 副會長
• 〈社團法人〉 韓國歌手協會 會員

저자와의
협의하에
인지생략

菊堂 趙盛周 風月 600首 漢詩集

눈발 휘날리니 국화 피네

발행일 2020년 4월 15일

지은이 조성주

발행처 ㈜이화문화출판사

발행인 이홍연, 이선화

등록번호 제300-2015-92호

주소 서울시 종로구 인사동길12, 311호

전화 02-732-7091~3(도서주문처)

FAX 02-725-5153

홈페이지 www.makebook.net

정 가 30,000원